瑞蘭國際

新韓檢 初級閱讀全攻略 新版

裴英姬
（배영희） 著

韓國「世越號」海難事件給我們的警惕

近年來，南韓在國際上的傑出表現，令人驚訝與羨慕，尤其在表演藝術、創意文化、體育運動和經濟建設等方面突飛猛進，為各國參考、學習的榜樣。

想不到這種現象竟因4月16日發生的「世越號」海難事件造成286名乘客死亡、16名失蹤的不幸事件而為之改觀。事故發生後各種責難、檢討與反省之聲不斷，甚至導致內閣改組，要求政府徹底改革。一個如日中天、前景大好的國家一時竟有如從雲端掉落地上，值得我們警惕。主要原因在於這起海難有太多本不該發生而竟然發生的事情，不但韓國要記取教訓，痛下決心改革弊端，我們亦要防範未然，何以致此呢？

（1）「世越號」是購自日本本要淘汰的老舊船隻，韓國予以加高以增加客、貨的容量而成，非依原設計而建造的船隻，其合法性及安全性可疑；（2）船身加高必影響其穩定性，造成頭重腳輕現象，驗收時甚至可能有放水使其輕易過關的嫌疑；（3）船長只領半薪，可能只是人頭船長，實際上另有代理船長執行其職務，當天的代理船長又輕忽職守，未到場執行職務，而由一位只有兩三年航海經驗的航海士掌舵。且船身傾斜時船上幹部竟變裝混雜於旅客中逃離現場，完全無責任感可言；（4）船隻經常嚴重超載，且未依規定用鐵絲織成的纜繩綑綁，而用一般容易作業之麻繩，造成貨物移位、傾覆之嚴重後果；（5）走捷徑，未依航海圖行駛，致觸礁傾覆等等。這些事情有些也是我們常犯的錯誤，綜上，可見貪圖一時的方便，或節省若干費用，結果可能造成永遠無法弭補的遺憾，吾人豈可不慎重其事，善盡職責。

我們學習韓文的目的便要能正確瞭解韓國國力向上提升，經濟快速成長的原因，更要注意其發生大型事故、災難的根本原因，避免重蹈覆轍，才能建立健全制度及守法精神，發展經濟而帶給人民幸福和快樂的生活。

本書作者裴英姬女士2001年首爾女大史學與博物館系畢業後，隨姊夫一家來台，在逢甲大學語文中心修讀中國語文；2006年進入台灣大學史學研究所就讀，以「十八世紀初中、韓文人物品交流及對中國觀想——以金昌業老稼齋燕行日記為中心」取得碩士學位；2009年獲中韓文化基金會頒給獎學金新台幣5萬元，嗣於交通大學、東吳大學、東海大學推廣部及明志大學等校，講授韓國歷史、文化、戲劇、史蹟、韓語入門、會話、閱讀與聽寫等課程，頗受學生歡迎，可謂實至名歸；曾擔任觀光局韓語導遊及教育部赴韓研習韓國語文交換獎學金考試委員，著有《愛上韓語閱讀》、《新韓檢初級聽力全攻略》等書，均由瑞蘭國際出版社出版，頗獲好評。

　　裴碩士專心著作，再接再厲，鑒於國內參加韓國政府主辦韓國語文能力測驗青年學生日益增多，為協助初學韓語朋友通過考試，取得證書，特再撰寫《新韓檢初級閱讀全攻略》一書，仍由瑞蘭國際出版，其潛心研究精神令人敬佩，勤於寫作之努力精神更值得鼓勵嘉勉，特綴數語推薦之，希望借助本書之出版使參加韓語檢定考試的朋友們，能有更好的成績與成就。

中韓文化基金會董事長

林秋山

甲午年夏於寓所

한국어 읽기, 올바르게 기초 다지기

한국어 능력시험 초급 읽기 책의 개정판으로 독자 여러분께 안부를 전하게 되어 기쁩니다.

이 책은 한국어 학습자들이 초급 수준에서 읽기 능력을 향상시키고 시험에 합격하는데 도움을 주기 위해 기획되었습니다.

본 책은 기존 제 타이완에서의 한국어 수업 초급 읽기 교재의 내용을 바탕으로 개선하고 보강하여 보다 체계적이고 효율적인 학습 경험을 제공하기 위해 노력했습니다. 시험에 자주 출제되는 다양한 주제와 문체를 활용하여 학습자들이 실제 시험에서 경험하게 될 다양한 대화 및 화제를 제시하고 실제 시험과 내용 분석 및 설명도 함께 제공합니다. 또한 시험 기출 경향의 분석을 통해 7개의 문제유형을 나누어 각 단원마다 핵심 포인트를 익힌 후 기출문제를 통해 학습자들의 실력을 검증하고 더 나아가 보강할 수 있도록 구성하였습니다.

이 책은 한국어 능력시험 초급 영역에서 정한 단어 2000개와 이에 상응하는 문법과 기출문제를 수록하여 시험 준비에 관한 가장 구체적으로 실제적인 준비 방향을 제시해 줍니다. 특히 이 책에 그동안 공개된 기출문제 중의 어휘 및 문법을 선별하여 정리하였습니다. 기출문제에서 다루는 문법과 단어를 먼저 익힌 후 기출문제를 통해 이해하고, 모의 문제를 풀면서 앞에서 외운 내용을 제대로 이해하고 있는지 확인해 볼 수 있을 것입니다. 사실 듣기의 기본 역시 다름 아닌 언어의 기본 틀인 문법과 단어입니다. 각 단원에서 수차례 반복되는 단어를 완전히 수험생 자신의 것으로 만들기를 바랍니다. 여러분의 최종 목적이 한국인과의 능통한 대화, 혹은 드라마나 예능 프로그램의 이해라 하더라도 이 책에서 제시하는 초급 듣기 훈련은 꼭 필요한 단계라 하겠습니다.

저는 이 책이 한국어 학습자들, 특히 초급 한국어 능력시험을 준비하는 분들의 읽기 능력 향상에 큰 도움이 되기를 바랍니다. 본 책을 통해 학습자들이 보다 자신감 있게 한국어 읽기 시험에 임하고 성취감을 느끼기를 바랍니다.

많은 분들께서 이 책을 통해 효과적으로 학습하고 성공적인 결과를 이뤄내시기를 기대합니다.

끝으로 끊임없는 격려와 도움으로 오늘까지 이끌어준 출판사 가족 여러분, 늘 감사 드립니다.

배영희

2024.3.18.

韓文閱讀，
要用正確的方法來打好基礎

我很高興能以《新韓檢初級閱讀全攻略　新版》的面貌再次向讀者們問好。本書旨在幫助韓語學習者提升初級閱讀實力，並且通過韓國語文能力測驗。

本書是以我原先在臺灣的韓語課堂上所使用的初級閱讀教材內容為基礎進行改善和補充，以提供更有系統和更有效率的學習經驗而努力撰寫。書中透過考試中常出現的各種主題與寫作風格，呈現了可以讓學習者們體驗到在實際考試時的各種對話與主題，並提供實際考試與內容分析及說明。此外，在內容方面，我藉由考古題的趨勢加以分析，將考題分為7個類型，以期讀者能夠熟悉每個單元的核心重點（單字和文法）後，再利用考古題檢視實力，同時更進一步強化自身閱讀技能。

本書收錄了初級韓語檢定範圍設定的2000個單字及相應的文法，至於考古題則提供具體且實際的準備方向。尤其本書嚴選並整理了公開考古題中的單字與文法，讓考生們先熟悉考古題的文法與單字，並透過考古題更了解考試，再將所學到的內容運用在模擬試題上解題，藉此確定是否有確實地理解前面所學的內容。閱讀的基礎即文句的結構，也就是文法與單字。希望考生們能夠熟悉反覆出現在每個單元的單字，並完全消化吸收成為自己的實力。即使考生們學韓語的最終目標只是希望能夠與韓國人流暢的對話，或是能聽懂連續劇及綜藝節目的內容，本書所提供的初級閱讀訓練仍是學習韓語必經的階段。

我希望本書能對韓語學習者，特別是在準備初級韓語檢定的考生，可以在提升韓語閱讀實力上有所幫助。也希望學習者透過本書，能夠更加有信心地面對韓語閱讀考試，並從中得到成就感。

　　期盼許多人能夠利用本書有效地學習並取得成功的果實。

　　最後，我要感謝瑞蘭國際出版所有同仁，由於你們一直以來不斷的鼓勵與幫助，才能夠繼續走到今天，在此致上謝意。

裴英姬
2024.3.18.

韓國語能力測驗改制說明

　　韓國語文能力測驗TOPIK（Test of Proficiency in Korean）由「韓國國立國際教育院」主辦，是以母語非韓語的外國人及海外僑胞為對象，不只在韓國，更在全世界92個國家或地區實施的最客觀的韓國語能力評價測驗。此測驗不但能讓韓語學習者判斷自己目前的韓語實力，還可以用於在韓國求學或就業等用途。目前在臺灣每年舉辦2次（4月、10月），顯示其重要性與日俱增，甚至各大學也將韓國語文能力測驗反映在學業成績上，且學校也會在加分制度上有所考量。

　　韓國語文能力測驗在1997年第1回實施考試到2023年10月第90回考試為止，應考人數越來越多。從韓國語文能力測驗在近25年間反覆的變化與發展來看，2006年起考試分為初級、中級、高級，採3個級別來實施，但是從2014年7月的第35回考試開始，不但將現行基本的初級、中級、高級改制成「測驗 I」（初級）與「測驗 II」（中高級），在考試的科目上也有變動。

　　2014年新制的測驗，就「韓國語文能力測驗 I」來說，是將現行的4個領域（語彙、文法、寫作、聽力、閱讀），以能溝通韓語為評價的重點，將考試科目縮減為聽力與閱讀2個領域。再來，將現行的中級、高級考試統整為「韓國語文能力測驗 II」，考試科目從語彙、文法、寫作、聽力、閱讀縮減為聽力、閱讀、寫作3個領域，試題類型與現行科目考試方法沒有太大的更動。因此，這兩項考試成為現行所有語彙或文法科目上的一種間接評鑑方式。與現行考試相比，由於科目減少，相對的考生的負擔也隨之減輕，所以這種「初級」以及「中高級統合」語言評鑑，是更接近理想的考試方式。

　　2014年初「韓國國立國際教育院」公開了韓國語能力測驗改制的相關範例題型，這對考生在考試準備上有很大的幫助。不僅如此，從過往的第1回考試到第37回，所有的考試題目與答案都公開。2015年起改為每年公開1回的考試題目與答案，都可以自由的運用，充分幫助準備考試。目前，韓國國內一年舉辦6次考試，有關韓國語

能力測驗報名與確認成績等細節，考生可以透過韓國語文能力測驗TOPIK官方網站
（http://www.topik.go.kr/）做進一步了解。此外，為了讓學習韓語的外國人能夠更便
利的操作，網站右側上端有5國語言能夠支援查看運用。

◆韓國語文能力測驗新、舊制之比較

	舊制	新制（2014.7.20起實施）	
考試種類	韓國語文能力測驗（TOPIK）	韓國語文能力測驗（TOPIK）	
考試等級	韓國語文能力測驗 初級（1~2級）	韓國語文能力測驗 I（1~2級）	
	韓國語文能力測驗 中級（3~4級） 韓國語文能力測驗 高級（5~6級）	韓國語文能力測驗 II（3~6級）	
考試內容	韓國語文能力測驗	韓國語文能力 測驗 I	韓國語文能力 測驗 II
	※初／中／高級皆同 - 語彙及文法（30題） - 寫作（非選擇題4~6題，選擇題10題） - 聽力（30題） - 閱讀（30題）	- 閱讀（40題） - 聽力（30題）	- 閱讀（50題） - 聽力（50題） - 寫作（4題）
總題數	初／中／高級各104~106題	70題	104題
	312~318題	174題	
總分／ 考試時間	初／中／高級各400分 （各180分鐘）	200分 （100分鐘）	300分 （180分鐘）
合格標準	◎依試前公告之各級標準分數認定級數 ◎單科不及格落榜制	◎依總得分判定級數 ◎廢除單科不及格落榜制	

如何使用本書

因應新韓檢，您準備好了嗎？本書6大步驟，讓您高分考上！

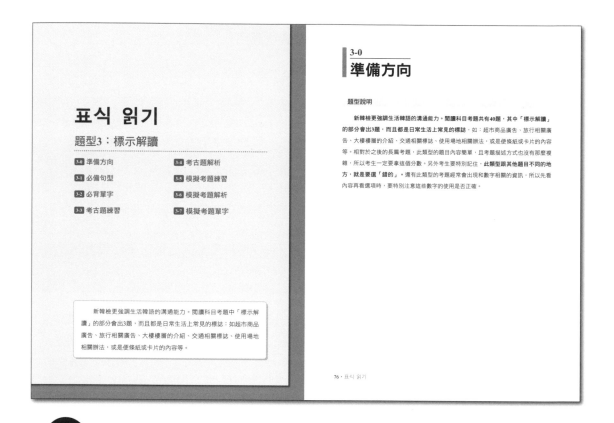

步驟 1　先了解新韓檢閱讀7大必考題型，好安心！

　　本書按新韓檢閱讀測驗七大必考題型「短文主題選擇」、「填空」、「標示解讀」、「內容一致」、「長文主題選擇」、「順序排列」、「長文閱讀——一題兩答」分類，提供考生每種題型的說明、準備方向及應答技巧，好安心！

必背單字

1. 和生活物品相關的字彙

□ 가구 名 家具
□ 가능 名 可能
□ 가족사진 全家福相片
□ 기타 名 其他：吉他
□ 깨끗하다 形 乾淨
□ 꼭 副 一定、務必
□ 노트북 名 筆記型電腦
□ 똑같다 形 一模一樣
□ 마다 助 每~
□ 맑다 清：清新
□ 메모 名 便條紙
□ 메시지 名 消息、短訊
□ 무궁화 名 木槿花（韓國國花，又稱無窮花）
□ 무료 名 免費
□ 문의 名 詢問
□ 바지 名 褲子
□ 배 名 船；肚子
□ 빨래 名 洗衣服
□ 사용료 名 使用費

□ 선물 名 禮物
□ 세계 名 世界
□ 수업 名 上課
□ 숙제 名 功課
□ 시험 名 考試
□ 신발 名 鞋
□ 싸다 形 便宜
□ 안내 名 導引、介紹、指南
□ 여러 各種
□ 연극 名 戲劇、話劇
□ 영수증 名 收據
□ 영화제 名 電影節
□ 옛날 名 古早
□ 옷 名 衣服
□ 요금 名 費用
□ 이용 名 利用、使用
□ 입장료 名 門票
□ 제일 名 最
□ 지갑 名 錢包
□ 진료 名 看診、診療

□ 쯤 副 左右
□ 청소 名 打掃
□ 초대장 名 邀請函
□ 축하 名 恭喜、祝賀
□ 춤 名 舞蹈
□ 치약 名 牙膏
□ 카드 名 卡

2. 和場所、地點相關的字彙

□ 가깝다 形 近
□ 강당 名 禮堂
□ 거리 名 路
□ 경복궁 名 景福宮
□ 곳 名 地方、處
□ 극장 名 劇場
□ 근처 名 附近
□ 기숙사 名 宿舍
□ 남대문 名 南大門
□ 넓다 形 寬
□ 대구 名 大邱（地名）
□ 대잔치 名 大活動
□ 대학로 名 大學路
□ 도서관 名 圖書館
□ 동네 名 村里、社區
□ 박물관 名 博物館

□ 크다 形 大
□ 피아노 名 鋼琴
□ 학생증 名 學生證
□ 할인 名 折扣
□ 합계 名 合計
□ 화장품 名 化妝品
□ 휴대 전화 名 手機

□ 방 名 房間
□ 병원 名 醫院
□ 빌딩 名 大樓
□ 세탁실 名 洗衣間
□ 슈퍼마켓 名 超級市場
□ 스케이트장 名 滑冰場
□ 시장 名 市場
□ 시청 名 市政府
□ 아파트 名 公寓
□ 안 名 內、內部、裡面
□ 어디 名 哪裡
□ 역 名 站（捷運、地下鐵或火車）
□ 연습실 名 練習室
□ 예식장 名 婚禮大廳
□ 오른쪽 名 右邊
□ 운동실 名 運動室

步驟 2　加強各題型必備句型和單字，好完整！

　　本書提供每一題型必備句型，並附上相關例句，讓您完全掌握可能出現的對話文。另外，還將必背單字分成「生活物品」、「飲食」、「場所、地點」、「動作」、「時間」、「人」、「興趣」……，提供考生明確的準備內容，只要按部就班學習和複習，就能打好韓語基礎閱讀基礎，好完整！

3-1
必備句型

句型示範

❶ -아/어/여야 하다　必須、得
　例 감기에 걸렸으니까 병원에 가야 합니다.　因為感冒嘛，得要去看醫生。

❷ -ㅂ/을 수 있다　表示能力或可能性：會、能
　例 수영을 할 수 있습니까?　會游泳嗎？

❸ -(으)면　表示推測：如果~的話
　例 내일 비가 오면 소풍을 못 갑니다.　如果明天下雨，就不能去校外教學。

❹ -고 싶어 하다　表示主語為別人的盼望時：想~、想要~
　例 수미는 제주도에 가고 싶어 합니다.　秀美想去濟州島。

❺ -아/어/여 주다　說者對聽者拜託或請求幫忙時：請幫我、給我、讓我
　例 사전 좀 빌려 주세요.　請借給我字典

❻ -고 있다　表示現在進行：正在
　例 친구가 신문을 보고 있습니다.　朋友正在看報紙。

❼ -(으)면 되다　只要~就可以
　例 내일까지 숙제를 내면 됩니다.　（最晚）明天交作業就可以。

❽ Ad게 + V　形容詞後面接「게」成為副詞化，可修飾後面的動詞
　例 사진을 예쁘게 찍습니다.　拍照拍得漂亮一點。

3-3
考古題練習

老師提醒

「標示解讀」考題中，考生會看到5～6行的短句，且多出現在商品廣告、旅行廣告、大樓樓層的介紹、交通工具的使用、場地的使用等內容。考生可以把題目跟選項一一做對照，然後選出答案。通常初級考試題目的語尾多會出現「-아/어/여요」型及「-ㅂ/습니다」型，但選項幾乎都是「-ㅂ/습니다」型比較常出現，因此考生多要練習這2種語尾的變化。

歷屆考古題

※ [1~30] 다음을 읽고 맞지 <u>않는</u> 것을 고르십시오.

2013 (32)

1. (3점)

'싱싱 슈퍼마켓' 할인 대잔치		
- 10월 31일까지 -		
물 1병	치약 1개	우유 2개
800원	2,300원	3,000원
→ 500원	→ 2,300원	→ 2,000원

① 물은 한 병에 팔백 원입니다.
② 우유는 두 개에 이천 원입니다.
③ 시월 삼십일일까지 싸게 팝니다.
④ 치약은 한 개에 이천삼백 원입니다.

步驟 3

熟練各題型歷屆考古題，好確實！

　　本書精選2009~2013年歷屆考古題共200題，按七大必考題型分類，若能配合老師貼心的提醒反覆練習，即使考題千變萬化，也完全不用擔心，好確實！

※書中標示的「2013(32)」，即代表「2013年第32回」

3-4
考古題解析

※ [1~30] 如同〈範例〉，請讀過以下內容後，選出<u>不合適</u>的回答。

2013 (32)

1. （3分）

'싱싱 슈퍼마켓' 할인 대잔치		
- 10월 31일까지 -		
물 1병	치약 1개	우유 2개
800원	2,300원	3,000원
→ 500원	→ 2,300원	→ 2,000원

「新鮮超市」特賣		
- 10月31日為止 -		
水1瓶	牙膏1條	牛奶2瓶
800元	2,300元	3,000元
→ 500元	→ 2,300元	→ 2,000元

❶ 물은 한 병에 팔백 원입니다. 一瓶水八百元。
② 우유는 두 개에 이천 원입니다. 牛奶二瓶二千元。
③ 시월 삼십일일까지 싸게 팝니다. 特賣到十月三十一日為止。
④ 치약은 한 개에 이천삼백 원입니다. 牙膏一條二千三百元。

步驟 4

對照歷屆考古題解析，好詳細！

　　本書提供考古題解析，讓考生可以輕鬆從翻譯中選到對的答案，好詳細！

※本書人名統一翻譯如下：

영수 永洙
수미 秀美
민수 閔洙
민호 敏鎬
수진 秀真

步驟 5

反覆練習模擬考題，好全面！

　　本書提供全新編寫的模擬考題200題，按七大必考題型分類，讓考生透過模擬考題加強練習，挑戰所有可能出現的問題，好全面！

3-5

模擬考題練習

實戰模擬考題

※ [1~30] 다음을 읽고 맞지 <u>않는</u> 것을 고르십시오. (각 3점)

1.

> ### 수영장 이용 안내
>
> 기간: 2014년 6월부터 ~ 8월까지
> 시간: 오전 10시부터 오후 6시까지
> 입장료: 어른 5,000원, 어린이 2,000원
> ※ 매주 화요일은 쉽니다.

① 수영장은 6월부터 이용할 수 있습니다.
② 어른 한 명과 어린이 한 명은 7,000원입니다.
③ 매일 매일 이용할 수 있습니다.
④ 오후 6시 이후에 이용할 수 없습니다.

步驟 6

對照模擬考題解析，好扎實！

　　本書提供考古題及模擬考題解析，不但教考生如何從相似的陷阱文句中，依照題型主旨選出正確的答案，還補充相關單字及句型，附上實用例句，考生可以透過詳盡的完全解析找出應考盲點、厚植實力，好扎實！

3-6

模擬考題解析

※ [1~30] 如同〈範例〉，請讀過以下內容後，選出<u>不合適</u>的回答。（各3分）

1.

> ### 수영장 이용 안내
>
> 기간: 2014년 6월부터 ~ 8월까지
> 시간: 오전 10시부터 오후 6시까지
> 입장료: 어른 5,000원, 어린이 2,000원
> ※ 매주 화요일은 쉽니다.

> ### 游泳池使用資訊
>
> 日期: 從2014年6月 ~ 8月為止開放
> 時間: 從上午10點至下午6點
> 門票: 大人5,000元、兒童2,000元
> ※ 每週二休息。

① 수영장은 6월부터 이용할 수 있습니다. 游泳池從6月開始可以使用。
② 어른 한 명과 어린이 한 명은 7,000원입니다.
　一個大人和一個兒童〔的費用〕是7,000元。
❸ 매일 매일 이용할 수 있습니다. 可天天使用〔游泳池〕、
④ 오후 6시 이후에 이용할 수 없습니다. 下午6點以後不能使用。

▌目次

題型1：短文主題選擇　　　　　　　　　　　　19

　　新韓檢初級閱讀「短文主題選擇」擺在閱讀考試的最前面，考生要面對3個問題。首先，考生要仔細解讀題目，從題目中挑出共同的關鍵字。通常考題短文的內容都不會太難，多半是「主語、受詞、動詞」或「主語及形容詞」的單純結構。

　　填空題型分為「短文填空」及「長文填空」，透過2014年官方公布的試題推測，針對「短文填空」舊制出4題，但在新韓檢中重要性提高，增加為6題。考試的內容每題都會有2個短句，考生要根據句子的意思，選出適合填入括號裡的答案。

　　閱讀科目考題中「標示解讀」的部分會出3題，而且都是日常生活上常見的標誌：如超市商品廣告、旅行相關廣告、大樓樓層的介紹、交通相關標誌、使用場地相關辦法，或是便條紙或卡片的內容等。

　　「內容一致」的考題，過去考試會出4題，新韓檢已改為3題。依據過去的考試，2012年以後的考題都是先讀3行的短文，再從4個選項中找出跟題目一樣的內容即可。從選項中找出其他3個跟題目無關或不清楚其內容的描述，這樣比較容易找出答案。

題型5：長文主題選擇　　　　241

　　本題型在新韓檢考試也會出3題，考生會感到跟前面「內容一致」很類似。因為2種題型都是3句左右，而且都是要先讀懂內容後，選出對的答案。基本上2種題型都是短句式的內容，不會太長或太難，且單字的難度也不高。特別要注意的地方，是本題型要考生選出本文重點，而不是顧慮細節正確或不正確。

　　「順序排列」是新韓檢初級閱讀考試中第一次出現的題型。過去在中級閱讀考試中曾考過。此題型每題會有4個句子，要依照內容描述重新排列，會出2題。最好先將題目的4個句子很快讀懂，同時照邏輯把它重新排列。

　　閱讀考試的最後關鍵就是「長文閱讀——一題兩答」，考生要讀一篇4～7個句子的長文，接著回答2個題目。「長文閱讀」考題，到了新制，是40題中有20題，佔50%，所以初級閱讀考試能不能合格，一題兩答絕對是重要關鍵。

주제 고르기

題型1：短文主題選擇

新韓檢初級閱讀「短文主題選擇」擺在閱讀考試的最前面，考生要面對3個問題。首先，考生要仔細解讀題目，從題目中挑出共同的關鍵字。通常考題短文的內容都不會太難，多半是「主語、受詞、動詞」或「主語及形容詞」的單純結構。考題範圍比較廣：如介紹家人或朋友、國籍、場所、天氣、年紀、時間、季節、味道、計劃等。考生記得要先找出共同的關鍵單字，在選項中找出答案。

1-0
準備方向

題型說明

　　2014年7月起實施的新韓檢「韓國語文能力測驗Ⅰ」是屬於初級1～2級的考試。科目分為聽力和閱讀2科，其中閱讀科目的重要性在新韓檢中提高，考生要面對從第31題開始至第70題，共40題的閱讀試題。

　　新韓檢初級閱讀的「主題選擇」考題分為「短文」（2句）、「中長文」（3～4句）及「長文」（5～7句）。新韓檢初級閱讀「短文主題選擇」擺在閱讀考試的最前面，考生要面對3個問題。首先，考生要仔細解讀題目，從題目中挑出2～4個關鍵字。通常考題短文的內容都不會太難，多半是「主語、受詞、動詞」或「主語及形容詞」的單純結構，但是內容範圍比較廣，如：介紹家人或朋友、國籍、場所、天氣、年紀、時間、季節、味道、計劃等。考生記得要先找出關鍵單字，而非一味地注意細節。本書依據「短文主題選擇」的考古題，整理了考生必背的相關單字和句型，考生可藉此打好基礎，之後面對長文時，才能更容易理解文法的結構。

問題範例

※ [31~33] 무엇에 대한 이야기입니까? <보기>와 같이 알맞은 것을 고르십시오.

――――― <보기> ―――――

덥습니다. 바다에서 수영합니다.

① 여름　　　　② 날씨　　　　③ 나이　　　　④ 나라

2013년 제 32회 초급 읽기

範例翻譯

※ [31～33] 關於什麼內容？請同〈範例〉，選出適當的答案。

――――― 〈範例〉 ―――――

很熱。在海邊游泳。

❶ 夏天　　　　② 天氣　　　　③ 年紀　　　　④ 國家

2013年第32回初級閱讀

1-1

必備句型

句型示範

❶ -고 있다　表示現在進行：正在

例 지금 영화를 보고 있습니다.　現在正在看電影。

❷ -에 다니다　接在地點名詞後面，表示職業或身分

例 언니는 대학교에 다닙니다.　姐姐是大學生。

例 아버지는 회사에 다닙니다.　父親是上班族。

❸ -도　也

例 저도 한국어를 배웁니다.　我也學韓語。

❹ -ㄹ/을 것이다　表示未來：將會、要

例 텔레비전을 볼 것입니다.　要看電視。

❺ -겠-　表示未來、推測或意志

例 내일 친구를 만나겠습니다. (表示未來)　明天要見朋友。

例 오늘 학교에 늦겠습니다. (表示推測)　今天可能會遲到。

例 매일 운동을 하겠습니다. (表示意志)　我每天會運動。

❻ -(으)려고 하다　接動詞後面，表示說者的意圖或打算

例 내일 공원에 가려고 합니다.　明天要去公園。

❼ -(으)러 가다　接在動詞（通常오다, 다니다）後面，表示為了某件事而去某地方

例 운동하러 운동장에 갑니다.　去運動場運動。(為了運動而去運動場。)

1-2
必背單字

1. 和生活物品相關的字彙

- □ 가방 名 包包
- □ 값 名 價格
- □ 거기 代 那裡
- □ 건물 名 建築
- □ 계시다 形 有；在（있다的敬語）
- □ 계획 名 計劃
- □ 공부 名 學習；學；唸書
- □ 교통 名 交通
- □ 기숙사 名 宿舍
- □ 나라 名 國家
- □ 농구 名 籃球
- □ 모자 名 帽子
- □ 바지 名 褲子
- □ 버스 名 公車
- □ 살 量 歲
- □ 색깔 名 顏色
- □ 선물 名 禮物
- □ 수업 名 上課
- □ 수첩 名 手冊

- □ 숙제 名 功課、作業
- □ 아주 副 很
- □ 약 名 藥；冠 大約
- □ 연필 名 鉛筆
- □ 영화 名 電影
- □ 옷 名 衣服
- □ 외국어 名 外文
- □ 일기 名 日記
- □ 재미있다 形 有趣
- □ 지우개 名 橡皮擦
- □ 차 名 車；茶
- □ 책 名 書
- □ 축구 名 足球
- □ 치마 名 裙子
- □ 택시 名 計程車
- □ 텔레비전 名 電視
- □ 편지 名 信
- □ 표 名 票
- □ 회의 名 會議

2. 和場所、地點相關的字彙

- ☐ 가게 名 商店
- ☐ 방 名 房間
- ☐ 병원 名 醫院
- ☐ 식당 名 餐廳
- ☐ 아파트 名 公寓
- ☐ 일본 名 日本
- ☐ 장소 名 場所、地點

- ☐ 제주도 名 濟州島
- ☐ 주소 名 地址
- ☐ 중국 名 中國
- ☐ 집 名 家
- ☐ 초등학교 名 小學
- ☐ 학교 名 學校
- ☐ 회사 名 公司

3. 和人相關的字彙

- ☐ 가족 名 家族
- ☐ 간호사 名 護士
- ☐ 건강 名 健康
- ☐ 고향 名 故鄉
- ☐ 누나 名 姐姐（男生稱呼姐姐）
- ☐ 눈 名 眼睛；雪
- ☐ 동생 名 弟弟或妹妹
- ☐ 방학 名 放假
- ☐ 부모 名 父母
- ☐ 부모님 名 父母
- ☐ 사람 名 人
- ☐ 선생님 名 老師

- ☐ 생일 名 生日
- ☐ 아버지 名 父親
- ☐ 어머니 名 母親
- ☐ 언니 名 姐姐（女生稱呼姐姐）
- ☐ 이름 名 名字
- ☐ 약속 名 約、約會
- ☐ 직업 名 職業
- ☐ 취미 名 興趣
- ☐ 친구 名 朋友
- ☐ 휴가 名 休假
- ☐ 휴일 名 假日
- ☐ 형 名 哥哥（男生稱呼哥哥）

4. 和動作相關的字彙

- ☐ (바람) 불다 動 吹（風）
- ☐ 다니다 動 來往；上；去

- ☐ 다시 副 再
- ☐ 등산 名 登山、爬山

□ 보다 動 看　　　　　　　□ 여행 名 旅行

□ 사다 動 買　　　　　　　□ 운동 名 運動

□ 산책 名 散步　　　　　　□ 이사 名 搬家

□ 살다 動 住　　　　　　　□ 읽기 名 讀；唸

□ 쇼핑 名 逛街　　　　　　□ 읽다 動 讀；唸

□ 수영 名 游泳　　　　　　□ 태어나다 動 出生

□ 시작하다 動 開始

5. 和飲食相關的字彙

□ 갈비 名 韓式排骨　　　　□ 밥 名 飯

□ 과일 名 水果　　　　　　□ 불고기 名 韓式烤肉

□ 김치 名 泡菜　　　　　　□ 비빔밥 名 拌飯

□ 물 名 水　　　　　　　　□ 음식 名 飲食、食物

6. 和時間相關的字彙

□ 내년 名 明年　　　　　　□ 요일 名 星期

□ 내일 名 明天　　　　　　□ 일요일 名 星期日

□ 동안 名 期間　　　　　　□ 일주일 名 一星期

□ 매일 名 每天　　　　　　□ 자주 副 常常

□ 시간 名 時間　　　　　　□ 주말 名 週末

□ 아침 名 早上；早餐　　　□ 지금 名 現在

□ 어제 名 昨天　　　　　　□ 토요일 名 星期六

7. 和天氣相關的字彙

□ 겨울 名 冬天　　　　　　□ 바람 名 風

□ 계절 名 季節　　　　　　□ 시원하다 形 涼快

□ 날씨 名 天氣　　　　　　□ 춥다 形 冷

考古題練習

老師提醒

　　以下考生要面對每題2個短句，讀完之後要選出選項中共同的主題。因此找出關鍵字很重要。如果2句都用了一樣的動詞，表示考生要注意看動詞的意思，然後看主語或受詞，接著找出共同的主題。以下3點是考試中常出現的考題趨勢：①動詞一樣的時候，第2句通常出現「도」（也），關鍵在於共同的動詞或受詞；②用連接詞來連接有關因果或連接、轉折等內容；③助詞也是考生要注意看的地方，如果看到「에서」（表示地點的助詞）要注意看選項中「場所或地點」等有關單字。

歷屆考古題

※ [1~30] 무엇에 대한 이야기입니까? <보기>와 같이 알맞은 것을 고르십시오.

2013 (32) 1. 어제 모자를 샀습니다. 가방도 샀습니다.
　　　　　　① 친구　　　　　② 약속　　　　　③ 쇼핑　　　　　④ 아침

　　　　2. 바람이 붑니다. 시원합니다.
　　　　　　① 날씨　　　　　② 과일　　　　　③ 사람　　　　　④ 방학

　　　　3. 저는 간호사입니다. 한국병원에 다니고 있습니다.
　　　　　　① 주말　　　　　② 직업　　　　　③ 산책　　　　　④ 건물

2013 (31) 4. 형이 있습니다. 누나도 있습니다.
　　　　　　① 친구　　　　　② 나라　　　　　③ 가족　　　　　④ 이름

　　　　5. 저는 매일 수영을 합니다. 일요일에는 축구도 합니다.
　　　　　　① 주말　　　　　② 운동　　　　　③ 약속　　　　　④ 방학

6. 식당에서 밥을 먹습니다. 집에서 텔레비전을 봅니다.
　　① 시간　　　　② 취미　　　　③ 직업　　　　④ 장소

2013 (30)　7. 불고기가 있습니다. 갈비도 있습니다.
　　① 음식　　　　② 가족　　　　③ 계절　　　　④ 취미

8. 연필은 천 원입니다. 지우개는 오백 원입니다.
　　① 값　　　　　② 표　　　　　③ 선물　　　　④ 수업

9. 저는 2월 28일에 태어났습니다. 영미 씨는 7월 19일에 태어났습니다.
　　① 색깔　　　　② 직업　　　　③ 생일　　　　④ 일기

2012 (28)　10. 회의를 3월 2일에 했습니다. 3월 5일에도 할 겁니다.
　　① 날짜　　　　② 일기　　　　③ 이사　　　　④ 수첩

11. 우리 아버지는 회사에 다닙니다. 어머니는 선생님입니다.
　　① 주소　　　　② 편지　　　　③ 부모　　　　④ 음식

12. 내년에 외국어 공부를 시작하겠습니다. 그리고 수영도 다시 시작하겠습니다.
　　① 건강　　　　② 계획　　　　③ 나라　　　　④ 운동

2012 (26)　13. 저는 지금 한국에 있습니다. 제 친구는 중국에 삽니다.
　　① 나라　　　　② 가족　　　　③ 이름　　　　④ 직업

14. 민수 씨는 책 읽기를 좋아합니다. 그래서 매일 책을 읽습니다.
　　① 취미　　　　② 숙제　　　　③ 수업　　　　④ 휴일

15. 이번 겨울은 춥습니다. 그리고 눈이 자주 옵니다.
　　① 계획　　　　② 날씨　　　　③ 방학　　　　④ 장소

2011 (23)　16. 부모님이 계십니다. 동생도 있습니다.
　　① 이름　　　　② 가족　　　　③ 나이　　　　④ 나라

17. 저는 비빔밥을 좋아합니다. 불고기도 좋아합니다.
    ① 취미   ② 시간   ③ 음식   ④ 장소

18. 내일부터 일주일 동안 휴가입니다. 일본에 가려고 합니다.
    ① 주말   ② 교통   ③ 직업   ④ 여행

2011 (21) 19. 저는 열아홉 살입니다. 누나는 스무 살입니다.
    ① 나이   ② 나라   ③ 이름   ④ 친구

20. 저는 등산을 좋아합니다. 그래서 산에 자주 갑니다.
    ① 공부   ② 직업   ③ 음식   ④ 취미

21. 저는 제주도에서 태어났습니다. 초등학교 때까지 거기서 살았습니다.
    ① 고향   ② 과일   ③ 시장   ④ 여행

2010 (20) 22. 저는 바지를 좋아합니다. 언니는 치마를 좋아합니다.
    ① 옷   ② 방   ③ 가게   ④ 나이

23. 저는 기숙사에 삽니다. 친구는 아파트에 삽니다.
    ① 차   ② 집   ③ 학교·   ④ 식당

24. 토요일에 재미있는 영화를 봤습니다. 일요일에는 공부했습니다.
    ① 주말   ② 계절   ③ 날짜   ④ 장소

2010 (18) 25. 나는 김민수입니다. 내 친구는 이수진입니다.
    ① 나라   ② 나이   ③ 이름   ④ 가족

26. 김치하고 불고기를 먹습니다. 아주 맛있습니다.
    ① 약   ② 차   ③ 과일   ④ 음식

27. 형은 회사에 다닙니다. 그리고 누나는 선생님입니다.
    ① 교통   ② 장소   ③ 직업   ④ 취미

2009 (16) 28. 버스가 있습니다. 택시도 있습니다.
    ① 눈   ② 물   ③ 차   ④ 방

29. 저는 일요일에 축구를 합니다. 그리고 농구도 합니다.
　　① 운동　　　　② 공부　　　　③ 가족　　　　④ 고향

30. 한국의 1월과 2월은 겨울입니다. 아주 춥습니다.
　　① 계절　　　　② 요일　　　　③ 장소　　　　④ 약속

答案

1. ③	2. ①	3. ②	4. ③	5. ②	6. ④	7. ①	8. ①	9. ③	10. ①
11. ③	12. ②	13. ①	14. ①	15. ②	16. ②	17. ③	18. ④	19. ①	20. ④
21. ①	22. ①	23. ②	24. ①	25. ③	26. ④	27. ③	28. ③	29. ①	30. ①

考古題解析

※ [1～30] 關於什麼內容？請同〈範例〉，選出適當的答案。

2013 (32)

1. 어제 모자를 샀습니다. 가방도 샀습니다. 昨天買了帽子。也買了包包。
    ① 친구 朋友   ② 약속 約會   ❸ 쇼핑 逛街   ④ 아침 早上

2. 바람이 붑니다. 시원합니다. 風吹過來。很涼快。
    ❶ 날씨 天氣   ② 과일 水果   ③ 사람 人   ④ 방학 放假

3. 저는 간호사입니다. 한국병원에 다니고 있습니다. 我是護士。在韓國醫院上班。
    ① 주말 週末   ❷ 직업 職業   ③ 산책 散步   ④ 건물 建築

2013 (31)

4. 형이 있습니다. 누나도 있습니다. （我）有哥哥。也有姐姐。
    ① 친구 朋友   ② 나라 國家   ❸ 가족 家族   ④ 이름 名字

5. 저는 매일 수영을 합니다. 일요일에는 축구도 합니다. 我每天游泳。星期日也踢足球。
    ① 주말 週末   ❷ 운동 運動   ③ 약속 約會   ④ 방학 放假

6. 식당에서 밥을 먹습니다. 집에서 텔레비전을 봅니다. 在餐廳吃飯。在家看電視。
    ① 시간 時間   ② 취미 興趣   ③ 직업 職業   ❹ 장소 場所

2013 (30)

7. 불고기가 있습니다. 갈비도 있습니다. 有韓式烤肉。也有韓式排骨。
    ❶ 음식 飲食   ② 가족 家族   ③ 계절 季節   ④ 취미 興趣

8. 연필은 천 원입니다. 지우개는 오백 원입니다. 鉛筆一千元。橡皮擦是五百元。
    ❶ 값 價格   ② 표 票   ③ 선물 禮物   ④ 수업 上課

9. 저는 2월 28일에 태어났습니다. 영미 씨는 7월 19일에 태어났습니다.

我在2月28日出生。榮美小姐在7月19日出生。

① 색깔　顏色　　② 직업　職業　　❸ 생일　生日　　④ 일기　日記

2012 (28)

10. 회의를 3월 2일에 했습니다. 3월 5일에도 할 겁니다.　3月2日開過會。3月5日也要開。

❶ 날짜　日期　　② 일기　日記　　③ 이사　搬家　　④ 수첩　手冊

11. 우리 아버지는 회사에 다닙니다. 어머니는 선생님입니다.

我父親是上班族。母親是老師。

① 주소　地址　　② 편지　信　　❸ 부모　父母　　④ 음식　飲食

12. 내년에 외국어 공부를 시작하겠습니다. 그리고 수영도 다시 시작하겠습니다.

明年要開始唸外語。還有也要開始游泳。

① 건강　健康　　❷ 계획　計劃　　③ 나라　國家　　④ 운동　運動

2012 (26)

13. 저는 지금 한국에 있습니다. 제 친구는 중국에 삽니다.

我現在在韓國。我朋友住中國。

❶ 나라　國家　　② 가족　家族　　③ 이름　名字　　④ 직업　職業

14. 민수 씨는 책 읽기를 좋아합니다. 그래서 매일 책을 읽습니다.

閔洙先生喜歡讀書。所以每天讀書。

❶ 취미　興趣　　② 숙제　功課　　③ 수업　上課　　④ 휴일　假日

15. 이번 겨울은 춥습니다. 그리고 눈이 자주 옵니다.

今年（這次）冬天很冷。還有常下雪。

① 계획　計劃　　❷ 날씨　天氣　　③ 방학　放假　　④ 장소　場所

2011 (23)

16. 부모님이 계십니다. 동생도 있습니다.　（我）有父母親。也有弟弟（或妹妹）。

① 이름　名字　　❷ 가족　家族　　③ 나이　年紀　　④ 나라　國家

17. 저는 비빔밥을 좋아합니다. 불고기도 좋아합니다.　我喜歡拌飯。也喜歡韓式烤肉。

① 취미　興趣　　② 시간　時間　　❸ 음식　飲食　　④ 장소　場所

18. 내일부터 일주일 동안 휴가입니다. 일본에 가려고 합니다.

　　明天開始有（為期）一星期的休假。打算要去日本。

　　① 주말　週末　　② 교통　交通　　③ 직업　職業　　❹ 여행　旅行

2011 (21)

19. 저는 열아홉 살입니다. 누나는 스무 살입니다.　我是十九歲。姐姐是二十歲。

　　❶ 나이　年紀　　② 나라　國家　　③ 이름　名字　　④ 친구　朋友

20. 저는 등산을 좋아합니다. 그래서 산에 자주 갑니다.　我喜歡爬山。所以常上山。

　　① 공부　唸書　　② 직업　職業　　③ 음식　飲食　　❹ 취미　興趣

21. 저는 제주도에서 태어났습니다. 초등학교 때까지 거기서 살았습니다.

　　我在濟州島出生。到國小都住在那裡。

　　❶ 고향　故鄉　　② 과일　水果　　③ 시장　市場　　④ 여행　旅行

2010 (20)

22. 저는 바지를 좋아합니다. 언니는 치마를 좋아합니다.　我喜歡褲子。姐姐喜歡裙子。

　　❶ 옷　衣服　　② 방　房間　　③ 가게　商店　　④ 나이　年紀

23. 저는 기숙사에 삽니다. 친구는 아파트에 삽니다.　我住宿舍。朋友住公寓。

　　① 차　車　　❷ 집　家　　③ 학교　學校　　④ 식당　餐廳

24. 토요일에 재미있는 영화를 봤습니다. 일요일에는 공부했습니다.

　　星期六看了很有趣的電影。星期日唸了書。

　　❶ 주말　週末　　② 계절　季節　　③ 날짜　日期　　④ 장소　場所

2010 (18)

25. 나는 김민수입니다. 내 친구는 이수진입니다.　我是金閔洙。我朋友是李秀真。

　　① 나라　國家　　② 나이　年紀　　❸ 이름　名字　　④ 가족　家族

26. 김치하고 불고기를 먹습니다. 아주 맛있습니다.

　　（我）吃泡菜和韓式烤肉。很好吃。

　　① 약　藥　　② 차　茶　　③ 과일　水果　　❹ 음식　飲食

27. 형은 회사에 다닙니다. 그리고 누나는 선생님입니다.

哥哥是上班族。還有姐姐是老師。

① 교통　交通　　② 장소　場所　　❸ 직업　職業　　④ 취미　興趣

2009 (16)

28. 버스가 있습니다. 택시도 있습니다.　有公車。也有計程車。

① 눈　雪　　　② 물　水　　　❸ 차　車　　　④ 방　房間

29. 저는 일요일에 축구를 합니다. 그리고 농구도 합니다.

我星期日踢足球。還有打籃球。

❶ 운동　運動　　② 공부　唸書　　③ 가족　家族　　④ 고향　故鄉

30. 한국의 1월과 2월은 겨울입니다. 아주 춥습니다.

韓國的1月和2月是冬天。很冷。

❶ 계절　季節　　② 요일　星期　　③ 장소　場所　　④ 약속　約會

模擬考題練習

實戰模擬考題

※ [1~30] 무엇에 대한 이야기입니까? <보기>와 같이 알맞은 것을 고르십시오.

1. 점심에 수영을 합니다. 주말에 요가도 합니다.
   ① 음식　　　　② 식사　　　　③ 운동　　　　④ 장소

2. 수미 씨는 영화를 좋아합니다. 그래서 매일 저녁에 영화를 봅니다.
   ① 직업　　　　② 친구　　　　③ 교통　　　　④ 취미

3. 오늘은 수미 씨의 생일입니다. 가방을 주려고 합니다.
   ① 약속　　　　② 선물　　　　③ 친구　　　　④ 시간

4. 사과를 먹었습니다. 포도도 먹었습니다.
   ① 과일　　　　② 이름　　　　③ 음식　　　　④ 식사

5. 피아노를 잘 칩니다. 바이올린도 잘합니다.
   ① 악기　　　　② 운동　　　　③ 친구　　　　④ 장소

6. 누나는 대학생입니다. 동생은 고등학생입니다.
   ① 나이　　　　② 신분　　　　③ 생일　　　　④ 약속

7. 오빠는 스무 살입니다. 언니는 두 살 더 많습니다.
   ① 직업　　　　② 나이　　　　③ 취미　　　　④ 음식

8. 저는 겨울을 좋아합니다. 동생은 가을을 좋아합니다.
   ① 가족　　　　② 취미　　　　③ 계절　　　　④ 장소

9. 귤은 500원입니다. 배는 700원입니다.
   ① 휴일　　　　② 여행　　　　③ 음식　　　　④ 가격

10. 다음 주부터 쉽니다. 중국으로 여행 가려고 합니다.
    ① 음식   ② 약속   ③ 장소   ④ 계획

11. 토요일에 친구를 만납니다. 일요일에 영화를 봅니다.
    ① 친구   ② 주말   ③ 운동   ④ 가격

12. 언니는 선생님입니다. 외국어를 가르칩니다.
    ① 직업   ② 가족   ③ 생일   ④ 공부

13. 여름입니다. 아주 덥습니다.
    ① 친구   ② 계절   ③ 여행   ④ 휴일

14. 친구하고 시계를 살 겁니다. 옷도 사려고 합니다.
    ① 가격   ② 쇼핑   ③ 날짜   ④ 날씨

15. 올해는 일본에 여행 갑니다. 내년에는 미국으로 여행 갈 겁니다.
    ① 국적   ② 휴가   ③ 운동   ④ 계획

16. 주말에 친구 집에 놀러 갑니다. 오후 2시에 갑니다.
    ① 이름   ② 식사   ③ 약속   ④ 국가

17. 눈이 많이 옵니다. 스키 타러 갑니다.
    ① 계절   ② 취미   ③ 약속   ④ 장소

18. 책을 자주 봅니다. 음악도 많이 듣습니다.
    ① 서점   ② 도시   ③ 주말   ④ 취미

19. 토요일에 영화를 봅니다. 일요일에 운동을 합니다.
    ① 주말   ② 여행   ③ 계획   ④ 계절

20. 내년에 서른 살입니다. 오빠는 서른두 살입니다.
    ① 가족   ② 나이   ③ 계획   ④ 가격

21. 내일 친구를 만납니다. 백화점 앞에서 만납니다.
    ① 친구   ② 쇼핑   ③ 장소   ④ 색깔

22. 우리 집에 고양이가 있습니다. 강아지도 있습니다.
　　① 방　　　　　② 값　　　　　③ 가족　　　　　④ 동물

23. 테니스를 잘 칩니다. 골프도 좋아합니다.
　　① 주말　　　　② 취미　　　　③ 계획　　　　④ 운동

24. 버스가 안 옵니다. 지하철에도 사람이 많습니다.
　　① 여행　　　　② 교통　　　　③ 휴일　　　　④ 아침

25. 저는 한국 사람입니다. 친구는 영국 사람입니다.
　　① 가족　　　　② 국적　　　　③ 직업　　　　④ 여행

26. 수박을 좋아합니다. 딸기도 좋아합니다.
　　① 계절　　　　② 나이　　　　③ 과일　　　　④ 가격

27. 아빠는 회사에 다닙니다. 엄마는 주부입니다.
　　① 가족　　　　② 계획　　　　③ 직업　　　　④ 음식

28. 비빔밥은 맵습니다. 김치찌개는 더 맵습니다.
　　① 가게　　　　② 식당　　　　③ 음식　　　　④ 가격

29. 저는 서울에서 삽니다. 친구는 도쿄에서 삽니다.
　　① 도시　　　　② 나이　　　　③ 계획　　　　④ 여행

30. 가을은 시원합니다. 겨울은 춥습니다.
　　① 날짜　　　　② 날씨　　　　③ 취미　　　　④ 가족

答案

1. ③　　2. ④　　3. ②　　4. ①　　5. ①　　6. ②　　7. ②　　8. ③　　9. ④　　10. ④

11. ②　　12. ①　　13. ②　　14. ②　　15. ④　　16. ③　　17. ①　　18. ④　　19. ①　　20. ②

21. ③　　22. ④　　23. ④　　24. ②　　25. ②　　26. ③　　27. ③　　28. ③　　29. ①　　30. ②

模擬考題解析

※ [1~30] 關於什麼內容？請同〈範例〉，選出適當的答案。

1. 점심에 수영을 합니다. 주말에 요가도 합니다.　中午游泳。週末也做瑜珈。

　① 음식　飲食　　② 식사　用餐　　❸ 운동　運動　　④ 장소　場所

　　☆ 本題目的關鍵單字為「수영」（游泳）及「요가」（瑜珈）。也許看到「中午」和「週末」就
　　　會想到和時間有關的答案，但這2個時間點不太能歸納選出答案，因此答案是③運動。

2. 수미 씨는 영화를 좋아합니다. 그래서 매일 저녁에 영화를 봅니다.

　　秀美小姐喜歡電影。所以每天晚上看電影。

　① 직업　職業　　② 친구　朋友　　③ 교통　交通　　❹ 취미　興趣

　　☆ 本題目的關鍵單字為「영화」（電影）及「매일 저녁」（每天晚上）。2次都提到電影，再加
　　　上「每天看電影」表示常常做那件事，因此比較容易找出答案是④興趣。

3. 오늘은 수미 씨의 생일입니다. 가방을 주려고 합니다.

　　今天是秀美小姐的生日。打算要送（她）包包。

　① 약속　約會　　❷ 선물　禮物　　③ 친구　朋友　　④ 시간　時間

　　☆ 本題目的關鍵單字為「생일」（生日）及「가방」（包包）。答案是②禮物。

4. 사과를 먹었습니다. 포도도 먹었습니다.　吃了蘋果。也吃了葡萄。

　❶ 과일　水果　　② 이름　名字　　③ 음식　飲食　　④ 식사　用餐

　　☆ 本題目的動詞是一樣，第2句出現「도」（也）這個字，因此要注意看擺在「也」前面的字。
　　　由此可知本題關鍵單字為「사과」（蘋果）及「포도」（葡萄）。2次都提到「吃了」的動
　　　詞，重點為2種水果，所以答案是①水果。

5. 피아노를 잘 칩니다. 바이올린도 잘합니다.　很會彈鋼琴。很會拉小提琴。

　❶ 악기　樂器　　② 운동　運動　　③ 친구　朋友　　④ 장소　場所

　　☆ 本題目的關鍵單字為2種樂器「피아노」（鋼琴）及「바이올린」（小提琴）。通常彈（鋼
　　　琴）的動詞為「치다」、拉（小提琴）的動詞為「켜다」，本題目是直接用了「잘 한다」表
　　　示「很會做某件事」。這些動詞即使沒有看清楚，只看到了和樂器相關的字，還是可以選出答
　　　案①樂器。

6. 누나는 대학생입니다. 동생은 고등학생입니다.

姐姐是大學生。弟弟（或妹妹）是高中生。

① 나이　年紀　　❷ 신분　身分　　③ 생일　生日　　④ 약속　約會

☆ 本題目的關鍵單字為「대학생」（大學生）及「고등학생」（高中生）。雖然有提到「姐姐」
和「弟弟或妹妹」，也許會想到答案是「家人」，但沒有「가족」（家族）、「형제자매」
（兄弟姊妹）或「식구」（家庭人數或家庭人口）這些選項，因此要注意到的「學生」的身
分，答案是②身分。
另外，通常男生稱呼哥哥姐姐的説法為「형」及「누나」；女生稱呼哥哥姐姐的説法為「오
빠」及「언니」；弟弟妹妹統一稱為「동생」，或可用「남동생」（弟弟）、「여동생」（妹
妹），請記起來。

7. 오빠는 스무 살입니다. 언니는 두 살 더 많습니다.

哥哥是二十歲。姐姐是（比哥哥）多二歲。

① 직업　職業　　❷ 나이　年紀　　③ 취미　興趣　　④ 음식　飲食

☆ 本題目的關鍵單字為「스무」（二十）及「두 살 더 많다」（多二歲）等。用「살」（歲）的
量詞時，會用以下數字。要注意1、2、3、4、20後面加量詞時，各有變化。答案②年紀。

| 한 살（1），두 살（2），세 살（3），네 살（4），다섯 살（5），여섯 살（6），일곱 살（7），여덟 살（8），아홉 살（9），열 살（10） |
| 스무 살（20），서른 살（30），마흔 살（40），쉰 살（50），예순 살（60），일흔 살（70），여든 살（80），아흔 살（90） |

8. 저는 겨울을 좋아합니다. 동생은 가을을 좋아합니다.

我喜歡冬天。弟弟（或妹妹）喜歡秋天。

① 가족　家族　　② 취미　興趣　　❸ 계절　季節　　④ 장소　場所

☆ 本題目的關鍵單字為「겨울」（冬天）及「가을」（秋天），答案是③季節。
考生要一起記起來有關季節的相關單字：「봄」（春）、「여름」（夏）、「가을」（秋）、
「겨울」（冬）。

9. 귤은 500원입니다. 배는 700원입니다.　橘子是500元。梨子是700元。

① 휴일　假日　　② 여행　旅行　　③ 음식　飲食　　❹ 가격　價格

☆ 本題目的關鍵單字「귤」（橘子）及「배」（梨子）和各個價錢。從選項中可以選出來的答案
是④價格。

10. 다음 주부터 쉽니다. 중국으로 여행 가려고 합니다.

下個星期開始休息。打算去中國旅行。

① 음식　飲食　　② 약속　約會　　③ 장소　場所　　❹ 계획　計劃

　☆ 本題目的關鍵單字為「다음 주」（下個星期）及「여행 가려고 합니다」（要去旅行）。因
　　此答案是④計劃，還沒有到的未來計劃。
　　另外，「주」的意思是「週」，上星期用「지난」、本週用「이번」，後面可以直接接星期幾。

11. 토요일에 친구를 만납니다. 일요일에 영화를 봅니다.

星期六見朋友。星期日看電影。

① 친구　朋友　　❷ 주말　週末　　③ 운동　運動　　④ 가격　價格

　☆ 本題目的關鍵單字為「토요일」（星期六）及「일요일」（星期日），包含這些關鍵單字的
　　答案是②週末。
　　有關星期的相關單字也要一起記起來：「평일, 주중」（平日）、「주말」（週末）、「일
　　요일」（星期日）、「월요일」（星期一）、「화요일」（星期二）、「수요일」（星期
　　三）、「목요일」（星期四）、「금요일」（星期五）、「토요일」（星期六）。

12. 언니는 선생님입니다. 외국어를 가르칩니다.　姐姐是老師。（她）教外語。

❶ 직업　職業　　② 가족　家族　　③ 생일　生日　　④ 공부　唸書

　☆ 本題目的關鍵單字為「선생님」（老師）及「가르치다」（教），表示姐姐的職業，所以適
　　合的答案是①職業。

13. 여름입니다. 아주 덥습니다.　是夏天。非常熱。

① 친구　朋友　　❷ 계절　季節　　③ 여행　旅行　　④ 휴일　假日

　☆ 本題目的關鍵單字為「여름」（夏天）及「덥다」（熱），因此答案是②季節。
　　天氣相關形容詞也一起記起來：「따뜻하다」（暖）、「덥다」（熱）、「쌀쌀하다」
　　（涼）、「춥다」（冷）。

14. 친구하고 시계를 살 겁니다. 옷도 사려고 합니다.

（我）要跟朋友（去）買時鐘。也要買衣服。

① 가격　價格　　❷ 쇼핑　逛街　　③ 날짜　日期　　④ 날씨　天氣

　☆ 本題目的關鍵單字為「사다」（買）、「시계」（時鐘）及「옷」（衣服）等，答案是②逛
　　街。

15. 올해는 일본에 여행 갑니다. 내년에는 미국으로 여행 갈 겁니다.

　　今年去日本旅行。明年要前往美國旅行。

　　① 국적　國籍　　　② 휴가　休假　　　③ 운동　運動　　　❹ 계획　計劃

　　☆ 本題目的關鍵單字為「올해」（今年）、「내년」（明年）、「일본」（日本）、「미국」（美國）及「여행」（旅行）等。雖然關鍵字的範圍看起來有一點廣，但透過今年和明年的說法，可知答案是④計劃。

16. 주말에 친구 집에 놀러 갑니다. 오후 2시에 갑니다.　　週末去朋友家玩。下午2點去。

　　① 이름　名字　　　② 식사　用餐　　　❸ 약속　約會　　　④ 국가　國家

　　☆ 本題目的關鍵單字為「주말」（週末）及「오후 2시」（下午2點），這都表示時間，再加上也知道地點在朋友家，因此答案是③約會。

17. 눈이 많이 옵니다. 스키 타러 갑니다.　　下很多雪。去滑雪。

　　❶ 계절　季節　　　② 취미　興趣　　　③ 약속　約會　　　④ 장소　場所

　　☆ 本題目的關鍵單字為「눈」（雪）及「스키」（滑雪），主要這2個單字表示冬天，因此最適合的答案是①季節。

18. 책을 자주 봅니다. 음악도 많이 듣습니다.　　常常看書。也常聽音樂。

　　① 서점　書店　　　② 도시　都市　　　③ 주말　週末　　　❹ 취미　興趣

　　☆ 本題目的關鍵單字為「자주」（常常）、「책」（書）及「음악」（音樂），可知常常做這些事，答案是④興趣。

19. 토요일에 영화를 봅니다. 일요일에 운동을 합니다.　　星期六看電影。星期日運動。

　　❶ 주말　週末　　　② 여행　旅行　　　③ 계획　計劃　　　④ 계절　季節

　　☆ 本題目的關鍵單字為「토요일」（星期六）、「일요일」（星期日）、「영화」（電影）及「운동」（運動），所以可推測答案是「週末」或「興趣」，也或許是「計劃」等。考生應該多注意動詞的部分，本題用了現在式，因此不是計劃，而是週末通常做的事，因此最適合的答案是①週末。

20. 내년에 서른 살입니다. 오빠는 서른두 살입니다.

　　（我）明年三十歲。哥哥是三十二歲。

　　① 가족　家族　　　❷ 나이　年紀　　　③ 계획　計劃　　　④ 가격　價格

　　☆ 本題目的關鍵單字為「서른 살」（三十歲）及「서른두 살」（三十二歲），答案是②年紀。

21. 내일 친구를 만납니다. 백화점 앞에서 만납니다.　明天見朋友。在百貨公司前面見面。

① 친구　朋友　　　② 쇼핑　逛街　　　❸ 장소　場所　　　④ 색깔　顏色

☆ 本題目的關鍵單字為「만나다」（見面）及「백화점 앞」（百貨公司前面），主要提到在百貨公司前面跟朋友見面，所以不是針對朋友的描述，因此答案是③場所。

22. 우리 집에 고양이가 있습니다. 강아지도 있습니다.　我家有貓。也有狗。

① 방　房間　　　② 값　價格　　　③ 가족　家族　　　❹ 동물　動物

☆ 本題目的關鍵單字為「고양이」（貓）及「강아지」（小狗），答案是④動物。這類題目常常出現。

23. 테니스를 잘 칩니다. 골프도 좋아합니다.　（我）很會打網球。也喜歡高爾夫球。

① 주말　週末　　　② 취미　興趣　　　③ 계획　計劃　　　❹ 운동　運動

☆ 本題目的關鍵單字為2項運動「테니스」（網球）及「골프」（高爾夫球）。這2項運動都會用「치다」（打）這個動詞，答案是④運動。

24. 버스가 안 옵니다. 지하철에도 사람이 많습니다.　公車不來。在地下鐵也很多人。

① 여행　旅遊　　　❷ 교통　交通　　　③ 휴일　假日　　　④ 아침　早上

☆ 本題目的關鍵單字為「버스」（公車）及「지하철」（地下鐵），可選出答案②交通。

25. 저는 한국 사람입니다. 친구는 영국 사람입니다.　我是韓國人。朋友是英國人。

① 가족　家族　　　❷ 국적　國籍　　　③ 직업　職業　　　④ 여행　旅行

☆ 本題目的動詞一致，關鍵單字為「한국 사람」（韓國人）及「영국 사람」（英國人），答案是②國籍。

26. 수박을 좋아합니다. 딸기도 좋아합니다.　（我）喜歡西瓜。也喜歡草莓。

① 계절　季節　　　② 나이　年紀　　　❸ 과일　水果　　　④ 가격　價格

☆ 本題目的關鍵單字為「수박」（西瓜）及「딸기」（草莓），答案是③水果。
檢定考試中，水果的名稱也常常出現，相關單字一起背起來吧：사과（蘋果）、배（梨子）、포도（葡萄）、딸기（草莓）、귤（橘子）、토마토（蕃茄）、바나나（香蕉）、파인애플（鳳梨）、수박（西瓜）、메론（哈密瓜）、오렌지（柳橙）、감（柿子）、참외（甜瓜、香瓜）。

27. 아빠는 회사에 다닙니다. 엄마는 주부입니다.　爸爸是上班族。媽媽是家庭主婦。

① 가족　家族　　　② 계획　計劃　　　❸ 직업　職業　　　④ 음식　飲食

☆ 本題目的關鍵單字為「아빠」（爸爸）、「엄마」（媽媽）、「회사」（公司）及「주부」（主婦）。看選項應該可以選出「家族」或「職業」，用爸爸及媽媽的單字不能代表答案就是「家族」，因此答案是③職業。

另外「~에 다니다」本身的意思是往返，但接續地點的名詞，表示是跟地點相關的身分或工作。如「학교에 다니다」（學生）、「학원에 다니다」（去補習班唸書）、「삼성에 다니다」（在三星上班）等。

28. 비빔밥은 맵습니다. 김치찌개는 더 맵습니다.　拌飯辣。泡菜鍋更辣。

　① 가게　商店　　② 식당　餐廳　　❸ 음식　飲食　　④ 가격　價格

　　☆ 本題目的關鍵單字為「비빔밥」（拌飯）及「김치찌개」（泡菜鍋），如果考生看到同樣的單字像「辣」，可以注意主語或受詞，透過2個關鍵字可知答案是③飲食。

29. 저는 서울에서 삽니다. 친구는 도쿄에서 삽니다.　我住首爾。朋友住東京。

　❶ 도시　城市　　② 나이　年紀　　③ 계획　計劃　　④ 여행　旅行

　　☆ 本題目的關鍵單字為「서울」（首爾）及「도쿄」（東京）。本題目動詞相同，但主語和受詞就不同。這樣的情況要注意看受詞部分，因此答案是①城市。

30. 가을은 시원합니다. 겨울은 춥습니다.　秋天涼快。冬天冷。

　① 날짜　日期　　❷ 날씨　天氣　　③ 취미　興趣　　④ 가족　家族

　　☆ 本題目的關鍵單字為「가을」（秋天）及「겨울」（冬天）。「시원하다」（涼快）及「춥다」（冷）各自表示各季節的特色，答案是②天氣。

1-7
模擬考題單字

1. 和生活物品相關的字彙

□ 가방 名 包包　　　　　□ 색깔 名 顏色

□ 강아지 名 小狗　　　　□ 시계 名 時鐘

□ 계획 名 計劃　　　　　□ 옷 名 衣服

□ 고양이 名 貓　　　　　□ 외국어 名 外文

□ 골프 名 高爾夫球　　　□ 음악 名 音樂

□ 동물 名 動物　　　　　□ 피아노 名 鋼琴

□ 바이올린 名 小提琴

2. 和場所、地點相關的字彙

□ 도쿄 名 東京　　　　　□ 영국 名 英國

□ 미국 名 美國　　　　　□ 중국 名 中國

3. 和人相關的字彙

□ 고등학생 名 高中生　　□ 주부 名 主婦

□ 언니 名 姐姐（女生稱呼姐姐）　□ 휴일 名 假日

□ 오빠 名 哥哥（女生稱呼哥哥）

4. 和動作相關的字彙

□ 가르치다 動 教　　　　□ 수영 名 游泳

□ 놀다 動 玩　　　　　　□ 쉬다 動 休息

☐ 스키 名 滑雪
☐ 요가 名 瑜珈

☐ 치다 動 打；拍；彈
☐ 켜다 動 開；拉；打

5. 和飲食相關的字彙

☐ 귤 名 橘子
☐ 수박 名 西瓜
☐ 배 名 梨子

☐ 점심 名 中午；午餐
☐ 딸기 名 草莓

6. 和時間相關的字彙

☐ 매일 名 每天
☐ 내년 名 明年

☐ 올해 名 今年
☐ 저녁 名 晚上

7. 和天氣相關的字彙

☐ 눈 名 雪
☐ 덥다 形 熱

☐ 시원하다 形 涼快
☐ 춥다 形 冷

빈칸 채우기

題型2：填空

　　填空題型分為「短文填空」及「長文填空」，透過2014年官方公布的試題推測，針對「短文填空」舊制出4題，但在新韓檢中重要性提高，增加為6題。考試的內容每題都會有2個短句，考生要根據句子的意思，選出適合填入括號裡的答案，即名詞、形容詞、連接詞或是副詞。考生應該要完全掌握這些題目，不要錯失分數。

2-0
準備方向

題型說明

　　韓國語文能力測驗的閱讀科目舊制共有**30題**，填空題型分為「**短文填空**」及「**長文填空**」。新韓檢閱讀題目共**40題**，但考試內容基本上沒有太大的改變。透過**2014年官方公布的試題推測**，新制不考的文法及單字部分，可能在聽力和閱讀考題中用間接的方式考，考生仍要多準備。針對「**短文填空**」舊制出**4題**，但在新韓檢中重要性提高，**增加為6題**。考試的內容每題都會有2個短句，考生要根據句子的意思，選出適合填入括號裡的答案，即名詞、形容詞、連接詞或是副詞。考生要多背些日常生活中常用到的單字，答題時也要特別注意受詞以及語尾，因為這也許就是答題的關鍵。當然「短文填空」題型比「長文填空」更簡單，因此考生應該要完全掌握這些題目，不要錯失分數。

問題範例

※ [34~39] <보기>와 같이 (   )에 들어갈 가장 알맞은 것을 고르십시오.

┌──────────────── <보기> ────────────────┐

저는(   )에 갔습니다. 빵을 샀습니다.

① 학교   ② 빵집   ③ 사진관   ④ 우체국

└──┘

2013년 32회 초급 듣기

範例翻譯

※ [34~39] 請同〈範例〉，選出最適合（   ）裡的答案。

┌──────────────── 〈範例〉 ────────────────┐

我去（   ）。買了麵包。

① 學校   ❷ 麵包店   ③ 照相館   ④ 郵局

└──┘

2013年第32回初級聽力

2-1
必備句型

句型示範

❶ -에 가다　去

例 학교에 갑니다.　去學校。

❷ -ㄹ/을 것이다　表示①未來的計劃或行程；②說者的推測或斟酌

例 한국에 여행 갈 것입니다.　我要去韓國旅行。（未來）

例 내일 눈이 올 것입니다.　明天會下雪。（推測或斟酌）

❸ -아/어/여 주다　幫（對方）做（動作）

例 이 책을 사 주세요.　請（你）買這本書給我。

❹ -지 않다　不（跟「안」可互相對換）

例 텔레비전을 보지 않습니다.　不看電視。

例 텔레비전을 안 봅니다.　不看電視。

❺ -ㄴ/는데　表示提示或說明的語尾：接名詞時用「ㄴ/인데」

例 비가 오겠는데 등산 갈 것입니까?　要下雨了，（還）要爬山嗎？

❻ -(으)러 가다 (오다, 다니다)　有什麼目的去（來、往返）：為了～而～

例 운동하러 운동장에 갑니다.　為了運動去運動場。（去運動場運動。）

❼ -고 있다　表示現在進行：正在

例 영화를 보고 있습니다.　正在看電影。

⑧ -아/어/여서

動詞後面接表示因果關係：因為～的關係，所以～（接在名詞後面相同意思的語法還有-(이)라서）

例 드라마가 재미있<u>어서</u> 한국어를 배웁니다.　因為連續劇很有趣，所以學韓語。

例 민수는 친구<u>라서</u> 자주 만납니다.　因為閔洙是（我的）朋友，所以常常見面。

⑨ -고 싶다　表示願望或期待：想、想要

例 선생님이 되<u>고 싶</u>습니다.　我想成為老師。

2-2
必背單字

1. 和生活物品相關的字彙

☐ 구두 名 皮鞋

☐ 그림 名 畫作

☐ 금방 副 馬上

☐ 깨끗하다 形 乾淨

☐ 꽃 名 花

☐ 넓다 形 寬

☐ 높다 形 高

☐ 다리 名 腳；橋

☐ 다시 副 再

☐ 더 副 再、更、更加

☐ 더럽다 形 髒

☐ 또 副 又

☐ 맑다 形 清、清新

☐ 먼저 副 先

☐ 밝다 形 亮

☐ 버스 名 公車

☐ 벌써 副 已經

☐ 비행기 名 飛機

☐ 사진 名 照片

☐ 선물 名 禮物

☐ 새 名 鳥；冠 新

☐ 수업 名 上課

☐ 아까 副 剛剛

☐ 아직 副 還

☐ 약 名 藥；冠 大約

☐ 언제나 副 總是

☐ 연필 名 鉛筆

☐ 영어 名 英文

☐ 옷 名 衣服

☐ 요즘 名 最近

☐ 의자 名 椅子

☐ 이야기 名 故事

☐ 작다 形 小

☐ 조용하다 形 安靜

☐ 중요하다 形 重要

☐ 짧다 形 短

☐ 차 名 車；茶

☐ 책 名 書

☐ 처음 名 第一次、初次

☐ 천천히 副 慢慢地

□ 컵 名 杯子   □ 하지만 名 然而

□ 크다 形 大   □ 한국어 名 韓語

□ 편지 名 信

2. 和場所、地點相關的字彙

□ 공원 名 公園   □ 멀다 形 遠

□ 공항 名 機場   □ 방 名 房間

□ 교실 名 教室   □ 병원 名 醫院

□ 도서관 名 圖書館

3. 和人相關的字彙

□ 고향 名 故鄉   □ 아프다 形 痛

□ 동생 名 弟弟或妹妹   □ 약속 名 約、約會

□ 머리 名 頭；頭髮（＝머리카락）   □ 어렵다 形 難

□ 바쁘다 形 忙   □ 예쁘다 形 漂亮

□ 방학 名 放假（學生的寒暑假）   □ 피곤하다 形 疲倦

□ 생일 名 生日

4. 和動作相關的字彙

□ 가지다 動 擁有   □ 따라하다 動 跟著做

□ 나가다 動 出去   □ 떠나다 動 離開

□ 놓다 動 放   □ 만나다 動 見面

□ 닦다 動 擦   □ 모르다 動 不知道

□ 닫다 動 關   □ 바꾸다 動 換

□ 도착하다 動 抵達   □ 방문 名 拜訪

□ 보내다 動 寄；送
□ 소개하다 動 介紹
□ 쉬다 動 休息
□ 시작하다 動 開始
□ 쓰다 動 寫；使用；戴（帽子、眼鏡）
　　　　形 苦
□ 씻다 動 洗
□ 알다 動 知道
□ 인사하다 動 打招呼

□ 일어나다 動 起床
□ 입다 動 穿
□ 자다 動 睡
□ 주다 動 給
□ 질문하다 動 提問
□ 청소하다 動 打掃
□ 초대하다 動 邀請
□ 축하하다 動 恭喜
□ 타다 動 搭；泡（茶）

5. 和飲食相關的字彙

□ 뜨겁다 形 燙
□ 맵다 形 辣

□ 조금 副 一點、少量

6. 和時間相關的字彙

□ 가끔 副 偶爾
□ 내일 名 明天
□ 밤 名 夜
□ 빠르다 形 快
□ 빨리 副 快
□ 어서 副 快

□ 일찍 副 早
□ 자주 副 常常
□ 잠깐 副 暫時、等一會兒
□ 점심시간 名 午餐時間
□ 지금 名 現在

7. 和天氣相關的字彙

□ 구름 名 雲
□ 춥다 形 冷

□ 하늘 名 天空

考古題練習

老師提醒

依過去考題的趨勢，短文填空分成4類，分別是名詞（多數為地點）、動詞、形容詞、副詞等。新韓檢考試的題目共6題，請考生把這4種題型都一起準備。通常考過的題目或選項還會重複出現，因此考生不妨把考古題中的相關單字記起來。

歷屆考古題

※ [1~40] <보기>와 같이 (   )에 들어갈 가장 알맞은 것을 고르십시오.

2013 (32) 1. 도서관에 갑니다. (   )을 봅니다. (3점)

① 꽃　　　　　② 책　　　　　③ 그림　　　　　④ 사진

2. 옷이 예쁩니다. 하지만 조금 (   ). (3점)

① 멉니다　　　　　　　　② 작습니다

③ 바쁩니다　　　　　　　④ 어렵습니다

3. 차가 (   ) 갑니다. 그래서 일찍 도착할 겁니다. (4점)

① 또　　　　　② 가끔　　　　　③ 다시　　　　　④ 빨리

4. 컵이 더럽습니다. 그 컵을 (   ) 주세요. (3점)

① 사　　　　　② 써　　　　　③ 놓아　　　　　④ 씻어

2013 (31) 5. 수업이 있습니다. (   )에 갑니다. (3점)

① 은행　　　　　② 병원　　　　　③ 교실　　　　　④ 서점

6. 내일이 동생 생일입니다. 저는 선물을 (   ). (3점)

① 삽니다　　　　② 씁니다　　　　③ 모릅니다　　　④ 만납니다

7. 청소를 했습니다. 방이 (   ). (4점)
   ① 춥습니다   ② 작습니다
   ③ 조용합니다   ④ 깨끗합니다

8. 저는 매운 음식을 좋아하지 않습니다. 하지만 (   )먹습니다. (3점)
   ① 가끔   ② 어서   ③ 일찍   ④ 벌써

2013 (30) 9. 춥습니다. (   )을 닫으세요. (3점)
   ① 문   ② 책   ③ 신문   ④ 가방

10. 김치를 먹었습니다. (   ) 맵습니다. (3점)
    ① 또   ② 더   ③ 아주   ④ 요즘

11. 구두를 샀는데 작습니다. 그 구두를 (   ) 갈 겁니다. (4점)
    ① 사러   ② 쓰러   ③ 바꾸러   ④ 닦으러

12. 아이들이 모두 자고 있습니다. 집이 (   ). (3점)
    ① 넓습니다   ② 밝습니다
    ③ 중요합니다   ④ 조용합니다

2012 (28) 13. 날씨가 좋습니다. (   )이 맑습니다. (3점)
    ① 눈   ② 밤   ③ 하늘   ④ 구름

14. 머리가 (   ). 그래서 약을 먹습니다. (3점)
    ① 좋습니다   ② 짧습니다   ③ 덥습니다   ④ 아픕니다

15. 오늘은 제 생일입니다. 친구를 우리 집에 (   ). (4점)
    ① 가졌습니다   ② 나갔습니다
    ③ 도착했습니다   ④ 초대했습니다

16. 아침에 약속이 있습니다. 그래서 (   ) 일어났습니다. (3점)
    ① 가끔   ② 일찍   ③ 아직   ④ 언제나

2012 (26) 17. 편지를 보냅니다. (   )에 갑니다. (3점)
    ① 은행   ② 서점   ③ 우체국   ④ 백화점

18. 공원에 꽃이 많습니다. 그래서 공원이 (   ). (3점)
　　① 예쁩니다　　　② 없습니다　　　③ 작습니다　　　④ 높습니다

19. 오늘 새 친구가 왔습니다. 선생님이 그 친구를 (   ). (4점)
　　① 만들었습니다　　　　　　② 바꾸었습니다
　　③ 소개했습니다　　　　　　④ 시작했습니다

20. 달리기를 합니다. 민호가 (   ) 빠릅니다. (3점)
　　① 가장　　　　　② 금방　　　　　③ 다시　　　　　④ 먼저

2011 (23) 21. (   )에 갑니다. 비행기를 탑니다. (3점)
　　① 은행　　　　　② 병원　　　　　③ 공항　　　　　④ 학교

22. 도서관이 (   ). 그래서 책이 많이 있습니다. (3점)
　　① 큽니다　　　　　　　　　② 춥습니다
　　③ 예쁩니다　　　　　　　　④ 가깝습니다

23. 저는 한국어를 잘 모릅니다. 그래서 선생님께 (   ). (4점)
　　① 축하합니다　　　　　　　② 소개합니다
　　③ 인사합니다　　　　　　　④ 질문합니다

24. 저는 내일 고향에 갑니다. 방학이 끝나고 (   ) 학교에 올 겁니다.
　　(3점)
　　① 자주　　　　　② 다시　　　　　③ 벌써　　　　　④ 아직

2011 (21) 25. 한국어 수업이 있습니다. (   )에 갑니다. (3점)
　　① 식당　　　　　② 학교　　　　　③ 은행　　　　　④ 극장

26. 방이 (   ). 방문을 열어 주십시오. (3점)
　　① 큽니다　　　　② 쌉니다　　　　③ 없습니다　　　④ 덥습니다

27. 버스가 오지 않습니다. 버스를 (   ) 있습니다. (4점)
　　① 주고　　　　　② 타고　　　　　③ 기다리고　　　④ 소개하고

28. 저는 아침 여섯 시에 운동을 합니다. 그래서 (   ) 일어납니다. (4점)

　① 벌써　　　　② 아까　　　　③ 일찍　　　　④ 가끔

2010 (20) 29. (   )에 갑니다. 편지를 보냅니다. (4점)

　① 학교　　　　② 시장　　　　③ 우체국　　　　④ 영화관

30. 김치가 (   ). 하지만 맛있습니다. (3점)

　① 있습니다　　② 좋습니다　　③ 예쁩니다　　④ 맵습니다

31. 그 사람은 선생님입니다. 영어를 (   ) 있습니다. (4점)

　① 모르고　　　② 배우고　　　③ 가르치고　　　④ 따라하고

32. 음식이 뜨겁습니다. (   ) 드십시오. (4점)

　① 다시　　　　② 가끔　　　　③ 잠깐만　　　　④ 천천히

2010 (18) 33. 서점에 갑니다. (   )을 삽니다. (4점)

　① 물　　　　　② 책　　　　　③ 가방　　　　④ 연필

34. 아주 (   ). 옷을 많이 입습니다. (3점)

　① 큽니다　　　　　　　　　② 춥습니다

　③ 예쁩니다　　　　　　　　④ 재미있습니다

35. 다리가 아파서 (   ) 싶습니다. 그런데 의자가 없습니다. (4점)

　① 살고　　　　② 앉고　　　　③ 떠나고　　　　④ 나가고

36. 친구를 만났습니다. 시간이 없어서 (   ) 이야기 했습니다. (4점)

　① 다시　　　　② 처음　　　　③ 자주　　　　④ 잠깐

2009 (16) 37. (   )에 옷 가게가 있습니다. 신발 가게도 있습니다. (4점)

　① 시장　　　　② 극장　　　　③ 병원　　　　④ 은행

38. 도서관입니다. 책이 (   ). (3점)

　① 넓습니다　　② 춥습니다　　③ 맵습니다　　④ 많습니다

39. 너무 피곤합니다. 집에서 (   ) 싶습니다. (4점)
　　① 보고　　　　② 알고　　　　③ 쉬고　　　　④ 입고

40. 지금은 점심시간입니다. 한 시에 (   ) 오십시오. (4점)
　　① 다시　　　　② 아주　　　　③ 새로　　　　④ 벌써

答案

1.②	2.②	3.④	4.④	5.③	6.①	7.④	8.①	9.①	10.③
11.③	12.④	13.③	14.④	15.④	16.②	17.③	18.①	19.③	20.①
21.③	22.①	23.④	24.②	25.②	26.④	27.③	28.③	29.③	30.④
31.③	32.④	33.②	34.②	35.②	36.④	37.①	38.④	39.③	40.①

考古題解析

※ [1～40] 請同〈範例〉，選出最適合（　　　　　　）裡的答案。

2013 (32)

1. 도서관에 갑니다. (　　　　　)을 봅니다.　去圖書館。看（　　　　　）。（3分）

   ① 꽃　花　　　❷ 책　書　　　③ 그림　畫作　　　④ 사진　照片

2. 옷이 예쁩니다. 하지만 조금(　　　　　).　衣服漂亮。但是有一點（　　　　　）。（3分）

   ① 멉니다　遠　　❷ 작습니다　小　　③ 바쁩니다　忙　　④ 어렵습니다　難

3. 차가 (　　　　　) 갑니다. 그래서 일찍 도착할 겁니다.

   車開（　　　　　）。所以會早一點到。（4分）

   ① 또　又　　　② 가끔　偶爾　　③ 다시　再　　　❹ 빨리　快

4. 컵이 더럽습니다. 그 컵을 (　　　　　) 주세요.

   杯子很髒。請幫我（　　　　　）那個杯子。（3分）

   ① 사　買　　　② 써　用　　　③ 놓아　放　　　❹ 씻어　洗

   ☆ 句型「-아/어/여 주세요」接在動詞後面，表示說者向對方請求幫忙。選項中4個動詞是사다「사 주세요」（買）、쓰다「써 주세요」（用）、놓다「놓아 주세요」（放）、씻다「씻어 주세요」（洗）。另外，「쓰다」當動詞用時表示「寫」、「使用」、「戴（帽子、眼鏡）」，也有形容詞「苦」的意思。

2013 (31)

5. 수업이 있습니다. (　　　　　)에 갑니다.　（我）有課。去（　　　　　）。（3分）

   ① 은행　銀行　　② 병원　醫院　　❸ 교실　教室　　④ 서점　書店

6. 내일이 동생 생일입니다. 저는 선물을 (　　　　　).

   明天是弟弟（或妹妹）的生日。我（　　　　　）禮物。（3分）

   ❶ 삽니다　買　　　　　　　　② 씁니다　寫

   ③ 모릅니다　不知道　　　　　④ 만납니다　見面

7. 청소를 했습니다. 방이 (   ). 打掃了。房間（   ）。（4分）

    ① 춥습니다 冷   ② 작습니다 小

    ③ 조용합니다 安靜   ❹ 깨끗합니다 乾淨

8. 저는 매운 음식을 좋아하지 않습니다. 하지만 (   ) 먹습니다.

    我不太喜歡辣的飲食。但是（   ）吃。（3分）

    ❶ 가끔 偶爾   ② 어서 趕快   ③ 일찍 早   ④ 벌써 已經

2013 (30)

9. 춥습니다. (   )을 닫으세요. 冷了。請關（   ）。（3分）

    ❶ 문 門   ② 책 書   ③ 신문 報紙   ④ 가방 包包

10. 김치를 먹었습니다. (   ) 맵습니다. 吃了泡菜。（   ）辣。（3分）

    ① 또 又   ② 더 更   ❸ 아주 很   ④ 요즘 最近

11. 구두를 샀는데 작습니다. 그 구두를 (   ) 갈 겁니다.

    買了皮鞋但是（尺寸）小。我會去（   ）那雙皮鞋。（4分）

    ① 사러 買   ② 쓰러 用   ❸ 바꾸러 換   ④ 닦으러 擦

    ☆ 句型「-(으)러 가다」表示為了什麼目的而去某個地方的意思。因此，本題目想表達「바꾸러 신발 가게에 가다」（為了換而去鞋店）。

12. 아이들이 모두 자고 있습니다. 집이 (   ).

    孩子們都在睡。家很（   ）。（3分）

    ① 넓습니다 寬   ② 밝습니다 亮

    ③ 중요합니다 重要   ❹ 조용합니다 安靜

2012 (28)

13. 날씨가 좋습니다. (   )이 맑습니다. 天氣很好。（   ）晴朗。（3分）

    ① 눈 雪   ② 밤 夜   ❸ 하늘 天空   ④ 구름 雲

14. 머리가 (   ). 그래서 약을 먹습니다. 頭（   ）。所以吃藥。（3分）

    ① 좋습니다 好   ② 짧습니다 短   ③ 덥습니다 熱   ❹ 아픕니다 痛

15. 오늘은 제 생일입니다. 친구를 우리 집에 (   ).

今天是我的生日。（我）（   ）朋友到我家。（4分）

① 가졌습니다　擁有了　　　　　② 나갔습니다　出去了

③ 도착했습니다　抵達了　　　　❹ 초대했습니다　邀請了

16. 아침에 약속이 있습니다. 그래서 (   ) 일어났습니다.

早上有約。所以（   ）起來了。（3分）

① 가끔　偶爾　　❷ 일찍　早　　③ 아직　還沒　　④ 언제나　總是

17. 편지를 보냅니다. (   )에 갑니다.　寄信。去（   ）。（3分）

① 은행　銀行　　② 서점　書店　　❸ 우체국　郵局　　④ 백화점　百貨公司

18. 공원에 꽃이 많습니다. 그래서 공원이 (   ).

公園有很多花。所以公園（   ）。（3分）

❶ 예쁩니다　漂亮　② 없습니다　沒有　③ 작습니다　小　④ 높습니다　高

19. 오늘 새 친구가 왔습니다. 선생님이 그 친구를 (   ).

今天來新朋友。老師（   ）那個朋友（給大家）。（4分）

① 만들었습니다　做了　　　　　② 바꾸었습니다　換了

❸ 소개했습니다　介紹了　　　　④ 시작했습니다　開始了

20. 달리기를 합니다. 민호가 (   ) 빠릅니다.　在跑步。敏鎬（   ）快。（3分）

❶ 가장　最　　② 금방　很快　　③ 다시　再　　④ 먼저　首先

21. (   )에 갑니다. 비행기를 탑니다.　去（   ）。搭飛機。（3分）

① 은행　銀行　　② 병원　醫院　　❸ 공항　機場　　④ 학교　學校

22. 도서관이 (   ). 그래서 책이 많이 있습니다.

圖書館（   ）。所以書很多。（3分）

❶ 큽니다　大　　② 춥습니다　冷　　③ 예쁩니다　漂亮　④ 가깝습니다　近

23. 저는 한국어를 잘 모릅니다. 그래서 선생님께 (   ).

我不太知道韓語。所以向老師（   ）。（4分）

① 축하합니다　恭喜　　　　　　② 소개합니다　介紹

③ 인사합니다　打招呼　　　　　❹ 질문합니다　問問題

24. 저는 내일 고향에 갑니다. 방학이 끝나고 (   ) 학교에 올 겁니다.

我明天（回）去故鄉。放完假後（   ）回學校。（3分）

① 자주　常常　　❷ 다시　再　　③ 벌써　已經　　④ 아직　還沒

2011 (21)

25. 한국어 수업이 있습니다. (   )에 갑니다.　有韓語課。去（   ）。（3分）

① 식당　餐廳　　❷ 학교　學校　　③ 은행　銀行　　④ 극장　劇場

26. 방이 (   ). 방문을 열어 주십시오.

房間（   ）。請打開房間的門。（3分）

① 큽니다　大　　② 쌉니다　便宜　　③ 없습니다　沒有　❹ 덥습니다　熱

27. 버스가 오지 않습니다. 버스를 (   ) 있습니다.

巴士不來。（我）在（   ）巴士。（4分）

① 주고　給著　　② 타고　搭著　　❸ 기다리고　等著　　④ 소개하고　介紹著

28. 저는 아침 여섯 시에 운동을 합니다. 그래서 (   ) 일어납니다.

我早上六點運動。所以（   ）起床。（4分）

① 벌써　已經　　② 아까　剛剛　　❸ 일찍　早　　④ 가끔　偶爾

2010 (20)

29. (   )에 갑니다. 편지를 보냅니다.　去（   ）。寄信。（4分）

① 학교　學校　　② 시장　市場　　❸ 우체국　郵局　　④ 영화관　電影院

30. 김치가 (   ). 하지만 맛있습니다.　泡菜（   ）。但是很好吃。（3分）

① 있습니다　有　② 좋습니다　好　③ 예쁩니다　漂亮　❹ 맵습니다　辣

31. 그 사람은 선생님입니다. 영어를 (   ) 있습니다.

那位是老師。在（   ）英語。（4分）

① 모르고　不知道　② 배우고　學　❸ 가르치고　教　④ 따라하고　跟著

32. 음식이 뜨겁습니다. (　　　　)드십시오.　食物很燙。請（　　　　）吃。（4分）

　　① 다시　再　　　② 가끔　偶爾　　　③ 잠깐만　等一下　　❹ 천천히　慢慢

33. 서점에 갑니다. (　　　　)을 삽니다.　去書店。買（　　　　）。（4分）

　　① 물　水　　　❷ 책　書　　　③ 가방　包包　　　④ 연필　鉛筆

34. 아주 (　　　　). 옷을 많이 입습니다.　很（　　　　）。穿很多衣服。（3分）

　　① 큽니다　大　　　　　　　　　❷ 춥니다　冷

　　③ 예쁩니다　漂亮　　　　　　　④ 재미있습니다　有趣

35. 다리가 아파서 (　　　　) 싶습니다. 그런데 의자가 없습니다.

　　腳痛的關係，想（　　　　）。但是沒有椅子。（4分）

　　① 살고　住　　　❷ 앉고　坐　　　③ 떠나고　離開　　　④ 나가고　出去

36. 친구를 만났습니다. 시간이 없어서 (　　　　)이야기 했습니다.

　　見了朋友。沒有時間的關係，（　　　　）聊了天。（4分）

　　① 다시　再　　　② 처음　初次　　　③ 자주　常常　　❹ 잠깐　稍微、一下

37. (　　　　)에 옷 가게가 있습니다. 신발 가게도 있습니다.

　　在（　　　　）有服裝店。也有鞋店。（4分）

　　❶ 시장　市場　　　② 극장　劇場　　　③ 병원　醫院　　　④ 은행　銀行

38. 도서관입니다. 책이 (　　　　).　是圖書館。書很（　　　　）.（3分）

　　① 넓습니다　寬　　　　　　　　② 춥니다　冷

　　③ 맵습니다　辣　　　　　　　　❹ 많습니다　多

39. 너무 피곤합니다. 집에서 (　　　　) 싶습니다.　太累了。想在家（　　　　）。（4分）

　　① 보고　看　　　② 알고　知道　　　❸ 쉬고　休息　　　④ 입고　穿

40. 지금은 점심시간입니다. 한 시에 (　　　　)오십시오.

　　現在是中餐時間。請（下午）一點時（　　　　）來。（4分）

　　❶ 다시　再　　　② 아주　相當　　　③ 새로　新的　　　④ 벌써　已經

2-5

模擬考題練習

實戰模擬考題

※ [1~30] <보기>와 같이 (   )에 들어갈 가장 알맞은 것을 고르십시오.

1. 집 앞에 (   )이 있습니다. 자주 산책을 갑니다.
   ① 은행 　　　　　② 공원 　　　　　③ 우체국 　　　　　④ 화장실

2. 소설책이 (   ). 다 읽었습니다.
   ① 큽니다 　　　　② 예쁩니다 　　　③ 재미있습니다 　　④ 덥습니다

3. 봄 입니다. 날씨가 좋아서 밖에 (   ) 싶습니다.
   ① 살고 　　　　　② 나가고 　　　　③ 떠나고 　　　　　④ 앉고

4. 친구를 만나러 갑니다. 시간이 없어서 (   ) 택시를 탔습니다.
   ① 다시 　　　　　② 잠깐 　　　　　③ 바로 　　　　　　④ 자주

5. 집 근처에 (   )이 있습니다. 편지를 보낼 때 자주 갑니다.
   ① 우체국 　　　　② 문구점 　　　　③ 병원 　　　　　　④ 레스토랑

6. 음식이 (   ). 다음에 또 먹고 싶습니다.
   ① 재미있습니다 　② 덥습니다 　　　③ 어렵습니다 　　　④ 맛있습니다

7. 아침을 못 (   ). 배가 고픕니다.
   ① 일어났습니다 　② 받았습니다 　　③ 열었습니다 　　　④ 먹었습니다

8. 어제 (   ) 잤습니다. 오늘 너무 피곤합니다.
   ① 빨리 　　　　　② 늦게 　　　　　③ 천천히 　　　　　④ 일찍

9. 친구 집이 (   ) 근처입니다. 가끔 산책하러 갑니다.
   ① 식당 　　　　　② 가게 　　　　　③ 공원 　　　　　　④ 편의점

10. 목이 마릅니다. (   ) 물을 주세요.
　　① 뜨거운　　　　② 차가운　　　　③ 매운　　　　④ 싱거운

11. 버스를 (   ). 사람들이 많이 있습니다.
　　① 배웁니다　　② 탑니다　　　　③ 쉽니다　　　　④ 듣습니다

12. 학교가 (   ). 버스를 타고 갑니다.
　　① 멉니다　　　② 큽니다　　　　③ 멋있습니다　　④ 덥습니다

13. 한국어를 (   ). 어렵지만 재미있습니다.
　　① 줍니다　　　② 삽니다　　　　③ 있습니다　　　④ 배웁니다

14. 친구가 기다립니다. (   ) 약속 장소에 가야 합니다.
　　① 천천히　　　② 빨리　　　　　③ 몹시　　　　　④ 오래

15. 차가 많이 막힙니다. (   ) 타고 갑시다.
　　① 지하철을　　② 버스를　　　　③ 택시를　　　　④ 배를

16. 시간이 (   ). 커피를 한 잔 마시고 갑시다.
　　① 늦었습니다　② 없습니다　　　③ 있습니다　　　④ 멉니다

17. 비가 옵니다. 우산을 (   ).
　　① 씁시다　　　② 만듭시다　　　③ 먹읍시다　　　④ 버립시다

18. 지금은 바쁩니다. (   ) 다시 전화하세요.
　　① 지금　　　　② 방금　　　　　③ 이따가　　　　④ 천천히

19. 내일이 친구 생일입니다. (   )을 샀습니다.
　　① 하늘　　　　② 은행　　　　　③ 운동　　　　　④ 선물

20. 컴퓨터가 고장났습니다. 일 하기가 (   ).
　　① 재미있습니다　② 불편합니다　　③ 가깝습니다　　④ 복잡합니다

21. 주말입니다. 친구하고 (   ).
　　① 운동합니다　② 읽습니다　　　③ 봅니다　　　　④ 만듭니다

22. 운전을 잘 못 합니다. (   ) 가야 합니다.
　　① 천천히　　　② 빨리　　　　③ 먼저　　　　④ 가깝게

23. 연필을 사야 합니다. (   )에 갑니다.
　　① 옷 가게　　　② 문구점　　　③ 레스토랑　　　④ 학교

24. 감기에 걸렸습니다. 그래서 목이 (   ).
　　① 좋습니다　　② 연습합니다　　③ 아픕니다　　④ 시원합니다

25. 수미 씨는 열심히 공부합니다. 오늘도 도서관에서 (   ).
　　① 쉽니다　　　② 먹습니다　　③ 읽습니다　　④ 공부합니다

26. 겨울이 되었습니다. 날씨가 (   ) 추워집니다.
　　① 점점　　　　② 이미　　　　③ 벌써　　　　④ 항상

27. 수미 씨는 운동을 좋아합니다. (   )에서 조깅합니다.
　　① 도서관　　　② 운동장　　　③ 사무실　　　④ 교실

28. 요즘 너무 (   ). 운동할 시간이 없습니다.
　　① 덥습니다　　② 멥니다　　　③ 바쁩니다　　④ 좋습니다

29. 오랜만에 친구를 만났습니다. 다음에 또 (   ).
　　① 만날 겁니다　　② 지낼 겁니다　　③ 배울 겁니다　　④ 노래할 겁니다

30. 짐이 (   ). 친구가 와서 도와줍니다.
　　① 깨끗합니다　　②무겁습니다　　③ 멥니다　　　④ 예쁩니다

答案

1.②	2.③	3.②	4.③	5.①	6.④	7.④	8.②	9.③	10.②
11.②	12.①	13.④	14.②	15.①	16.③	17.①	18.③	19.④	20.②
21.①	22.①	23.②	24.③	25.④	26.①	27.②	28.③	29.①	30.②

模擬考題解析

※［1～30］請同〈範例〉，選出最適合（　　　　　）裡的答案。

1. 집 앞에 (　　　　　)이 있습니다. 자주 산책을 갑니다.

　　家前面有（　　　　　）。常常去散步。

　　① 은행　銀行　　　❷ 공원　公園　　　③ 우체국　郵局　　④화장실　洗手間

　　☆ 關鍵字「산책」（散步），跟散步有關的答案，可推測出應該是公園。散步的韓文表現有「산책 가다」還有「산책하다」，這2個動詞都可以使用。

2. 소설책이 (　　　　　). 다 읽었습니다.　小説（　　　）。都讀完了。

　　① 큽니다　大　　　② 예쁩니다　漂亮　❸ 재미있습니다　有趣④ 덥습니다　熱

　　☆ 關鍵字為「소설책」（小説）和「읽다」（讀）。第2句的「다」是全部的意思。跟全部讀完了小説相符合的答案是有趣。

3. 봄입니다. 날씨가 좋아서 밖에 (　　　　) 싶습니다.

　　春天了。因為天氣很好，想要（　　　　）外面。

　　① 살고　住　　　❷ 나가고　出去　　③ 먹고　吃　　　④ 앉고　坐

　　☆ 關鍵字為「봄」（春）、「날씨」（天氣）、「좋다」（好）、「밖」（外面）等。第2句中要注意看的句型為「-아/어/여서」（因為～所以～）、「-고 싶다」（想要），最符合的答案是出去。

4. 친구를 만나러 갑니다. 시간이 없어서 (　　　　) 택시를 탔습니다.

　　去見朋友（為了見朋友而去）。因為沒什麼時間，（　　　　）搭計程車。

　　① 다시　再　　　② 잠깐　一下、暫時　❸ 바로　就、馬上　④ 자주　常常

　　☆ 關鍵字為「친구」（朋友）、「만나다」（見面）及「시간이 없어서」（因為沒有時間）等。另外要注意的句型為「-(으)러 가다」（為～而去～）、「-아/어/여서」（因為～所以～）。

5. 집 근처에 (   )이 있습니다. 편지를 보낼 때 자주 갑니다.

　　家附近有（　　　　　）。要寄信的時候常去。

　　❶ 우체국　郵局　　　② 문구점　文具店　　③ 병원　醫院　　　④ 레스토랑　餐廳

　　☆ 關鍵字為「편지」（信），跟信有關的答案，可推測出應該是郵局。

6. 음식이 (   ). 다음에 또 먹고 싶습니다.　菜（   ）。下次還想吃。

　　① 재미있습니다　有趣　　　　　　② 덥습니다　熱

　　③ 어렵습니다　難　　　　　　　　❹ 맛있습니다　好吃

　　☆ 關鍵字為「음식」（菜、飲食）及「먹다」（吃），跟關鍵字有關的形容詞為「맛있습니다」
　　　（好吃）。

7. 아침을 못 (   ). 배가 고픕니다.　還沒（   ）早餐。肚子餓。

　　① 일어났습니다　起來了　　　　　② 받았습니다　收到了

　　③ 열었습니다　打開了　　　　　　❹ 먹었습니다　吃了

　　☆ 「아침」除了「早上」以外還有「早餐」的意思。相關的「점심」（中午；午餐）、「저녁」
　　　（晚上；晚餐）也是一樣。由這句的「아침」知道正確的意思，可選出答案是④吃了。

8. 어제 (   ) 잤습니다. 오늘 너무 피곤합니다.

　　昨天（   ）睡了。今天太累了。

　　① 빨리　快　　　❷ 늦게　晚　　　③천천히　慢慢　　④ 일찍　早

　　☆ 應該要注意看的單字為「자다」（睡）及「피곤하다」（累），表示昨晚很晚睡影響到今天很
　　　累，答案是②晚。

9. 친구 집이 (   ) 근처입니다. 가끔 산책하러 갑니다.

　　朋友家在（   ）附近。偶爾去散步。

　　① 식당　餐廳　　　② 가게　商店　　❸ 공원　公園　　　④ 편의점　便利商店

　　☆ 關鍵單字為「산책」（散步），符合的答案是③公園。另外，常被引用的單字「근처」（附
　　　近）及「가끔」（偶爾）也一起記起來。

10. 날씨가 더워서 목이 마릅니다. (   ) 물을 주세요.

　　　因為天氣很熱，很渴。請給我（   ）水。

　　　① 뜨거운　熱的　　❷ 차가운　冰的　　③ 매운　辣的　　　④ 싱거운　淡的

☆ 關鍵字為「날씨」（天氣）、「덥다」（熱）、「목」（喉嚨）、「마르다」（渴）、「물」（水）等。尤其要注意的是本題目使用「ㅂ不規則變化」。通常語幹收尾音以「ㅂ」結尾的動詞或形容詞，要判斷是否屬於「ㅂ不規則變化」。如果是屬於「ㅂ不規則變化」，將「ㅂ」改為「우」然後再接續「어」。以下整理出常用的「ㅂ規則變化」和「ㅂ不規則變化」的動詞及形容詞，請考生把「ㅂ不規則變化」背起來，並多練習。

ㅂ規則變化：입다「입어요」（穿）、넓다「넓어요」（寬）、좁다「좁아요」（窄）、잡다「잡아요」（抓）、씹다「씹어요」（咬）等等。

ㅂ不規則變化：덥다「더워요」（熱）、춥다「추워요」（冷）、아름답다「아름다워요」（美）、맵다「매워요」（辣）、싱겁다「싱거워요」（淡（味道或性格））、어렵다「어려워요」（難）、쉽다「쉬워요」（容易）、무겁다「무거워요」（重）、가볍다「가벼워요」（輕）、반갑다「반가워요」（高興（見面時））、가깝다「가까워요」（近）、고맙다「고마워요」（謝謝）等等。

例外：곱다「고와요」（美）和돕다「도와요」（幫忙）也屬於「ㅂ不規則變化」。但「ㅂ」改為「오」然後再接續「아」時會有所不同，考生要另外牢記。

11. 버스를（ 　　　　　）. 사람들이 많이 있습니다.

（ 　　　　　）公車。（在車上）有很多人。

① 배웁니다　學習　❷ 탑니다　搭　　　③ 쉽니다　休息　　④ 듣습니다　聽

☆ 關鍵字是「버스」（公車），所以最符合的答案是②搭。本題目想表達公車裡有很多人。另外，「듣다」為「ㄷ不規則變化」，是動詞或形容詞語幹尾音為「ㄷ」結束，有時與母音連接時，將「ㄷ」改為「ㄹ」的變化。以下整理出常用的「ㄷ規則變化」和「ㄷ不規則變化」的動詞及形容詞，考生請把「ㄷ不規則變化」背起來，並需要多練習。

ㄷ規則變化：받다「받아요」（得、收）、믿다「믿어요」（相信）、얻다「얻어요」（得、拿）、닫다「닫아요」（關）、묻다「묻어요」（埋）、걷다「걷어요」（收）。

ㄷ不規則變化：듣다「들어요」（聽）、걷다「걸어요」（走）、묻다「물어요」（詢問）、싣다「실어요」（裝、載）、깨닫다「깨달아요」（領悟）。

12. 학교가（ 　　　　　）. 버스를 타고 갑니다.　學校（ 　　　　　）。搭公車去（學校）。

❶ 멉니다　遠　　② 큽니다　大　　③ 멋있습니다　帥　④ 덥습니다　熱

☆ 本題目前後句有因果關係，因為學校遠，搭公車去，所以答案是①遠。另外，答案「멀다」是屬於「ㄹ不規則變化」形容詞。「ㄹ不規則變化」為語幹尾音「ㄹ」結束的動詞或形容詞後面，如果有子音時，「ㄹ」省略的現象。以下整理出常用的「ㄹ規則變化」動詞及形容詞，考生需要多練習。

ㄹ不規則變化：알다「압니다」（知道）、살다「삽니다」（住）、멀다「멉니다」（遠）、울다「웁니다」（哭）、불다「붑니다」（吹）、늘다「늡니다」（增加）、들다「듭니다」（拿、花（錢））、떠들다「떠듭니다」（吵鬧）。

13. 한국어를 (   ). 어렵지만 재미있습니다.

(   ) 韓語。雖然難但有意思。

① 줍니다　給　　② 삽니다　買　　③ 있습니다　有　　❹ 배웁니다　學習

☆ 關鍵字「한국어」（韓語）4個選項中最符合的是④學習。

14. 친구가 기다립니다. (   ) 약속 장소에 가야 합니다.

朋友在等。必須（   ）去預約地點。

① 천천히　慢慢地　❷ 빨리　快　　③ 몹시　非常　　④ 오래　久

☆ 除了「빨리」（快）以外，還可以選「금방」（馬上）、「당장」（當場）、「바로」
（就、立刻）、「급히」（急忙）、「즉시」（即時）、「곧」（即）等。

15. 서울은 차가 많이 막힙니다. (   ) 타고 갑시다.

首爾車很塞。搭（   ）去吧。

❶ 지하철을　地下鐵　　　　② 버스를　公車

③ 택시를　計程車　　　　　④ 배를　船

☆ 關鍵字是「차가 막히다」（塞車），同樣也可以用「길이 막히다」（路很塞），這裡最符合
的是①地下鐵。

16. 시간이 (   ). 커피를 한 잔 마시고 갑시다.

(   ) 時間。（我們）喝杯咖啡去吧。

① 늦었습니다　晚　　　　　② 없습니다　沒有

❸ 있습니다　有　　　　　　④ 멉니다　遠

17. 비가 옵니다. 우산을 (   ). 下雨了。(   ) 雨傘吧。

❶ 씁시다　撐　　② 만듭시다　作　　③ 먹읍시다　吃　　③ 버립시다　丟

☆ 本題目在問「撐傘」的用法。「쓰다」除了「撐」以外還有「寫」、「使用」、「戴（帽
子、眼鏡）」、「苦」的意思。

18. 지금은 바쁩니다. (   ) 다시 전화하세요.

現在在忙。請（   ）再打給我。

① 바로　就、馬上　② 방금　剛剛　　❸ 이따가　等一下　④ 천천히　慢慢地

☆ 除此之外，還可以用「나중에」（等一下）、「다음에」（下次）等。

19. 내일이 친구 생일입니다. (   )을 샀습니다.

　　明天是朋友的生日。買了 (   ) 。

　　① 하늘　天空　　　② 은행　銀行　　　③ 운동　運動　　❹ 선물　禮物

20. 컴퓨터가 고장났습니다. 일하기가 (   ).　電腦壞了。工作 (   ) 。

　　① 재미있습니다　有趣　　　　　　　❷ 불편합니다　不方便

　　③ 가깝습니다　近　　　　　　　　　④ 복잡합니다　複雜

　　☆「일하다」(工作) 動詞語幹後面接續「기」改為名詞的表現，會成為1個句子的主語或受詞等。
　　　例) 공부하다「공부하기」(唸書)、먹다「먹기」(吃)、놀다「놀기」(玩)、청소하
　　　다「청소하기」(打掃) 等。

21. 주말입니다. 친구하고 (   ).　週末了。和朋友 (   ) 。

　　❶ 운동합니다　運動　　　　　　　② 읽습니다　讀

　　③ 봅니다　看　　　　　　　　　　④ 만듭니다　作

　　☆ 本題目沒有受詞，因此4個選項中要選有受詞的，通常名詞後面接「-하다」動詞，該名詞就
　　　會有受詞的功能，答案是①運動。以下25題同。

22. 운전을 잘 못 합니다. (   ) 운전해야 합니다.

　　不太會開車。得要 (   ) 開。

　　❶ 천천히　慢慢地　② 빨리　快　　　③ 먼저　先　　　　④ 가깝게　近地

23. 연필을 사야 합니다. (   )에 갑니다.　得要買鉛筆。去 (   ) 。

　　① 옷 가게　服裝店　❷ 문구점　文具店　③ 레스토랑　餐廳　④ 학교　學校

　　☆ 考生要注意的是關鍵字「연필」(鉛筆) 及「사다」(買)，再加上「-아/어/여야 하다」
　　　(得、必須) 的句型。答案②。
　　　例句) 저녁에 한국어 공부를 <u>해야 합니다</u>.　晚上<u>得要</u>唸韓語。

24. 감기에 걸렸습니다. 그래서 목이 (   ).　感冒了。所以喉嚨 (   ) 。

　　① 좋습니다　好　　　　　　　　　② 연습합니다　練習

　　❸ 아픕니다　痛　　　　　　　　　④ 시원합니다　涼快

25. 수미 씨는 열심히 공부합니다. 오늘도 도서관에서 (   ).

　　秀美小姐認真唸書。今天也在圖書館 (   ) 。

　　① 쉽니다　休息　　② 먹습니다　吃　　③ 읽습니다　讀　　❹ 공부합니다　唸書

26. 겨울이 되었습니다. 날씨가 (   ) 추워집니다.

　　到了冬天。天氣（　　　）變冷。

　　❶ 점점　逐漸　　②이미　已經　　③벌써　已經　　④항상　總是

　　☆本題目的「추워집니다」（變冷）是「춥다」（冷）加「-아/어/여지다」（變得～）的句
　　　型。「춥다」屬於「ㅂ不規則變化」形容詞，所以是「ㅂ」脫落後加上「우」變成「추우」
　　　再接續「어집니다」的用法。
　　　例句）어린 소녀가 점점 예뻐집니다.　少女漸漸變漂亮。

27. 수미 씨는 운동을 좋아합니다. (   )에서 조깅합니다.

　　秀美小姐喜歡運動。在（　　　）慢跑。

　　① 도서관　圖書館　❷ 운동장　運動場　③ 사무실　辦公室　④ 교실　教室

28. 요즘 너무 (   ). 운동할 시간이 없습니다.

　　最近太（　　　）。沒有時間運動。

　　① 덥습니다　熱　②멉니다　遠　❸바쁩니다　忙　④좋습니다　好

　　☆本題目考生要留意的是「운동할 시간」，也就是「운동하다」（運動）加「-ㄹ/을」（表
　　　示未來）加上「시간」（時間）或名詞的用法。如果用「-ㄴ/은」表示動作的過去，那麼用
　　　「는」表示動作的現在進行。以下有時間不同的用法，一起記起來吧。
　　　例句）운동한 시간 / 운동하는 시간 / 운동할 시간　做運動的時間
　　　　　　 過去式　　/　現在進行式　/　未來式
　　　例句）먹은 사람 / 먹는 사람 / 먹을 사람　吃的人（吃過的人 / 正在吃的人 / 要吃的人）
　　　　　　 過去式　/ 現在進行式/　未來式

29. 오랜만에 친구를 만났습니다. 다음에 또 (   ).

　　見了好久沒有看到的朋友。下次再（　　　）。

　　❶ 만날 겁니다　要見面　　　　　② 지낼 겁니다　要（一起）過

　　③ 배울 겁니다　要學習　　　　　④ 노래할 겁니다　要唱歌

30. 짐이 (   ). 친구가 와서 도와줍니다.　行李（　　　）。朋友過來幫忙。

　　① 깨끗합니다　乾淨　　　　　　❷ 무겁습니다　重

　　③ 멉니다　遠　　　　　　　　　④ 예쁩니다　漂亮

2-7
模擬考題單字

1. 和生活物品相關的字彙

☐ 근처 名 附近

☐ 깨끗하다 形 乾淨

☐ 다리 名 腳；橋

☐ 다시 副 再

☐ 또 副 又

☐ 몹시 副 非常

☐ 무겁다 形 重

☐ 바로 副 就、馬上

☐ 방금 副 剛才

☐ 배 名 船；肚子；梨子

☐ 아주 副 很

☐ 옷 名 衣服

☐ 우산 名 雨傘

☐ 의자 名 椅子

☐ 재미있다 形 有趣、有意思

☐ 처음 名 第一次、初次

☐ 천천히 副 慢慢地

☐ 컴퓨터 名 電腦

☐ 크다 形 大

☐ 편지 名 信

2. 和場所、地點相關的字彙

☐ 가깝다 形 近

☐ 멀다 形 遠

☐ 문구점 名 文具店（＝문방구）

☐ 빵집 名 麵包店

☐ 옷 가게 名 服裝店

☐ 장소 名 場所

☐ 편의점 名 便利商店

☐ 화장실 名 洗手間

3. 和人相關的字彙

- □ 감기 名 感冒
- □ 멋있다 形 帥
- □ 목 名 喉嚨
- □ 쉬다 形 休息
- □ 불편하다 形 不方便、不舒服

- □ 아프다 形 痛
- □ 약속 名 約會
- □ 열심히 副 熱心的、用功的
- □ 예쁘다 形 漂亮
- □ 피곤하다 形 疲倦

4. 和動作相關的字彙

- □ 고장 나다 動 壞掉、故障
- □ 기다리다 動 等、等待
- □ 나가다 動 出去
- □ 노래하다 動 唱歌
- □ 도와주다 動 幫忙
- □ 듣다 動 聽
- □ 떠나다 動 離開
- □ 마르다 動 渴
- □ 마시다 動 喝
- □ 만들다 動 做
- □ 받다 動 收到、拿到
- □ 배우다 動 學習
- □ 버리다 動 丟掉
- □ 보내다 動 寄；送

- □ 복잡하다 動 複雜
- □ 사다 動 買
- □ 산책 名 散步
- □ 연습하다 動 練習
- □ 열다 動 開
- □ 운전하다 動 開車
- □ 일하다 動 工作
- □ 자다 動 睡
- □ 조깅 名 慢跑
- □ 주다 動 給
- □ 지내다 動 過日子、過活
- □ (차) 막히다 動 塞（車）
- □ 타다 動 搭；泡（茶）

5. 和飲食相關的字彙

- [ ] 뜨겁다 形 燙
- [ ] 빵 名 麵包
- [ ] 싱겁다 形 （味道）淡

- [ ] 짜다 形 鹹
- [ ] 차갑다 形 冰
- [ ] 커피 名 咖啡

6. 和時間相關的字彙

- [ ] 가끔 副 偶爾
- [ ] 늦다 形 晚
- [ ] 오래 副 好久
- [ ] 일찍 副 早

- [ ] 자주 副 常常
- [ ] 잠깐 名 副 暫時、一會兒
- [ ] 주말 名 週末

7. 和天氣相關的字彙

- [ ] 겨울 名 冬天
- [ ] 날씨 名 天氣
- [ ] 덥다 形 熱

- [ ] 시원하다 形 涼快
- [ ] 하늘 名 天空

표식 읽기

題型3：標示解讀

　　新韓檢更強調生活韓語的溝通能力。閱讀科目考題中「標示解讀」的部分會出3題，而且都是日常生活上常見的標誌：如超市商品廣告、旅行相關廣告、大樓樓層的介紹、交通相關標誌、使用場地相關辦法，或是便條紙或卡片的內容等。

3-0
準備方向

題型說明

　　新韓檢更強調生活韓語的溝通能力。閱讀科目考題共有40題，其中「標示解讀」的部分會出3題，而且都是日常生活上常見的標誌，如：超市商品廣告、旅行相關廣告、大樓樓層的介紹、交通相關標誌、使用場地相關辦法，或是便條紙或卡片的內容等。相對於之後的長篇考題，此類型的題目內容簡單，且考題描述方式也沒有那麼複雜，所以考生一定要拿這個分數。另外考生要特別記住，**此類型跟其他題目不同的地方，就是要選「錯的」**。還有此類型的考題經常會出現和數字相關的資訊，所以先看內容再看選項時，要特別注意這些數字的使用是否正確。

問題範例

※ [40~42] 다음을 읽고 맞지 <u>않는</u> 것을 고르십시오.

40. (3점)

> ### 설악산의 가을을 보러 갑시다!
>
> 날짜: 10월 5일(토) 아침 7시
> 만나는 곳: 시청 앞
> 참가비: 5만 원
> 예약: 02) 123-4566 (10월 3일 오후 6시까지)
>
> 행복 여행사

① 설악산으로 가을 여행을 갑니다.
② 여행 하루 전까지 신청해야 합니다.
③ 여행을 하려면 5만원을 내야 합니다.
④ 토요일 아침에 시청 앞에서 출발합니다.

2014 한국어능력시험 I 초급 읽기 샘플문항

範例翻譯

※［40～42］如同〈範例〉，請讀過以下內容後，選出不合適的回答。

我們去看雪嶽山的秋天吧！

日期：10月5日（週六）早上7點

集合地點：市政府前面

報名費：5萬元

預約：02) 123-4566（10月3日下午6點為止）

幸福旅行社

① 前往雪嶽山秋天之旅。

❷（最晚）到旅行前一天得要申請（報名）。

③ 要去旅行的話要付5萬元。

④ 星期六早上在市政府前面出發。

2014韓國語文能力測驗 I 初級閱讀示範題目

3-1
必備句型

句型示範

❶ -아/어/여야 하다　必須、得
> 例 감기에 걸렸으니까 병원에 가야 합니다.　感冒的關係，得要去看醫生。

❷ -ㄹ/을 수 있다　表示能力或可能性：會、能
> 例 수영을 할 수 있습니까?　會游泳嗎?

❸ -(으)면　表示推測：如果～的話
> 例 내일 비가 오면 소풍을 못 갑니다.　如果明天下雨，就不能去校外教學。

❹ -고 싶어 하다　表示主語為別人的盼望時：想～、想要～
> 例 수미는 제주도에 가고 싶어 합니다.　秀美想去濟州島。

❺ -아/어/여 주다 (드리다)
①後面接-(으)세요時，說者對聽者拜託或請求幫忙時：請幫我、給我、讓我
> 例 사전 좀 빌려 주세요.　請借給我字典。

②表示為某人做某件事（對長輩「주다」要改為「드리다」）
> 例 선생님을 도와 드렸습니다.　（我）幫忙老師。

❻ -고 있다　表示現在進行：正在
> 例 친구가 신문을 보고 있습니다.　朋友正在看報紙。

❼ -(으)면 되다　只要～就可以
> 例 내일까지 숙제를 내면 됩니다.　（最晚）明天交功課就可以。

⑧ Ad게 + V 形容詞後面接「게」成為副詞化，可修飾後面的動詞

例 사진을 예쁘게 찍습니다. 拍照拍得漂亮一點。

⑨ 單位에 + 次數 在時間、數量等表示單位的名詞後接「에」

例 일주일에 두 번 一個星期二次

例 열 명에 세 명 十個人中三個人

⑩ -지 않다 不（跟「안」可互相對換）

例 라면을 먹지 않습니다. 不吃泡麵。

例 라면을 안 먹습니다. 不吃泡麵。

⑪ -ㄹ/을 것이다 表示①未來的計劃或行程；②說者的推測或斟酌

例 한국어를 배울 것입니다. (= 배울 겁니다) 將會學韓語。（未來）

例 곧 비가 올 것입니다. (= 올 겁니다) 馬上會下雨。（推測或斟酌）

⑫ -고 싶다 表示願望或期待：想、想要

例 한국어를 잘 읽고 싶습니다. 想很會讀韓文。

⑬ -아/어/여서 接動詞或形容詞後面，表示理由、原因：因為～，所以～

例 한국 드라마가 좋아서 한국어를 배웁니다. 因為喜歡韓國的連續劇，所以學韓語。

⑭ -ㄹ/을게요 表示說者已經決心的未來計劃或答應：（我）會

例 내일은 늦지 않을게요. （我）明天不會遲到。

3-2
必背單字

1. 和生活物品相關的字彙

□ 가구 名 家具

□ 가능 名 可能

□ 가족사진 名 全家福相片

□ 기타 名 其他;吉他

□ 깨끗하다 形 乾淨

□ 꼭 副 一定、務必

□ 노트북 名 筆記型電腦

□ 똑같다 形 一模一樣

□ 마다 接 每～

□ 맑다 形 清;清新

□ 메모 名 便條紙

□ 메시지 名 消息、短訊

□ 무궁화 名 木槿花(韓國國花,又稱無窮花)

□ 무료 名 免費

□ 문의 名 詢問

□ 바지 名 褲子

□ 배 名 船;肚子;梨子

□ 빨래하다 動 洗衣服

□ 사용료 名 使用費

□ 선물 名 禮物

□ 세계 名 世界

□ 수업 名 上課

□ 숙제 名 功課

□ 시험 名 考試

□ 신발 名 鞋

□ 싸다 形 便宜

□ 안내 名 導引、介紹、指南

□ 여러 名 各種

□ 연극 名 戲劇、話劇

□ 영수증 名 收據

□ 영화제 名 電影節

□ 옛날 名 古早

□ 옷 名 衣服

□ 요금 名 費用

□ 이용 名 利用、使用

□ 입장료 名 門票

□ 제일 副 最

□ 지갑 名 錢包

□ 진료 名 看診、診療

□ 쯤 接 左右

□ 청소 名 打掃

□ 초대장 名 邀請函

□ 축하 名 恭喜、祝賀

□ 춤 名 舞蹈

□ 치약 名 牙膏

□ 카드 名 卡

□ 크다 形 大

□ 피아노 名 鋼琴

□ 학생증 名 學生證

□ 할인 名 折扣

□ 합계 名 合計

□ 화장품 名 化妝品

□ 휴대 전화 名 手機

2. 和場所、地點相關的字彙

□ 가깝다 形 近

□ 강당 名 禮堂

□ 거리 名 路

□ 경복궁 名 景福宮

□ 곳 名 地方、處

□ 극장 名 劇場、電影院

□ 근처 名 附近

□ 기숙사 名 宿舍

□ 남대문 名 南大門

□ 넓다 形 寬

□ 대구 名 大邱（地名）

□ 대잔치 名 大活動

□ 대학로 名 大學路

□ 도서관 名 圖書館

□ 동네 名 村里、社區

□ 박물관 名 博物館

□ 방 名 房間

□ 병원 名 醫院

□ 빌딩 名 大樓

□ 세탁실 名 洗衣間

□ 슈퍼마켓 名 超級市場

□ 스케이트장 名 滑冰場

□ 시장 名 市場

□ 시청 名 市政府

□ 아파트 名 公寓

□ 안 名 內、內部、裡面

□ 어디 代 哪裡

□ 역 名 站（捷運、地下鐵或火車）

□ 연습실 名 練習室

□ 예식장 名 婚禮大廳

□ 오른쪽 名 右邊

□ 운동실 名 運動室

□ 이태원 名 梨泰院（於首爾，多以外國
　　　　人居住在此）

□ 전시관 名 展示館

□ 전시회 名 展示會

□ 주소 名 地址

□ 한식당 名 韓國餐廳

□ 호텔 名 飯店

□ 화장실 名 洗手間

3. 和人相關的字彙

□ 결혼 名 結婚

□ 국적 名 國籍

□ 부모님 名 父母

□ 생일 名 生日

□ 아프다 形 痛

□ 요리사 名 廚師

□ 주민 名 住民

□ 즐겁다 形 愉快

□ 재미있다 形 有趣

□ 혼자 名 獨自、一個人

4. 和動作相關的字彙

□ 가르치다 動 教

□ 갈아타다 動 換車、轉乘

□ 걷다 動 走

□ 구경하다 動 觀光

□ 끝나다 動 結束

□ 나가다 動 出去

□ 내다 動 交；出

□ 닫다 動 關

□ 드리다 動 給；提供（주다的敬語）

□ 들어가다 動 進去

□ 모이다 動 聚集、集合

□ 배우다 動 學習

□ 빌리다 動 借

□ 살다 動 住

□ 시작하다 動 開始

□ 쓰다 動 寫；使用；戴（帽子、眼鏡）
　　　形 苦

□ 열다 動 開

□ 읽다 動 讀；唸

□ 잃다 動 丟、遺失

□ 찾다 動 找

□ 팔다 動 賣

□ 필요하다 動 需要

5. 和飲食相關的字彙

- ☐ 과자 名 餅乾
- ☐ 냉면 名 涼麵
- ☐ 메뉴 名 菜單
- ☐ 물 名 水
- ☐ 사과 名 蘋果

- ☐ 사이다 名 汽水
- ☐ 식사 名 用餐
- ☐ 우유 名 牛奶
- ☐ 음료수 名 飲料
- ☐ 콜라 名 可樂

6. 和時間相關的字彙

- ☐ 다음 주 名 下週
- ☐ 동안 名 期間
- ☐ 똑바로 副 一直往前
- ☐ 밤 名 夜
- ☐ 생년월일 名 出生年月日
- ☐ 아침 名 早上；早餐
- ☐ 약속 名 約定

- ☐ 언제 代 什麼時候
- ☐ 이번 주 名 本週
- ☐ 일시 名 日時（日期和時間）
- ☐ 점심시간 名 午餐時間
- ☐ 주말 名 週末
- ☐ 한 달 名 一個月

7. 和天氣相關的字彙

- ☐ 날씨 名 天氣
- ☐ 눈 名 雪；眼睛

- ☐ 비 名 雨
- ☐ 여름 名 夏天

考古題練習

老師提醒

　　「標示解讀」考題中，考生會看到5～6行的短句，且多出現在商品廣告、旅行廣告、大樓樓層的介紹、交通工具的使用、場地的使用等內容。考生可以把題目跟選項一一做對照，然後選出答案。通常初級考試題目的語尾多會出現「-아/어/여요」型及「-ㅂ/습니다」型，但選項幾乎都是「-ㅂ/습니다」型比較常出現，因此考生多要練習這2種語尾的變化。

歷屆考古題

※ [1~30] 다음을 읽고 맞지 <u>않는</u> 것을 고르십시오.

2013 (32)

1. (3점)

'싱싱 슈퍼마켓' 할인 대잔치		
- 10월 31일까지 -		
물 1병	치약 1개	우유 2개
~~800원~~	~~2,500원~~	~~3,000원~~
→ **500원**	→ **2,300원**	→ **2,000원**

① 물은 한 병에 팔백 원입니다.

② 우유는 두 개에 이천 원입니다.

③ 시월 삼십일일까지 싸게 팝니다.

④ 치약은 한 개에 이천삼백 원입니다.

2. (4점)

← ③ 남대문 시장	나가는 곳	↑ ④ 경복궁	⑤ 시청 →

① 경복궁은 똑바로 가야 합니다.

② 시청은 오 번으로 가야 합니다.

③ 여기에서 세 곳으로 나갈 수 있습니다.

④ 오른쪽으로 나가면 남대문시장이 있습니다.

3. (3점)

춤 연습실 이용 시간 안내

▶ 이용 시간: 월 ~ 금 18:00 ~ 20:00

　　　　　토 ~ 일 09:00 ~ 22:00

▶ 점심시간: 12:00 ~ 13:00

(이 시간에는 연습실을 이용할 수 없습니다.)

① 매일 밤 열 시까지 합니다.

② 주말에 들어갈 수 있습니다.

③ 점심시간에 연습할 수 없습니다.

④ 금요일은 오후 여섯 시에 시작합니다.

4. (3점)

① 서울은 눈이 옵니다.

② 제주도는 비가 옵니다.

③ 대전은 날씨가 맑습니다.

④ 광주는 날씨가 좋습니다.

5. (4점)

유코 씨에게

다음 주에 제인 씨가 한국에 와요.

그래서 우리 집에서 모여요.

제인 씨가 유코 씨를 보고 싶어 해요. 꼭 오세요.

◎ 7월 27일 토요일 오후 6시
◎ 한국아파트 108동 203호 (이태원역 근처)

7월 19일 수미가.

① 유코 씨는 한국에 옵니다.

② 수미 씨는 아파트에 삽니다.

③ 다음 주 토요일 저녁에 모입니다.

④ 수미 씨 집은 이태원역에서 가깝습니다.

6. (3점)

토요 영화제

우리 동네 주민들에게 영화를 무료로 보여 줍니다.

기간: 9월 한 달

일시: 매주 토요일 오후 8시

장소: 한국대학교 강당

① 토요일에 영화를 봅니다.
② 한국대학교에서 영화를 봅니다.
③ 이 영화제는 한 달 동안 합니다.
④ 오후 여덟 시까지 영화를 합니다.

2013 (30)

7. (3점)

한식당 '무궁화'

요리사
김 영 민

부산시 해운대구 우동1로 23
한국호텔 7층
식당 전화: 051) 123-4567 / 휴대 전화: 010-8765-4321

① 이 사람은 무궁화입니다.
② 이 사람은 요리를 합니다.
③ 이 식당은 부산에 있습니다.
④ 이 식당은 호텔 안에 있습니다.

8. (4점)

스케이트장 이용 안내

시간: 월 ~ 금 / 10:00 ~ 18:00
　　　 토 ~ 일 / 10:00 ~ 20:00
요금: 7,000원 (학생 5,000원)

① 주말에 문을 엽니다.
② 오전 열 시에 시작합니다.
③ 학생 요금은 오천 원입니다.
④ 금요일은 오후 여덟 시까지 합니다.

9. (3점)

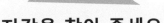

지갑을 찾아 주세요.

언제: 9일 오전 11시쯤
어디에서: 1층 화장실
안에 가족사진이 있어요. 꼭 전화해 주세요.
☎ 010-1234-5678 (24시간 가능)

① 지갑을 찾고 있습니다.
② 밤에 전화하면 안 됩니다.
③ 화장실에서 잃어버렸습니다.
④ 가족사진이 지갑에 있습니다.

10. (3점)

수현 씨!

지금 친구가 왔어요. 잠깐 1층 커피숍에 가요.

20분 후에 올게요.

이영수

① 이영수 씨는 친구를 만납니다.

② 이영수 씨 친구는 지금 왔습니다.

③ 이영수 씨는 이십 분 후에 돌아옵니다.

④ 이영수 씨는 수현 씨의 메모를 봤습니다.

11. (4점)

✚ **하나병원 진료 안내** ✚

진료 시간: 월요일 ~ 금요일 10:00 ~ 19:00

토요일 10:00 ~ 15:00

※ 일요일은 쉽니다.

점심시간: 13:00 ~ 14:00

① 점심시간은 한 시간입니다.

② 일요일은 진료를 안 합니다.

③ 토요일에는 저녁까지 진료를 합니다.

④ 목요일에는 열 시에 진료를 시작합니다.

12. (3점)

사과를 싸게 팝니다!

유명한 대구 사과를 30% 싸게 팝니다.

아침마다 대구에서 사과가 옵니다.

11월 20일에서 23일까지 합니다.

한아름슈퍼마켓

① 사과를 20일부터 싸게 팝니다.
② 이 가게에서 대구 사과를 팝니다.
③ 사과를 30% 싸게 살 수 있습니다.
④ 모든 과일을 싸게 살 수 있습니다.

2012 (26)

13. (3점)

수업 시간

아침: 10:00 ~ 11:00

낮: 2:30 ~ 3:30

저녁: 7:00 ~ 8:00 (월·수·금)

즐거운 기타 교실

① 수업은 한 시간 합니다.
② 아침 수업은 열 시에 끝납니다.
③ 여기에서 기타를 배울 수 있습니다.
④ 저녁 수업은 일주일에 세 번 있습니다.

14. (4점)

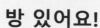

방 있어요!

역에서 걸어서 3분 거리.

방이 넓고 깨끗해요.

화장실은 혼자 씁니다.

아침, 저녁 식사 드립니다.

☎ 02) 1234-5678

① 방이 큽니다.

② 점심을 줍니다.

③ 역에서 가깝습니다.

④ 화장실이 있습니다.

15. (3점)

세계 가구 전시회

기간: 4월 1일 ~ 4월 30일 (※ 월요일은 쉽니다.)

요금: 10,000원 (학생 5,000원)

장소: 한국 전시관

문의: 02) 456-7890

① 요금은 모두 똑같습니다.

② 월요일은 문을 열지 않습니다.

③ 전시회는 한 달 동안 열립니다.

④ 여러 나라의 가구를 볼 수 있습니다.

16. (3점)

학생증

이름: 왕소림

국적: 중국

생년월일: 1991. 7. 10.

한국대학교 국제교육원

① 이 사람은 학생입니다.

② 이 사람은 한국 사람입니다.

③ 이 사람의 이름은 왕소림입니다.

④ 이 사람의 생일은 칠월 십일입니다.

17. (4점)

연극 엄마는 예쁘다

기간: 2011. 7. 15. ~ 8. 14.

시간: 월 ~ 금 19시 / 토・일 15시, 19시

장소: 대학로극장

요금: ₩15,000

① 연극은 오전에 합니다.

② 연극은 만 오천 원입니다.

③ 연극은 한 달 동안 합니다.

④ 연극은 대학로극장에서 합니다.

18. (3점)

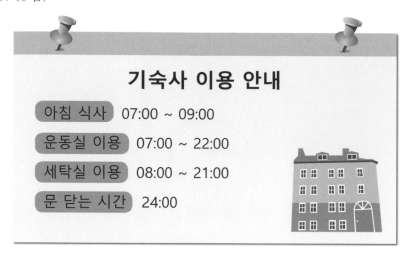

① 아침 식사 시간은 한 시간입니다.
② 밤 열 시까지 운동할 수 있습니다.
③ 세탁실은 아침 여덟 시에 문을 엽니다.
④ 기숙사는 밤 열두 시에 문을 닫습니다.

2011 (21)
19. (3점)

오늘의 할 일

♣ 한국어 숙제
♣ 부모님께 전화
♣ 민지 씨(6시, 명동역)
♣ 방 청소, 빨래

① 부모님을 만날 겁니다.
② 한국어 숙제를 할 겁니다.
③ 민지 씨와 약속이 있습니다.
④ 방 청소와 빨래를 할 겁니다.

20. (4점)

메뉴	
불고기(1인분)	10,000원
된장찌개	5,000원
김치찌개	4,000원
냉면(여름에만 팝니다)	6,000원
* 사이다/콜라	1,000원

① 음료수는 천 원입니다.
② 된장찌개가 제일 쌉니다.
③ 불고기는 1인분에 만 원입니다.
④ 냉면은 여름에 먹을 수 있습니다.

21. (3점)

① 이것은 지하철역에서 볼 수 있습니다.
② 이곳에서 2호선으로 갈아탈 수 있습니다.
③ 화장실은 오른쪽으로 50m가면 있습니다.
④ 신도림역에 가고 싶으면 똑바로 가야 합니다.

22. (3점)

일	월	화	수	목	금	토
		1	2	3	4	5
				한국어 시험		
6	7	8	9	10	11	12
	오늘		친구 약속 (5시)	제주도 여행		

① 내일은 화요일입니다.

② 지난주에 시험이 있었습니다.

③ 다음 주에 제주도에 갈 겁니다.

④ 이번 주 수요일에 약속이 있습니다.

23. (4점)

초 대 장

우리 결혼합니다.

꼭 오셔서 축하해 주세요.

날짜: 10월 2일 토요일 오후 2시

장소: 행복예식장 2층

행복예식장

지하철

① 토요일 저녁에 결혼합니다.

② 사람들을 초대하고 싶습니다.

③ 행복예식장 2층에서 결혼합니다.

④ 행복예식장은 지하철역에서 가깝습니다.

24. (3점)

노트북을 빌려 드립니다!

도서관에서는 우리 학교 학생들에게 노트북을 빌려 드립니다.
노트북이 필요한 학생은 1층 '**안내**'로 오십시오.

사용 시간	09:00 ~ 20:00
사용료	없음

한국대학교 도서관

① 1층에서 노트북을 빌릴 수 있습니다.

② 오후 9시까지 노트북을 쓸 수 있습니다.

③ 돈을 내지 않고 노트북을 빌릴 수 있습니다.

④ 한국대학교 학생들에게 노트북을 빌려 줍니다.

2010 (18)

25. (3점)

하나빌딩

7층	병원
6층	극장
5층	극장
4층	극장
3층	옷
2층	신발
1층	화장품

① 바지는 삼 층에 있습니다.

② 이 층에 구두가 있습니다.

③ 병원 위에 극장이 있습니다.

④ 극장은 사 층부터 육 층까지입니다.

26. (4점)

수진 010-9876-5432
4/1 (월) 08:00

선생님, 저 오늘 배
가 많이 아파요.
그래서 병원에 가요.
내일은 학교에 갈게
요.

① 오늘은 수업이 없습니다.
② 오전에 메시지를 보냅니다.
③ 선생님께 메시지를 보냅니다.
④ 수진 씨는 내일 학교에 갈 것입니다.

27. (3점)

피아노, 재미있게 가르칩니다!

이 수 진

주소: 서울시 종로구 혜화동 12-5 《도레미피아노》
전화: 02) 747-1234
※ 월 ~ 토 12:00 ~ 21:00, 일요일은 쉽니다.

① 일요일에도 피아노를 가르칩니다.
② 이수진 씨는 피아노 선생님입니다.
③ '도레미피아노'는 서울에 있습니다.
④ '도레미피아노'는 밤 9시에 끝납니다.

28. (3점)

영수증

2009/08/02/09:30

| 우유 X 2 | 1,800원 |
| 과자 X 1 | 1,200원 |

합계 3,000원

① 모두 3,000원입니다.

② 8월 2일에 샀습니다.

③ 과자를 한 개 샀습니다.

④ 우유 한 개는 1,800원입니다.

29. (4점)

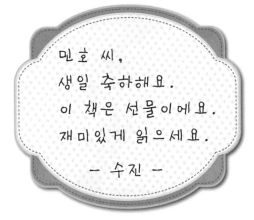

민호 씨,
생일 축하해요.
이 책은 선물이에요.
재미있게 읽으세요.

— 수진 —

① 민호 씨의 생일입니다.

② 수진 씨가 책을 줍니다.

③ 수진 씨가 카드를 썼습니다.

④ 수진 씨는 이 책을 읽었습니다.

30. (3점)

한국 박물관

한국의 옛날 옷

(2009년 9월 1일 ~ 12월 31일)

시간: 화 ~ 금: 10:00 ~ 18:00
토일: 10:00 ~ 15:00
(월요일은 쉽니다.)
입장료: 어른: 2,000원 학생: 1,000원

① 학생의 입장료는 천 원입니다.

② 매일 박물관에 들어갈 수 있습니다.

③ 박물관에서 옛날 옷을 볼 수 있습니다.

④ 주말은 오후 세 시까지 구경할 수 있습니다.

 答案

1. ①   2. ④   3. ①   4. ③   5. ①   6. ④   7. ①   8. ④   9. ②   10. ④

11. ③   12. ④   13. ②   14. ②   15. ①   16. ②   17. ①   18. ①   19. ①   20. ②

21. ④   22. ③   23. ①   24. ②   25. ③   26. ①   27. ①   28. ④   29. ④   30. ②

考古題解析

※ ［1～30］如同〈範例〉，請讀過以下內容後，選出**不合適**的回答。

2013 (32)

1.（3分）

'싱싱 슈퍼마켓' 할인 대잔치		
- 10월 31일까지 -		
물 1병	치약 1개	우유 2개
~~800원~~ → **500원**	~~2,500원~~ → **2,300원**	~~3,000원~~ → **2,000원**

「新鮮超市」特賣		
- 10月31日為止 -		
水1瓶	牙膏1條	牛奶2瓶
~~800元~~ → **500元**	~~2,500元~~ → **2,300元**	~~3,000元~~ → **2,000元**

❶ 물은 한 병에 팔백 원입니다.　一瓶水八百元。

② 우유는 두 개에 이천 원입니다.　牛奶二瓶二千元。

③ 시월 삼십일일까지 싸게 팝니다.　特賣到十月三十一日為止。

④ 치약은 한 개에 이천삼백 원입니다.　牙膏一條二千三百元。

2. （4分）

① 경복궁은 똑바로 가야 합니다.　（如果要去）景福宮要往前一直走。

② 시청은 오 번으로 가야 합니다.　（如果要去）市政府往要五號出口出去。

③ 여기에서 세 곳으로 나갈 수 있습니다.　從這裡可出去到三個地方。

❹ 오른쪽으로 나가면 남대문시장이 있습니다.　如果往右邊出去的話，就有南大門市場。

3. （3分）

춤 연습실 이용 시간 안내

▶ 이용 시간: 월 ~ 금 18:00 ~ 20:00
　　　　　　　토 ~ 일 09:00 ~ 22:00

▶ 점심시간: 12:00 ~ 13:00
　（이 시간에는 연습실을 이용할 수 없습니다.）

舞蹈練習室使用時間指南

▶ 使用時間：週一 ~ 週五 18:00 ~ 20:00
　　　　　　週六 ~ 週日 09:00 ~ 22:00

▶ 午餐時間：12:00 ~ 13:00
　（這個時段沒有辦法使用練習室。）

❶ 매일 밤 열 시까지 합니다.　（練習室開）到每天晚上十點。

② 주말에 들어갈 수 있습니다.　週末可以進去。

③ 점심시간에 연습할 수 없습니다.　中餐時間無法練習（舞蹈）。

④ 금요일은 오후 여섯 시에 시작합니다.　週五下午六點開始。

2013 (31)

4.（3分）

① 서울은 눈이 옵니다.　首爾下雪。

② 제주도는 비가 옵니다.　濟州島下雨。

❸ 대전은 날씨가 맑습니다.　大田天氣晴朗。

④ 광주는 날씨가 좋습니다.　光州天氣很好。

5. （4分）

유코 씨에게

다음 주에 제인 씨가 한국에 와요.

그래서 우리 집에서 모여요.

제인 씨가 유코 씨를 보고 싶어 해요. 꼭 오세요.

◎ 7월 27일 토요일 오후 6시
◎ 한국아파트 108동 203호 (이태원역 근처)

7월 19일 수미가.

給裕子小姐

下週珍妮小姐要來韓國。

所以在我家聚會。

珍妮小姐想見裕子小姐。請一定要來。

◎ 7月27日週六下午6點
◎ 韓國公寓108棟 203號（梨泰院站附近）

7月19日秀美敬上

❶ 유코 씨는 한국에 옵니다.　裕子小姐要來韓國。
② 수미 씨는 아파트에 삽니다.　秀美小姐住公寓。
③ 다음 주 토요일 저녁에 모입니다.　下週六晚上聚會。
④ 수미 씨 집은 이태원역에서 가깝습니다.　秀美小姐家離梨泰院站近。

6. （3分）

토요 영화제

우리 동네 주민들에게 영화를 무료로 보여 줍니다.

기간: 9월 한 달

일시: 매주 토요일 오후 8시

장소: 한국대학교 강당

週六電影節

讓我們社區居民免費看電影。

期間：9月一個月

日期：每週六下午8點

地點：韓國大學演講聽

① 토요일에 영화를 봅니다.　週六看電影。

② 한국대학교에서 영화를 봅니다.　在韓國大學看電影。

③ 이 영화제는 한 달 동안 합니다.　這電影節為期一個月。

❹ 오후 여덟 시까지 영화를 합니다.　電影播放到下午八點。

7. (3分)

```
한식당 '무궁화'
                            요리사
                          김 영 민

부산시 해운대구 우동1로 23
한국호텔 7층
식당 전화: 051) 123-4567 / 휴대 전화: 010-8765-4321
```

```
韓食堂「木槿花」
                            廚師
                          金 榮 閔

釜山市海雲台區佑洞1路23
韓國飯店7樓
餐廳電話：051) 123-4567 / 手機：010-8765-4321
```

❶ 이 사람은 무궁화입니다.　這個人是木槿花。

② 이 사람은 요리를 합니다.　這個人做料理。

③ 이 식당은 부산에 있습니다.　這家餐廳在釜山。

④ 이 식당은 호텔 안에 있습니다.　這家餐廳在飯店裡面。

8.（4分）

스케이트장 이용 안내

시간: 월 ~ 금 / 10:00 ~ 18:00
　　　토 ~ 일 / 10:00 ~ 20:00
요금: 7,000원 (학생 5,000원)

滑冰場使用指南

時間：週一 ～ 週五 / 10:00 ～ 18:00
　　　週六 ～ 週日 / 10:00 ～ 20:00
費用：7,000元（學生5,000元）

① 주말에 문을 엽니다.　週末開放。
② 오전 열 시에 시작합니다.　上午十點開始（營業）。
③ 학생 요금은 오천 원입니다.　學生價為五千元。
❹ 금요일은 오후 여덟 시까지 합니다.　週五（營業）到下午八點。

9. (3分)

지갑을 찾아 주세요.

언제: 9일 오전 11시쯤

어디에서: 1층 화장실

안에 가족사진이 있어요. 꼭 전화해 주세요.

☎ 010-1234-5678 (24시간 가능)

請協尋錢包。

什麼時候（時間）：9日上午11點左右

在哪裡（地點）：1樓洗手間

裡面有全家福照片。請務必打電話給我。

☎ 010-1234-5678（24小時可（接））

① 지갑을 찾고 있습니다. 正在找錢包。

❷ 밤에 전화하면 안 됩니다. 晚上不可以打電話。

③ 화장실에서 잃어버렸습니다. 在洗手間丟掉。

④ 가족사진이 지갑에 있습니다. 錢包裡有全家福照片。

10.（3分）

수현 씨!
지금 친구가 왔어요. 잠깐 1층 커피숍에 가요.
20분 후에 올게요.

이영수

秀賢先生！
現在（我）朋友來（找我）了。去1樓咖啡廳一下。
20分鐘後會回來。

李永洙

① 이영수 씨는 친구를 만납니다.　李永洙先生跟朋友見面。
② 이영수 씨 친구는 지금 왔습니다.　李永洙先生的朋友現在來了。
③ 이영수 씨는 이십 분 후에 돌아옵니다.　李永洙先生二十分鐘後會回來。
❹ 이영수 씨는 수현 씨의 메모를 봤습니다.　李永洙先生看到了秀賢先生的留紙條。

11. （4分）

┌─────────────────────────────────────┐
│ ✚ **하나병원 진료 안내** ✚   │
│   │
│ 진료 시간: 월요일 ~ 금요일 10:00 ~ 19:00 │
│   토요일 10:00 ~ 15:00   │
│   ※ 일요일은 쉽니다.   │
│ 점심시간: 13:00 ~ 14:00   │
└─────────────────────────────────────┘

┌─────────────────────────────────────┐
│ ✚ **HANA醫院看診指南** ✚   │
│   │
│ 看診時間：週一 ～ 週五10:00 ～ 19:00   │
│   週六10:00 ～ 15:00   │
│   ※星期日休息。   │
│ 午餐時間：13:00 ～ 14:00   │
└─────────────────────────────────────┘

① 점심시간은 한 시간입니다.　午餐時間為一個小時。

② 일요일은 진료를 안 합니다.　週日沒有看診。

❸ 토요일에는 저녁까지 진료를 합니다.　週六看診到晚上。

④ 목요일에는 열 시에 진료를 시작합니다.　週四（早上）十點開始看診。

12. （3分）

사과를 싸게 팝니다!

유명한 대구 사과를 30% 싸게 팝니다.

아침마다 대구에서 사과가 옵니다.

11월 20일에서 23일까지 합니다.

한아름슈퍼마켓

蘋果特賣！

有名的大邱蘋果（降價）30%特賣。

蘋果每天早上從大邱（運送）過來。

從11月20日至23日為止。

豐盛超市

① 사과를 20일부터 싸게 팝니다.　從20日開始蘋果特賣。

② 이 가게에서 대구 사과를 팝니다.　這家店賣大邱的蘋果。

③ 사과를 30% 싸게 살 수 있습니다.　可以買到便宜30%的蘋果。

❹ 모든 과일을 싸게 살 수 있습니다.　所有的水果都可以便宜買到。

13. (3分)

수업 시간

아침: 10:00 ~ 11:00

낮: 2:30 ~ 3:30

저녁: 7:00 ~ 8:00 (월·수·금)

즐거운 기타 교실

上課時間

早上：10:00 ～ 11:00

中午：2:30 ～ 3:30

晚上：7:00 ～ 8:00（週一、週三、週五）

愉快吉他教室

① 수업은 한 시간 합니다.　上課時間為一個小時。

❷ 아침 수업은 열 시에 끝납니다.　早上上課十點結束。

③ 여기에서 기타를 배울 수 있습니다.　在這裡可以學吉他。

④ 저녁 수업은 일주일에 세 번 있습니다.　一個星期有三次晚上上課。

14.（4分）

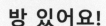

방 있어요!

역에서 걸어서 3분 거리.

방이 넓고 깨끗해요.

화장실은 혼자 씁니다.

아침, 저녁 식사 드립니다.

☎ 02) 1234-5678

有空房！

離捷運站走路3分鐘。

房間又大又乾淨。

一個人使用洗手間。

提供早餐、晚餐。

☎ 02) 1234-5678

① 방이 큽니다.　房間很大。

❷ 점심을 줍니다.　提供午餐。

③ 역에서 가깝습니다.　離捷運站很近。

④ 화장실이 있습니다.　有洗手間。

15. （3分）

세계 가구 전시회

기간: 4월 1일 ~ 4월 30일 (※ 월요일은 쉽니다.)

요금: 10,000원 (학생 5,000원)

장소: 한국 전시관

문의: 02) 456-7890

世界家具展示會

期間：4月1日 ～ 4月30日（※ 週一休息。）

費用：10,000元（學生5,000元）

地點：韓國展示館

詢問：02) 456-7890

❶ 요금은 모두 똑같습니다.　費用都一樣。

② 월요일은 문을 열지 않습니다.　週一不開放。

③ 전시회는 한 달 동안 열립니다.　展示會為期一個月。

④ 여러 나라의 가구를 볼 수 있습니다.　可以看到許多國家的家具。

16.（3分）

학 생 증

이름: 왕소림

국적: 중국

생년월일: 1991. 7. 10.

한국대학교 국제교육원

學 生 證

名子：王小玲

國籍：中國

出生年月日：1991.7.10.

韓國大學 國際教育處

① 이 사람은 학생입니다.　這個人是學生。

❷ 이 사람은 한국 사람입니다.　這個人是韓國人。

③ 이 사람의 이름은 왕소림입니다.　這個人的名字是王小玲。

④ 이 사람의 생일은 칠월 십일입니다.　這個人的生日是七月十日。

17. （4分）

 **엄마는 예쁘다**

기간: 2011. 7. 15. ~ 8. 14.

시간: 월 ~ 금 19시 / 토・일 15시, 19시

장소: 대학로극장

요금: ₩15,000

 **媽媽很漂亮**

期間：2011.7.15. ～ 8.14.

時間：週一 ～ 週五 19點 / 週六、週日15點、19點

地點：大學路劇場

費用：₩15,000

❶ 연극은 오전에 합니다.　話劇上午演。

② 연극은 만 오천 원입니다.　話劇（門票）為一萬五千元。

③ 연극은 한 달 동안 합니다.　話劇會演出為期一個月。

④ 연극은 대학로극장에서 합니다.　話劇在大學路的劇場上演。

18. （3分）

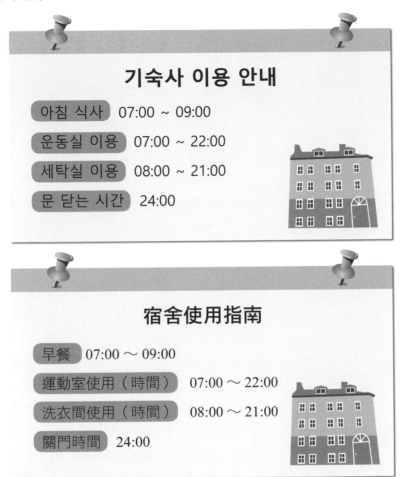

기숙사 이용 안내

- 아침 식사 07:00 ~ 09:00
- 운동실 이용 07:00 ~ 22:00
- 세탁실 이용 08:00 ~ 21:00
- 문 닫는 시간 24:00

宿舍使用指南

- 早餐 07:00 ～ 09:00
- 運動室使用（時間） 07:00 ～ 22:00
- 洗衣間使用（時間） 08:00 ～ 21:00
- 關門時間 24:00

❶ 아침 식사 시간은 한 시간입니다.　早上用餐時間為一個小時。

② 밤 열 시까지 운동할 수 있습니다.　可以運動到深夜十點。

③ 세탁실은 아침 여덟 시에 문을 엽니다.　洗衣間早上八點開門。

④ 기숙사는 밤 열두 시에 문을 닫습니다.　宿舍深夜十二點關門。

19. （3分）

오늘의 할 일

- ♣ 한국어 숙제
- ♣ 부모님께 전화
- ♣ 민지 씨(6시, 명동역)
- ♣ 방 청소, 빨래

今天要做的事

- ♣ 寫韓文作業
- ♣ 打電話給父母親
- ♣ 敏智小姐（6點、明洞站）
- ♣ 打掃房間、洗衣服

❶ 부모님을 만날 겁니다.　要跟父母親見面。
② 한국어 숙제를 할 겁니다.　要寫韓語作業。
③ 민지 씨와 약속이 있습니다.　和敏智有約。
④ 방 청소와 빨래를 할 겁니다.　要打掃和洗衣服。

20.（4分）

```
┌──────────────────────────────────────────┐
│  ┌────────────────────────────────────┐   │
│  │ ■ ······  메뉴  ·········· ■       │   │
│  │                                    │   │
│  │ 불고기(1인분)              10,000원 │   │
│  │ 된장찌개                    5,000원 │   │
│  │ 김치찌개                    4,000원 │   │
│  │ 냉면(여름에만 팝니다)       6,000원 │   │
│  │                                    │   │
│  │ * 사이다/콜라               1,000원 │   │
│  └────────────────────────────────────┘   │
└──────────────────────────────────────────┘
```

```
┌──────────────────────────────────────────┐
│  ┌────────────────────────────────────┐   │
│  │ ■ ······  菜單  ·········· ■       │   │
│  │                                    │   │
│  │ 韓式烤肉（1人份）          10,000元 │   │
│  │ 韓式味增鍋                  5,000元 │   │
│  │ 泡菜鍋                      4,000元 │   │
│  │ 冷麵（限賣夏天）            6,000元 │   │
│  │ *汽水 / 可樂                1,000元 │   │
│  └────────────────────────────────────┘   │
└──────────────────────────────────────────┘
```

① 음료수는 천 원입니다.　飲料一千元。

❷ 된장찌개가 제일 쌉니다.　韓式味噌鍋最便宜。

③ 불고기는 1인분에 만 원입니다.　韓式烤肉1人份一萬元。

④ 냉면은 여름에 먹을 수 있습니다.　冷麵夏天才能吃。

21. （4分）

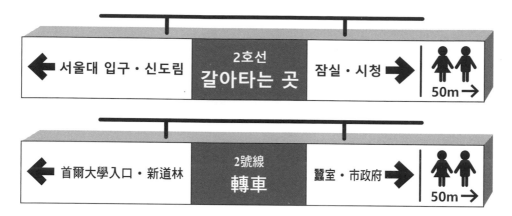

① 이것은 지하철역에서 볼 수 있습니다.　這個可以在地下鐵站看到。

② 이곳에서 2호선으로 갈아탈 수 있습니다.　這裡可以轉搭2號線。

③ 화장실은 오른쪽으로 50m가면 있습니다.　洗手間在往右邊走50m。

❹ 신도림역에 가고 싶으면 똑바로 가야 합니다.　如果想去新道林站，要往前一直走。

22.（3分）

10월

일	월	화	수	목	금	토
		1	2	3	4	5
				한국어 시험		
6	7	8	9	10	11	12
	오늘		친구 약속 (5시)	제주도 여행		

10月

週日	週一	週二	週三	週四	週五	週六
		1	2	3	4	5
				韓語考試		
6	7	8	9	10	11	12
	今天		跟朋友約 (5點)	濟州島旅行		

① 내일은 화요일입니다.　明天是星期二。

② 지난주에 시험이 있었습니다.　上星期有考試。

❸ 다음 주에 제주도에 갈 겁니다.　下星期要去濟州島。

④ 이번 주 수요일에 약속이 있습니다.　這個星期三有約。

❶ 토요일 저녁에 결혼합니다.　星期六晚上舉行婚禮。

② 사람들을 초대하고 싶습니다.　想邀請人。

③ 행복예식장 2층에서 결혼합니다.　在幸福婚禮大廳2樓舉行婚禮。

④ 행복예식장은 지하철역에서 가깝습니다.　幸福婚禮大廳離地下鐵站近。

24.（3分）

노트북을 빌려 드립니다!

도서관에서는 우리 학교 학생들에게 노트북을 빌려 드립니다.
노트북이 필요한 학생은 1층 '**안내**'로 오십시오.

사용 시간	09:00 ～ 20:00
사용료	없음

한국대학교 도서관

筆記型電腦借給您！

圖書館出借筆記型電腦給本校學生。
需要筆記型電腦的學生，請到1樓「**服務台**」。

使用時間	09:00 ～ 20:00
費用	免費

韓國大學圖書館

---

① 1층에서 노트북을 빌릴 수 있습니다.　在1樓可以借筆記型電腦。

❷ 오후 9시까지 노트북을 쓸 수 있습니다.　到晚上9點可以使用電腦。

③ 돈을 내지 않고 노트북을 빌릴 수 있습니다.　不用付錢，可以借用電腦。

④ 한국대학교 학생들에게 노트북을 빌려 줍니다.　可以借給韓國大學的學生筆記型電腦。

25. （3分）

하나빌딩	
7층	병원
6층	극장
5층	
4층	
3층	옷
2층	신발
1층	화장품

HANA大樓	
7樓	醫院
6樓	劇場
5樓	
4樓	
3樓	服裝
2樓	鞋
1樓	化妝品

① 바지는 삼 층에 있습니다.　褲子在三樓。

② 이 층에 구두가 있습니다.　二樓有皮鞋。

❸ 병원 위에 극장이 있습니다.　醫院樓上有劇場。

④ 극장은 사 층부터 육 층까지입니다.　劇場從四樓至六樓。

26. （4分）

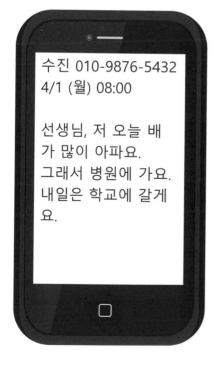

❶ 오늘은 수업이 없습니다.　今天沒有課。

② 오전에 메시지를 보냅니다.　上午寄簡訊。

③ 선생님께 메시지를 보냅니다.　寄給老師簡訊。

④ 수진 씨는 내일 학교에 갈 것입니다.　秀真小姐明天會去學校。

27.（3分）

피아노, 재미있게 가르칩니다!

이　수　진

주소: 서울시 종로구 혜화동 12-5《도레미피아노》

전화: 02) 747-1234

※ 월 ~ 토 12:00 ~ 21:00, 일요일은 쉽니다.

鋼琴，教得很有趣！

李　秀　真

地址：首爾市鐘路區惠化洞12-5《Doremi鋼琴》

電話：02) 747-1234

※ 週一 ~ 週六 12:00 ~ 21:00，星期日休息。

---

❶ 일요일에도 피아노를 가르칩니다.　星期日也會教鋼琴。

② 이수진 씨는 피아노 선생님입니다.　李秀真小姐是鋼琴老師。

③ '도레미피아노'는 서울에 있습니다.　「Doremi鋼琴」在首爾。

④ '도레미피아노'는 밤 9시에 끝납니다.　「Doremi鋼琴」晚上9點結束。

28. (3分)

영수증	收據
2009/08/02/09:30	2009/08/02/09:30
우유 X 2 1,800원	牛奶 X 2 1,800元
과자 X 1 1,200원	餅乾 X 1 1,200元
합계 3,000원	一共 3,000元

① 모두 3,000원입니다.   一共3,000元。

② 8월 2일에 샀습니다.   在8月2日買。

③ 과자를 한 개 샀습니다.   買一包餅乾。

❹ 우유 한 개는 1,800원입니다.   牛奶一瓶1,800元。

29. (4分)

민호 씨, 생일 축하해요. 이 책은 선물이에요. 재미있게 읽으세요. − 수진 −	敏鎬先生： 生日快樂。 這本書是禮物。 希望看得愉快。 −秀真−

① 민호 씨의 생일입니다.   是敏鎬的生日。

② 수진 씨가 책을 줍니다.   秀真小姐給（敏鎬先生）書。

③ 수진 씨가 카드를 썼습니다.   秀真小姐寫了卡片。

❹ 수진 씨는 이 책을 읽었습니다.   秀真小姐讀了這本書。

30.（3分）

한국 박물관

한국의 옛날 옷
(2009년 9월 1일 ~ 12월 31일)

• •

시간: 화 ~ 금: 10:00 ~ 18:00
　　　토・일: 10:00 ~ 15:00
(월요일은 쉽니다.)
입장료: 어른: 2,000원　학생: 1,000원

韓國博物館

韓國古代服裝
〈 2009年9月1日 ～ 12月31日 〉

• •

時間：週二 ～ 週五：10:00 ～ 18:00
　　　週六、日：10:00 ～ 15:00
〈星期一休息。〉
門票：大人：2,000元　學生：1,000元

① 학생의 입장료는 천 원입니다.　學生的門票是一千元。

❷ 매일 박물관에 들어갈 수 있습니다.　每天可以參觀博物館。

③ 박물관에서 옛날 옷을 볼 수 있습니다.　在博物館可以看到古代服裝

④ 주말은 오후 세 시까지 구경할 수 있습니다.　週末可以參觀至下午三點。

模擬考題練習

實戰模擬考題

※ [1~30] 다음을 읽고 맞지 <u>않는</u> 것을 고르십시오. (각 3점)

1.

수영장 이용 안내

기간: 2014년 6월부터 ~ 8월까지

시간: 오전 10시부터 오후 6시까지

입장료: 어른 5,000원, 어린이 2,000원

※ 매주 화요일은 쉽니다.

① 수영장은 6월부터 이용할 수 있습니다.

② 어른 한 명과 어린이 한 명은 7,000원입니다.

③ 매일 매일 이용할 수 있습니다.

④ 오후 6시 이후에 이용할 수 없습니다.

2.

소설가 김수미 작가와 함께

제목: 소설과 여행

일시: 8월 10일(수) 오후 7시 30분 ~ 9시 30분

장소: 하나문고 지하 2층 강연장

강연 전 30분 동안 김수미 작가 사인회와 사진 촬영이 있습니다.

① 8월 10일 오후에 두 시간 동안 강연합니다.

② 시작 전에 도착하면 작가와 사진을 찍을 수 있습니다.

③ 김수미 작가의 소설책을 살 수 있습니다.

④ 강연장은 하나문고 지하에 있습니다.

3.

우리백화점 세일

1층 화장품: 20% 세일

3층 여성복: 30% 세일

6층 아동복: 30% 세일

10층 전기제품: 20% 세일

세일 기간에 10만원 이상을 사시면 백화점 1만원 상품권을 드립니다.

① 백화점에서 10만원 이상 물건을 사야 합니다.

② 화장품과 전기제품은 20% 쌉니다.

③ 아동복은 6층에 있습니다.

④ 여성복은 3층에 있습니다.

4.

2014년 드림콘서트
국내 최고의 가수들이 모두 출연하는 꿈의 콘서트

일시: 6월 7일

장소: 서울운동장

출연: 소녀시대, 에이핑크, 걸스데이,
　　　비스트, 포미닛 등

티켓: 5월 19일 오후 8:00시에 인터넷에서 판매

① 콘서트는 하루 동안 합니다.

② 티켓은 서울운동장에서 살 수 있습니다.

③ 많은 가수들이 나옵니다.

④ 티켓은 5월 19일에 살 수 있습니다.

5.

한국 요리를 배웁시다

강사: 한국 요리 연구가 김수미

기간 : 10월 8일부터 4주 동안

시간: 수요일 오후 7시부터 8시 30분까지

장소: 서울시 종로구 하나빌딩 4층

비용: 5만원

① 한국 요리를 배웁니다.

② 요리 강연은 한 시간 반 동안 합니다.

③ 10월 8일 하루만 수업합니다.

④ 한국 요리 수업료는 5만 원입니다.

6.

금주의 저녁 메뉴

월요일	화요일	수요일	목요일	금요일	토요일
비빔밥	된장찌개	떡볶이	김치찌개	카레라이스	불고기

물과 커피는 입구쪽에 있습니다.

식사 시간은 오후 6시부터 8시 30분까지입니다.

① 식당의 저녁 식사 시간은 두 시간 반입니다.

② 목요일 메뉴는 김치찌개입니다.

③ 일요일은 식당을 열지 않습니다.

④ 음료수는 물만 있습니다.

7.

서울고속버스터미널 시간표

	고속버스 출발시간	도착시간
서울 ~ 대전	오전 9:00	오전 11:10
서울 ~ 전주	오전 8:00	오전 10:40
서울 ~ 부산	오전 9:30	오후 13:50

① 서울에서 전주까지 제일 가깝습니다.

② 서울에서 부산까지 네 시간이 넘습니다.

③ 서울에서 대전까지 한 시간 반 정도 걸립니다.

④ 서울에서 부산이 제일 멉니다.

8.

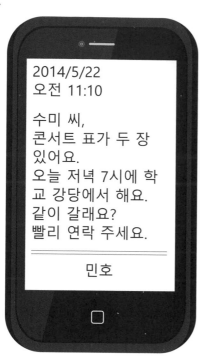

2014/5/22
오전 11:10

수미 씨,
콘서트 표가 두 장
있어요.
오늘 저녁 7시에 학
교 강당에서 해요.
같이 갈래요?
빨리 연락 주세요.
_____

민호

① 수미 씨가 문자 메시지를 보냈습니다.

② 오늘 저녁에 콘서트가 있습니다.

③ 콘서트는 학교 강당에서 합니다.

④ 민호 씨는 콘서트 표가 2장 있습니다.

9.

국가장학금 신청

국적: 대한민국 사람

나이: 25세 이하

성별: 여학생

* 국내와 외국 대학교(대학원)에서 공부할 학생

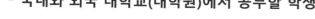

① 장학금은 한국 사람만 신청할 수 있습니다.

② 25세 이하의 남자도 신청할 수 있습니다.

③ 외국에서 공부할 수 있습니다.

④ 대학원에 가고 싶은 학생이 신청합니다.

10.

학교 체육관 이용 안내

시   설: 수영장, 헬스클럽, 탁구실, 요가 교실 등

사용 시간: 오전 6시부터 오후 11시까지

사용 대상: 우리 학교 학생 모두

사용 방법: 매달 1일에 체육관 1층 '안내'에서 신청합니다.

우리 학교 학생들의 많은 이용 바랍니다.

① 학교 체육관에서 요가를 할 수 있습니다.

② 체육관 이용은 미리 신청을 해야 합니다.

③ 점심시간에 운동을 할 수 있습니다.

④ 학교 체육관은 누구나 이용할 수 있습니다.

11.

2014/5/22 오후2:12
단체메시지

이번 주 목요일 점심에 동아리 모임 있습니다.
11시 30분까지 학교 정문 앞에서 만나요.
장소는 하나은행 건물 2층 한식집입니다.

① 목요일에 동아리 모임을 합니다.

② 하나은행 앞에서 만납니다.

③ 한식집에서 점심을 먹을 겁니다.

④ 학교 정문에서 만나서 한식집에 갑니다.

12.

하숙생 구합니다!

방 1개와 화장실

여학생만 가능, 외국인도 환영

아침과 저녁식사 드립니다.

전화: 010-234-5678 (24시간 가능)

① 방과 화장실이 있습니다.

② 아침식사를 줍니다.

③ 남학생도 가능합니다.

④ 부엌은 사용할 수 없습니다.

13.

5/19(월)	5/20(화)	5/21(수)	5/22(목)	5/23(금)	5/24(토)	5/25(일)
		도서관	오늘	4시 수미와 영화	수영	교회
5/26(월)	5/27(화)	5/28(수)	5/29(목)	5/30(금)	5/31(토)	6/1(일)
	중간고사		소풍			

① 어제는 도서관에 갔습니다.

② 내일은 수미와 영화를 봅니다.

③ 다음 주에 중간고사를 봅니다.

④ 오늘은 소풍을 갑니다.

14.

가족

2014년 10월 8일 (수) 오후 4시 30분

3층 2관 C열 12번

학생 할인 6,500원   서울극장

① 영화는 매일 오후 4시 반에 시작합니다.

② 서울극장에서 영화를 봅니다.

③ 영화는 수요일에 봅니다.

④ 이 표는 학생만 사용할 수 있습니다.

15.

**우리 아기 돌잔치에 여러분을
초대합니다 ~**

일시: 2014년 7월 26일 (토요일)

오후 6시부터 9시까지

장소: 남산호텔 3층

교통: 남산지하철역 3번 출구

걸어서 5분

① 남산호텔에서 아기 한 살 생일을 축하합니다.

② 토요일 저녁시간에 돌잔치를 합니다.

③ 남산호텔은 남산 지하철역에서 내립니다.

④ 지하철에서 내리면 바로 남산호텔이 있습니다.

16.

벼룩시장 안내

새것 같은 물건을 싸게 팝니다.

기간: 9월 한 달

일시: 매주 토요일 오전 8시부터 12시까지

장소: 구민회관

종류: 옷, 장난감, 액세서리, 구두 등

① 벼룩시장은 매주 토요일 오전에 열립니다.

② 구민회관에서 벼룩시장을 합니다.

③ 벼룩시장에서 물건을 싸게 살 수 있습니다.

④ 벼룩시장에 새 물건만 있습니다.

17.

① 뉴욕은 비가 옵니다.

② 런던은 비가 옵니다.

③ 도쿄는 흐립니다.

④ 서울은 날씨가 좋습니다.

18.

설날 선물세트 안내

사과 한 상자 25,000원

배 한 상자 28,000원

치약·칫솔세트 12,000원

고급 술 30,000원

12월 20일까지 3만원 이상 사시면 무료배송!

① 치약·칫솔세트가 가장 쌉니다.

② 고급 술이 가장 비쌉니다.

③ 사과를 한 상자 사면 무료배송입니다.

④ 12월 20일 이후에도 선물세트를 살 수 있습니다.

19.

2014년 10월 28일

오늘의 할 일

♣ 09:00 도서관

♣ 12:00 수미와 식사(이탈리아 레스토랑)

♣ 14:00 영화

♣ 16:00 슈퍼마켓(사과, 우유, 샌드위치)

① 수미와 식사하고 영화를 봅니다.

② 오전에 도서관에 갑니다.

③ 영화를 보고 슈퍼마켓에 갑니다.

④ 점심은 이탈리아 음식을 먹을 겁니다.

20.

한국극장 상영 시간표	
엑스맨	09:20 09:50 10:20 10:50 11:20 11:50
고릴라	09:30 11:45 16:10 18:30
가족	09:40 12:15 14:50
봄날	09:40 12:10

① 모든 영화는 오전에만 상영합니다.
② 영화 '엑스맨'은 오전에만 볼 수 있습니다.
③ 영화 '봄날'은 하루에 두 번만 상영합니다.
④ 영화 '고릴라'는 하루에 네 번 상영합니다.

21.

언어교환 합시다!

국적: 캐나다
성별: 여
사는 곳: 한국대학교 근처
언어교환 시간: 일주일에 두 번, 한 시간씩
한국어 배운 기간: 6개월
연락처: 010-234-5678

① 이 사람은 한국어를 배우고 싶어 합니다.
② 이 사람은 캐나다 사람입니다.
③ 한국어를 6개월 정도 배웠습니다.
④ 일주일에 한 시간 언어교환을 하고 싶습니다.

22.

아르바이트생 구함!

시간: 월·수·금, 오전 10시부터 오후 4시까지

급여: 한 시간에 6,000원

조건: 남녀 대학생

커피전문점 카푸치노

① 커피전문점에서 아르바이트 학생을 구합니다.

② 고등학생도 일할 수 있습니다.

③ 일주일에 삼일 일합니다.

④ 남녀 모두 일할 수 있습니다.

23.

서울 벚꽃 음악회

일시: 2014년 4월 4일(금) 정오

　　　 4월 5일(토) 저녁 7시

　　　 4월 6일(일) 오후 4시, 저녁 7시

장소: 서울의 숲

출연: 합창단, 성악가, 가수 등

① 서울 벚꽃 음악회는 3일 동안 열립니다.

② 서울 벚꽃 음악회는 하루에 두 번씩 열립니다.

③ 서울 벚꽃 음악회는 4월에 열립니다.

④ 서울 벚꽃 음악회는 누구나 참여할 수 있습니다.

24.

창원 수박을 싸게 팝니다.

기간: 5월 10일부터 3일 동안

장소: 시청 앞 광장

원래 가격보다 10% 싸게 팝니다.

무료시식회도 열립니다.

① 수박을 시청 앞에서 팝니다.

② 수박을 싸게 팝니다.

③ 수박을 먹어 볼 수 있습니다.

④ 5월 11일에는 열리지 않습니다.

25.

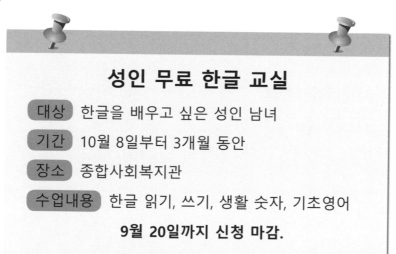

성인 무료 한글 교실

대상 한글을 배우고 싶은 성인 남녀

기간 10월 8일부터 3개월 동안

장소 종합사회복지관

수업내용 한글 읽기, 쓰기, 생활 숫자, 기초영어

9월 20일까지 신청 마감.

① 한글 수업은 10월부터 있습니다.

② 9월 20일까지 신청해야 합니다.

③ 외국인도 참여할 수 있습니다.

④ 이 수업은 무료입니다.

26.

제인 씨,

왜 이틀 동안 학교에 안 왔어요?

모두들 걱정하고 있어요.

내일은 한국어 읽기 제 2과 테스트가 있어요.

꼭 준비하세요.

내일 만나요.

밍밍

① 제인 씨는 오늘 학교에 안 왔습니다.
② 제인 씨는 어제 학교에 왔습니다.
③ 밍밍 씨는 제인 씨를 걱정합니다.
④ 내일은 시험이 있습니다.

27.

■···· 심야버스 운행 안내 ····■

운행시간: 12월 1일부터 밤 12시 ~ 새벽 5시 사이

요금: 1,850원

노선: 총 9개 노선

(자세한 노선은 인터넷을 참고하세요.)

① 심야버스는 낮에 탈 수 있습니다.
② 심야버스는 9개 노선이 있습니다.
③ 심야버스는 새벽에 다닙니다.
④ 심야버스는 12월부터 탈 수 있습니다.

28.

교통카드를 이용합시다.

· ·

판매처: 지하철역, 편의점, 가두판매점 등

충전 장소: 지하철역, 편의점, 가두판매점 등

이용 장소: 각종 교통수단, 박물관, 고궁, 놀이시
설, 편의점, 주차장, 영화관 등

① 교통카드로 지하철을 탈 수 있습니다.

② 교통카드로 편의점에서 물건을 살 수 있습니다.

③ 교통카드로 할인을 받을 수 있습니다.

④ 교통카드는 충전을 해서 사용합니다.

29.

어린이 합창단 초청 음악회

일시: 2014년 8월 8일 (금) 오후 7시

장소: 서울 구민회관

관람시간: 50분

관람연령: 만 24개월 이상

입장시간: 오후 6시 30분부터 선착순 입장

① 음악회는 50분 동안 열립니다.

② 24세 이상만 입장할 수 있습니다.

③ 6시 30분부터 순서대로 들어갑니다.

④ 어린이 합창단의 공연입니다.

30.

중고 TV팝니다.

제품: 30인치 평면TV

사용 기간: 6개월

가격: 15만원 (운송비 불포함)

판매 이유: 해외 유학

지역: 부산시 동구

연락처: 010-2233-5566

① 이 텔레비전을 15만원에 팝니다.

② 이 텔레비전은 새 텔레비전이 아닙니다.

③ 이 텔레비전은 6개월 동안 사용했습니다.

④ 이 텔레비전은 해외로 가져 갈 수 있습니다.

答案

1. ③	2. ③	3. ①	4. ②	5. ③	6. ④	7. ①	8. ①	9. ②	10. ④
11. ②	12. ③	13. ④	14. ①	15. ④	16. ④	17. ②	18. ③	19. ①	20. ①
21. ④	22. ②	23. ②	24. ④	25. ③	26. ②	27. ①	28. ③	29. ②	30. ④

模擬考題解析

※ ［1〜30］ 如同〈範例〉，請讀過以下內容後，選出<u>不合適</u>的回答。（各3分）

1.

수영장 이용 안내

기간: 2014년 6월부터 ~ 8월까지

시간: 오전 10시부터 오후 6시까지

입장료: 어른 5,000원, 어린이 2,000원

※ 매주 화요일은 쉽니다.

游泳池使用資訊

日期：從2014年6月 ~ 8月為止開放

時間：從上午10點至下午6點

門票：大人5,000元、兒童2,000元

※ 每週二休息。

① 수영장은 6월부터 이용할 수 있습니다.　游泳池從6月開始可以使用。

② 어른 한 명과 어린이 한 명은 7,000원입니다.

　　一個大人和一個兒童（的費用）是7,000元。

❸ 매일 매일 이용할 수 있습니다.　可天天使用（游泳池）。

④ 오후 6시 이후에 이용할 수 없습니다.　下午6點以後不能使用。

☆ 「標示解讀」題型中出現比例大的題目是「이용 안내」（使用資訊）。通常會包含「기간」（期間）、「일시」（日時）、「날짜」（日期）、「시간」（時間）、「장소」（地點）、「만나는 곳」（見面的地方）、「비용」（費用）、「참가비」（參加費）、「요금」（費用）、「입장료」（門票）、「문의」（詢問）、「예약」（預約）等。

本題目剛好符合這些條件，關鍵單字為「수영장」（游泳池）、「어른」（大人）、「어린이」（兒童）及「쉬다」（休息）等。最後提到週二休息，因此每天可以使用的說明是錯的，答案③。

2.

소설가 김수미 작가와 함께

제목: 소설과 여행

일시: 8월 10일(수) 오후 7시 30분 ~ 9시 30분

장소: 하나문고 지하 2층 강연장

강연 전 30분 동안 김수미 작가 사인회와 사진 촬영이 있습니다.

與小說家金秀美作者一起

主題：小說與旅遊

日時：8月10日（週三）下午7:30～9:30

地點：HANA書店地下2樓演講廳

演講前30分鐘舉辦金秀美作者簽名會及合照（活動）。

① 8월 10일 오후에 두 시간 동안 강연합니다. 8月10日下午演講二個小時。

② 시작 전에 도착하면 작가와 사진을 찍을 수 있습니다.

　　開始前到的人可以與作者拍照。

❸ 김수미 작가의 소설책을 살 수 있습니다. 可以買到金秀美作者的小說。

④ 강연장은 하나문고 지하에 있습니다. 演講廳在HANA書店地下樓。

☆ 關鍵單字為「소설가」（小說家）、「작가」（作家）、「제목」（題目、主題）、「지하」
（地下）、「강연」（演講）、「강연장」（演講廳）、「사인회」（簽名會）及「사진 촬
영」（拍攝）等。本題目中沒有提到是否購買小說，因此答案是③。

3.

우리백화점 세일

1층 화장품: 20% 세일

3층 여성복: 30% 세일

6층 아동복: 30% 세일

10층 전기제품: 20% 세일

세일 기간에 10만원 이상을 사시면 백화점 1만원 상품권을 드립니다.

我們百貨公司特賣

1樓化妝品區：折扣20%

3樓女性服裝區：折扣30%

6樓童裝區：折扣30%

10樓電子用品：折扣20%

特價期間，買滿10萬元以上的話，贈送百貨公司1萬元的商品券。

❶ 백화점에서 10만원 이상 물건을 사야 합니다.　在百貨公司得要買10萬以上的東西。

② 화장품과 전기제품은 20% 쌉니다.　化妝品及電子用品便宜20%。

③ 아동복은 6층에 있습니다.　童裝在6樓。

④ 여성복은 3층에 있습니다.　女裝在3樓。

☆ 本題目是百貨公司特價活動有關的海報內容，介紹特賣的樓層和特價的商品及折扣範圍。與海報內容對照②、③、④是對的，①語尾要注意看「사 + 야 하다」（得要買），題目中寫「물건을 사시면」（如果買10萬以上～）因此是錯的，答案是①。另外，題目的最後1句「사시면」（買的話）是「사다（買）＋시（敬主語的接尾詞）＋면（如果～的話）」，意思是（如果您（顧客）買（十萬以上）的話～）。

必背的單字：「세일」（特價）、「화장품」（化妝品）、「여성복」（女裝）、「아동복」（童裝）、「전기제품」（電子商品）、「이상」（以上）、「사다」（買）、「백화점」（百貨公司）、「상품권」（商品券）。

4.

2014년 드림콘서트
국내 최고의 가수들이 모두 출연하는 꿈의 콘서트

일시: 6월 7일

장소: 서울운동장

출연: 소녀시대, 에이핑크, 걸스데이,
　　　비스트, 포미닛 등

티켓: 5월 19일 오후 8:00시에 인터넷에서 판매

2014年夢想演唱會
國內最受歡迎的歌手全參與演出的夢想演唱會

日期：6月7日

地點：首爾運動場

演出：少女時代、A pink、Girl's day、
　　　BEAST、4minute等

門票：5月19日下午8:00在（官方）網站上販售

① 콘서트는 하루 동안 합니다.   演唱會開一天。

❷ 티켓은 서울운동장에서 살 수 있습니다.   門票可以在首爾運動場買到。

③ 많은 가수들이 나옵니다.   很多歌手都參加。

④ 티켓은 5월 19일에 살 수 있습니다.   門票可以在5月19日買到。

☆ 本題目中考生可看到演唱會相關資訊，必須要知道的單字是：「콘서트」（演唱會）、「티켓」（門票）、「인터넷」（網路）、「판매」（販賣）等。再加上①「하루」（一天）；③「출연」（演出、出來），透過跟題目對照錯的是②，門票在網路上才可以買得到，所以答案是②。

其他重要單字：「국내」（國內）、「가수」（歌手）、「출연」（演出）、「꿈」（夢想 = 드림 = dream）等。

5.

한국 요리를 배웁시다

강사: 한국 요리 연구가 김수미

기간 : 10월 8일부터 4주 동안

시간: 수요일 오후 7시부터 8시 30분까지

장소: 서울시 종로구 하나빌딩 4층

비용: 5만원

我們來學韓國料理

講師：韓國料理研究家金秀美

期間：10月8日起4個星期

時間：星期三下午7點至8點30分

地點：首爾市鐘路區HANA大樓4樓

費用：5萬元

① 한국 요리를 배웁니다.　學韓國料理。

② 요리 강연은 한 시간 반 동안 합니다.　料理課時間約一個半小時。

❸ 10월 8일 하루만 수업합니다.　只上10月8日一天。

④ 한국 요리 수업료는 5만 원입니다.　韓國料理課上課費為5萬元。

☆ 本題目的關鍵字為：「한국 요리」（韓國料理）、「배우다」（學）、「수업」（上課）等。
其他包含日期、地點、費用等一般海報上的資訊。跟選擇題對照①是對的；②推算一下時間可
發現是對的；③「하루만」（只一天）是關鍵字，是錯的；④要知道「수업료」（學費）之描
述是對的，答案是③。
其他重要單字：「연구가」（研究家、專家）、「~부터」（從~）、「동안」（期間）、「빌딩」
（大樓）、「비용」（費用）等。

6.

금주의 저녁 메뉴

월요일	화요일	수요일	목요일	금요일	토요일
비빔밥	된장찌개	떡볶이	김치찌개	카레라이스	불고기

물과 커피는 입구쪽에 있습니다.
식사 시간은 오후 6시부터 8시 30분까지입니다.

本週晚餐菜單

週一	週二	週三	週四	週五	週六
拌飯	韓式味噌鍋	辣炒年糕	泡菜鍋	咖哩飯	烤肉

水和咖啡在入口邊（有自取的意思）。
用餐時間從下午6點至8點30分為止。

① 식당의 저녁 식사 시간은 두 시간 반입니다.　餐廳晚餐時間為二個半小時。

② 목요일 메뉴는 김치찌개입니다.　週四菜單為泡菜鍋。

③ 일요일은 식당을 열지 않습니다.　星期日餐廳沒有開。

❹ 음료수는 물만 있습니다.　飲料只有水。

☆ 本題目是有關於晚餐的菜單，除了菜單以外還可以看到飲料和用餐時間。④寫「只有水」因此不對，答案是④。本題目中的週一至週六及菜名都常常出現在初級考試中，請考生一起背起來。其他必背的單字：「금주 (= 이번 주)」（本週）、「저녁」（晚上；晚餐）、「메뉴」（菜單）、「물」（水）、「커피」（咖啡）、「입구쪽」（入口邊）、「식사 시간」（用餐時間）、「오후」（下午）。

7.

서울고속버스터미널 시간표

	고속버스 출발시간	도착시간
서울 ~ 대전	오전 9:00	오전 11:10
서울 ~ 전주	오전 8:00	오전 10:40
서울 ~ 부산	오전 9:30	오후 13:50

首爾高速公車（客運）轉運站時刻表

	高速公車出發時間	抵達時間
首爾 ～ 大田	上午9:00	上午11:10
首爾 ～ 全州	上午8:00	上午10:40
首爾 ～ 釜山	上午9:30	下午13:40

❶ 서울에서 전주까지 제일 가깝습니다.　從首爾到全州最近。

② 서울에서 부산까지 네 시간이 넘습니다.　從首爾到釜山要四個多小時。

③ 서울에서 대전까지 한 시간 반 정도 걸립니다.　從首爾到大田要一個半小時。

④ 서울에서 부산이 제일 멉니다.　從首爾到釜山最遠。

☆ 本題目是從首爾到其他城市的客運時刻表，如果知道初級考試必背的單字「오전」（上午）、「오후」（下午）、「출발」（出發）、「도착」（到達）、「가깝다」（近）、「멀다」（遠）就很容易找出題目的答案。算一下時間會發現首爾離大田最近、距釜山最遠，因此答案是①。必背的單字：「고속」（高速）、「버스」（巴士）、「터미널」（客運總站）、「시간표」（時刻表）、「제일」（最）、「넘다」（超過）、「걸리다」（需要（時間））、「정도」（左右）。

8.

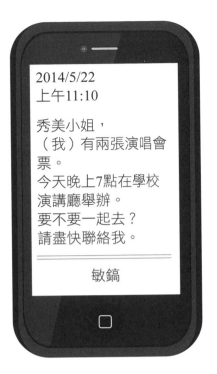

❶ 수미 씨가 문자메시지를 보냈습니다.　（這是）秀美小姐寄的簡訊。

② 오늘 저녁에 콘서트가 있습니다.　今天晚上有演唱會。

③ 콘서트는 학교 강당에서 합니다.　演唱會舉辦在學校的演講廳。

④ 민호 씨는 콘서트 표가 2장 있습니다.　敏鎬先生有2張演唱會票。

☆ 本題目是手機的簡訊，開頭的人名是收信人，因此很容易找到答案①。另外，一定要記住的句
　型是「-ㄹ/을래요」的用法，接動詞表示問對方意見：要不要。
　例句）뭐 먹을래요?　要吃什麼？
　必背的單字：「콘서트」（演唱會）、「표」（票）、「강당」（禮堂）、「문자메시지」
　（文字短訊）、「같이」（一起）。

9.

국가장학금 신청

국적: 대한민국 사람

나이: 25세 이하

성별: 여학생

* 국내와 외국 대학교(대학원)에서 공부할 학생

國家獎學金申請

國籍：大韓民國國民

年紀：25歲以下

性別：女學生

*（對象為）要在國內及國外大學（研究所）唸書的學生

① 이 장학금은 한국 사람만 신청할 수 있습니다. 　獎學金只有韓國人能申請。

❷ 25세 이하의 남자도 신청할 수 있습니다. 　25歲以下男生也可以申請。

③ 외국에서 공부할 수 있습니다. 　（拿獎學金）可以在國外唸書。

④ 대학원에 가고 싶은 학생이 신청합니다. 　想唸研究所的學生可申請。

☆ 本題目與申請獎學金有關，說明申請人的條件。要知道的單字是「장학금」（獎學金）、「신청」（申請）、「국적」（國籍）、「나이」（年紀）、「성별」（性別）、「이하」（以下）、「세」（歲）、「여학생」（女學生）等。

另外，也要知道最後1句的「공부할 학생」，是「공부하다」（唸書）+ ㄹ 表示未來的接尾 +「학생」（學生），表示「要唸書的學生」。

例句）「먹을 빵」（要吃的麵包）、「입을 옷」（要穿的衣服）。考生請多練習。

錯的內容是②，男生不能申請，④最後1句提到大學或研究所，所以描述是對的，答案是②。

其他必背的單字：「대한민국」（大韓民國）、「국내」（國內）、「외국」（國外）、「대학교」（大學）、「대학원」（研究所）。

10.

학교 체육관 이용 안내

시　　　설: 수영장, 헬스클럽, 탁구실, 요가 교실 등

사용 시간: 오전 6시부터 오후 11시까지

사용 대상: 우리 학교 학생 모두

사용 방법: 매달 1일에 체육관 1층 '안내'에서 신청합니다.

　　　　　우리 학교 학생들의 많은 이용 바랍니다.

學校體育館使用資訊

設　　　備：游泳池、健身房、桌球室、瑜珈教室等

使用時間：上午6點至下午11點

使用對象：本學校全體學生

使用方法：每個月1日在體育館1樓「服務台」申請。

　　　　　希望本校學生能夠多加利用。

① 체육관에서 요가를 할 수 있습니다.　可以在學校體育館做瑜珈。

② 체육관 이용은 미리 신청을 해야 합니다.　使用體育館得要事先申請。

③ 점심시간에 운동을 할 수 있습니다.　午餐時間可以運動。

❹ 체육관은 누구나 이용할 수 있습니다.　誰都可以使用學校體育館。

☆ 本題目也與使用資訊有關，關鍵單字為「체육관」（體育館）、「시설」（設備）、「시간」（時間）、「대상」（對象）、「방법」（方法）、「신청」（申請）、「미리」（事先）、「누구나」（誰都）等。其實這些單字對準備初級考試的考生來說難一些，但可以用這次機會一起背起來。透過題目的內容，可知本體育館是給學校學生使用，使用對象中寫的很清楚，答案是④。

重要的單字：「수영장」（游泳池）、「헬스클럽」（健身房）、「탁구실」（桌球室）、「요가 교실」（瑜珈教室）、「우리」（我們）、「모두」（全部）、「매달」（每個月）、「안내」（服務台，標題的안내是導引或介紹的意思；在建築物1樓的안내則是服務台的意思。）

11.

2014/5/22 오후2:12	2014/5/22 下午2:12
단체메시지	群組短訊
이번 주 목요일 점심에 동아리 모임 있습니다.	本週四中午有社團聚會。
11시 30분까지 학교 정문 앞에서 만나요.	11點30分前請到學校大門口前面見面。
장소는 하나은행 건물 2층 한식집입니다.	地點是HANA銀行大樓2樓韓式餐廳。

① 목요일에 동아리 모임을 합니다.　星期四有社團聚會。

❷ 하나은행 앞에서 만납니다.　在HANA銀行前面見面。

③ 한식집에서 점심을 먹을 겁니다.　在韓式餐廳吃午餐。

④ 학교 정문에서 만나서 한식집에 갑니다.　學校門口見面後（一起）去韓式餐廳。

☆ 本題目是寄給所有社團團員的簡訊內容，要知道關鍵單字是「동아리」（社團）、「모임」（聚會）、「정문」（大門、正門）、「은행」（銀行）等。其中要注意的句型是④中的「-아/어/여서」的用法，除了表示原因以外還表示事情的前後關係，因此「만나서 한식집에 갑니다」是先見面再去韓式餐廳的意思。答案是②。

必背的單字：「이번 주」（本週）、「목요일」（週四）、「점심」（中餐）、「앞」（前）、「한식집」（韓式餐廳）。

12.

하숙생 구합니다!

방 1개와 화장실

여학생만 가능, 외국인도 환영

아침과 저녁식사 드립니다.

전화: 010-234-5678 (24시간 가능)

徵寄宿生！

一個房間、洗手間

限女學生、歡迎外國人

提供早餐和晚餐。

電話：010-234-5678（24小時都可（接電話））

① 방과 화장실이 있습니다.　有房間和洗手間。

② 아침식사를 줍니다.　提供早餐。

❸ 남학생도 가능합니다.　男學生也可以。

④ 부엌은 사용할 수 없습니다.　無法使用廚房。

☆ 本題目的內容是找寄宿生的廣告。題目的第2句中「-와/과」用來連接名詞和名詞，中文的意思是「和、跟」。針對這個句型考生要注意的地方是「와」，要接在沒有尾音的字後面，這點跟其他助詞用法不同。透過「여학생만 가능」（只限女學生）可知答案是③。

必背的單字：「하숙생」（寄宿生）、「구하다」（找）、「방」（房間）、「화장실」（洗手間）、「가능」（可能）、「외국인」（外國人）、「환영」（歡迎）、「부엌」（廚房）。

13.

5/19(월)	5/20(화)	5/21(수)	5/22(목)	5/23(금)	5/24(토)	5/25(일)
		도서관	오늘	4시 수미와 영화	수영	교회
5/26(월)	5/27(화)	5/28(수)	5/29(목)	5/30(금)	5/31(토)	6/1(일)
		중간고사	소풍			

5/19（一）	5/20（二）	5/21（三）	5/22（四）	5/23（五）	5/24（六）	5/25（日）
		圖書館	今天	4點與秀美 看電影	游泳	教會
5/26（一）	5/27（二）	5/28（三）	5/29（四）	5/30（五）	5/31（六）	6/1（日）
		期中考試	校外教學			

① 어제는 도서관에 갔습니다.　昨天去圖書館。

② 내일은 수미와 영화를 봅니다.　明天和秀美看電影。

③ 다음 주에 중간고사를 봅니다.　下週要考期中考試。

❹ 오늘은 소풍을 갑니다.　今天去校外教學。

☆ 本題目是某人的行事曆，考生如果看到類似的題目，建議先從今天看起，因為以今天為主才容易分得出3種時間相關語尾，即昨天（過去式的描述）及明天以後（未來式的描述）。以這樣的方法來一一對照，其實容易發現答案是④。

必背的單字：「도서관」（圖書館）、「오늘」（今天）、「수영」（游泳）、「영화」（電影）、「교회」（教會）、「중간고사」（期中考試）、「소풍」（校外教學）、「어제」（昨天）、「내일」（明天）、「다음 주」（下週）。

14.

가족

2014년 10월 8일 (수) 오후 4시 30분

3층 2관 C열 12번

학생 할인 6,500원

서울극장

家族

2014年10月8日（週三）下午4點30分

3樓2館C排12號

學生打折6,500元

首爾劇場

❶ 영화는 매일 오후 4시 반에 시작합니다.　電影每天下午4點半開始。

② 서울극장에서 영화를 봅니다.　在首爾劇場看電影。

③ 영화는 수요일에 봅니다.　週三看電影。

④ 이 표는 학생만 사용할 수 있습니다.　這張票學生才能使用。

☆ 本題目提到的是電影票。內容中可見電影名稱、日期、時間、座位、價錢、電影院名稱。①
　的敘述中「매일」（每天）是錯的，因為透過電影票不清楚是否每天同一個時間上映，因此
　答案是①。

　必背的單字：「가족」（家族）、「층」（樓）、「관」（館）、「열」（行列）、「번」
　（號）、「할인」（折扣）、「시작하다」（開始）、「사용하다」（使用）。

15.

우리 아기 돌잔치에 여러분을
초대합니다 ~

일시: 2014년 7월 26일 (토요일)
　　　오후 6시부터 9시까지

장소: 남산호텔 3층

교통: 남산지하철역 3번 출구
　　　걸어서 5분

邀請（您來）我們家寶貝的
週歲筵席～

日時：2014年7月26日（週六）
　　　下午6點開始9點為止

地點：南山飯店3樓

交通：南山地下鐵站3號出口
　　　走路5分鐘

① 남산호텔에서 아기 한 살 생일을 축하합니다.　在南山飯店慶祝小嬰兒的一歲生日。

② 토요일 저녁시간에 돌잔치를 합니다.　星期六晚上舉辦週歲筵席。

③ 남산호텔은 남산지하철역에서 내립니다.　南山飯店在南山地下鐵站下車。

❹ 지하철에서 내리면 바로 남산호텔이 있습니다.

　　在南山地下鐵站下車馬上有南山飯店。

☆ 韓國人常常收到邀請函，主要的是婚禮、週歲筵席、長輩生辰慶祝活動等。通常婚禮邀請函
　　叫做「청첩장」，其他活動多使用「초대장」。本題目就與韓國人的習俗週歲筵席有關，包
　　含日期、地點、交通方法等。①在問「돌」（週歲）和「아기 한 살 생일」（寶寶一歲生

日）同意思。④「바로」（就、馬上）跟題目的最後1句「걸어서 5분」（走路5分鐘）不合，因此答案是④。

重要的單字：「돌잔치」（週歲筵席）、「여러분」（大家）、「초대하다」（邀請）、「남산」（南山）、「호텔」（飯店）、「지하철역」（地下鐵站）、「출구」（出口）、「걷다」（走）。

16.

벼룩시장 안내

새것 같은 물건을 싸게 팝니다.

기간: 9월 한 달
일시: 매주 토요일 오전 8시부터 12시까지
장소: 구민회관
종류: 옷, 장난감, 액세서리, 구두 등

跳蚤市場資訊

便宜賣出像新貨一樣的東西（物品）。

期間：9月一個月
日期：每週六上午8點至12點
地點：區民會館
種類：衣服、玩具、裝飾品、皮鞋等

① 벼룩시장은 매주 토요일 오전에 열립니다.　跳蚤市場會開在每週六上午時段。

② 구민회관에서 벼룩시장을 합니다.　在區民會館舉辦跳蚤市場。

③ 벼룩시장에서 물건을 싸게 살 수 있습니다.　在跳蚤市場可以買到很便宜的東西。

❹ 벼룩시장에 새 물건만 있습니다.　在跳蚤市場只有新的東西。

☆ 本題目的「벼룩시장」（跳蚤市場）是轉銷二手貨的市場。包含日期、地點和賣的商品等。
關鍵字為題目的第2句「새것」（新貨）＋「같은」（像～一樣）＋「물건」（東西）及④
「새」（新）＋「물건」（東西）＋「만」（只），因此答案是④。

重要的單字：「싸다」（便宜）、「팔다」（賣）、「한 달」（一個月）、「매주」（每週）、「구민회관」（區民會館）、「옷」（衣服）、「장난감」（玩具）、「액세서리」（飾品）、「구두」（皮鞋）。

17.

① 뉴욕은 비가 옵니다. 紐約下雨。

❷ 런던은 비가 옵니다. 倫敦下雨。

③ 도쿄는 흐립니다. 東京陰天。

④ 서울은 날씨가 좋습니다. 首爾天氣很好。

18.

설날 선물세트 안내

사과 한 상자 25,000원

배 한 상자 28,000원

치약·칫솔세트 12,000원

고급 술 30,000원

12월 20일까지 3만원 이상 사시면 무료배송!

新年禮物組合（伴手禮）資訊

蘋果一箱 25,000元

梨子一箱 28,000元

牙刷牙膏組合 12,000元

高級酒 30,000元

12月20日為止購買3萬以上就免費宅配！

① 치약·칫솔세트가 가장 쌉니다.　牙刷牙膏組合最便宜。

② 고급 술이 가장 비쌉니다.　高級酒最貴。

❸ 사과를 한 상자 사면 무료배송입니다.　買蘋果一箱，免費送貨。

④ 12월 20일 이후에도 선물세트를 살 수 있습니다.

　　12月20日以後也可以買禮物組合（伴手禮）。

☆ 本題目與新年伴手禮有關，要知道的單字是「설, 설날」（新年）、「세트」（組合、套餐）、「사과」（蘋果）、「배」（梨子）、「한 상자」（一箱）、「칫솔」（牙刷）、「치약」（牙膏）、「고급」（高級）、「술」（酒）、「무료배송」（免費宅配）。另外，「-(으)면」是表示推測：如果～的話的意思。例句）배가 고프<u>면</u> 밥을 먹읍시다.　<u>如果</u>餓一起吃飯吧。題目中蘋果一箱未滿30,000元，因此無法免運費，答案是③。

19.

2014년 10월 28일

오늘의 할 일

♣ 09:00 도서관

♣ 12:00 수미와 식사(이탈리아 레스토랑)

♣ 14:00 영화

♣ 16:00 슈퍼마켓(사과, 우유, 샌드위치)

2014年10月28日

今天要做的事

♣ 9:00 圖書館

♣ 12:00 與秀美吃飯（義大利餐廳）

♣ 14:00 電影

♣ 16:00 超級市場（蘋果、牛奶、三明治）

---

❶ 수미와 식사하고 영화를 봅니다.　和秀美吃飯看電影。

② 오전에 도서관에 갑니다.　上午去圖書館

③ 영화를 보고 슈퍼마켓에 갑니다.　看電影再去去超級市場。

④ 점심은 이탈리아 음식을 먹을 겁니다.　中午要吃義大利料理。

20.

한국극장 상영 시간표	
엑스맨	09:20 09:50 10:20 10:50 11:20 11:50
고릴라	09:30 11:45 16:10 18:30
가족	09:40 12:15 14:50
봄날	09:40 12:10

韓國劇場上映時刻表	
X-man	09:20 09:50 10:20 10:50 11:20 11:50
大猩猩	09:30 11:45 16:10 18:30
家族	09:40 12:15 14:50
春天	09:40 12:10

❶ 모든 영화는 오전에만 상영합니다.　所有的電影都只有上午上映。

② 영화 '엑스맨'은 오전에만 볼 수 있습니다.　電影「X-man」只有上午才能看。

③ 영화 '봄날'은 하루에 두 번만 상영합니다.　電影「春天」一天只上映二次。

④ 영화 '고릴라'는 하루에 네 번 상영합니다.　電影「大猩猩」一天上映四次。

☆ 必背的單字：「상영」（上映）、「모든」（所有的（後面接名詞））。

21.

> ## 언어교환 합시다!
>
> 국적: 캐나다
> 성별: 여
> 사는 곳: 한국대학교 근처
> 언어 교환 시간: 일주일에 두 번, 한 시간씩
> 한국어 배운 기간: 6개월
> 연락처: 010-234-5678

> ## 我們語言交換吧！
>
> 國籍：加拿大
> 性別：女
> 住所：韓國大學附近
> 語言交換時間：一個星期二次，每一個小時
> 學過韓語的期間：6個月
> 聯絡方法：010-234-5678

① 이 사람은 한국어를 배우고 싶어 합니다.　這個人想學韓語。

② 이 사람은 캐나다 사람입니다.　這個人是加拿大人。

③ 한국어를 6개월 정도 배웠습니다.　韓語學過6個月左右。

❹ 일주일에 한 시간 언어교환을 하고 싶습니다.　想要一個星期一個小時語言交換。

☆ 本題目中要注意的句型有3個：

「-ㅂ/읍시다」（一起～吧）例句）같이 학교에 갑시다.　一起去學校吧。

「單位에＋次數」例句）한 달에 한 번 편지를 씁니다.　一個月一次寫信。

「배우다＋ㄴ/은＋名詞」意思是「學過的期間」例句）여행한 사람.　旅行過的人。

本題中要注意看的是語言交換時間，也就是「일주일에 두 번, 한 시간씩」（一個星期兩次、每一個小時）因此一個星期要二個小時，答案是④。

必背的單字：「언어교환」（語言交換）、「캐나다」（加拿大）、「근처」（附近）、「씩」（每～、平均）、「연락처」（聯絡方法）、「정도」（左右）。

22.

아르바이트생 구함!

시간: 월·수·금, 오전 10시부터 오후 4시까지

급여: 한 시간에 6,000원

조건: 남녀 대학생

커피전문점 카푸치노

徵工讀生！

時間：週一、週三、週五從上午10點至下午4點

薪水：每小時6,000元

條件：男女大學生

咖啡專賣店 卡布奇諾

① 커피전문점에서 아르바이트 학생을 구합니다.　咖啡專賣店找工讀生。

❷ 고등학생도 일할 수 있습니다.　高中生也可以工作。

③ 일주일에 삼일 일합니다.　一個星期工作三天。

④ 남녀 모두 일할 수 있습니다.　男女都可以工作。

☆ 必背的單字：「아르바이트」（打工）、「아르바이트생」（工讀生）、「급여」（薪
水）、「조건」（條件）、「커피전문점」（咖啡專賣店）、「구하다」（找）、「고등학
생」（高中生）。

　另外，「일주일에 삼일」（一個星期三天）、「한 시간에 6,000원」（一小時6,000元）。相
關句型請參考模擬考題第21題及3.1必備句型第9。

23.

서울 벚꽃 음악회

일시: 2014년 4월 4일(금) 정오

4월 5일(토) 저녁 7시

4월 6일(일) 오후 4시, 저녁 7시

장소: 서울의 숲

출연: 합창단, 성악가, 가수 등

♫ ♪ ♩ ♫ ♫ ♪ ♪ ♫ ♫ ♪ ♪

首爾櫻花音樂會

日時：2014年4月4日（週五）中午

4月5日（週六）晚上7點

4月6日（週日）下午4點、晚上7點

地點：首爾樹林

演出：合唱團、聲樂家、歌手等

♫ ♪ ♩ ♫ ♫ ♪ ♪ ♫ ♫ ♪ ♪

① 서울 벚꽃 음악회는 3일 동안 열립니다.　首爾櫻花音樂會舉辦3天。

❷ 서울 벚꽃 음악회는 하루에 두 번씩 열립니다.　首爾櫻花音樂會辦一天二場。

③ 서울 벚꽃 음악회는 4월에 열립니다.　4月開首爾櫻花音樂會。

④ 서울 벚꽃 음악회는 누구나 참여할 수 있습니다.　首爾櫻花音樂會誰都可以參加。

☆ 必背的單字：「벚꽃」（櫻花）、「음악회」（音樂會）、「정오」（中午）、「저녁」（晚上）、「오후」（下午）、「숲」（樹林）、「합창단」（合唱團）、「성악가」（聲樂家）、「가수」（歌手）、「출연」（演出）、「하루」（一天）、「씩」（每～、平均）、「열리다」（（被）開）、「참여하다」（參與）、「누구나」（誰都）。

另外，②「하루에 두 번」（一天二次）相關句型請參考模擬考題第21題及3.1必備句型第9。

24.

창원 수박을 싸게 팝니다.

기간: 5월 10일부터 3일 동안

장소: 시청 앞 광장

원래 가격보다 10% 싸게 팝니다.

무료시식회도 열립니다.

昌原西瓜特賣。

期間：5月10日起（連續）3天

地點：市政府前廣場

比原價便宜10%賣。

也有免費試吃。

① 수박을 시청 앞에서 팝니다.　在市政府前面賣西瓜。

② 수박을 싸게 팝니다.　西瓜賣得便宜。

③ 수박을 먹어 볼 수 있습니다.　西瓜可以試吃。

❹ 5월 11일에는 열리지 않습니다.　5月11日不開。

☆ 本題目與昌原（地名）西瓜有關，期間是從5月10日起連續3天，因此真正開的時間為10日、
11日、12日，答案是④。

必背的單字：「수박」（西瓜）、「싸다」（便宜）、「팔다」（賣）、「시청」（市政
府）、「앞」（前面）、「광장」（廣場）、「원래」（原本）、「가격」（價格）、「무
료시식회」（免費試吃）、「열리다」（（被）開）。

25.

성인 무료 한글 교실

대상 한글을 배우고 싶은 성인 남녀

기간 10월 8일부터 3개월 동안

장소 종합사회복지관

수업내용 한글 읽기, 쓰기, 생활 숫자, 기초영어

9월 20일까지 신청 마감.

成人免費韓國文字教室

對象 想學韓國文字的成人男女

期間 10月8日起（連續）3個月

地點 綜合社會活動中心

上課內容 唸文字、寫、生活數字、基礎英語

9月20日申請結束。

① 한글 수업은 10월부터 있습니다.　韓國文字課從10月開始。

② 9월 20일까지 신청해야 합니다.　9月20日截止申請。

❸ 외국인도 참여할 수 있습니다.　外國人也可以參與。

④ 이 수업은 무료입니다.　本課程是免費。

☆ 本題目是有關韓國政府，針對年輕時沒有機會學習韓國文字寫或讀的學習者，開辦成人韓文班的相關資訊。題目中沒有提到外國人，因此答案是③。

必背的單字：「성인」（成人）、「무료」（免費）、「한글 교실」（韓文班）、「내용」（內容）、「읽기」（閱讀）、「쓰기」（寫作）、「생활」（生活）、「숫자」（數字）、「기초」（基礎）、「영어」（英文）、「신청」（申請）、「외국인」（外國人）。

26.

제인 씨,

왜 이틀 동안 학교에 안 왔어요?

모두들 걱정하고 있어요.

내일은 한국어 읽기 제 2과 테스트가 있어요.

꼭 준비하세요.

내일 만나요.

밍밍

珍妮小姐：

為什麼（這）二天沒有來學校（有什麼事嗎）？

大家都在擔心（妳）。

明天有韓語閱讀第2課的小考。

請妳一定要準備。

明天見。

明明

① 제인 씨는 오늘 학교에 안 왔습니다.　珍妮今天沒有來學校。

❷ 제인 씨는 어제 학교에 왔습니다.　珍妮昨天來過學校。

③ 밍밍 씨는 제인 씨를 걱정합니다.　明明擔心珍妮。

④ 내일은 시험이 있습니다.　明天有考試。

☆ 本題目的關鍵句為「왜 이틀 동안 학교에 안 왔어요?」（為什麼（這）二天沒有來學校（有
什麼事嗎）？）可推測昨天和今天沒有去學校的狀況。考生也要注意看這是明明寄給珍妮的
信。因此答案是②。

必背的單字：「이틀」（二天）、「모두」（大家、全部）、「걱정」（擔心）、「내일」
（明天）、「테스트」（測驗、小考）、「준비하다」（準備）、「만나다」（見面）。

27.

심야버스 운행 안내

운행시간: 12월 1일부터 밤 12시 ~ 새벽 5시 사이

요금: 1,850원

노선: 총 9개 노선

(자세한 노선은 인터넷을 참고하세요.)

夜間巴士營運資訊

營運時間：12月1日起深夜12點 ～ 凌晨5點之間

費用：1,850元

路線：共9個路線

（更詳細路線內容請參考網站。）

❶ 심야버스는 낮에 탈 수 있습니다.　夜間巴士可搭白天。

② 심야버스는 9개 노선이 있습니다.　夜間巴士有9個路線。

③ 심야버스는 새벽에 다닙니다.　夜間巴士運行凌晨。

④ 심야버스는 12월부터 탈 수 있습니다.　夜間巴士可搭從12月開始。

☆ 在首爾的公車及地下鐵末班車都結束以後，深夜12點至凌晨5點之間實際營運的夜間公車叫做「올빼미 버스」（貓頭鷹巴士）。本題目的關鍵字是「심야」（深夜）、「새벽」（凌晨）、「밤」（夜）及「낮」（白天），深夜巴士本身含有意思因此白天無法搭車，答案是①。

重要的單字：「심야」（深夜、夜間）、「운행」（運行）、「낮」（白天）、「노선」（路線）、「새벽」（凌晨）、「다니다」（運行、來回）、「타다」（搭）、「참고하다」（參考）、「요금」（費用）。

28.

> # 교통카드를 이용합시다.
> ··
> 판매처: 지하철역, 편의점, 가두판매점 등
> 충전 장소: 지하철역, 편의점, 가두판매점 등
> 이용 장소: 각종 교통수단, 박물관, 고궁, 놀이시
> 설, 편의점, 주차장, 영화관 등

> # 我們用交通卡（悠遊卡）吧！
> ··
> 販賣處：地下鐵站、便利商店、街頭銷售等
> 加值地方：地下鐵站、便利商店、街頭銷售等
> 可用地方：各種交通工具、博物館、故宮、遊樂
> 園、便利商店、停車場、電影等。

① 교통카드로 지하철을 탈 수 있습니다.　用交通卡（悠遊卡）可搭地下鐵。

② 교통카드로 편의점에서 물건을 살 수 있습니다.

　　用交通卡（悠遊卡）在便利商店買東西。

❸ 교통카드로 할인을 받을 수 있습니다.　用交通卡（悠遊卡）可以打折。

④ 교통카드는 충전을 해서 사용합니다.　交通卡（悠遊卡）加值使用。

☆ 重要的單字：「교통카드」（交通卡（類似臺灣的悠遊卡））、「이용하다」（利用）、「판매처」（販賣處）、「충전」（充電、加值）、「지하철역」（地下鐵站）、「편의점」（便利商店）、「가두판매점」（街頭銷售）、「각종」（各種）、「교통수단」（交通工具）、「박물관」（博物館）、「고궁」（故宮）、「놀이시설」（遊樂園）、「편의점」（便利商店）、「주차장」（停車場）、「영화」（電影）、「물건」（東西）、「할인」（折扣）。

29.

어린이 합창단 초청 음악회

일시: 2014년 8월 8일 (금) 오후 7시

장소: 서울 구민회관

관람시간: 50분

관람연령: 만 24개월 이상

입장시간: 오후 6시 30분부터 선착순 입장

邀請兒童合唱團音樂會

日期：2014年8月8日（週五）下午7點

地點：首爾區民會館

欣賞時間：50分

欣賞年齡：滿24個月以上

入場時間：下午6點30分開始依序入場

① 음악회는 50분 동안 열립니다.　音樂會開50分鐘。

❷ 24세 이상만 입장할 수 있습니다.　24歲以上才能入場。

③ 6시 30분부터 순서대로 들어갑니다.　6點30分開始依序進場。

④ 어린이 합창단의 공연입니다.　是兒童合唱團的公演。

☆ 本題目中提到觀賞年齡是2歲以上開始，因此答案是②。

重要的單字：「어린이」（兒童）、「합창단」（合唱團）、「초청」（邀請）、「음악회」（音樂會）、「관람」（觀覽）、「연령」（年齡）、「입장」（入場）、「시간」（時間）、「만」（滿）、「선착순」（先來後到）、「순서대로」（照順序）、「열리다」（（被）開）。

30.

중고 TV팝니다.

제품: 30인치 평면TV

사용기간: 6개월

가격: 15만원 (운송비 불포함)

판매 이유: 해외 유학

지역: 부산시 동구

연락처: 010-2233-5566

賣二手電視

製品：30吋平面電視

使用時間：6個月

價錢：15萬元（不含運費）

販賣理由：國外留學

地點：釜山市東區

聯絡電話：010-2233-5566

① 이 텔레비전을 15만원에 팝니다.　這台電視賣15萬元。

② 이 텔레비전은 새 텔레비전이 아닙니다.　這台電視不是新電視。

③ 이 텔레비전은 6개월 동안 사용했습니다.　這台電視使用了6個月。

❹ 이 텔레비전은 해외로 가져갈 수 있습니다.　這台電視可以帶到國外去。

☆ 必背的單字：「중고」（中古、二手）、「팔다」（賣）、「제품」（製品）、「인치」（寸）、「평면」（液晶、平面）、「사용」（使用）、「가격」（價格）、「운송비」（運費）、「불포함」（不含）、「판매」（販賣）、「이유」（理由）、「해외 유학」（海外留學）、「연락처」（聯絡方法）、「가져가다」（帶去）。

模擬考題單字

1. 和生活物品相關的字彙

☐ 가능 名 可能

☐ 가두판매점 名 街頭銷售

☐ 각종 名 各種

☐ 같이 副 一起

☐ 고급 名 高級

☐ 고속 名 高速

☐ 교통수단 名 交通工具

☐ 교통카드 名 交通卡

☐ 구두 名 皮鞋

☐ 급여 名 薪水（＝월급 月薪）

☐ 기초 名 基礎

☐ 내용 名 內容

☐ 누구나 誰都

☐ 대상 名 對象

☐ 대한민국 名 大韓民國

☐ 만 冠 滿、整；助 只

☐ 모든 冠 所有的

☐ 무료배송 名 免費宅配

☐ 문자메세지 名 文字短訊（簡訊）

☐ 미리 名 事先

☐ 방법 名 方法

☐ 버스 名 巴士

☐ 벚꽃 名 櫻花

☐ 불포함 名 不含

☐ 비용 名 費用

☐ 빌딩 名 大樓

☐ 상영 名 上映

☐ 상자 名 量 箱

☐ 상품권 名 商品券

☐ 설 名 新年

☐ 세일 名 特價

☐ 숫자 名 數字

☐ 숲 名 樹林

☐ 시간표 名 時刻表

☐ 시설 名 設備

☐ 신청 名 申請；報名

☐ 씩 副 每～；平均

☐ 아동복 名 童裝

☐ 아르바이트 名 打工

☐ 액세서리 名 （裝）飾品

□ 여성복 **名** 女裝　　　　　□ 제일 **副** 最

□ 연락처 **名** 聯絡方法　　　□ 제품 **名** 商品

□ 영어 **名** 英文　　　　　　□ 조건 **名** 條件

□ 영화 **名** 電影　　　　　　□ 중간고사 **名** 期中考試

□ 옷 **名** 衣服　　　　　　　□ 중고 **名** 中古、二手

□ 요금 **名** 費用　　　　　　□ 참가비 **名** 參加費；報名費

□ 운송비 **名** 運費　　　　　□ 충전 **名** 充電；加值

□ 원래 **名** 原來、原本　　　□ 치약 **名** 牙膏

□ 이상 **名** 以上　　　　　　□ 칫솔 **名** 牙刷

□ 이유 **名** 理由　　　　　　□ 콘서트 **名** 演唱會

□ 이하 **名** 以下　　　　　　□ 터미널 **名** 客運總站；航廈

□ 인치 **名** 吋　　　　　　　□ 테스트 **名** 測驗、小考

□ 인터넷 **名** 網路　　　　　□ 티켓 **名** 門票

□ 읽기 **名** 閱讀　　　　　　□ 판매 **名** 販賣

□ 입장료 **名** 門票　　　　　□ 평면 **名** 平面

□ 장난감 **名** 玩具　　　　　□ 한글 교실 **名** 韓文班

□ 장학금 **名** 獎學金　　　　□ 할인 **名** 折扣

□ 전기제품 **名** 電子商品　　□ 해외 유학 **名** 海外留學

□ 정도 **名** 約、左右　　　　□ 화장품 **名** 化妝品

□ 제목 **名** 題目、主題　　　□ 환영 **名** 歡迎

2. 和場所、地點相關的字彙

□ 가깝다 **形** 近　　　　　　□ 고궁 **名** 故宮

□ 강당 **名** 禮堂　　　　　　□ 관 **名** 館

□ 강연장 **名** 演講廳　　　　□ 관람 **名** 觀賞

□ 광장 名 廣場　　　　□ 소풍 名 校外教學

□ 교회 名 教會　　　　□ 수영장 名 游泳池

□ 구민회관 名 區民會館　　□ 순서대로 副 照順序

□ 국내 名 國內　　　　□ 열 名 行列

□ 남산 名 南山　　　　□ 외국 名 國外

□ 노선 名 路線　　　　□ 입구쪽 名 入口邊

□ 놀이시설 名 遊樂設施　　□ 입장 名 入場

□ 대학교 名 大學　　　　□ 주차장 名 停車場

□ 대학원 名 研究所　　　□ 지하 名 地下

□ 도서관 名 圖書館　　　□ 체육관 名 體育館

□ 도착 名 到達　　　　□ 출구 名 出口

□ 동아리 名 社團　　　□ 출발 名 出發

□ 멀다 形 遠　　　　　□ 층 名 樓

□ 모임 名 聚會　　　　□ 캐나다 名 加拿大

□ 박물관 名 博物館　　　□ 커피전문점 名 咖啡專賣店

□ 방 名 房間　　　　　□ 판매처 名 販賣處

□ 번 名 號　　　　　　□ 편의점 名 便利商店

□ 부엌 名 廚房　　　　□ 한식집 名 韓式餐廳

□ 백화점 名 百貨公司　　□ 호텔 名 飯店

□ 사인회 名 簽名會　　　□ 화장실 名 洗手間

□ 선착순 名 先來後到、先後次序

3. 和人相關的字彙

□ 가수 名 歌手　　　　□ 걱정 名 擔心

□ 가족 名 家族　　　　□ 고등학생 名 高中生

□ 국적 名 國籍
□ 꿈 名 夢想（＝드림＝dream）
□ 나이 名 年紀
□ 돌잔치 名 週歲筵席
□ 모두 名 大家、全部
□ 생활 名 生活
□ 성별 名 性別
□ 성악가 名 聲樂家
□ 세 名 歲
□ 소설가 名 小説家
□ 쓰기 名 寫作

□ 아르바이트생 名 工讀生
□ 어른 名 大人
□ 어린이 名 兒童
□ 언어교환 名 語言交換
□ 여러분 名 大家
□ 여학생 名 女學生
□ 연구가 名 研究家、專家
□ 연령 名 年齡
□ 외국인 名 外國人
□ 작가 名 作家
□ 하숙생 名 寄宿生

4. 和動作相關的字彙

□ 가져가다 動 帶去
□ 강연 名 演講
□ 걷다 動 走
□ 걸리다 動 需要（時間）
□ 구하다 動 找
□ 넘다 動 超過
□ 다니다 動 運行；來回
□ 만나다 動 見面
□ 문의 名 詢問
□ 수업 名 上課
□ 쉬다 動 休息
□ 시작하다 動 開始

□ 열리다 動 （被）開
□ 예약 名 預約
□ 운행 名 運行
□ 준비하다 動 準備
□ 참고하다 動 參考
□ 참여하다 動 參與
□ 촬영 名 拍攝
□ 출연 名 演出
□ 타다 動 搭
□ 판매 名 販賣
□ 팔다 動 賣

5. 和飲食相關的字彙

- □ 메뉴 名 菜單
- □ 무료시식회 名 免費試吃
- □ 물 名 水
- □ 배 名 梨子
- □ 사과 名 蘋果

- □ 세트 名 組合；套餐
- □ 수박 名 西瓜
- □ 술 名 酒
- □ 커피 名 咖啡
- □ 한국 요리 名 韓國料理

6. 和時間相關的字彙

- □ 금주 名 本週（= 이번 주）
- □ 낮 名 白天
- □ 다음 주 名 下週
- □ 달 名 月、月亮；月份
- □ 동안 名 期間
- □ 매주 名 每週
- □ 새벽 名 凌晨
- □ 식사 시간 名 用餐時間

- □ 심야 名 深夜、夜間
- □ 오늘 名 今天
- □ 오전 名 上午
- □ 오후 名 下午
- □ 이틀 名 二天
- □ 저녁 名 晚上；晚餐
- □ 정오 名 中午
- □ 하루 名 一天

같은 내용 고르기

題型4：內容一致

　　至於選擇「內容一致」的考題，過去考試會出4題，新韓檢已改為3題。依據過去考試，2012年以後的考題都是先讀3行的短文，再從4個選項中找出跟題目一樣的內容即可。從選項中找出其他3個跟題目無關或不清楚其內容的描述，這樣比較容易找出答案。也就是說，這個單元的作答原則是閱讀考題之後，用刪除法先刪除選項中錯誤的部分來作答，會更容易接近正確答案。

4-0
準備方向

題型說明

　　韓國語文能力測驗初級閱讀的考題可分為「長文」及「短文」，至於選擇「短文內容一致」的考題，過去考試會出4題，新韓檢已改為3題。當然短文考題對考生來說相對容易作答，因此考生一定要把握這個題型的分數。依據過去考試，2012年以後的考題都是先讀3行的短文，再從4個選項中找出跟題目一樣的內容即可。而新韓檢「短文主題選擇」的考題也是一樣，考生要讀3句左右的短文之後再選出題目的主題。但本「短文內容一致」的部分，則是要從選項中找出其他3個跟題目無關或不清楚其內容的描述，這樣比較容易找出答案。也就是說，這個單元的作答原則是閱讀考題之後，用刪除法先刪除選項中錯誤的部分來作答，會更容易接近正確答案。

問題範例

※ [43~45] 다음의 내용과 같은 것을 고르십시오. (각 3점)

43.

> 오늘 점심을 먹고 우체국에 갔습니다. 우체국에서 부모님에게 편지를 보냈습니다. 동생한테는 청바지를 보냈습니다.

① 오늘 동생에게 편지를 썼습니다.

② 편지를 보내고 점심을 먹었습니다.

③ 부모님한테서 청바지를 받았습니다.

④ 우체국에 가서 청바지를 보냈습니다.

2014년 한국어능력시험 Ⅰ 초급 읽기 샘플문항

範例翻譯

※ [43~45] 請選出符合以下內容的描述。（各3分）

43.

> 今天吃了午餐去郵局。在郵局寄了信給父母親。給弟弟（或妹妹）寄了牛仔褲。

① 今天給弟弟（或妹妹）寫了信。

② 寄信吃了午餐。

③ 從父母親那收到牛仔褲。

❹ 去了郵局寄牛仔褲。

2014年公布韓國語能力測驗Ⅰ初級閱讀示範題型

4-1
必備句型

句型示範

❶ -에 가다   去

例 은행에 갑니다.   去銀行。

❷ -(으)로   ①往（方向）；②用～來

例 회사 앞으로 갑니다.   往公司前面去。

例 연필로 글자를 씁니다.   用鉛筆寫字。

❸ -ㄹ/을 것이다   表示①未來的計劃或行程；②說話者的推測或斟酌

例 내일부터 회사에 갈 것입니다.   從明天將會去公司（上班）。（未來）

例 내일 눈이 올 것 입니다.   明天會下雪。（推測或斟酌）

❹ -지만   雖然～但是～

例 한국 음식은 맵지만 맛이 있습니다.   韓國菜雖然很辣，但很好吃。

❺ -(으)러 가다 (오다 來, 다니다 來往)   為了（目的）去（地方）

例 운동하러 체육관에 다닙니다.   為了運動（天天）去體育館（運動）。
※「다니다」表動作的重覆，所以是最近天天（或常常）去運動的意思。

❻ -ㄹ/을 수 있다 (없다)   表示能力或可能性：會、能（不會、不能）

例 중국어를 말할 수 있습니다.   （我）會說中文。

❼ -고 싶다   表示意願或期待：想要～、要～

例 유럽에 여행가고 싶습니다.   想去歐洲旅遊。

❽ -ㄹ/을 때　接在動詞的後面表示做某個動作的時候

　　例　비가 올 때 음악을 듣습니다.　下雨時聽音樂。

❾ -아/어/여서
接在動詞或形容詞後面，表示理由、原因：因為～的關係，但後面不能接命令型或
建議句（一起～吧）。

　　例　피곤해서 일찍 잡니다.　因為很累，所以提早睡。

❿ -지 않다　不（跟「안」可互相對換）

　　例　날씨가 좋지 않습니다.　天氣不好。

　　例　날씨가 안 좋습니다.　天氣不好。

⓫ -(으)려고 하다　接在動詞後面，表示說者的打算或意圖：要～、打算～

　　例　지금 슈퍼마켓에 가려고 합니다.　現在要去超級市場。

⓬ -(으)면　表示推測：如果～的話

　　例　새 옷을 사면 기분이 좋습니다.　買新衣服的話，心情很好。

⓭ -아/어/여지다
接在動詞後面，表示被動；接在形容詞後面，表示狀態的變化：變～、變得～

　　例　이 볼펜은 잘 써집니다.　這支原子筆寫得很順。（被動）

　　例　날씨가 좋아졌습니다.　天氣變好。（狀態的變化）

⓮ -기 시작하다　接在動詞或形容詞後面，表示開始做某個動作：開始～

　　例　배가 고프기 시작했습니다.　肚子開始餓了。

⓯ -고 있다　表示現在進行：正在

　　例　책을 보고 있습니다.　正在看書。

⑯ -(으)면서 位在兩個動詞之間，表示同時做兩件事：～著、邊～邊～

例 노래를 들<u>으면서</u> 학교에 갑니다. 邊聽音樂，邊去學校。（＝聽著音樂去學校。）

⑰ -기 바라다 願意、盼望

例 우리 집에 꼭 놀러 오<u>기를 바랍니다.</u> 希望一定要來我家玩。

⑱ -아/어/여야 하다 必須、得

例 매일 한국어를 공부해<u>야 합니다.</u> 得要天天唸韓文。

⑲ -기 때문이다 表示理由的語尾：因為～的關係

例 지금 밖에 나갑니다. 친구하고 약속이 있<u>기 때문입니다.</u>
現在要出門了（出去外面）。<u>因為</u>和朋友有約<u>的關係</u>。

⑳ -기로 하다 後面接動詞，用在已經決定、決心的事情上

例 내일부터 한국어를 공부하<u>기로 했습니다.</u>
（我）<u>決定</u>從明天開始學韓語。

㉑ Ad게 + V 形容詞後面接「게」成為副詞化，可修飾後面的動詞

例 크<u>게</u> 말하세요. 請大聲<u>地</u>說。

㉒ -ㄹ/을 것 같다 用在說者的推測時，表示「好像、會」

例 늦잠을 자서 지각<u>할 것 같습니다.</u> 睡過頭可能會遲到。

4-2
必背單字

1. 和生活物品相關的字彙

□ 값 名 價錢

□ 강 名 江

□ 강아지 名 小狗

□ 경치 名 風景

□ 그런데 副 不過

□ 그렇지만 副 然而、雖然如此

□ 깨끗하다 形 乾淨

□ 꽃 名 花

□ 나쁘다 形 壞、不好

□ 넓다 形 寬

□ 노래 名 歌

□ 다르다 形 不同、不一樣

□ 대회 名 大會、大賽

□ 동상 名 銅像

□ 라디오 名 廣播

□ 마다 副 每～

□ 마리 量 隻

□ 많다 形 多

□ 모르다 形 不知道

□ 바다 名 海

□ 바쁘다 形 忙

□ 밝다 形 亮

□ 배 名 船；肚子；梨子

□ 별로 副 不太、別

□ 사진 名 照片

□ 산 名 山

□ 새로 副 新；重新

□ 색깔 名 顏色

□ 선물 名 禮物

□ 시디 名 CD、光碟

□ 싸다 形 便宜

□ 아름답다 形 美

□ 아주 副 很

□ 앞 名 前

□ 엘리베이터 名 電梯

□ 여러 가지 形 各式各樣

□ 여름휴가 名 夏日假期

□ 여행 名 旅行

□ 연극 名 話劇

□ 연습 名 練習

□ 영화 名 電影

□ 옷장 名 衣櫃

□ 우산 名 雨傘

□ 음악 名 音樂

□ 자전거 名 腳踏車

□ 작다 形 小

□ 잘하다 形 很會

□ 재미있다 形 有趣、好玩

□ 적다 形 少；寫

□ 종이 名 紙

□ 중요하다 形 重要

□ 짧다 形 短

□ 차 名 車

□ 책장 名 書櫃

□ 처음 名 第一次

□ 침대 名 床

□ 택시 名 計程車

□ 편지 名 信

□ 필요하다 形 需要

□ 한글 名 韓國文字

□ 한복 名 韓服

2. 和場所、地點相關的字彙

□ 가게 名 商店

□ 거기 代 那裡

□ 길 名 路

□ 경복궁 名 景福宮

□ 경주 名 慶州（地名）

□ 공원 名 公園

□ 계단 名 階梯

□ 광장 名 廣場

□ 광화문 名 光化門

□ 교실 名 教室

□ 근처 名 附近

□ 금강 名 錦江

□ 대구 名 大邱（地名）

□ 대학로 名 大學路

□ 박물관 名 博物館

□ 부산 名 釜山（地名）

□ 사무실 名 辦公室

□ 설악산 名 雪嶽山

□ 시내 名 市區

□ 시장 名 市場

□ 영국 名 英國

□ 우체국 名 郵局

□ 운동회 名 運動會

□ 유치원 名 幼稚園

□ 음악회 名 音樂會

□ 인사동 名 仁寺洞（地名）

□ 전시관 名 展示館
□ 제주도 名 濟州島（地名）
□ 직장 名 工作的地方、公司
□ 캐나다 名 加拿大

□ 학원 名 補習班
□ 한강 名 漢江
□ 한라산 名 漢拿山
□ 회사 名 公司

3. 和人相關的字彙

□ 가수 名 歌手
□ 가족 名 家人、家族
□ 건강 名 健康
□ 고향 名 故鄉
□ 귀엽다 形 可愛
□ 기분 名 心情
□ 남동생 名 弟弟
□ 동아리 名 社團
□ 댁 名 家（집的敬語）
□ 마음에 들다 慣 喜歡上；看中
□ 문화 名 文化
□ 미안하다 形 對不起
□ 부모님 名 父母親
□ 생신 名 生辰
□ 세종대왕 名 世宗大王
□ 슬프다 形 難過
□ 아주머니 名 阿姨、大嬸
□ 어렵다 形 難

□ 약속 名 約、約會
□ 오빠 名 哥哥（女生稱呼哥哥）
□ 외국인 名 外國人
□ 우리 代 我們
□ 유명하다 形 有名
□ 인기 名 受歡迎
□ 제 代 我的（＝저의）
□ 즐겁다 形 愉快
□ 출근 名 出勤、上班
□ 친절하다 形 親切
□ 친척 名 親戚
□ 할아버지 名 爺爺
□ 행복하다 形 幸福
□ 형 名 哥哥（男生稱呼哥哥）
□ 혼자 名 一個人
□ 휴가 名 休假
□ 힘들다 形 累、辛苦

4. 和動作相關的字彙

□ (길) 막히다 動 塞（路）

□ (대회)에 나가다 動 出賽（比賽）、
　　　　　　　　　參賽

□ (사진) 찍다 動 拍（照）

□ 가르치다 動 教

□ 가지고 가다 動 拿走

□ 결혼하다 動 結婚

□ 공부하다 動 唸書

□ 구경하다 動 觀光

□ 끝나다 動 結束

□ 나누다 動 分享

□ 다녀오다 動 去過；去就回來

□ 다니다 動 來來往往

□ 도와주다 動 幫忙

□ 되다 動 成為

□ 듣다 動 聽

□ 등산 名 登山、爬山

□ 만들다 動 做；成立

□ 받다 動 收；接

□ 배우다 動 學習

□ 보내다 動 送；寄

□ 산책 名 散步

□ 쇼핑 名 逛街

□ 수영 名 游泳

□ 쓰다 動 寫；撐（雨傘）；戴（帽子）；
　　　　使用

□ 올라가다 動 上去

□ 옮기다 動 搬、移

□ 이사하다 動 搬家

□ 이야기하다 動 聊天

□ 찾아가다 動 去找

5. 和飲食相關的字彙

□ 김치찌개 名 泡菜鍋

□ 라면 名 泡麵

□ 불고기 名 韓國烤肉

□ 요리 名 料理

□ 잡채 名 雜菜

□ 저녁 식사 名 晚餐

6. 和時間相關的字彙

□ 가끔 副 偶爾

□ 나흘 名 四天

□ 날마다 名 每天、天天

□ 늦다 形 晚

□ 다음 달 名 下個月

□ 동안 名 期間

□ 매일 名 每天、天天

□ 어제 名 昨天

□ 요즘 名 最近

□ 일주일 名 一星期

□ 자주 副 常常

□ 작년 名 去年

□ 주말 名 週末

□ 화요일 名 星期二

7. 和天氣相關的字彙

□ 날씨 名 天氣

考古題練習

老師提醒

　　「短文內容一致」要先了解題目的內容，也要小心以關鍵字來推測答案。題目的內容通常有3句或3句以上，敘述的方式也不會太難。但新韓檢考試的趨勢，是要透過閱讀考試來考舊韓語檢定中的文法及詞彙科目，因此藉由考古題多練習句型和單字，即使面對有難度的考題，也能輕鬆作答。至於選項的描述是否正確，比起第五單元的「主題選擇」，本單元的選項只是多換幾個相似的單字來描述而已，所以答案還算清楚。因此，考生要先了解題目，再依據題目的內容來找出對的敘述，是很重要的。

歷屆考古題

※ [1～40] 다음의 내용과 같은 것을 고르십시오.

2014 (34)　**1. (4점)**

> 　　오늘 친구하고 박물관에 갔습니다. 박물관에서 여러 가지 자전거를 봤습니다. 박물관 앞에서 자전거도 탔습니다.

① 혼자 박물관에 갔습니다.

② 자전거로 박물관에 갔습니다.

③ 박물관에 자전거가 있었습니다.

④ 박물관 안에서 자전거를 탔습니다.

2. (4점)

> 　　제 남동생은 지금 캐나다에 있습니다. 거기에서 한국어를 가르칩니다. 다음 달에 캐나다에서 결혼을 할 겁니다.

① 남동생은 캐나다에 삽니다.

② 남동생은 결혼을 했습니다.

③ 남동생은 한국어를 배웁니다.

④ 남동생은 다음 달에 한국에 옵니다.

3. (3점)

> 우리 사무실은 6층에 있습니다. 저는 엘리베이터를 타지 않고 계단으로 올라갑니다. 조금 힘들지만 건강에 좋습니다.

① 사무실은 오 층에 있습니다.

② 엘리베이터 타기가 힘듭니다.

③ 사무실까지 걸어서 올라갑니다.

④ 육 층까지 엘리베이터를 탑니다.

4. (3점)

> 오늘 일이 많아서 친구를 만나러 갈 수 없었습니다. 그래서 친구가 저를 만나러 집 앞으로 왔습니다. 친구에게 많이 미안했습니다.

① 저는 오늘 많이 바빴습니다.

② 오늘 친구를 만나러 갔습니다.

③ 친구는 저에게 미안해했습니다.

④ 친구의 집 앞에서 친구를 만났습니다.

2014 (33) 5. (4점)

> 우리 오빠는 대구에서 대학교에 다닙니다. 이번 주 일요일은 오빠의 생일입니다. 주말에 오빠를 만나러 갈 겁니다.

① 일요일은 제 생일입니다.

② 오빠는 대구에서 일합니다.

③ 저는 일요일에 오빠를 만납니다.

④ 저는 대구에서 학교에 다닙니다.

6. (4점)

> 저는 요즘 한국 요리를 배웁니다. 김치찌개도 만들고 불고기도 만들었습니다. 다음에는 제가 좋아하는 잡채를 배울 겁니다.

① 저는 잡채를 만들었습니다.

② 저는 한국 요리를 가르칩니다.

③ 저는 불고기 요리를 배웠습니다.

④ 저는 김치찌개를 안 만들었습니다.

7. (3점)

> 제 친구는 가수입니다. 대학로에서 2년 동안 노래를 하고 있습니다. 유명한 가수는 아니지만 노래를 아주 잘합니다.

① 제 친구는 유명합니다.

② 제 친구는 노래를 잘 못 합니다.

③ 제 친구는 가수가 되고 싶어 합니다.

④ 제 친구는 대학로에서 노래를 합니다.

8. (3점)

> 오늘 친구하고 광화문 광장에 갔습니다. 세종대왕 동상 앞에서 사진을 찍었습니다. 한글로 제 이름도 써 보고 한글 전시관도 구경했습니다.

① 오늘 한글 전시관에 갔습니다.

② 혼자 광화문 광장에 갔습니다.

③ 세종대왕 동상을 보지 못했습니다.

④ 한글 전시관에서 사진을 찍었습니다.

2013 (32) 9. (4점)

> 우리 부모님은 고향에 삽니다. 내일 동생하고 부모님을 만나러 갈 겁니다. 부모님에게 선물도 드리고 같이 저녁식사도 할 겁니다.

① 저는 부모님하고 같이 삽니다.

② 저는 동생에게 선물을 줄 겁니다.

③ 저는 고향에서 동생을 만날 겁니다.

④ 저는 부모님하고 저녁을 먹을 겁니다.

10. (4점)

> 등산은 아주 즐겁습니다. 지난주에는 집 앞에 있는 산에 갔습니다. 이번 주에는 친구하고 제주도 한라산에 갈 겁니다.

① 저는 혼자 한라산에 갈 겁니다.

② 저는 지난주에 제주도에 갔습니다.

③ 저는 등산을 할 때 기분이 좋습니다.

④ 저는 이번 주에 집 앞 산에 갈 겁니다.

11. (3점)

> 어제 회사 근처로 집을 옮겼습니다. 새 집은 넓고 깨끗합니다. 그리고 집 근처에 가게도 많고 작은 공원도 있어서 아주 마음에 듭니다.

① 어제 회사를 옮겼습니다.

② 집이 깨끗해서 마음에 듭니다.

③ 집 근처에 가게가 별로 없습니다.

④ 직장 근처에 넓은 공원이 있습니다.

12. (3점)

> 12월에 연극 대회가 있습니다. 그래서 친구들 하고 연극 동아리를 만들었습니다. 일주일에 두 번 만나서 연습도 하고 연극도 봅니다.

① 저는 연극 동아리를 만들 겁니다.

② 저는 연극 동아리 친구들과 연극을 봅니다.

③ 저는 12월에 연극 대회에 나갔습니다.

④ 저는 일주일에 한 번 연극 연습을 합니다.

2013 (31) 13. (4점)

> 주말에 부모님과 경주로 여행을 갔습니다. 사진도 많이 찍고 맛있는 음식도 먹었습니다. 다음에는 설악산에 갈 겁니다.

① 설악산에서 사진을 찍었습니다.

② 친구하고 경주에 여행을 갔습니다.

③ 경주에서 맛있는 음식을 먹었습니다.

④ 주말에 설악산으로 여행을 갔습니다.

14. (4점)

> 제 친구는 한국 노래를 아주 좋아합니다. 그래서 어제 친구에게 한국 노래 시디(CD)를 보냈습니다. 가수의 사진과 제 편지도 같이 보냈습니다.

① 저는 친구에게 편지를 썼습니다.

② 친구에게 제 사진을 보냈습니다.

③ 제 친구는 한국 노래를 모릅니다.

④ 어제 친구에게서 시디를 받았습니다.

15. (3점)

> 저는 화요일마다 한국 요리 학원에 갑니다. 어제 불고기를 배웠고 다음 주에 잡채를 배웁니다. 가족에게 한국 요리를 만들어 주고 싶습니다.

① 저는 한국 요리를 배웁니다.

② 저는 매일 요리 학원에 갑니다.

③ 가족에게 한국 음식을 해 주었습니다.

④ 학원에서 잡채와 불고기를 만들었습니다.

16. (3점)

> 저는 택시를 잘 안 탑니다. 어제는 중요한 약속이 있어서 택시를 탔습니다. 그런데 길이 막혀서 약속 시간에 늦었습니다.

① 저는 택시를 자주 탑니다.

② 약속 시간에 도착했습니다.

③ 길에 차가 많지 않았습니다.

④ 택시로 약속 장소에 갔습니다.

2013 (30) 17. (4점)

> 저는 어제 친구하고 시내에 갔습니다. 시내에서 밥을 먹고 차를 마셨습니다. 그리고 같이 쇼핑을 했습니다.

① 저는 혼자 시내에 갔습니다.

② 저는 집에서 밥을 먹었습니다.

③ 저는 친구하고 쇼핑을 했습니다.

④ 저는 친구를 만나고 집에 갔습니다.

18. (4점)

> 오늘 공원에서 음악회가 있었습니다. 음악회를 할 때 비가 왔습니다. 그렇지만 끝까지 음악회를 재미있게 봤습니다.

① 음악회가 재미없었습니다.

② 비가 와서 집에 갔습니다.

③ 공원에서 음악회를 했습니다.

④ 음악회가 끝나고 비가 왔습니다.

19. (3점)

> 제인 씨는 지금 한국에 삽니다. 작년까지 영국의 대학교에서 한국어를 공부했습니다. 제인 씨는 한국 사람들하고 한국어로 이야기합니다.

① 제인 씨는 지금 영국에 있습니다.

② 제인 씨는 한국어를 할 수 있습니다.

③ 제인 씨는 작년까지 한국에 살았습니다.

④ 제인 씨는 한국에서 대학교에 다녔습니다.

20. (3점)

> 다음 주는 일주일 동안 회사에 가지 않습니다. 휴가 때 그 동안 하지 못한 일을 하려고 합니다. 산에도 가고 바다에 가서 수영도 할 겁니다.

① 저는 요즘 산에 자주 갑니다.

② 저는 지난 휴가 때 바다에 갔습니다.

③ 저는 이번 주에 회사에 안 갔습니다.

④ 저는 다음 주 일주일 동안 휴가입니다.

2012 (28) 21. (4점)

> 지난 주말에 제주도에 여행을 갔습니다. 형하고 다녀왔습니다. 우리는 제주도에 처음 갔습니다.

① 저는 제주도에 삽니다.

② 저는 혼자 여행을 했습니다.

③ 형은 제주도에 자주 갔습니다.

④ 지난주에 제주도를 구경했습니다.

22. (4점)

> 저와 친구는 한국 노래를 좋아합니다. 우리는 토요일 오후에 노래 교실에서 노래를 배웁니다. 저는 노래를 잘 못 하지만 제 친구는 잘합니다.

① 저는 노래를 잘합니다.

② 우리는 노래를 가르칩니다.

③ 우리는 토요일에 노래 교실에 갑니다.

④ 친구는 한국 노래를 좋아하지 않습니다.

23. (3점)

> 다음 주 월요일은 어머니 생신입니다. 그래서 저는 요즘 매일 종이로 꽃을 만듭니다. 고향에 계시는 어머니께 이 꽃을 드릴 겁니다.

① 어머니는 고향에 계십니다.

② 어머니 생신은 지난주였습니다.

③ 저는 날마다 꽃을 만들어서 팝니다.

④ 저는 어머니께 종이 꽃을 드렸습니다.

24. (3점)

> 저는 비가 오는 날은 기분이 안 좋습니다. 그런데 밝은 색 우산을 쓰면 기분이 좋아집니다. 그래서 우산을 살 때 꼭 밝은 색 우산을 삽니다.

① 저는 우산 색깔이 중요합니다.

② 비가 오는 날 기분이 좋습니다.

③ 밝은 색 우산을 쓰면 기분이 나쁩니다.

④ 기분이 좋을 때 밝은 색 우산을 삽니다.

2012 (26) 25. (4점)

> 지난주에 친구가 강아지 한 마리를 주었습니다. 강아지는 작고 귀엽습니다. 저는 날마다 강아지하고 산책을 합니다.

① 제 친구는 귀엽습니다.

② 우리 집 강아지는 큽니다.

③ 친구와 매일 산책을 했습니다.

④ 저는 지난주에 강아지를 받았습니다.

26. (4점)

> 우리 동아리는 라면 동아리입니다. 한 달에 두 번 라면 요리도 하고 여러 가지 라면도 먹습니다. 이번 일요일에 라면 요리 대회를 할 겁니다.

① 한 달에 한 가지 라면을 먹습니다.

② 매주 라면 동아리 모임이 있습니다.

③ 이번 주말에 요리 대회가 있습니다.

④ 동아리에서는 라면 요리를 하지 않습니다.

27. (3점)

> 오늘 회사에 처음 출근을 했습니다. 회사 사람들이 일을 많이 도와주었습니다. 사람들이 친절해서 회사 생활이 재미있을 것 같습니다.

① 저는 회사에서 사람들을 도와주었습니다.

② 저는 회사 사람들과 같이 출근을 했습니다.

③ 저는 오늘부터 회사에 다니기 시작했습니다.

④ 저는 회사 사람들에게 친절하게 말했습니다.

28. (3점)

> 라디오는 일을 하면서 음악도 듣고 사람들의 사는 이야기를 들을 수 있어서 좋습니다. 그리고 행복한 이야기나 슬픈 이야기를 다른 사람과 함께 나눌 수 있어서 더 좋습니다. 그래서 요즘도 라디오를 듣는 사람이 많습니다.

① 일하면서 라디오를 들으면 좋지 않습니다.

② 요즘 라디오를 듣는 사람이 적어지고 있습니다.

③ 라디오 음악을 만드는 사람이 많아지고 있습니다.

④ 라디오에서 다른 사람의 이야기를 들을 수 있습니다.

2011 (23) 29. (4점)

> 저는 주말에 친구하고 한강에 갔습니다. 한강에서 배를 탔습니다. 친구하고 시내에서 저녁을 먹고 집에 왔습니다.

① 집에서 저녁을 먹었습니다.

② 친구하고 같이 배를 탔습니다.

③ 저녁을 먹고 시내에 갔습니다.

④ 주말에 혼자 한강에 갔습니다.

30. (4점)

> 이번 주 금요일은 친구의 생일입니다. 친구는 지금 부산에 삽니다. 오늘 우체국에 가서 편지와 선물을 보냈습니다.

① 지금 친구를 만납니다.

② 친구가 편지를 썼습니다.

③ 부산에 선물을 보냈습니다.

④ 오늘 우체국에 못 갔습니다.

31. (3점)

> 저는 한국어를 잘 못 합니다. 하지만 한국 영화를 좋아해서 자주 봅니다. 한국 영화를 보면 한국 문화를 알 수 있어서 좋습니다.

① 저는 한국어를 잘합니다.

② 한국 영화는 어려워서 안 봅니다.

③ 영화를 보고 한국 문화를 배웁니다.

④ 한국 문화를 알아서 한국 영화를 봅니다.

32. (3점)

> 시장에는 여러 가지 물건이 많고 값이 쌉니다. 그리고 시장 아주머니들이 친절하셔서 같이 이야기를 많이 합니다. 시장에서 물건을 구경하고 아주머니들과 이야기를 하면 정말 재미있습니다.

① 저는 시장에 가는 것이 재미있습니다.

② 시장에 물건이 많지 않아서 가끔 갑니다.

③ 시장은 값이 비싸지만 아주머니들이 친절합니다.

④ 시장 아주머니들과 이야기하는 것이 어렵습니다.

2011 (21) 33. (3점)

> 우리 집 앞에는 공원이 하나 있습니다. 그 공원은 꽃이 많아서 아주 예쁩니다. 그래서 매일 산책하러 갑니다.

① 가끔 산책을 합니다.

② 우리 집의 꽃이 예쁩니다.

③ 저는 매일 공원에 갑니다.

④ 집 앞에 공원이 많습니다.

34. (4점)

> 주말에 친구하고 '민속박물관'에 갔습니다. 사람이 아주 많았습니다. 구경도 하고 한복도 입었습니다.

① 혼자 박물관에 갔습니다.

② 주말에 약속이 없었습니다.

③ 박물관에 사람이 없었습니다.

④ 주말에 박물관을 구경했습니다.

35. (3점)

> 비가 많이 와서 오늘 운동회를 할 수 없습니다. 운동회는 다음 주 금요일 오전 아홉 시부터 오후 세 시까지 합니다. 꼭 와 주시기 바랍니다.

① 오늘은 날씨가 좋습니다.

② 오늘 운동회를 못 합니다.

③ 운동회는 오전에 끝납니다.

④ 매주 금요일에 운동회를 합니다.

36. (3점)

> 저는 다음 달에 새 집으로 이사합니다. 이사 할 때 옷장과 책장을 새로 사야 합니다. 옷하고 책이 많은데 집에 있는 것이 너무 작기 때문입니다. 그렇지만 침대는 지금 쓰는 것을 가지고 갈 겁니다.

① 저는 새 집에서 삽니다.

② 지금보다 큰 옷장이 필요합니다.

③ 책장이 없어서 새로 사려고 합니다.

④ 새 집에 침대가 있어서 안 가지고 갑니다.

2010 (20) 37. (3점)

> 저는 동생이 한 명 있습니다. 지금 일곱 살 입니다. 노래를 잘하고 귀엽습니다. 유치원에 다니고 있습니다.

① 저는 동생이 많습니다.

② 저는 노래를 잘합니다.

③ 동생은 올해 7살 입니다.

④ 동생은 유치원에 다닐 겁니다.

38. (4점)

> 저는 강을 좋아합니다. 그래서 자주 강으로 놀러 갑니다. 지난 주말에는 친구하고 금강에 처음 갔습니다. 경치가 정말 아름다웠습니다.

① 저는 자주 금강에 갑니다.
② 저는 강에 처음 갔습니다.
③ 금강은 경치가 아름다웠습니다.
④ 이번 주말에 친구하고 강에 갈 겁니다.

39. (3점)

> 서울에는 유명한 곳이 아주 많습니다. 특히 인사동과 경복궁은 외국인들에게 인기가 많습니다. 그래서 외국인들이 많이 찾아갑니다.

① 서울에 외국인들이 많이 삽니다.
② 인사동에 유명한 것이 많습니다.
③ 한국인들은 경복궁을 좋아합니다.
④ 외국인들은 인사동과 경복궁에 많이 갑니다.

40. (3점)

> 다음 주 월요일부터 나흘 동안 여름휴가입니다. 가족들과 함께 고향에 있는 할아버지 댁에 가기로 했습니다. 고향에 가면 할아버지 일을 도와 드릴 겁니다. 그리고 그동안 못 만난 친척들도 만날 겁니다.

① 다음 주부터 3일 동안 쉽니다.
② 고향에서 여름휴가를 보낼 겁니다.
③ 휴가가 짧아서 친척들을 못 만납니다.
④ 이번 주에 할아버지 일을 도와 드려야 합니다.

 答案

1. ③	2. ①	3. ③	4. ①	5. ③	6. ③	7. ④	8. ①	9. ④	10. ③
11. ②	12. ②	13. ③	14. ①	15. ①	16. ④	17. ③	18. ③	19. ②	20. ④
21. ④	22. ③	23. ①	24. ①	25. ④	26. ③	27. ③	28. ④	29. ②	30. ③
31. ③	32. ①	33. ③	34. ④	35. ②	36. ②	37. ③	38. ③	39. ④	40. ②

考古題解析

※ ［1～40］請選出符合以下內容的描述。

2014 (34)

1.（4分）

> 오늘 친구하고 박물관에 갔습니다. 박물관에서 여러 가지 자전거를 봤습니다.
> 박물관 앞에서 자전거도 탔습니다.
>
> 今天和朋友去了博物館。在博物館看到各式各樣的腳踏車。在博物館前面也騎了腳踏車。

① 혼자 박물관에 갔습니다.　一個人去了博物館。
② 자전거로 박물관에 갔습니다.　騎腳踏車去了博物館。
❸ 박물관에 자전거가 있었습니다.　博物館有腳踏車。
④ 박물관 안에서 자전거를 탔습니다.　在博物館裡面騎了腳踏車。

2.（4分）

> 제 남동생은 지금 캐나다에 있습니다. 거기에서 한국어를 가르칩니다. 다음 달
> 에 캐나다에서 결혼을 할 겁니다.
>
> 我弟弟現在在加拿大。在那裡教韓語。下個月要在加拿大結婚。

❶ 남동생은 캐나다에 삽니다.　弟弟住加拿大。
② 남동생은 결혼을 했습니다.　弟弟結婚了。
③ 남동생은 한국어를 배웁니다.　弟弟學韓語。
④ 남동생은 다음 달에 한국에 옵니다.　弟弟下個月要來韓國。

3.（3分）

> 우리 사무실은 6층에 있습니다. 저는 엘리베이터를 타지 않고 계단으로 올라갑
> 니다. 조금 힘들지만 건강에 좋습니다.
>
> 我們辦公室在6樓。我不搭電梯而爬樓梯上去。有一點累但對健康好。

① 사무실은 오 층에 있습니다.　辦公室在五樓。
② 엘리베이터 타기가 힘듭니다.　很難搭電梯。

❸ 사무실까지 걸어서 올라갑니다.   到辦公室走路上去。

④ 육 층까지 엘리베이터를 탑니다.   搭電梯到六樓。

4. (3分)

> 오늘 일이 많아서 친구를 만나러 갈 수 없었습니다. 그래서 친구가 저를 만나러 집 앞으로 왔습니다. 친구에게 많이 미안했습니다.
>
> 今天有很多事情，所以無法去見朋友。所以朋友為了見我來到我家前面（附近）。很對不起朋友。

❶ 저는 오늘 많이 바빴습니다.   我今天很忙。

② 오늘 친구를 만나러 갔습니다.   我今天去見朋友。

③ 친구는 저에게 미안해했습니다.   朋友很對不起我。

④ 친구의 집 앞에서 친구를 만났습니다.   在朋友家前面見了朋友。

2014 (33)

5. (4分)

> 우리 오빠는 대구에서 대학교에 다닙니다. 이번 주 일요일은 오빠의 생일입니다. 주말에 오빠를 만나러 갈 겁니다.
>
> 我哥哥在大邱上大學。本週日是哥哥的生日。週末要去見哥哥。

① 일요일은 제 생일입니다.   星期日是我的生日。

② 오빠는 대구에서 일합니다.   哥哥在大邱上班。

❸ 저는 일요일에 오빠를 만납니다.   我星期日見哥哥。

④ 저는 대구에서 학교에 다닙니다.   我在大邱上學。

6. (4分)

> 저는 요즘 한국 요리를 배웁니다. 김치찌개도 만들고 불고기도 만들었습니다. 다음에는 제가 좋아하는 잡채를 배울 겁니다.
>
> 我最近學韓國料理。做了泡菜鍋及韓式烤肉。下次我要學我喜歡的雜菜。

① 저는 잡채를 만들었습니다.   我做了雜菜。

② 저는 한국 요리를 가르칩니다.   我教韓國料理。

❸ 저는 불고기 요리를 배웠습니다.   我學了韓式烤肉。

④ 저는 김치찌개를 안 만들었습니다.   我沒有做泡菜鍋。

7. （3分）

> 제 친구는 가수입니다. 대학로에서 2년 동안 노래를 하고 있습니다. 유명한 가수는 아니지만 노래를 아주 잘합니다.
>
> 我朋友是歌手。在大學路唱歌（有）2年的時間。雖然不是有名的歌手，但很會唱歌。

① 제 친구는 유명합니다.　我朋友很有名。

② 제 친구는 노래를 잘 못 합니다.　我朋友不太會唱歌。

③ 제 친구는 가수가 되고 싶어 합니다.　我朋友想當歌手。

❹ 제 친구는 대학로에서 노래를 합니다.　我朋友在大學路唱歌。

8. （3分）

> 오늘 친구하고 광화문 광장에 갔습니다. 세종대왕 동상 앞에서 사진을 찍었습니다. 한글로 제 이름도 써 보고 한글 전시관도 구경했습니다.
>
> 今天（我）和朋友去了光化門廣場。在世宗大王銅像前面拍了照。試著用韓文寫我的名字，也參觀了韓文展示館。

❶ 오늘 한글 전시관에 갔습니다.　今天去了韓文展示館。

② 혼자 광화문 광장에 갔습니다.　一個人去了光化門廣場。

③ 세종대왕 동상을 보지 못했습니다.　沒有看到世宗大王銅像。

④ 한글 전시관에서 사진을 찍었습니다.　在韓文展示館拍了照。

2013 (32)

9. （4分）

> 우리 부모님은 고향에 삽니다. 내일 동생하고 부모님을 만나러 갈 겁니다. 부모님에게 선물도 드리고 같이 저녁식사도 할 겁니다.
>
> 我父母親住鄉下。明天要和弟弟（或妹妹）去見父母親。要給父母親禮物也要一起吃晚餐。

① 저는 부모님하고 같이 삽니다.　我和父母親一起住。

② 저는 동생에게 선물을 줄 겁니다.　我要給弟弟（或妹妹）禮物。

③ 저는 고향에서 동생을 만날 겁니다.　我要在鄉下見弟弟（或妹妹）。

❹ 저는 부모님하고 저녁을 먹을 겁니다.　我要和父母親吃晚餐。

10. （4分）

> 등산은 아주 즐겁습니다. 지난주에는 집 앞에 있는 산에 갔습니다. 이번 주에는
> 친구하고 제주도 한라산에 갈 겁니다.
>
> 爬山非常愉快。上星期爬家前面的山。本週跟朋友要去濟州島漢拿山。

① 저는 혼자 한라산에 갈 겁니다.　我要一個人去漢拿山。

② 저는 지난주에 제주도에 갔습니다.　我上星期去了濟州島。

❸ 저는 등산을 할 때 기분이 좋습니다.　我爬山時心情很好。

④ 저는 이번 주에 집 앞 산에 갈 겁니다.　我本週要去家前面的山。

11. （3分）

> 어제 회사 근처로 집을 옮겼습니다. 새 집은 넓고 깨끗합니다. 그리고 집 근처에
> 가게도 많고 작은 공원도 있어서 아주 마음에 듭니다.
>
> 昨天搬家到公司附近。新家很寬敞很乾淨。家附近還有很多商店，也有小的公園，
> （我）很喜歡。

① 어제 회사를 옮겼습니다.　昨天換公司了。

❷ 집이 깨끗해서 마음에 듭니다.　家很乾淨很喜歡。

③ 집 근처에 가게가 별로 없습니다.　家附近沒有很多商店。

④ 직장 근처에 넓은 공원이 있습니다.　工作的地方附近有很大的公園。

☆ 本題目中的「집을 옮기다」是「이사하다」（搬家）的意思。「옮기다」本身有「移動、搬」的
　意思。但①「회사를 옮기다」是「移到其他公司」也就是「換工作」的意思。另外，很大的公園
　的説法，韓文用「넓은 공원」（很寬敞的公園）及「큰 공원」（很大的公園）都可以，請考生
　參考。

12. （3分）

> 12월에 연극 대회가 있습니다. 그래서 친구들 하고 연극 동아리를 만들었습니
> 다. 일주일에 두 번 만나서 연습도 하고 연극도 봅니다.
>
> 12月有話劇大賽。所以跟朋友們成立了一個話劇社團。一個星期見面練習（話劇）二
> 次，也看話劇。

① 저는 연극 동아리를 만들 겁니다.　我要成立一個話劇社團。

❷ 저는 연극 동아리 친구들과 연극을 봅니다.　我和話劇社團朋友們一起看話劇。

③ 저는 12월에 연극 대회에 나갔습니다.　我12月參加了話劇大賽。

④ 저는 일주일에 한 번 연극 연습을 합니다.　我一個星期練習話劇一次。

13. （4分）

> 　　주말에 부모님과 경주로 여행을 갔습니다. 사진도 많이 찍고 맛있는 음식도 먹었습니다. 다음에는 설악산에 갈 겁니다.
>
> 　　週末和父母親去慶州旅行。拍很多照片也吃了很多好吃的菜。下次要去雪嶽山。

① 설악산에서 사진을 찍었습니다.　在雪嶽山拍了很多照片。

② 친구하고 경주에 여행을 갔습니다.　和朋友去慶州旅行。

❸ 경주에서 맛있는 음식을 먹었습니다.　在慶州吃了好吃的菜。

④ 주말에 설악산으로 여행을 갔습니다.　週末去了雪嶽山旅行。

14. （4分）

> 　　제 친구는 한국 노래를 아주 좋아합니다. 그래서 어제 친구에게 한국 노래 시디(CD)를 보냈습니다. 가수의 사진과 제 편지도 같이 보냈습니다.
>
> 　　我朋友很喜歡韓國歌。所以昨天寄給朋友韓國歌CD。也一起寄了歌手的照片和我（要給他）的信。

❶ 저는 친구에게 편지를 썼습니다.　我寫信給朋友。

② 친구에게 제 사진을 보냈습니다.　把我的照片寄給朋友。

③ 제 친구는 한국 노래를 모릅니다.　我朋友不知道韓國歌。

④ 어제 친구에게서 시디를 받았습니다.　昨天從朋友那收到CD。

15. （3分）

> 　　저는 화요일마다 한국 요리 학원에 갑니다. 어제 불고기를 배웠고 다음 주에 잡채를 배웁니다. 가족에게 한국 요리를 만들어 주고 싶습니다.
>
> 　　我每個星期二去韓國料理補習班。昨天學了韓式烤肉，下週要學雜菜。想要做韓國菜給家人（吃）。

❶ 저는 한국 요리를 배웁니다.　我學韓國料理。

② 저는 매일 요리 학원에 갑니다.　我每天去料理補習班。

③ 가족에게 한국 음식을 해 주었습니다.　做韓國菜給家人（吃）了。

④ 학원에서 잡채와 불고기를 만들었습니다.　在補習班做了雜菜和韓式烤肉。

16. (3分)

> 저는 택시를 잘 안 탑니다. 어제는 중요한 약속이 있어서 택시를 탔습니다. 그런
> 데 길이 막혀서 약속 시간에 늦었습니다.
>
> 　我不常搭計程車。昨天有很重要的約，所以搭計程車。不過路上塞車，所以遲到了
> （比約定時間晚到）。

① 저는 택시를 자주 탑니다.　我常搭計程車。

② 약속 시간에 도착했습니다.　（剛好）在約好的時間到達了。

③ 길에 차가 많지 않았습니다.　路上車不多。

❹ 택시로 약속 장소에 갔습니다.　搭計程車去約定的地方。

2013 (30)

17. (4分)

> 저는 어제 친구하고 시내에 갔습니다. 시내에서 밥을 먹고 차를 마셨습니다. 그
> 리고 같이 쇼핑을 했습니다.
>
> 　我昨天和朋友去了市區。在市區吃飯喝茶。還一起逛街。

① 저는 혼자 시내에 갔습니다.　我一個人去市區了。

② 저는 집에서 밥을 먹었습니다.　我在家吃了飯。

❸ 저는 친구하고 쇼핑을 했습니다.　我和朋友逛街。

④ 저는 친구를 만나고 집에 갔습니다.　我見朋友（之後）回家。

18. (4分)

> 오늘 공원에서 음악회가 있었습니다. 음악회를 할 때 비가 왔습니다. 그렇지만
> 끝까지 음악회를 재미있게 봤습니다.
>
> 　今天在公園有場音樂會。音樂會（進行）的時候下雨了。雖然如此（還是）很開心地
> 看完了音樂會。

① 음악회가 재미없었습니다.　音樂會無聊。

② 비가 와서 집에 갔습니다.　下雨的關係，回家了。

❸ 공원에서 음악회를 했습니다.　在公園開了音樂會。

④ 음악회가 끝나고 비가 왔습니다.　音樂會結束後下雨了。

☆ 「聽演唱會」或「聽音樂會」韓文表達的方式為：「콘서트를 보다」（看演唱會）、「음악회를
보다」（看音樂會）。

19.（3分）

> 제인 씨는 지금 한국에 삽니다. 작년까지 영국의 대학교에서 한국어를 공부했습니다. 제인 씨는 한국 사람들하고 한국어로 이야기합니다.
>
> 珍妮小姐現在住韓國。到去年（為止）在英國的大學學習了韓語。珍妮小姐用韓語跟韓國人聊天。

① 제인 씨는 지금 영국에 있습니다.　珍妮小姐現在在英國。

❷ 제인 씨는 한국어를 할 수 있습니다.　珍妮小姐會說韓語。

③ 제인 씨는 작년까지 한국에 살았습니다.　珍妮小姐到去年（為止）住在韓國。

④ 제인 씨는 한국에서 대학교에 다녔습니다.　珍妮在韓國上了大學。

20.（3分）

> 다음 주는 일주일 동안 회사에 가지 않습니다. 휴가 때 그 동안 하지 못 한 일을 하려고 합니다. 산에도 가고 바다에 가서 수영도 할 겁니다.
>
> 下星期一整個星期的時間不去公司。休假時決定要做那段時間無法做的事。要爬山也要去海邊游泳。

① 저는 요즘 산에 자주 갑니다.　我最近常爬山。

② 저는 지난 휴가 때 바다에 갔습니다.　我上一次休假時去了海邊。

③ 저는 이번 주에 회사에 안 갔습니다.　我本週沒有去公司。

❹ 저는 다음 주 일주일 동안 휴가입니다.　我下個星期一整個星期的時間都休假。

2012 (28)

21.4分）

> 지난 주말에 제주도에 여행을 갔습니다. 형하고 다녀왔습니다. 우리는 제주도에 처음 갔습니다.
>
> 上週末去濟州島旅行。和哥哥（一起）去了一趟回來。我們第一次去濟州島。

① 저는 제주도에 삽니다.　我住濟州島。

② 저는 혼자 여행을 했습니다.　我一個人旅行。

③ 형은 제주도에 자주 갔습니다.　哥哥常常去濟州島。

❹ 지난주에 제주도를 구경했습니다.　上星期去濟州島觀光。

22.（4分）

> 저와 친구는 한국 노래를 좋아합니다. 우리는 토요일 오후에 노래 교실에서 노래를 배웁니다. 저는 노래를 잘 못 하지만 제 친구는 잘합니다.
>
> 我和朋友喜歡韓國歌。我們星期六下午在歌唱教室學唱歌。我雖然不太會唱歌，但我朋友很會（唱歌）。

① 저는 노래를 잘합니다.　我很會唱歌。

② 우리는 노래를 가르칩니다.　我們教唱歌。

❸ 우리는 토요일에 노래 교실에 갑니다.　我們星期六去歌唱教室。

④ 친구는 한국 노래를 좋아하지 않습니다.　朋友不喜歡韓國歌。

23.（3分）

> 다음 주 월요일은 어머니 생신입니다. 그래서 저는 요즘 매일 종이로 꽃을 만듭니다. 고향에 계시는 어머니께 이 꽃을 드릴 겁니다.
>
> 下星期一是母親的生辰。所以我最近每天用紙做花。我要獻上這朵花給在故鄉的母親。

❶ 어머니는 고향에 계십니다.　母親在故鄉。

② 어머니 생신은 지난주였습니다.　上星期是母親的生辰。

③ 저는 날마다 꽃을 만들어서 팝니다.　我天天做花賣出去。

④ 저는 어머니께 종이꽃을 드렸습니다.　我做紙花給母親。

24.（3分）

> 저는 비가 오는 날은 기분이 안 좋습니다. 그런데 밝은 색 우산을 쓰면 기분이 좋아집니다. 그래서 우산을 살 때 꼭 밝은 색 우산을 삽니다.
>
> 我下雨天（時）心情不好。不過撑顏色明亮的雨傘心情會變好。所以買雨傘的時候，一定會買顏色明亮的雨傘。

❶ 저는 우산 색깔이 중요합니다.　對我來說雨傘的顏色很重要。

② 비가 오는 날 기분이 좋습니다.　下雨天心情很好。

③ 밝은 색 우산을 쓰면 기분이 나쁩니다.　撑顏色明亮的雨傘，心情會不好。

④ 기분이 좋을 때 밝은 색 우산을 삽니다.　心情好的時候買顏色明亮的雨傘。

25.（4分）

> 지난주에 친구가 강아지 한 마리를 주었습니다. 강아지는 작고 귀엽습니다. 저는 날마다 강아지하고 산책을 합니다.
>
> 上星期朋友給我一隻狗。（這隻）狗又小又可愛。我天天與狗散步。

① 제 친구는 귀엽습니다.　我朋友很可愛。
② 우리 집 강아지는 큽니다.　我家狗很大。
③ 친구와 매일 산책을 했습니다.　和朋友每天散步。
❹ 저는 지난주에 강아지를 받았습니다.　我上星期得到一隻狗。

26.（4分）

> 우리 동아리는 라면 동아리입니다. 한 달에 두 번 라면 요리도 하고 여러 가지 라면도 먹습니다. 이번 일요일에 라면 요리 대회를 할 겁니다.
>
> 我們社團是泡麵社團。一個月（有）二次做泡麵料理，也吃各式各樣的泡麵。本週日要辦泡麵料理大賽。

① 한 달에 한 가지 라면을 먹습니다.　一個月吃一種泡麵。
② 매주 라면 동아리 모임이 있습니다.　每週都有泡麵社團的聚會。
❸ 이번 주말에 요리 대회가 있습니다.　本週週末有料理大賽。
④ 동아리에서는 라면 요리를 하지 않습니다.　在社團不做泡麵料理。

27.（3分）

> 오늘 회사에 처음 출근을 했습니다. 회사 사람들이 일을 많이 도와주었습니다. 사람들이 친절해서 회사 생활이 재미있을 것 같습니다.
>
> 今天第一天去公司上班。同事幫我很多忙。人人（同事）都很親切，所以公司的生活會很有趣。

① 저는 회사에서 사람들을 도와주었습니다.　我在公司幫忙一些人。
② 저는 회사 사람들과 같이 출근을 했습니다.　我和同事一起上班。
❸ 저는 오늘부터 회사에 다니기 시작했습니다.　我從今天開始上班。
④ 저는 회사 사람들에게 친절하게 말했습니다.　我對同事親切地說話。

☆ 本題目中「회사 사람들」（公司人們）可翻譯成「同事」，另外同事的說法還有「동료」（同僚）。上班相關的韓文說法是「출근」（出勤）、「일하다」（工作）、「회사에 다니다」（上班、上班族）等。還有初級考試常出現的相關單字「퇴근」（下班）、「야근」（加班），也請考生一起記起來。

28. (3分)

> 　라디오는 일을 하면서 음악도 듣고 사람들의 사는 이야기를 들을 수 있어서 좋습니다. 그리고 행복한 이야기나 슬픈 이야기를 다른 사람과 함께 나눌 수 있어서 더 좋습니다. 그래서 요즘도 라디오를 듣는 사람이 많습니다.
>
> 　聽廣播有好處，也就是工作同時可以聽音樂和聽到人們生活的故事。還有更好的是，可以跟其他人分享幸福的故事或難過的故事。所以最近也有很多人聽廣播。

① 일하면서 라디오를 들으면 좋지 않습니다.　工作時聽廣播不好。

② 요즘 라디오를 듣는 사람이 적어지고 있습니다.　最近聽廣播的人越來越少。

③ 라디오 음악을 만드는 사람이 많아지고 있습니다.　做廣播音樂的人越來越多。

❹ 라디오에서 다른 사람의 이야기를 들을 수 있습니다.　在廣播可以聽到別人的故事。

2011 (23)

29. (4分)

> 　저는 주말에 친구하고 한강에 갔습니다. 한강에서 배를 탔습니다. 친구하고 시내에서 저녁을 먹고 집에 왔습니다.
>
> 　我週末和朋友去漢江。在漢江坐了船。和朋友在市區吃過晚餐回家。

① 집에서 저녁을 먹었습니다.　在家吃晚餐。

❷ 친구하고 같이 배를 탔습니다.　和朋友一起坐船。

③ 저녁을 먹고 시내에 갔습니다.　吃晚餐去市區。

④ 주말에 혼자 한강에 갔습니다.　週末一個人去了漢江。

30. (4分)

> 　이번 주 금요일은 친구의 생일입니다. 친구는 지금 부산에 삽니다. 오늘 우체국에 가서 편지와 선물을 보냈습니다.
>
> 　本週五是朋友的生日。朋友現在住在釜山。今天去郵局寄了信和禮物。

① 지금 친구를 만납니다.　現在見朋友。

② 친구가 편지를 썼습니다.　朋友寫了信。

❸ 부산에 선물을 보냈습니다.　寄禮物到釜山。

④ 오늘 우체국에 못 갔습니다.　今天無法去郵局。

31.（3分）

> 저는 한국어를 잘 못 합니다. 하지만 한국 영화를 좋아해서 자주 봅니다. 한국 영화를 보면 한국 문화를 알 수 있어서 좋습니다.
>
> 我不太會說韓語。但是因為很喜歡韓國電影，所以常常看。看韓國電影，可以了解韓國的文化，所以很好。

① 저는 한국어를 잘합니다.　我很會韓語。

② 한국 영화는 어려워서 안 봅니다.　因為韓國電影很難所以不看。

❸ 영화를 보고 한국 문화를 배웁니다.　看電影學韓國文化。

④ 한국 문화를 알아서 한국 영화를 봅니다.　因為了解韓國文化，所以看韓國電影。

☆ 本題目中的「알다」，除了「知道」以外，也有「了解」、「認識」的意思。
例句）숙제를 하세요.　請寫功課。/ 네, 알겠습니다.　好，知道了。
例句）한국 문화는 알면 재미있습니다.　如果了解韓國文化，很有趣。
例句）저 가수를 알아요?　你認識那個歌手嗎？

32.（3分）

> 시장에는 여러 가지 물건이 많고 값이 쌉니다. 그리고 시장 아주머니들이 친절하셔서 같이 이야기를 많이 합니다. 시장에서 물건을 구경하고 아주머니들과 이야기를 하면 정말 재미있습니다.
>
> 在市場有各式各樣的東西，價格很便宜。還有市場的阿姨們都很親切，所以一起聊很多。在市場看東西，和阿姨們聊天真好玩。

❶ 저는 시장에 가는 것이 재미있습니다.

　我去市場很好玩。

② 시장에 물건이 많지 않아서 가끔 갑니다.

　因為市場東西不多，所以偶爾去。

③ 시장은 값이 비싸지만 아주머니들이 친절합니다.

　市場的價格雖然很貴，但阿姨們很親切。

④ 시장 아주머니들과 이야기하는 것이 어렵습니다.

　很難跟市場阿姨們聊天。

33.（3分）

> 우리 집 앞에는 공원이 하나 있습니다. 그 공원은 꽃이 많아서 아주 예쁩니다. 그래서 매일 산책하러 갑니다.
>
> 我家前面有個公園。那個公園因為花很多很漂亮。所以每天去散步。

① 가끔 산책을 합니다.　偶爾散步。

② 우리 집의 꽃이 예쁩니다.　我家的花很漂亮。

❸ 저는 매일 공원에 갑니다.　我每天去公園。

④ 집 앞에 공원이 많습니다.　家前面有很多公園。

34.（4分）

> 주말에 친구하고 '민속박물관'에 갔습니다. 사람이 아주 많았습니다. 구경도 하고 한복도 입었습니다.
>
> 週末和朋友去「民俗博物館」。人很多。有參觀也穿了韓服。

① 혼자 박물관에 갔습니다.　一個人去博物館。

② 주말에 약속이 없었습니다.　週末沒有約會。

③ 박물관에 사람이 없었습니다.　在博物館沒有人。

❹ 주말에 박물관을 구경했습니다.　週末去博物館觀光。

35.（3分）

> 비가 많이 와서 오늘 운동회를 할 수 없습니다. 운동회는 다음 주 금요일 오전 아홉 시부터 오후 세 시까지 합니다. 꼭 와 주시기 바랍니다.
>
> 因為下很多的雨，所以今天沒有辦法舉辦運動會。運動會（改成）下週五，從早上九點到下午三點舉辦。希望（大家）務必前來（參加）。

① 오늘은 날씨가 좋습니다.　今天天氣很好。

❷ 오늘 운동회를 못 합니다.　今天無法舉辦運動會。

③ 운동회는 오전에 끝납니다.　運動會上午結束。

④ 매주 금요일에 운동회를 합니다.　每週星期五舉辦運動會。

36.（3分）

> 저는 다음 달에 새 집으로 이사합니다. 이사 할 때 옷장과 책장을 새로 사야 합니다. 옷하고 책이 많은데 집에 있는 것이 너무 작기 때문입니다. 그렇지만 침대는 지금 쓰는 것을 가지고 갈 겁니다.
>
> 我下個月要搬新家。搬家時得要買新的衣櫃和書櫃。衣服和書很多，但因為家裡有的太小。不過現在在用的床要帶過去。

① 저는 새 집에서 삽니다.　我住在新家。

❷ 지금보다 큰 옷장이 필요합니다.　需要比現在還大的衣櫃。

③ 책장이 없어서 새로 사려고 합니다.　因為沒有書櫃，所以決定要買新的。

④ 새 집에 침대가 있어서 안 가지고 갑니다.　新家有床，所以不搬過去。

2010 (20)

37.（3分）

> 저는 동생이 한 명 있습니다. 지금 일곱 살 입니다. 노래를 잘하고 귀엽습니다. 유치원에 다니고 있습니다.
>
> 我有一個弟弟（或妹妹）。現在七歲。很會唱歌，很可愛。在上幼稚園。

① 저는 동생이 많습니다.　我有很多弟弟（或妹妹）。

② 저는 노래를 잘합니다.　我很會唱歌。

❸ 동생은 올해 7살 입니다.　弟弟（或妹妹）今年7歲。

④ 동생은 유치원에 다닐 겁니다.　弟弟（或妹妹）要上幼稚園。

38.（4分）

> 저는 강을 좋아합니다. 그래서 자주 강으로 놀러 갑니다. 지난 주말에는 친구하고 금강에 처음 갔습니다. 경치가 정말 아름다웠습니다.
>
> 我喜歡（看）江。所以常常去江（邊）玩。上個週末和朋友第一次去了錦江。風景真的很美。

① 저는 자주 금강에 갑니다.　我常常去錦江。

② 저는 강에 처음 갔습니다.　我第一次去了江（邊）。

❸ 금강은 경치가 아름다웠습니다.　錦江風景很美。

④ 이번 주말에 친구하고 강에 갈 겁니다.　本週週末和朋友要去（看）江。

39. (3分)

> 서울에는 유명한 곳이 아주 많습니다. 특히 인사동과 경복궁은 외국인들에게 인기가 많습니다. 그래서 외국인들이 많이 찾아갑니다.
>
> 在首爾有很多有名的地方。尤其仁寺洞和景福宮很受外國人歡迎。所以外國人常去。

① 서울에 외국인들이 많이 삽니다.   在首爾有很多外國人住。

② 인사동에 유명한 것이 많습니다.   在仁寺洞有很多有名的東西。

③ 한국인들은 경복궁을 좋아합니다.   韓國人喜歡景福宮。

❹ 외국인들은 인사동과 경복궁에 많이 갑니다.   外國人常去仁寺洞和景福宮。

40. (3分)

> 다음 주 월요일부터 나흘 동안 여름휴가입니다. 가족들과 함께 고향에 있는 할아버지 댁에 가기로 했습니다. 고향에 가면 할아버지 일을 도와 드릴 겁니다. 그리고 그동안 못 만난 친척들도 만날 겁니다.
>
> 從下週一起（為期）四天的夏日假期。決定和家人一起去在故鄉的爺爺家。如果去故鄉，（我）要幫忙爺爺工作。還要見這段時間沒有見面的親戚們。

① 다음 주부터 3일 동안 쉽니다.   從下星期開始3天休息。

❷ 고향에서 여름휴가를 보낼 겁니다.   要在故鄉過夏日假期。

③ 휴가가 짧아서 친척들을 못 만납니다.   因為假期很短，無法見親戚。

④ 이번 주에 할아버지 일을 도와 드려야 합니다.   本週得幫忙爺爺的工作。

☆ 天數的韓文說法：

一天	二天	三天	四天	五天	六天	七天
일일	이일	삼일	사일	오일	육일	칠일
하루	이틀	사흘	나흘	닷세	엿세	이레

4-5

模擬考題練習

實戰模擬考題

※ [1~30] 다음의 내용과 같은 것을 고르십시오. (각 3점)

1.

> 한국어를 배우고 싶습니다. 집 근처 학원에서 한국어를 가르칩니다. 다음 달부터 학원에서 한국어를 배우려고 합니다.

① 한국어를 배우고 있습니다.
② 한국어를 가르치고 있습니다.
③ 다음 달에 학원에서 한국어를 배웁니다.
④ 학원은 집에서 조금 멉니다.

2.

> 컴퓨터가 고장났습니다. 인터넷을 할 수 없습니다. 너무 불편합니다.

① 인터넷은 재미있습니다.
② 컴퓨터를 쓸 수 없습니다.
③ 인터넷은 정말 불편합니다.
④ 컴퓨터로 인터넷을 할 수 있습니다.

3.

> 백화점에서 청바지를 샀습니다. 그런데 조금 큽니다. 내일 백화점에 가서 사이즈를 바꾸려고 합니다.

① 청바지 색깔이 마음에 안 듭니다.
② 내일 백화점에 가려고 합니다.
③ 청바지는 불편합니다.
④ 내일 백화점에서 청바지를 사려고 합니다.

4.

> 우리 오빠는 올해 대학교를 졸업합니다. 대학원에서 더 공부하고 싶어 합니다.
> 그래서 대학원 시험 준비를 하고 있습니다.

① 우리 오빠는 대학원생입니다.
② 오빠는 내년에 졸업을 합니다.
③ 대학원 시험 준비는 재미있습니다.
④ 올해 오빠가 졸업을 합니다.

5.

> 지난주에 고등학교 동창 모임이 있었습니다. 많은 친구들을 만났습니다. 서로
> 주소와 전화번호를 교환했습니다.

① 고등학교 때 친구들을 만났습니다.
② 친구하고 선물을 교환했습니다.
③ 다음 달에 고등학교 친구들을 만나려고 합니다.
④ 친구들의 주소와 전화번호를 모릅니다.

6.

> 스페인으로 여행을 가고 싶습니다. 그런데 스페인어를 못 합니다. 스페인 친구
> 에게 스페인어를 배우려고 합니다.

① 다음 달에 스페인에 갑니다.
② 스페인 친구는 멋있습니다.
③ 여행을 가려고 스페인어를 배웁니다.
④ 스페인 친구를 만나고 싶습니다.

7.

> 저는 주말마다 수영장에서 수영을 합니다. 지난달부터 수영을 했습니다. 운동을
> 하면 기분이 좋고 건강해집니다.

① 수영을 하면 기분이 좋습니다.
② 다음 달부터 수영을 하려고 합니다.
③ 일주일에 세 번씩 수영장에 갑니다.
④ 건강하려고 수영장에 갑니다.

8.

> 여름에는 모기가 많습니다. 저는 자주 모기에 물립니다. 그래서 오늘 가게에 가서 모기약을 많이 샀습니다.

① 가을에도 모기가 많습니다.

② 모기약 때문에 모기에 물리지 않습니다.

③ 모기에 물리면 모기약을 삽니다.

④ 모기에 자주 물려서 모기약을 샀습니다.

9.

> 제 친구는 캐나다에서 왔습니다. 학교 선생님이 소개해 주었습니다. 우리는 일주일에 한 번씩 만나서 같이 언어를 배웁니다.

① 제 친구는 지금 캐나다에 삽니다.

② 제 친구는 선생님입니다.

③ 오늘은 캐나다를 소개했습니다.

④ 캐나다 친구하고 언어를 배웁니다.

10.

> 어제 밤에 집에서 영화를 봤습니다. 영화가 너무 재미있어서 새벽 두 시까지 봤습니다. 그래서 오늘 수업시간에 졸았습니다.

① 오늘 수업시간에 영화를 봤습니다.

② 어제 영화관에서 2시까지 영화를 봤습니다.

③ 친구하고 같이 영화를 봤습니다.

④ 어제 새벽 2시까지 영화를 봤습니다.

11.

> 오전에 과일 가게에 갔습니다. 사과하고 배가 싸고 맛있어 보였습니다. 포도도 있었지만 조금 비쌌습니다.

① 과일 가게에서 사과와 배를 샀습니다.

② 오전에 사과와 배, 그리고 포도를 봤습니다.

③ 저는 과일을 정말 좋아합니다.

④ 포도는 비싸지만 맛있습니다.

12.

> 여름에는 날씨가 정말 덥습니다. 실내에서 에어컨을 틀어야 합니다. 하지만 에어컨을 틀면 전기세가 정말 많이 나옵니다.

① 에어컨은 여름에만 사용합니다.

② 전기세가 비싸서 에어컨을 못 틉니다.

③ 여름에 실내에서 에어컨을 사용합니다.

④ 여름에는 비도 오고 바람도 붑니다.

13.

> 우리 학교는 걸어서 30분 정도 걸립니다. 운동할 시간이 없어서 매일 걸어갑니다. 그런데 오늘은 비가 많이 와서 버스를 탔습니다.

① 학교는 걸어서 삼십 분이 걸립니다.

② 학교가 멀어서 매일 버스를 탑니다.

③ 비가 오면 항상 버스를 탑니다.

④ 학교에서 매일 운동을 합니다.

14.

> 서울공원은 아주 큽니다. 공원 안에 나무도 많이 있고 큰 호수도 있습니다. 아침 저녁으로 많은 사람들이 운동을 하거나 산책을 합니다.

① 나는 서울공원에서 운동을 합니다.

② 매일 아침 서울 공원에서 산책을 합니다.

③ 공원에서 큰 호수를 볼 수 있습니다.

④ 공원은 작지만 나무가 많이 있습니다.

15.

> 내일은 내 동생의 생일입니다. 동생이 운동을 좋아해서 운동화를 사려고 합니다. 운동화는 백화점 8층에서 팝니다.

① 운동화는 백화점에서 사야 합니다.

② 저는 운동을 매우 좋아합니다.

③ 백화점 팔 층에 가서 운동화를 살 겁니다.

④ 내일은 동생하고 같이 백화점에서 쇼핑합니다.

16.

저의 컴퓨터가 고장이 났습니다. 일주일 동안 수리를 해서 매일 학교 컴퓨터를 사용합니다. 제 컴퓨터가 없어서 정말 불편합니다.

① 저는 컴퓨터를 사야 합니다.

② 요즘 매일 학교에서 컴퓨터를 수리합니다.

③ 컴퓨터가 고장이 나면 정말 불편합니다.

④ 일주일 동안 학교에서 컴퓨터를 수리해 줍니다.

17.

오늘 저녁에 친구하고 레스토랑에 갑니다. 유명한 레스토랑이기 때문에 2주 전에 예약을 했습니다. 맛있는 요리를 먹으면서 친구와 이야기를 하려고 합니다.

① 오늘 맛있는 요리를 먹으러 레스토랑에 갑니다.

② 혼자 레스토랑에 가려고 합니다.

③ 유명한 레스토랑은 이틀 전에 예약해야 합니다.

④ 오늘 아침에 레스토랑을 예약했습니다.

18.

매일 저녁 체육관에 가서 운동을 합니다. 체육관은 저녁에 무료로 이용할 수 있습니다. 많은 주민들과 학생들이 열심히 운동합니다.

① 체육관은 학생들만 이용할 수 있습니다.

② 날마다 체육관에서 운동하고 있습니다.

③ 체육관 주변에 많은 사람들이 아침에도 운동을 합니다.

④ 체육관을 이용하려면 입장료가 필요합니다.

19.

아침에는 빵과 우유를 먹습니다. 저녁에 슈퍼마켓에서 빵과 우유를 미리 삽니다. 그런데 어제는 우유가 없어서 대신 커피를 샀습니다.

① 아침에 식사를 꼭 해야 합니다.

② 오늘은 아침에 빵과 커피를 먹습니다.

③ 매일 아침에 슈퍼마켓에 갑니다.

④ 아침에 커피를 마시면 기분이 좋습니다.

20.

> 어제는 친구하고 동대문시장에 갔습니다. 동대문시장에 사람도 많고 높은 건물도 많았습니다. 친구하고 예쁜 옷도 사고 길에서 떡볶이도 먹었습니다.

① 어제 혼자 동대문시장에 갔습니다.

② 친구하고 떡볶이를 먹었습니다.

③ 옷이 안 맞아서 오늘 바꿔야 합니다.

④ 떡볶이가 너무 매워서 물을 많이 마셨습니다.

21.

> 우리 가족은 모두 네 명입니다. 아버지와 어머니는 회사에 다닙니다. 저와 남동생은 대학생입니다. 가족 모두 바빠서 함께 식사하기가 어렵습니다. 그래서 매주 화요일 저녁은 집에서 저녁을 먹기로 약속했습니다.

① 나는 회사원입니다.

② 우리 가족은 매일 저녁을 같이 먹습니다.

③ 어머니는 저녁에 식사를 준비합니다.

④ 우리 가족은 모두 바쁩니다.

22.

> 내 한국 친구는 요리하는 것을 좋아합니다. 친구 집에 가면 맛있는 요리를 만들어 줍니다. 한국 요리는 매운 음식이 많이 있지만 맛이 있습니다. 다음에 친구 집에 가서 요리를 배우려고 합니다.

① 나는 한국 음식을 좋아합니다.

② 내 친구는 요리를 가르쳐 줄 겁니다.

③ 한국 요리는 어렵습니다.

④ 우리 집에서 한국 요리를 만듭니다.

23.

> 친구가 미국에서 공부를 합니다. 일년에 한 번 한국으로 돌아옵니다. 미국에 있을 때 한국 음식을 먹고 싶었습니다. 그래서 한국에서 매일 한국 음식만 먹습니다.

① 친구는 한국 요리를 잘합니다.

② 친구하고 같이 매일 매일 한국 음식만 먹습니다.

③ 친구가 한국에 오면 한국 음식을 먹고 싶어 합니다.

④ 저는 미국에 사는 친구가 보고 싶습니다.

24.

　　지난주에 새 아파트로 이사를 했습니다. 새 집은 넓고 주방도 있습니다. 오늘은 친구들과 함께 집들이를 하려고 합니다. 그래서 주방에서 여러 가지 요리를 만들었습니다.

① 오늘 친구들이 새 집에 놀러 옵니다.

② 저는 음식을 잘 만듭니다.

③ 친구들이 이사할 때 도와주었습니다.

④ 새 집은 조용하고 깨끗합니다.

25.

　　저는 룸메이트가 한 명 있습니다. 룸메이트는 이탈리아에서 왔습니다. 한국어를 배우려고 3개월 전에 왔습니다. 그런데 한국어를 잘 못 해서 이야기를 많이 못 합니다.

① 저의 룸메이트는 외국 사람입니다.

② 저는 룸메이트하고 한국어로 이야기를 많이 합니다.

③ 저는 이탈리아어를 배우고 있습니다.

④ 룸메이트는 한국에 사 개월 전에 왔습니다.

26.

　　제 친구는 축구를 좋아합니다. 학교 축구부 선수입니다. 시간이 있으면 항상 축구 경기를 보거나 축구 연습을 합니다. 비가 와도 매일 매일 연습합니다.

① 저는 친구와 같이 축구 경기를 보러 갑니다.

② 친구는 매일 매일 축구 경기를 봅니다.

③ 비가 와도 축구 경기를 보러 갈 겁니다.

④ 제 친구는 축구부 선수이고 열심히 연습합니다.

27.

> 오늘 집에 왔는데 제 지갑이 없습니다. 아침에 지하철을 타고 학교에 갔습니다. 점심에 친구하고 식당에서 밥을 먹었습니다. 지하철을 타고 다시 집에 왔는데 지갑을 찾을 수 없습니다.

① 저는 지갑을 지하철에서 잃어버렸습니다.
② 오늘 지갑을 잃어버려서 친구가 밥을 사 줬습니다.
③ 집에 와서 지갑이 없는 것을 알았습니다.
④ 지갑이 없어져서 신분증이 없습니다.

28.

> 다음 주에 제주도에 놀러 갑니다. 제주도는 더워서 모자가 필요합니다. 오늘 백화점에 가서 모자를 샀습니다. 그런데 친구도 저에게 모자를 선물해 주었습니다.

① 저는 모자가 두 개 있습니다.
② 다음 주에 친구하고 같이 제주도에 갑니다.
③ 다음 주는 내 생일이라서 친구가 선물을 주었습니다.
④ 백화점에서 모자를 사면 비쌉니다.

29.

> 오늘은 서점에 갔습니다. 새 책이 많이 있었습니다. 저는 소설을 좋아합니다. 그래서 소설책을 네 권 샀습니다.

① 서점에서 친구를 기다리고 있지만 안 옵니다.
② 새 책을 사려고 서점에 갔습니다.
③ 오늘 서점에서 소설책을 4권 샀습니다.
④ 친구 생일에 선물을 하려고 서점에서 책을 삽니다.

30.

> 저는 매운 음식을 좋아합니다. 공부하면서 힘들면 매운 떡볶이를 먹습니다. 오늘도 공부를 많이 했습니다. 매운 냉면하고 불고기가 먹고 싶습니다.

① 저는 한국 요리를 배웁니다.
② 매운 음식을 먹으면 힘듭니다.
③ 공부할 때 매운 떡볶이를 먹습니다.
④ 힘들면 매운 음식을 먹고 싶습니다.

答案

1.③	2.②	3.②	4.④	5.①	6.③	7.①	8.④	9.④	10.④
11.②	12.③	13.①	14.③	15.③	16.③	17.①	18.②	19.②	20.②
21.④	22.②	23.③	24.①	25.①	26.④	27.③	28.①	29.③	30.④

模擬考題解析

※ [1～30] 請選出符合以下內容的描述。（各3分）

1.

> 한국어를 배우고 싶습니다. 집 근처 학원에서 한국어를 가르칩니다. 다음 달부터 학원에서 한국어를 배우려고 합니다.
>
> （我）想學韓語。家附近有一家補習班教韓語。打算從下個月起到補習班學韓語。

① 한국어를 배우고 있습니다.　在學韓語。

② 한국어를 가르치고 있습니다.　在教韓語。

❸ 다음 달에 학원에서 한국어를 배웁니다.　下個月到補習班學韓語。

④ 학원은 집에서 조금 멉니다.　補習班離家有一點遠。

☆ 必背的單字：「근처」（附近）、「학원」（補習班）、「다음 달」（下個月）、「멀다」（遠）。

2.

> 컴퓨터가 고장 났습니다. 인터넷을 할 수 없습니다. 너무 불편합니다.
>
> 電腦壞掉了。無法使用網路。太不方便。

① 인터넷은 재미있습니다.　網路很好玩。

❷ 컴퓨터를 쓸 수 없습니다.　無法使用電腦。

③ 인터넷은 정말 불편합니다.　網路真不方便。

④ 컴퓨터로 인터넷을 할 수 있습니다.　用電腦可以用網路。

☆ 必背的單字：「컴퓨터」（電腦）、「고장 나다」（壞掉）、「인터넷」（網路）、「불편하다」（不方便）。

3.

> 백화점에서 청바지를 샀습니다. 그런데 조금 큽니다. 내일 백화점에 가서 사이즈를 바꾸려고 합니다.
>
> 在百貨公司買了牛仔褲。不過有一點大。明天要去百貨公司換尺寸。

① 청바지 색깔이 마음에 안 듭니다.　不喜歡牛仔褲的顏色。

❷ 내일 백화점에 가려고 합니다.　明天打算去百貨公司。

③ 청바지는 불편합니다.　牛仔褲不方便。

④ 내일 백화점에서 청바지를 사려고 합니다.　明天打算去百貨公司買牛仔褲。

　☆ 必背的單字：「백화점」（百貨公司）、「청바지」（牛仔褲）、「크다」（大）、「사이즈」（尺寸）、「바꾸다」（換）、「색깔」（顏色）。

4.

> 　우리 오빠는 올해 대학교를 졸업합니다. 대학원에서 더 공부하고 싶어 합니다. 그래서 대학원 시험 준비를 하고 있습니다.
>
> 　我哥哥今年大學畢業。（他）想要在研究所多唸書。所以在準備研究所的考試。

① 우리 오빠는 대학원생입니다.　我哥哥是研究生。

② 오빠는 내년에 졸업을 합니다.　我哥哥明年畢業。

③ 대학원 시험 준비는 재미있습니다.　準備研究所的考試真有趣。

❹ 올해 오빠가 졸업을 합니다.　哥哥今年要畢業。

　☆ 本題目中「-고 싶어 하다」為表示別人的意願或期待。如果要說自己或對方想要的，可以用「-고 싶다」。例句）제인은 한국에서 여행을 하고 싶어 합니다.　珍妮想在韓國旅行。另外，「-고 있다」表示現在進行。例句）언니는 지금 밥을 먹고 있습니다.　姐姐正在吃飯。

　必背的單字：「올해」（今年）、「대학교」（大學）、「졸업하다」（畢業）、「대학원」（研究所）、「더」（更）、「시험」（考試）、「준비」（準備）。

5.

> 　지난주에 고등학교 동창 모임이 있었습니다. 많은 친구들을 만났습니다. 서로 주소와 전화번호를 교환했습니다.
>
> 　上星期有高中同學的聚會。見到很多朋友。互相交換地址和電話號碼。

❶ 고등학교 때 친구들을 만났습니다.　和高中時候的同學見面。

② 친구하고 선물을 교환했습니다.　和朋友交換禮物。

③ 다음 달에 고등학교 친구들을 만나려고 합니다.　下個月打算要見高中同學。

④ 친구들의 주소와 전화번호를 모릅니다.　不知道同學們的地址和電話號碼。

　☆ 必背的單字：「지난주」（上星期）、「고등학교」（高中）、「동창(同窓)」（同學）、「모임」（聚會）、「서로」（互相）、「주소」（地址）、「전화번호」（電話號碼）、「교환하다」（交換）、「모르다」（不知道）。

6.

> 스페인으로 여행을 가고 싶습니다. 그런데 스페인어를 못 합니다. 스페인 친구에게 스페인어를 배우려고 합니다.
>
> 想去西班牙旅行。不過不會說西班牙文。打算向西班牙人的朋友學西班牙文。

① 다음 달에 스페인에 갑니다.　下個月去西班牙。

② 스페인 친구는 멋있습니다.　西班牙朋友很帥。

❸ 여행을 가려고 스페인어를 배웁니다.　為了去旅行，學西班牙文。

④ 스페인 친구를 만나고 싶습니다.　想見西班牙朋友。

☆ 本題目的第1句沒有主語，在韓文中針對自己或已經事先提過的常常會被省略。後面用了「-고 싶다」，可推測自己為主語。請參考4-6模擬考題解析第4題解析。

必背的單字：「스페인」（西班牙）、「여행」（旅行）、「그런데」（但是）、「친구」（朋友）、「멋있다」（帥）。

7.

> 저는 주말마다 수영장에서 수영을 합니다. 지난달부터 수영을 했습니다. 운동을 하면 기분이 좋고 건강해집니다.
>
> 我每個週末在游泳池游泳。上個月開始游泳。做運動的話，心情很好，（身體）也變健康。

❶ 수영을 하면 기분이 좋습니다.　游泳會心情很好。

② 다음 달부터 수영을 하려고 합니다.　從下個月打算要游泳。

③ 일주일에 세 번씩 수영장에 갑니다.　一星期去游泳池（游泳）三次。

④ 건강하려고 수영장에 갑니다.　為了健康去游泳池（游泳）。

☆ 本題目中的「~마다」和「~씩」意思很接近，意思是「每~、平均~」，都會接時間或次數。「~마다」接在時間的後面，「~씩」接在次數的後面。例如）「주말마다」（每個週末）、「월요일마다」（每週一）、「일주일에 세 번씩」（一星期三次）、「한 시간에 한 번씩」（一個小時一次）等。

必背的單字：「주말」（週末）、「수영장」（游泳池）、「수영」（游泳）、「지난달」（上個月）、「기분」（心情）、「건강」（健康）、「다음 달」（下個月）。

8.

> 여름에는 모기가 많습니다. 저는 자주 모기에 물립니다. 그래서 오늘 가게에 가서 모기약을 많이 샀습니다.
>
> 夏天蚊子很多。我常常被蚊子咬。所以今天去商店，買了很多蚊子藥。

① 가을에도 모기가 많습니다.　秋天也有很多蚊子。

② 모기약 때문에 모기에 물리지 않습니다.　因為有擦蚊子藥，所以不會被蚊子咬。

③ 모기에 물리면 모기약을 삽니다.　如果被蚊子咬，要買蚊子藥。

❹ 모기에 자주 물려서 모기약을 샀습니다.　常常被蚊子咬，所以買了蚊子藥。

　☆ 必背的單字：「여름」（夏天）、「모기」（蚊子）、「물리다」（被咬）、「가게」（商店）、「모기약」（蚊子藥）、「가을」（秋天）、「자주」（常常）。

9.

> 　제 친구는 캐나다에서 왔습니다. 학교 선생님이 소개해 주었습니다. 우리는 일주일에 한 번씩 만나서 같이 언어를 배웁니다.
>
> 　我朋友是從加拿大來的。是學校的老師介紹給我的。我們一星期見一次面，一起學語言。

① 제 친구는 지금 캐나다에 삽니다.　我朋友現在住加拿大。

② 제 친구는 선생님입니다.　我朋友是老師。

③ 오늘은 캐나다를 소개했습니다.　今天介紹了加拿大。

❹ 캐나다 친구하고 언어를 배웁니다.　和加拿大朋友學語言。

　☆ 本題目中「만나서」是「만나다 + 아서」，也就是這裡用的「-아/어/여서」不是表示理由，而是表示文句的前後關係。
　例句）오늘 늦게 일어나서 지각했습니다.　今天因為晚起，所以遲到了。（表示理由）
　例句）오늘 백화점에 가서 옷을 샀습니다.　今天去百貨公司，買了衣服。（表示動作的前後關係）
　必背的單字：「캐나다」（加拿大）、「선생님」（老師）、「소개」（介紹）、「언어」（語言）、「살다」（住）。

10.

> 　어제 밤에 집에서 영화를 봤습니다. 영화가 너무 재미있어서 새벽 두 시까지 봤습니다. 그래서 오늘 수업시간에 졸았습니다.
>
> 　昨天晚上在家看電影。因為電影很好看，所以看到凌晨二點。所以今天上課時間有打瞌睡。

① 오늘 수업시간에 영화를 봤습니다.　今天上課時間看了電影。

② 어제 영화관에서 2시까지 영화를 봤습니다.　昨天在電影院看電影看到凌晨2點。

③ 친구하고 같이 영화를 봤습니다.　和朋友一起看了電影。

❹ 어제 새벽 2시까지 영화를 봤습니다.　昨天看電影看到凌晨2點。

　☆ 必背的單字：「어제」（昨天）、「밤」（晚上、夜）、「새벽」（凌晨）、「수업시간」（上課時間）、「졸다」（打瞌睡）、「영화관」（電影院）。

11.

> 오전에 과일 가게에 갔습니다. 사과하고 배가 싸고 맛있어 보였습니다. 포도도 있었지만 조금 비쌌습니다.
>
> 上午去了水果店。蘋果和梨子又便宜，看起來又好吃的樣子。雖然也有葡萄，但有一點貴。

① 과일 가게에서 사과와 배를 샀습니다.　在水果店買了蘋果和梨子。

❷ 오전에 사과와 배, 그리고 포도를 봤습니다.　上午看到蘋果和梨子，還有葡萄。

③ 저는 과일을 정말 좋아합니다.　我真的喜歡水果。

④ 포도는 비싸지만 맛있습니다.　葡萄雖然很貴但很好吃。

> ☆ 本題目中「맛있어 보였습니다」是「맛있다」（好吃）＋「-아/어/여 보이다」（看起來、像～一樣）的組合。
> 例句）제인 씨는 오늘 정말 예뻐 보입니다.　珍妮小姐今天看起來真漂亮。
> 必背的單字：「오전」（上午）、「과일」（水果）、「가게」（商店）、「사과」（蘋果）、「배」（梨子）、「포도」（葡萄）、「조금」（一點）。

12.

> 여름에는 날씨가 정말 덥습니다. 실내에서 에어컨을 틀어야 합니다. 하지만 에어컨을 틀면 전기세가 정말 많이 나옵니다.
>
> 夏天天氣很熱。室內得要開冷氣。不過開冷氣的話，電費真的很貴。

① 에어컨은 여름에만 사용합니다.　冷氣限夏天使用。

② 전기세가 비싸서 에어컨을 못 틉니다.　因為電費很貴，所以無法開冷氣。

❸ 여름에 실내에서 에어컨을 사용합니다.　夏天在室內開冷氣。

④ 여름에는 비도 오고 바람도 붑니다.　夏天又下雨，又吹風過來。

> ☆ 必背的單字：「여름」（夏天）、「덥다」（熱）、「실내」（室內）、「에어컨」（冷氣）、「틀다」（開）、「전기세」（電費）、「나오다」（出來；冒出）、「비」（雨）、「오다」（來；下）、「바람」（風）、「불다」（吹）。

13.

> 우리 학교는 걸어서 30분 정도 걸립니다. 운동할 시간이 없어서 매일 걸어갑니다. 그런데 오늘은 비가 많이 와서 버스를 탔습니다.
>
> 我們學校走路要30分鐘左右。因為沒有時間運動，所以每天走路去（學校）。不過今天下很大的雨，所以搭公車（去學校）。

❶ 학교는 걸어서 삼십 분이 걸립니다.　走路到學校需要三十分鐘。

② 학교가 멀어서 매일 버스를 탑니다.　因為學校很遠，所以每天搭公車。

③ 비가 오면 항상 버스를 탑니다.　下雨的話，總是搭公車。

④ 학교에서 매일 운동을 합니다.　在學校每天運動。

☆ 必背的單字：「걷다」（走）、「걸리다」（需要（時間））、「정도」（左右）、「걸어가다」（走路去）、「버스」（公車）、「타다」（搭）、「멀다」（遠）。

14.

> 서울공원은 아주 큽니다. 공원 안에 나무도 많이 있고 큰 호수도 있습니다. 아침 저녁으로 많은 사람들이 운동을 하거나 산책을 합니다.
>
> 首爾公園非常大。公園內有很多樹木也有很大的湖。早晚有很多人來運動或散步。

① 나는 서울공원에서 운동을 합니다.　我在首爾公園運動。

② 매일 아침 서울 공원에서 산책을 합니다.　每天早上在首爾公園散步。

❸ 공원에서 큰 호수를 볼 수 있습니다.　在公園可以看到很大的湖。

④ 공원은 작지만 나무가 많이 있습니다.　雖然公園很小，但有很多樹木。

☆ 「-거나」是「或」的意思，因此前後可以接動詞，如果要接名詞的話，只要加「이」，即「-(이)거나」。
　例句）밥을 먹거나 공부를 하세요.　請你吃飯或唸書。
　例句）책상이거나 의자이거나　或桌子或椅子
　必背的單字：「공원」（公園）、「나무」（樹木）、「호수」（湖）、「산책」（散步）、「작다」（小）、「크다」（大）。

15.

> 내일은 내 동생의 생일입니다. 동생이 운동을 좋아해서 운동화를 사려고 합니다. 운동화는 백화점 8층에서 팝니다.
>
> 明天是我弟弟（或妹妹）的生日。弟弟（或妹妹）喜歡運動，所以打算要買動運鞋。運動鞋在百貨公司8樓有賣。

① 운동화는 백화점에서 사야 합니다.　運動鞋得在百貨公司買。

② 저는 운동을 매우 좋아합니다.　我非常喜歡運動。

❸ 백화점 팔 층에 가서 운동화를 살 겁니다.　（我）要在百貨公司八樓買運動鞋。

④ 내일은 동생하고 같이 백화점에서 쇼핑합니다.
　明天和弟弟（或妹妹）一起去百貨公司逛街。

16.

> 저의 컴퓨터가 고장이 났습니다. 일주일 동안 수리를 해서 매일 학교 컴퓨터를 사용합니다. 제 컴퓨터가 없어서 정말 불편합니다.
>
> 我的電腦壞掉了。修理要（花）一個星期，所以每天使用學校的電腦。沒有自己的電腦真的不方便。

① 저는 컴퓨터를 사야 합니다.　我得要買電腦。

② 요즘 매일 학교에서 컴퓨터를 수리합니다.　最近天天在學校修電腦。

❸ 컴퓨터가 고장이 나면 정말 불편합니다.　如果電腦壞了，真的不方便。

④ 일주일 동안 학교에서 컴퓨터를 수리해 줍니다.

　　一整個星期在學校（幫人家）修電腦。

☆ 必背的單字：「고장 나다」（壞掉）、「수리하다」（修理）、「이용하다」（利用）、「불편하다」（不方便）、「사용하다」（使用）。

17.

> 오늘 저녁에 친구하고 레스토랑에 갑니다. 유명한 레스토랑이기 때문에 2주 전에 예약을 했습니다. 맛있는 요리를 먹으면서 친구와 이야기를 하려고 합니다.
>
> 今天晚上和朋友去餐廳。因為是很有名的餐廳，所以2個星期前預約了。我要一邊吃好吃的料理一邊跟朋友聊天。

❶ 오늘 맛있는 요리를 먹으러 레스토랑에 갑니다.　今天去餐廳吃好吃的料理。

② 혼자 레스토랑에 가려고 합니다.　打算一個人去餐廳。

③ 유명한 레스토랑은 이틀 전에 예약해야 합니다.　有名的餐廳必須要二天前預約。

④ 오늘 아침에 레스토랑을 예약했습니다.　今天早上預約了餐廳。

☆ 本題目要注意看的地方是「유명한 레스토랑이기 때문에」和「요리를 먹으면서」。「유명한 레스토랑」形容詞加名詞時，形容詞的語尾加「-ㄴ/는」後面可以接名詞，例句）「맛있는 요리」（好吃的料理）、「비싼 사과」（貴的蘋果）都表示現在式。「名詞＋(이)기 때문에」接名詞表示理由，後面可以接結果，例句）여기는 미술관이기 때문에 크게 말하면 안됩니다.　這裡是美術館的關係，不能大聲講話。「-(으)면서」表示同時做2件事以上，請參考4.1必備句型16。

　必背的單字：「레스토랑」（餐廳）、「유명하다」（有名）、「전」（前）、「예약하다」（預約）、「이야기하다」（聊天）。

18.

> 매일 저녁 체육관에 가서 운동을 합니다. 체육관은 저녁에 무료로 이용할 수 있습니다. 많은 주민들과 학생들이 열심히 운동합니다.
>
> （我）每天晚上去體育館運動。體育館晚上可以免費使用。（在這裡）很多住附近的人和學生都認真運動。

① 체육관은 학생들만 이용할 수 있습니다. 體育館限學生使用。

❷ 날마다 체육관에서 운동하고 있습니다. （我）每天在體育館運動。

③ 체육관 주변에 많은 사람들이 아침에도 운동을 합니다.
　 體育館附近早上也有很多人在運動。

④ 체육관을 이용하려면 입장료가 필요합니다. 如果要使用體育館，需要門票。

☆ 必背的單字：「체육관」（體育館）、「무료」（免費）、「이용하다」（利用，使用）、「주민」（住民）、「열심히」（認真）、「날마다」（天天）、「주변」（附近）、「입장료」（門票）、「필요하다」（需要）。

19.

> 아침에는 빵과 우유를 먹습니다. 저녁에 슈퍼마켓에서 빵과 우유를 미리 삽니다. 그런데 어제는 우유가 없어서 대신 커피를 샀습니다.
>
> （我）早上吃麵包和牛奶。晚上在超級市場事先買（早上的）麵包和牛奶。不過昨天沒有牛奶，所以買了咖啡來替代。

① 아침에 식사를 꼭 해야 합니다. 早上一定要用餐。

❷ 오늘은 아침에 빵과 커피를 먹습니다. 今天早上吃麵包和咖啡。

③ 매일 아침에 슈퍼마켓에 갑니다. 每天早上去超級市場。

④ 아침에 커피를 마시면 기분이 좋습니다. 早上喝咖啡的話心情很好。

☆ 必背的單字：「아침」（早上）、「빵」（麵包）、「우유」（牛奶）、「슈퍼마켓」（超級市場）、「미리」（事先）、「그런데」（不過）、「대신」（代替）、「식사하다」（用餐）。

20.

> 어제는 친구하고 동대문시장에 갔습니다. 동대문시장에 사람도 많고 높은 건물도 많았습니다. 친구하고 예쁜 옷도 사고 길에서 떡볶이도 먹었습니다.
>
> 昨天我和朋友去了東大門市場。在東大門市場人很多，高建築物也很多。和朋友買很漂亮的衣服，在路上也吃了辣炒年糕。

① 어제 혼자 동대문시장에 갔습니다.　昨天一個人去了東大門市場。

❷ 친구하고 떡볶이를 먹었습니다.　和朋友吃了辣炒年糕。

③ 옷이 안 맞아서 오늘 바꿔야 합니다.　因為衣服不合，所以今天要（去）換。

④ 떡볶이가 너무 매워서 물을 많이 마셨습니다.　辣炒年糕太辣，所以喝了很多水。

☆ 必背的單字：「동대문」（東大門）、「시장」（市場）、「건물」（建築）、「예쁘다」（漂亮）、「옷」（衣服）、「길」（路）、「떡볶이」（辣炒年糕）。

21.

> 　우리 가족은 모두 네 명입니다. 아버지와 어머니는 회사에 다닙니다. 저와 남동생은 대학생입니다. 가족 모두 바빠서 함께 식사하기가 어렵습니다. 그래서 매주 화요일 저녁은 집에서 저녁을 먹기로 약속했습니다.
>
> 　我家共有四個人。父親和母親在上班。我和弟弟是大學生。家人都很忙的關係，很難一起吃飯。所以我們有約好每個星期二晚上在家裡吃飯。

① 나는 회사원입니다.　我是上班族。

② 우리 가족은 매일 저녁을 같이 먹습니다.　我的家人每天一起吃晚餐。

③ 어머니는 저녁에 식사를 준비합니다.　我母親晚上都準備晚餐。

❹ 우리 가족은 모두 바쁩니다.　我家人都很忙。

☆ 本題目中要注意看的是「-에 다니다」的表現。通常用在談論自己的或別人的職業，還有天天或固定要做的動作上（如去運動、在補習班唸書），因此後面要接地點的名詞。
　例句）저는 목요일마다 한국어 학원에 다닙니다.　我每週四去韓語補習班唸書。
　例句）저는 대학교에 다닙니다.　我是大學生。
　必背的單字：「가족」（家族、家人）、「모두」（全部）、「회사」（公司）、「바쁘다」（忙）、「함께」（一起）、「식사하다」（用餐）、「어렵다」（難）、「약속하다」（約）。

22.

> 　내 한국 친구는 요리하는 것을 좋아합니다. 친구 집에 가면 맛있는 요리를 만들어 줍니다. 한국 요리는 매운 음식이 많이 있지만 맛이 있습니다. 다음에 친구 집에 가서 요리를 배우려고 합니다.
>
> 　我韓國朋友喜歡做菜。如果去朋友家，（朋友）會做很好吃的料理給我（吃）。雖然韓國料理有很多辣的菜，但很好吃。下次去朋友家，打算要學料理。

① 나는 한국 음식을 좋아합니다.　我喜歡韓國料理。

❷ 내 친구는 요리를 가르쳐 줄 겁니다.　我朋友要教我料理。

③ 한국 요리는 어렵습니다.　韓國料理很難。

④ 우리 집에서 한국 요리를 만듭니다.　在我家做韓國料理。

☆ 必背的單字：「요리하다」（料理）、「만들다」（做）、「주다」（給）、「맵다」（辣）、
「맛있다」（好吃）、「배우다」（學習）。

23.

> 친구가 미국에서 공부를 합니다. 일년에 한 번 한국으로 돌아옵니다. 미국에 있을 때 한국 음식을 먹고 싶어 했습니다. 그래서 한국에서 매일 한국 음식만 먹습니다.
>
> 朋友在美國唸書。一年一次回來韓國。在美國時，想要吃韓國料理。所以在韓國天天只吃韓國料理。

① 친구는 한국 요리를 잘합니다.　朋友很會做韓國料理。

② 친구하고 같이 매일 매일 한국 음식만 먹습니다.　和朋友一起天天只吃韓國料理。

❸ 친구가 한국에 오면 한국 음식을 먹고 싶어 합니다.

　　朋友來韓國的話，（朋友）想吃韓國料理。

④ 저는 미국에 사는 친구가 보고 싶습니다.　我想念住在美國的朋友。

☆ 必背的單字：「미국」（美國）、「돌아오다」（回來）、「매일」（天天）、「만」（只）。

24.

> 지난주에 새 아파트로 이사를 했습니다. 새 집은 넓고 주방도 있습니다. 오늘은 친구들과 함께 집들이를 하려고 합니다. 그래서 주방에서 여러 가지 요리를 만들었습니다.
>
> 上星期搬到新的公寓。新家很寬敞，也有廚房。今天和朋友們一起辦搬家請客。所以在廚房做了很多菜。

❶ 오늘 친구들이 새 집에 놀러 옵니다.　今天朋友們來新家玩。

② 저는 음식을 잘 만듭니다.　我很會做菜。

③ 친구들이 이사할 때 도와주었습니다.　搬家時朋友們來幫忙。

④ 새 집은 조용하고 깨끗합니다.　新家安靜又乾淨。

☆ 必背的單字：「지난주」（上星期）、「아파트」（公寓）、「넓다」（寬）、「주방」（廚房）、「함께」（一起）、「여러 가지」（各式各樣）。

25.

> 저는 룸메이트가 한 명 있습니다. 룸메이트는 이탈리아에서 왔습니다. 한국어를 배우려고 3개월 전에 왔습니다. 그런데 한국어를 잘 못 해서 이야기를 많이 못 합니다.
>
> 我有個室友。室友來自義大利。為了學韓語3個月前來（到韓國）。不過（他）不太會說韓語，所以不能聊很多天。

❶ 저의 룸메이트는 외국 사람입니다.　我的室友是外國人。

② 저는 룸메이트하고 한국어로 이야기를 많이 합니다.　我和室友用韓文聊很多天。

③ 저는 이탈리아어를 배우고 있습니다.　我在學義大利文。

④ 룸메이트는 한국에 사 개월 전에 왔습니다.　室友從四個月前來到韓國。

☆ 必背的單字：「룸메이트」（室友）、「이탈리아」（義大利）、「한국어」（韓語）。

26.

> 우리 오빠는 축구를 좋아합니다. 학교 축구부 선수입니다. 시간이 있으면 항상 축구 경기를 보거나 축구 연습을 합니다. 비가 와도 매일 매일 연습합니다.
>
> 我哥哥很喜歡足球。（他是）學校足球隊選手。有空的時候，總是看足球比賽或練習足球。下雨也天天練習。

① 저는 오빠와 같이 축구 경기를 보러 갑니다.　我和朋友一起去看足球比賽。

② 오빠는 매일 매일 축구 경기를 봅니다.　哥哥天天看足球比賽。

③ 비가 와도 축구 경기를 보러 갈 겁니다.　下雨也要去看球賽。

❹ 우리 오빠는 축구부 선수이고 열심히 연습합니다.

　我哥哥是足球隊選手，很認真練習。

☆ 必背的單字：「오빠」（哥哥）、「축구」（足球）、「축구부」（足球隊）、「선수」（選手）、「축구 경기」（足球比賽）、「연습」（練習）、「비」（雨）、「매일」（每天）。

27.

> 오늘 집에 왔는데 제 지갑이 없습니다. 아침에 지하철을 타고 학교에 갔습니다. 점심에 친구하고 식당에서 밥을 먹었습니다. 지하철을 타고 다시 집에 왔는데 지갑을 찾을 수 없습니다.
>
> 今天回到家（發現）我的錢包不見了。早上搭地下鐵去學校。中午和朋友在餐廳吃飯。再搭地下鐵回來，就無法找到錢包了。

① 저는 지갑을 지하철에서 잃어버렸습니다.　我在地下鐵丟了錢包。

② 오늘 지갑을 잃어버려서 친구가 밥을 사 줬습니다.　今天丟錢包，朋友請我吃飯。

❸ 집에 와서 지갑이 없는 것을 알았습니다.　到回家才知道錢包不見了。

④ 지갑이 없어져서 신분증이 없습니다.　因為錢包不見，沒有身分證。

☆ 必背的單字：「제」（我的）、「지갑」（錢包）、「아침」（早上）、「지하철」（地下鐵）、「식당」（餐廳）、「다시」（再）、「찾다」（找）、「신분증」（身分證）、「알다」（知道）、「잃어버리다」（丟掉）。

28.

> 다음 주에 제주도에 놀러 갑니다. 제주도는 더워서 모자가 필요합니다. 오늘 백화점에 가서 모자를 샀습니다. 그런데 친구도 저에게 모자를 선물해 주었습니다.
>
> 　下星期去濟州島玩。濟州島很熱，所以需要帽子。今天（我）去百貨公司買了帽子。不過朋友也送給我帽子當禮物。

❶ 저는 모자가 두 개 있습니다.　我有二頂帽子。

② 다음 주에 친구하고 같이 제주도에 갑니다.　下星期和朋友一起去濟州島。

③ 다음 주는 내 생일이라서 친구가 선물을 주었습니다.

　下星期是我的生日，所以朋友送我禮物。

④ 백화점에서 모자를 사면 비쌉니다.　在百貨公司買帽子很貴。

☆ 必背的單字：「다음 주」（下星期）、「제주도」（濟州島）、「놀다」（玩）、「덥다」（熱）、「모자」（帽子）、「필요하다」（需要）、「선물」（禮物）。

29.

> 오늘은 서점에 갔습니다. 새 책이 많이 있었습니다. 저는 소설을 좋아합니다. 그래서 소설책을 네 권 샀습니다.
>
> 　今天去書店。有很多新書。我喜歡小説。所以買了四本小説。

① 서점에서 친구를 기다리고 있지만 안 옵니다.

　在書店正在等朋友，不過（朋友）還（沒）來。

② 새 책을 사려고 서점에 갔습니다.　為了買新書，去了書店。

❸ 오늘 서점에서 소설책을 4권 샀습니다.　今天在書店買了4本小説。

④ 친구 생일에 선물을 하려고 서점에서 책을 삽니다.

　為了買送朋友的生日禮物，在書店買書。

☆ 必背的單字：「서점」（書店）、「소설」（小說）、「새 책」（新書）、「기다리다」（等）。

30.

> 저는 매운 음식을 좋아합니다. 공부하면서 힘들면 매운 떡볶이를 먹습니다. 오늘도 공부를 많이 했습니다. 매운 냉면하고 불고기가 먹고 싶습니다.
>
> 我喜歡辣的菜。唸書很累的時候就吃辣炒年糕。今天也唸很多書。想吃辣的涼麵和韓國烤肉。

① 저는 한국 요리를 배웁니다.　我在學韓國料理。

② 매운 음식을 먹으면 힘듭니다.　吃辣的食物會很累。

③ 공부할 때 매운 떡볶이를 먹습니다.　唸書的時候，就吃辣炒年糕。

❹ 힘들면 매운 음식을 먹고 싶습니다.　很累的時候，想吃辣的飲食。

☆ 必背的單字：「맵다」（辣）、「음식」（飲食）、「힘들다」（累、辛苦）、「떡볶이」（辣炒年糕）、「냉면」（涼麵）、「불고기」（韓國烤肉）。

模擬考題單字

1. 和生活物品相關的字彙

- □ 건강 名 健康
- □ 건물 名 建築物
- □ 그런데 副 不過
- □ 길 名 路
- □ 나무 名 樹、樹木
- □ 다시 副 再
- □ 대신 名 代替
- □ 대학원 名 研究所
- □ 더 副 更
- □ 모기 名 蚊子
- □ 모기약 名 蚊子藥
- □ 모두 名 全部
- □ 모자 名 帽子
- □ 미리 副 事先
- □ 바쁘다 形 忙
- □ 버스 名 公車
- □ 불편하다 形 不方便
- □ 사이즈 名 尺寸
- □ 새 冠 新
- □ 색깔 名 顏色

- □ 선물 名 禮物
- □ 소설 名 小說
- □ 수업 名 上課
- □ 시험 名 考試
- □ 언어 名 語言
- □ 에어컨 名 冷氣
- □ 여러 가지 形 各式各樣
- □ 여행 名 旅行
- □ 열심히 副 認真
- □ 예쁘다 形 漂亮
- □ 옷 名 衣服
- □ 인터넷 名 網路
- □ 입장료 名 門票
- □ 작다 形 小
- □ 전 名 以前
- □ 전기세 名 電費
- □ 정도 名 左右
- □ 조금 副 一點
- □ 준비 名 準備
- □ 지갑 名 錢包

□ 청바지 名 牛仔褲	□ 크다 形 大
□ 축구 名 足球	□ 한국어 名 韓語
□ 축구부 名 足球隊	□ 함께 副 一起
□ 컴퓨터 名 電腦	

2. 和場所、地點相關的字彙

□ 공원 名 公園	□ 실내 名 室內
□ 근처 名 附近	□ 아파트 名 公寓
□ 넓다 形 寬敞	□ 이탈리아 名 義大利
□ 대학교 名 大學	□ 주방 名 廚房
□ 동대문 名 東大門	□ 주변 名 附近
□ 레스토랑 名 餐廳	□ 주소 名 地址
□ 멀다 形 遠	□ 체육관 名 體育館
□ 백화점 名 百貨公司	□ 캐나다 名 加拿大
□ 서점 名 書店	□ 학원 名 補習班
□ 수영장 名 游泳池	□ 호수 名 湖
□ 슈퍼마켓 名 超級市場	□ 회사 名 公司
□ 스페인 名 西班牙	

3. 和人相關的字彙

□ 가족 名 家族、家人	□ 모임 名 聚會
□ 기분 名 心情	□ 서로 名 互相
□ 동창 名 同學	□ 소개 名 介紹
□ 룸메이트 名 室友	□ 선생님 名 老師
□ 멋있다 形 帥	□ 선수 名 選手

□ 신분증 名 身分證　　　　　　□ 전화번호 名 電話號碼

□ 어렵다 形 難　　　　　　　　□ 제 代 我的（＝저의）

□ 오빠 名 哥哥　　　　　　　　□ 주민 名 住民

□ 유명하다 形 有名　　　　　　□ 힘들다 形 累；辛苦

4. 和動作相關的字彙

□ 걷다 動 走　　　　　　　　　□ 수리하다 動 修理

□ 걸리다 動 需要（時間）　　　□ 수영 名 游泳

□ 걸어가다 動 走路去　　　　　□ 식사하다 動 用餐

□ 경기 名 比賽　　　　　　　　□ 알다 動 知道

□ 고장 나다 動 壞掉　　　　　　□ 연습 名 練習

□ 교환하다 動 交換　　　　　　□ 예약하다 動 預約

□ 기다리다 動 等　　　　　　　□ 오다 動 來；下

□ 나오다 動 出來；冒出　　　　□ 요리하다 動 料理

□ 놀다 動 玩　　　　　　　　　□ 이야기하다 動 聊天

□ 만들다 動 做　　　　　　　　□ 이용하다 動 利用、使用

□ 모르다 動 不知道　　　　　　□ 잃어버리다 動 丟掉

□ 물리다 動 被咬　　　　　　　□ 졸다 動 打瞌睡

□ 바꾸다 動 換　　　　　　　　□ 졸업하다 動 畢業

□ 배우다 動 學習　　　　　　　□ 주다 動 給

□ 불다 動 吹　　　　　　　　　□ 찾다 動 找

□ 산책 名 散步　　　　　　　　□ 타다 動 搭

□ 살다 動 住　　　　　　　　　□ 틀다 動 開

5. 和飲食相關的字彙

- ☐ 과일 名 水果
- ☐ 냉면 名 涼麵
- ☐ 떡볶이 名 辣炒年糕
- ☐ 맛있다 形 好吃
- ☐ 배 名 梨子
- ☐ 불고기 名 韓國烤肉

- ☐ 빵 名 麵包
- ☐ 사과 名 蘋果
- ☐ 우유 名 牛奶
- ☐ 커피 名 咖啡
- ☐ 포도 名 葡萄

6. 和時間相關的字彙

- ☐ 날마다 名 天天
- ☐ 다음 달 名 下個月
- ☐ 매일 名 每天
- ☐ 밤 名 晚上、夜
- ☐ 새벽 名 凌晨

- ☐ 어제 名 昨天
- ☐ 올해 名 今年（＝금년）
- ☐ 자주 副 常常
- ☐ 주말 名 週末
- ☐ 지난달 名 上個月

7. 和天氣相關的字彙

- ☐ 가을 名 秋天
- ☐ 바람 名 風

- ☐ 비 名 雨
- ☐ 여름 名 夏天

중심 생각 고르기

題型5：長文主題選擇

本題型在新韓檢考試也會出3題，考生會感到跟前面「內容一致」很類似。因為2種題型都是3句左右，而且都是要先讀懂內容後，選出對的答案。基本上2種題型都是短句式的內容，不會太長或太難，且單字的難度也不高。特別要注意的地方，是本題型要考生選出本文重點，而不是顧慮細節正確或不正確。

5-0
準備方向

題型說明

　　本題型在新韓檢考試也會出3題，考生會感到跟前面「內容一致」很類似。因為2種題型都是3句左右，而且都是要先讀懂內容後，選出對的答案。基本上2種題型都是短句式的內容，不會太長或太難，且單字的難度也不高。**特別要注意的地方，是本題型要考生選出本文重點，而不是顧慮細節的正確或不正確**，因此考生很可能會遇到選項中幾個很像答案的情況。如果考生在選項中看到特別強調或說明的範圍比較少時，很可能無法掌握題目的重點，如「只是、一定、只有一個人」等等。但如果選項中說明的範圍比較廣或說明內容比較多時，如「喜歡、對什麼感興趣」等，此時或許題目內容都包含在裡面，那麼成為答案的機率也會比較高。本單元，考生必須透過短句閱讀背誦相關單字和句型，把基礎打好，那麼在閱讀長文時，才能更容易了解文法的結構。

問題範例

※ [46~48] 다음을 읽고 중심 생각을 고르십시오.

46. (3점)

> 저는 비가 오면 공원에 갑니다. 비 오는 소리를 들으면서 공원을 걷습니다. 그러면 기분이 좋아집니다.

① 저는 비가 오기 전에 공원에 갑니다.

② 저는 공원에 가서 매일 걷고 싶습니다.

③ 저는 기분이 좋을 때 공원을 산책합니다.

④ 저는 비 오는 날 산책하기를 좋아합니다.

2014년 한국어능력시험 I 초급 읽기 샘플문항

範例翻譯

※ [46～48] 請在閱讀以下內容後，選出本文重點。

46.（3分）

> 下雨天時我去公園。邊聽下雨的聲音，邊走公園。那麼，心情變好。

① 我在下雨之前去公園。

② 我想天天去公園走一走。

③ 我心情好的時候到公園散步。

❹ 我喜歡在下雨天散步。

2014年公布韓國語能力測驗 I 初級閱讀示範題型

5-1
必備句型

句型示範

❶ -고 있다　表示現在進行：正在

例　영화를 보고 있습니다.　正在看電影。

❷ -(으)러 가다　為了（目的）去（地方）

例　밥 먹으러 식당에 갑시다.　為了吃飯去餐廳吧。（＝去餐廳吃飯吧。）

❸ -아/어/여지다　被動詞或狀態的變化：變得

例　친구의 지갑이 없어졌습니다.　朋友的錢包（原本有的變得）不見了。（被動）

例　날씨가 추워졌습니다.　天氣變冷了。（狀態的變化）

❹ -(으)면　表示推測：如果～的話

例　사과가 먹고 싶으면 몇 개 삽시다.　如果想吃蘋果，買幾個吧。

❺ -ㄴ/은 적이 있다　表示過去的經驗：曾經～過

例　한국어를 배운 적이 있습니까?　曾經學過韓文嗎？

❻ -아/어/여 주다 (드리다)

①後面接-(으)세요時，說者對聽者拜託或請求幫忙時：請幫我、給我、讓我

例　책상을 정리해 주세요.　請幫我整理桌子。

②表示為某人做某件事（對長輩「주다」要改為「드리다」）

例　선생님을 도와 드렸습니다.　（我）幫忙老師。

❼ -(으)면서　表示2件事情或動作同時發生：同時

例　영화를 보면서 외국어를 배웁니다.　看電影同時學外語。

❽ -ㄹ/을 수 있다   表示能力或可能性：會、能

  ⑩ 혼자 여행갈 수 있습니다.   一個人會去旅行。

❾ -(으)려고 하다   接動詞表示說者的打算或意圖：要～、打算～

  ⑩ 내년에 유럽에 가려고 합니다.   明年打算要去歐洲。

❿ -아/어/여야 하다   必須、得

  ⑩ 다음 주에 시험을 봐야 합니다.   下星期得要考試。

⓫ -ㄹ/을 때   接在動詞的後面表示做某個動作的時候

  ⑩ 어릴 때 시골에서 살았습니다.   小時候住鄉下。

⓬ -지만   雖然～但是

  ⑩ 여름은 덥지만 바다에서 수영할 수 있습니다.
    雖然夏天很熱，但可以在海邊游泳。

⓭ V+ㄴ/는 것
在動詞的語幹後面接「는」加「것」成為名詞，可以當作句子的主語或受詞，口語時將「것」縮寫成「거」。

  ⑩ 그림 그리는 것을 좋아합니다.   喜歡畫畫。

⓮ A보다 B (을/를)   「보다」使用於比較2個東西時，表示A比B更～

  ⑩ 형은 동생보다 키가 큽니다.   哥哥比弟弟個子高。

⓯ -기 위해   為了

  ⑩ 병원에 가기 위해 출근을 안 했습니다.   為了去看醫生，沒有上班。

⓰ -아/어/여야겠다   表示必須要做某件事的意志

  ⑩ 오늘은 일찍 자야겠습니다.   今天（晚上）得要早一點睡。

5-2
必背單字

1. 和生活物品相關的字彙

- ☐ 거기 代 那裡
- ☐ 경치 名 風景
- ☐ 길다 形 長
- ☐ 꼭 副 一定
- ☐ 꽃 名 花
- ☐ 냉장고 名 冰箱
- ☐ 드라마 名 連續劇
- ☐ 멋지다 形 帥氣、很棒（＝멋있다）
- ☐ 메모 名 記錄
- ☐ 무척 副 非常、十分
- ☐ 보통 名 通常
- ☐ 빗소리 名 下雨的聲音
- ☐ 사진 名 照片
- ☐ 수첩 名 手冊
- ☐ 숙제 名 作業
- ☐ 신문 名 報紙
- ☐ 야구 名 棒球
- ☐ 약속 名 約
- ☐ 어리다 形 幼小
- ☐ 여러 가지 形 各式各樣

- ☐ 연필 名 鉛筆
- ☐ 열심히 形 認真
- ☐ 엽서 名 明信片
- ☐ 외국어 名 外語
- ☐ 유행 名 流行
- ☐ 조용하다 形 安靜
- ☐ 주인공 名 主角
- ☐ 짧다 形 短
- ☐ 차 名 車；茶
- ☐ 창 名 窗
- ☐ 책상 名 書桌
- ☐ 출근 名 上班
- ☐ 침대 名 床
- ☐ 편지 名 信
- ☐ 편하다 形 方便；舒服
- ☐ 피아노 名 鋼琴
- ☐ 필통 名 筆盒
- ☐ 하지만 名 可是
- ☐ 함께 副 一起
- ☐ 행복 名 幸福

2. 和場所、地點相關的字彙

□ 고향 名 故鄉

□ 근처 名 附近

□ 도서관 名 圖書館

□ 멀다 形 遠

□ 밖 名 外

□ 시장 名 市場

□ 야구장 名 棒球場

□ 장소 名 場所

□ 축구장 名 足球場

□ 커피숍 名 咖啡廳

□ 테니스장 名 網球場

3. 和人相關的字彙

□ 감기 名 感冒

□ 건강 名 健康

□ 머리 名 頭;頭髮

□ 유명하다 形 有名

□ 즐겁다 形 愉快

□ 친절하다 形 親切

□ 친하다 形 （和某人）熟

□ 피곤 名 疲倦

□ 형 名 哥哥（男生稱呼哥哥）

□ 혼자 名 一個人

4. 和動作相關的字彙

□ (감기)에 걸리다 動 得（感冒）

□ (길) 막히다 動 塞（路）

□ 가르치다 動 教

□ 걸어가다 動 走路去

□ 공부하다 動 唸書

□ 구경하다 動 觀光

□ 기다리다 動 等

□ 내리다 動 下（車）

□ 도와주다 動 幫忙

□ 돌아가다 動 回去

□ 듣다 動 聽

□ 따라하다 動 跟著做

□ 만들다 動 作、做

□ 모르다 動 不知道

□ 모으다 動 收集

□ 바꾸다 動 換

□ 받다 動 收

□ 배우다 動 學習

□ 빨리 副 快

□ 사다 動 買

□ 생각나다 動 想起來

□ 수영하다 動 游泳

□ 쉬다 動 休息

□ 시작하다 動 開始

□ 열다 動 打開

□ 이사 名 搬家

□ 이야기하다 動 聊天

□ 읽다 動 讀

□ 잊어버리다 動 忘掉

□ 지키다 動 遵守；保護；維持

□ 찍다 動 拍

□ 치다 動 彈；打

□ 팔다 動 賣

□ 필요하다 動 需要

5. 和飲食相關的字彙

□ 케이크 名 蛋糕

6. 和時間相關的字彙

□ 가끔 副 偶爾

□ 날마다 名 天天

□ 늦다 形 晚

□ 매일 名 每天

□ 밤 名 夜

□ 언제나 副 總是

□ 일찍 副 早

□ 자주 副 常常

7. 和天氣相關的字彙

□ 비 名 雨

□ 시원하다 形 涼快

考古題練習

老師提醒

　　「長文主題選擇」是在讀懂題目之後，思考哪個敘述句是符合整個題目內容的最佳主題。因此，最好要讀懂題目中3個句子的內容，再一個一個找出錯誤的選項並選出最接近的答案。但如果考生讀懂了全部內容，卻還無法很快的選出答案，那麼就必須在4個選擇項中找出錯的，然後將留下來的選項和題目的內容比對一下，看能不能涵蓋整個題目內容，也就是看是否有哪個選項適合題目的主題，藉以找出答案。老師再強調一次，如果選項的敘述看起來是對的，卻不能涵蓋整個題目內容，那就不是正確答案。

歷屆考古題

※ [1~30] 다음을 읽고 중심 생각을 고르십시오.

2014 (34)　1. (4점)

> 우리 형은 매일 축구를 합니다. 텔레비전으로 축구 경기를 자주 봅니다. 지난달에는 축구장에도 갔습니다.

① 우리 형은 축구를 잘합니다.
② 우리 형은 축구를 좋아합니다.
③ 우리 형은 텔레비전을 자주 봅니다.
④ 우리 형은 축구장에 가고 싶어 합니다.

2. (3점)

> 저는 사진엽서를 모으고 있습니다. 그런데 음식 사진엽서가 없습니다. 이번 주에 음식 사진엽서를 사러 갈 겁니다.

① 저는 엽서 가게에 갈 겁니다.
② 저는 사진엽서를 보낼 겁니다.

③ 저는 음식 사진엽서를 만들 겁니다.

④ 저는 음식 사진엽서를 모으고 싶습니다.

3. (4점)

> 저는 유명한 드라마를 찍은 곳에 자주 갑니다. 거기에 가면 드라마 속 멋진 장소도 볼 수 있고 주인공도 될 수 있습니다. 그래서 정말 기분이 좋습니다.

① 드라마 주인공이 되고 싶습니다.

② 드라마를 찍은 곳은 정말 멋집니다.

③ 드라마를 찍은 곳에 가 보고 싶습니다.

④ 드라마를 찍은 곳에 가면 행복해집니다.

2014 (33) 4. (4점)

> 요즘 회사에 일이 많습니다. 날마다 집에 늦게 갑니다. 이번 주말에는 집에서 쉴 겁니다.

① 저는 쉬고 싶습니다.

② 저는 일을 좋아합니다.

③ 저는 집에서 일할 겁니다.

④ 저는 주말에 회사에 갈 겁니다.

5. (3점)

> 저는 요즘 약속을 자주 잊어버립니다. 그래서 오늘부터 꼭 수첩에 약속을 쓸 겁니다. 수첩에 약속을 쓰면 잊어버리지 않을 겁니다.

① 저는 약속을 많이 합니다.

② 약속을 하면 잘 지켜야 합니다.

③ 저는 메모하는 것을 좋아합니다.

④ 저는 오늘부터 메모를 할 겁니다.

6. (4점)

> 저는 비가 오면 기분이 좋습니다. 비가 내릴 때 창밖의 경치가 아름답습니다. 그리고 빗소리도 무척 듣기 좋습니다.

① 빗소리가 시원합니다.

② 창밖을 보면 기분이 좋습니다.

③ 창밖 경치가 무척 아름답습니다.

④ 저는 비가 오는 날씨를 좋아합니다.

2013 (32) 7. (4점)

> 제임스 씨는 친한 한국 친구가 많습니다. 제임스 씨는 한국어를 잘합니다. 저도 한국 친구를 만나서 이야기하고 싶습니다.

① 저는 한국 친구가 많습니다.

② 저는 한국 친구하고 친합니다.

③ 저는 한국 친구를 만나고 싶습니다.

④ 저는 한국 친구하고 이야기를 할 겁니다.

8. (3점)

> 사람들이 야구를 보러 야구장에 많이 갑니다. 야구를 하는 사람도 많아졌습니다. 그리고 사람들은 만나면 야구 이야기를 자주 합니다.

① 야구를 보는 사람들이 많이 있습니다.

② 사람들은 야구장에 많이 갑니다.

③ 야구를 좋아하는 사람들이 많습니다.

④ 사람들이 야구 이야기를 많이 합니다.

9. (4점)

> 제 친구는 피아노를 잘 칩니다. 저는 피아노 치는 것을 배운 적이 없습니다. 그래서 친구가 저에게 피아노 치는 것을 가르쳐 주기로 했습니다.

① 저는 피아노를 배울 겁니다.

② 저는 피아노를 잘 못 칩니다.

③ 제 친구는 피아노를 잘 가르칩니다.

④ 제 친구는 피아노 치는 것을 좋아합니다.

2013 (31) 10. (4점)

> 저는 매일 '행복 커피숍'에 갑니다. 거기에서 책도 읽고 숙제도 합니다. 그리고 음악도 듣습니다.

① 저는 커피를 마실 겁니다.

② 저는 음악을 자주 듣습니다.

③ 저는 행복 커피숍을 좋아합니다.

④ 저는 주말에 책을 읽고 싶습니다.

11. (3점)

> 민수 씨가 제 이사를 도와주었습니다. 그래서 오늘 백화점에서 민수 씨 선물을 샀습니다. 오늘 선물을 줄 겁니다.

① 저는 이사를 했습니다.

② 저는 민수 씨가 고마웠습니다.

③ 백화점에 가서 선물을 샀습니다.

④ 민수 씨가 이사를 도와주었습니다.

12. (4점)

> 요즘 자전거를 타고 출근하는 사람이 많습니다. 출근을 하면서 운동을 할 수 있어서 좋습니다. 그래서 저도 출근할 때 자전거를 타려고 합니다.

① 자전거를 타고 출근을 할 겁니다.

② 자전거를 타고 회사에 가야 합니다.

③ 자전거를 타는 사람이 많아질 겁니다.

④ 자전거를 타면 운동을 안 해도 됩니다.

2013 (30) 13. (4점)

> 저는 꽃을 자주 삽니다. 친구들도 저에게 꽃을 많이 줍니다. 기분이 아주 좋습니다.

① 저는 꽃을 좋아합니다.

② 저는 꽃을 많이 살 겁니다.

③ 저는 친구들하고 꽃을 삽니다.

④ 저는 오늘 꽃을 받고 싶습니다.

14. (3점)

> 저는 케이크를 잘 못 만듭니다. 그래서 케이크를 만드는 연습을 자주 합니다. 맛있는 케이크를 만들 수 있을 겁니다.

① 저는 케이크를 자주 먹습니다.

② 저는 케이크를 맛있게 만듭니다.

③ 저는 맛있는 케이크를 좋아합니다.

④ 저는 케이크를 잘 만들고 싶습니다.

15. (4점)

> 저는 약속 시간에 가끔 늦습니다. 오늘도 길이 막혀서 30분 늦었습니다. 다음부터는 일찍 출발하려고 합니다.

① 저는 약속이 많이 있습니다.

② 저는 약속 장소에 일찍 갑니다.

③ 저는 약속 시간에 늦지 않을 겁니다.

④ 저는 항상 약속 시간에 늦지 않습니다.

2012 (28) 16. (4점)

> 이동희 씨는 친절합니다. 그리고 사람들 이야기를 잘 들어 줍니다. 그래서 저는 이동희 씨를 자주 만납니다.

① 저는 이야기를 좋아합니다.

② 저는 사람들을 많이 만납니다.

③ 저는 이동희 씨를 좋아합니다.

④ 저는 이동희 씨를 자주 돕습니다.

17. (3점)

> 저는 신문을 매일 읽습니다. 신문에 제가 모르는 것이 많습니다. 그래서 신문을 읽으면 많이 배울 수 있습니다.

① 저는 매일 신문을 읽습니다.

② 저는 많은 것을 배울 겁니다.

③ 저는 모르는 것이 아주 많습니다.

④ 저는 신문에서 많은 것을 배웁니다.

18. (4점)

> 저는 멀지 않은 곳에 갈 때 보통 걸어갑니다. 차를 타면 편하지만 걷는 것이 건강에 좋습니다. 그리고 여러 가지를 구경할 수 있습니다.

① 저는 언제나 걸어 다닙니다.

② 저는 자주 걸어서 건강합니다.

③ 저는 구경하는 것을 좋아합니다.

④ 저는 걸어 다니는 것이 좋습니다.

2012 (26) 19. (4점)

> 토요일에는 일을 하지 않습니다. 그래서 금요일 밤은 즐겁습니다. 저는 금요일을 많이 기다립니다.

① 저는 토요일이 좋습니다.

② 저는 금요일에 일이 많습니다.

③ 저는 토요일에 쉴 수 있습니다.

④ 저는 금요일에 기분이 좋습니다.

20. (3점)

> 수정 씨는 머리가 깁니다. 그런데 요즘 짧은 머리를 한 사람들이 많습니다. 수정 씨도 유행하는 머리를 할 겁니다.

① 수정 씨는 머리를 자르고 싶어 합니다.

② 수정 씨는 유행을 좋아하지 않습니다.

③ 수정 씨는 짧은 머리를 하고 있습니다.

④ 수정 씨는 머리를 바꾸고 싶어하지 않습니다.

21. (4점)

> 저는 집에서 혼자 공부합니다. 집은 도서관보다 조용하고 편하게 책을 볼 수 있습니다. 그리고 공부할 수 있는 시간도 더 많습니다.

① 저는 집에서 열심히 공부합니다.

② 저는 도서관에서 공부하지 않습니다.

③ 저는 도서관에서 책을 보고 싶습니다.

④ 저는 집에서 공부하는 것을 좋아합니다.

2011 (23) 22. (4점)

> 제 방에는 책상하고 침대가 있습니다. 그런데 저는 다음 달에 고향에 돌아갈 겁니다. 그래서 책상하고 침대를 팔고 싶습니다.

① 제 방은 큽니다.

② 저는 다음 달에 바쁩니다.

③ 저는 고향에 가고 싶습니다.

④ 저는 책상하고 침대를 팔 겁니다.

23. (3점)

> 어제 어릴 때 친구들한테서 받은 편지를 봤습니다. 편지를 준 친구들이 생각났습니다. 그 친구들을 만나서 함께 이야기하고 싶습니다.

① 저는 어릴 때 친구들을 만나고 싶습니다.

② 저는 어릴 때 친구들과 이야기를 했습니다.

③ 저는 어릴 때 친구들에게 편지를 보낼 겁니다.

④ 저는 어제 어릴 때 친구들한테서 편지를 받았습니다.

24. (4점)

> 저는 매일 수영을 합니다. 수영을 시작한 후부터 감기에 걸린 적이 없고 피곤하지도 않습니다. 그래서 시간이 없지만 꼭 수영장에 갑니다.

① 저는 수영을 해서 건강합니다.

② 피곤한 사람은 수영을 해야 합니다.

③ 저는 바쁠 때는 수영을 하지 않습니다.

④ 감기에 걸리면 수영을 하는 게 좋습니다.

2011 (21) 25. (4점)

> 저는 연필만 씁니다. 제 필통에는 여러 가지 연필이 있습니다. 친구들도 저에게 연필을 많이 줍니다.

① 저는 연필을 좋아합니다.

② 저는 친구를 좋아합니다.

③ 저는 필통을 받고 싶습니다.

④ 저는 친구에게 연필을 줄 겁니다.

26. (3점)

> 저는 외국어 공부를 할 때 외국 드라마를 봅니다. 드라마를 보고 배우가 하는 말을 따라합니다. 그러면 외국어를 빨리 배울 수 있습니다.

① 외국 배우를 좋아해서 드라마를 봅니다.

② 외국 드라마가 재미있어서 자주 봅니다.

③ 외국어를 배우기 위해 외국 드라마를 봅니다.

④ 외국 드라마를 보려고 외국어 공부를 합니다.

27. (4점)

> 12월에는 할 일이 많아서 무척 바빴습니다. 그래서 새해 계획을 세우지 못했습니다. 늦었지만 지금 새해 계획을 세워야겠습니다.

① 새해 계획을 잘 지킬 겁니다.

② 새해 계획을 세우려고 합니다.

③ 12월에 계획을 세워야 합니다.

④ 계획은 지키는 것이 중요합니다.

2010 (20) 28. (4점)

> 우리 집 근처에 테니스장이 있습니다. 다음 주부터 테니스장에 다닐 겁니다. 열심히 배워서 테니스를 잘 치고 싶습니다.

① 저는 테니스를 잘 칩니다.

② 테니스장 근처에 살고 싶습니다.

③ 저는 테니스를 열심히 배울 겁니다.

④ 요즘 테니스장에 다니고 있습니다.

29. (3점)

> 저는 월요일부터 목요일까지 아주 바쁩니다. 하지만 금요일에는 시간이 많아서 친구들을 만날 수 있습니다. 그래서 금요일에 약속이 많습니다.

① 저는 항상 바쁩니다.

② 저는 친구들이 많습니다.

③ 저는 날마다 친구를 만납니다.

④ 저는 금요일에 약속을 많이 합니다.

30. (4점)

> 저는 시장에 가기 전에 먼저 냉장고를 열어 봅니다. 냉장고를 보고 사야 할 것을 메모합니다. 그러면 꼭 필요한 것만 살 수 있습니다.

① 요즘 필요한 것이 많습니다.
② 저는 자주 냉장고를 열어 봅니다.
③ 저는 시장에 가는 것을 좋아합니다.
④ 시장에 가기 전에 필요한 것을 메모합니다.

答案

1. ② 2. ④ 3. ④ 4. ① 5. ④ 6. ④ 7. ③ 8. ③ 9. ① 10. ③

11. ② 12. ① 13. ① 14. ④ 15. ③ 16. ③ 17. ④ 18. ④ 19. ④ 20. ①

21. ④ 22. ④ 23. ① 24. ① 25. ① 26. ③ 27. ② 28. ③ 29. ④ 30. ④

考古題解析

※ [1～30] 請在閱讀以下內容後，選出本文重點。

2014 (34)

1.（4分）

> 우리 형은 매일 축구를 합니다. 텔레비전으로 축구 경기를 자주 봅니다. 지난달
> 에는 축구장에도 갔습니다.
>
> 我哥哥天天踢足球。常常看電視轉播的足球比賽。上個月也去了足球場。

① 우리 형은 축구를 잘합니다.　我哥哥很會踢足球。

❷ 우리 형은 축구를 좋아합니다.　我哥哥很喜歡足球。

③ 우리 형은 텔레비전을 자주 봅니다.　我哥哥常常看電視。

④ 우리 형은 축구장에 가고 싶어 합니다.　我哥哥想去足球場。

☆ 本題目要注意的句子是「매일 축구하다」（天天踢足球）、「축구 경기를 자주 보다」（常常看
足球比賽）及「축구장에도 갔다」（去過了足球場）。透過這些詞彙，可以刪除③和④，另外因
為本題目中沒有提到很會踢足球，因此①也錯，所以答案是②。

2.（3分）

> 저는 사진엽서를 모으고 있습니다. 그런데 음식 사진엽서가 없습니다. 이번 주
> 에 음식 사진엽서를 사러 갈 겁니다.
>
> 我在收集（照片）明信片。不過沒有食物的（照片）明信片。本週要去買食物的（照
> 片）明信片。

① 저는 엽서 가게에 갈 겁니다.　我要去（照片）明信片店。

② 저는 사진엽서를 보낼 겁니다.　我要寄（照片）明信片。

③ 저는 음식 사진엽서를 만들 겁니다.　我要做食物的（照片）明信片。

❹ 저는 음식 사진엽서를 모으고 싶습니다.　我想收集食物的（照片）明信片。

☆ 本題目是特別要注意看動詞。當然主題是「사진엽서」（（照片）明信片），相關的動詞為「모
으다」（收集）、「없다」（沒有）、「사러 가다」（去買）、「보내다」（寄）及「만들다」
（做）。選項②和③可以先刪除，最後一句說「要去買」但地點沒有說清楚，仍可以選出答案是
④。

3.（4分）

> 저는 유명한 드라마를 찍은 곳에 자주 갑니다. 거기에 가면 드라마 속 멋진 장소도 볼 수 있고 주인공도 될 수 있습니다. 그래서 정말 기분이 좋습니다.
>
> 我常常去著名的連續劇拍攝景點。到那裡可以看到連續劇中很氣派的場景，也可以化身為主角。所以心情真好。

① 드라마 주인공이 되고 싶습니다.　想當連續劇的主角。

② 드라마를 찍은 곳은 정말 멋집니다.　拍連續劇的地方真棒。

③ 드라마를 찍은 곳에 가 보고 싶습니다.　想去看拍連續劇的地方。

❹ 드라마를 찍은 곳에 가면 행복해집니다.　到拍連續劇的地方（感覺自己）變幸福。

2014 (33)

4.（4分）

> 요즘 회사에 일이 많습니다. 날마다 집에 늦게 갑니다. 이번 주말에는 집에서 쉴 겁니다.
>
> 最近在公司有很多工作。天天很晚回家。本週週末要在家休息。

❶ 저는 쉬고 싶습니다.　我想休息。

② 저는 일을 좋아합니다.　我喜歡工作。

③ 저는 집에서 일할 겁니다.　我要在家工作。

④ 저는 주말에 회사에 갈 겁니다.　我週末要去公司。

5.（3分）

> 저는 요즘 약속을 자주 잊어버립니다. 그래서 오늘부터 꼭 수첩에 약속을 쓸 겁니다. 수첩에 약속을 쓰면 잊어버리지 않을 겁니다.
>
> 我最近常常忘記（跟人家的）約。所以從今天開始一定要在手冊上記錄約定（時間）。如果在手冊上寫清楚約定（時間）的話，就不會忘記。

① 저는 약속을 많이 합니다.　我會約很多（人）。

② 약속을 하면 잘 지켜야 합니다.　如果（跟人家）約了，得要遵守。

③ 저는 메모하는 것을 좋아합니다.　我喜歡記錄。

❹ 저는 오늘부터 메모를 할 겁니다.　我從今天開始要做記錄。

6. （4分）

> 저는 비가 오면 기분이 좋습니다. 비가 내릴 때 창밖의 경치가 아름답습니다. 그리고 빗소리도 무척 듣기 좋습니다.
>
> 下雨天的時候，我的心情很好。下雨時，戶外的風景很美。還有下雨的聲音也非常好聽。

① 빗소리가 시원합니다.　下雨的聲音很涼快。

② 창밖을 보면 기분이 좋습니다.　看到戶外的風景，心情很好。

③ 창밖 경치가 무척 아름답습니다.　戶外的風景相當美。

❹ 저는 비가 오는 날씨를 좋아합니다.　我喜歡下雨的天氣。

☆ 本題目中的「창밖」是「窗戶外面」的意思。所以本題強調在室內透過窗戶看外面的狀況，並且主要討論「下雨天時」，因此最適合的答案是④。

2013 (32)

7. （4分）

> 제임스 씨는 친한 한국 친구가 많습니다. 제임스 씨는 한국어를 잘합니다. 저도 한국 친구를 만나서 이야기하고 싶습니다.
>
> 詹姆斯先生有很多很熟的韓國人朋友。詹姆斯先生很會說韓語。我也想要和韓國人朋友見面聊天。

① 저는 한국 친구가 많습니다.　我有很多韓國人的朋友。

② 저는 한국 친구하고 친합니다.　我和韓國人的朋友很熟。

❸ 저는 한국 친구를 만나고 싶습니다.　我想跟韓國人的朋友見面。

④ 저는 한국 친구하고 이야기를 할 겁니다.　我要跟韓國人的朋友聊天。

8. （3分）

> 사람들이 야구를 보러 야구장에 많이 갑니다. 야구를 하는 사람도 많아졌습니다. 그리고 사람들은 만나면 야구 이야기를 자주 합니다.
>
> 很多人去棒球場看棒球。打棒球的人也變多了。還有人人見面都常聊到棒球。

① 야구를 보는 사람들이 많이 있습니다.　看棒球的人很多。

② 사람들은 야구장에 많이 갑니다.　很多人去棒球場。

❸ 야구를 좋아하는 사람들이 많습니다.　喜歡棒球的人很多。

④ 사람들이 야구 이야기를 많이 합니다.　人人常聊到棒球。

9.（4分）

> 제 친구는 피아노를 잘 칩니다. 저는 피아노 치는 것을 배운 적이 없습니다. 그래서 친구가 저에게 피아노 치는 것을 가르쳐 주기로 했습니다.
>
> 　我朋友很會彈鋼琴。我沒有學過彈鋼琴。所以朋友決定教我彈鋼琴。

❶ 저는 피아노를 배울 겁니다.　我要學彈鋼琴。

② 저는 피아노를 잘 못 칩니다.　我不太會彈鋼琴。

③ 제 친구는 피아노를 잘 가르칩니다.　我朋友很會教彈鋼琴。

④ 제 친구는 피아노 치는 것을 좋아합니다.　我朋友喜歡彈鋼琴。

2013 (31)

10.（4分）

> 저는 매일 '행복 커피숍'에 갑니다. 거기에서 책도 읽고 숙제도 합니다. 그리고 음악도 듣습니다.
>
> 　我天天去「幸福咖啡廳」。在那裡看書也寫作業。也有聽音樂。

① 저는 커피를 마실 겁니다.　我要喝咖啡。

② 저는 음악을 자주 듣습니다.　我常常聽音樂。

❸ 저는 행복 커피숍을 좋아합니다.　我喜歡幸福咖啡廳。

④ 저는 주말에 책을 읽고 싶습니다.　我想週末唸書。

> ☆ 本題目提到在「幸福咖啡廳」做「看書」、「寫作業」及「聽音樂」等事情。①沒有提到是否要喝咖啡；②不知常不常聽音樂；④也不清楚週末想做什麼，所以可以得知，透過在「幸福咖啡廳」做很多事，並且天天去，可以得知答案是③。

11.（3分）

> 민수 씨가 제 이사를 도와주었습니다. 그래서 오늘 백화점에서 민수 씨 선물을 샀습니다. 오늘 선물을 줄 겁니다.
>
> 　閔洙先生幫忙我搬家。所以今天我在百貨公司買了閔洙先生的禮物。今天要送禮物（給閔洙先生）。

① 저는 이사를 했습니다.　我搬家了。

❷ 저는 민수 씨가 고마웠습니다.　我很感謝閔洙先生。

③ 백화점에 가서 선물을 샀습니다.　在百貨公司買了禮物。

④ 민수 씨가 이사를 도와주었습니다.　閔洙先生幫忙搬家。

☆ 本題目也相當不容易找出答案。考生請先看題目的重點，也就是「閔洙先生幫忙搬家」和「所以買禮物」。①的敘述是對的，但尚不足以成為主題；③買禮物的事是對的，但要給誰或為什麼不清楚；④的敘述也沒有錯，但沒有提到「禮物」的重點，因此答案是②。

12. (4分)

> 요즘 자전거를 타고 출근하는 사람이 많습니다. 출근을 하면서 운동을 할 수 있어서 좋습니다. 그래서 저도 출근할 때 자전거를 타려고 합니다.
>
> 最近騎腳踏車上班的人很多。上班同時可以運動的關係，很好。所以我也打算騎腳踏車上班。

❶ 자전거를 타고 출근을 할 겁니다.　要騎腳踏車上班。

② 자전거를 타고 회사에 가야 합니다.　必須要騎腳踏車上班。

③ 자전거를 타는 사람이 많아질 겁니다.　騎腳踏車的人會變多。

④ 자전거를 타면 운동을 안 해도 됩니다.　如果騎腳踏車，不用運動。

2013 (30)

13. (4分)

> 저는 꽃을 자주 삽니다. 친구들도 저에게 꽃을 많이 줍니다. 기분이 아주 좋습니다.
>
> 我常常買花。朋友們也給我很多花。心情很好。

❶ 저는 꽃을 좋아합니다.　我喜歡花。

② 저는 꽃을 많이 살 겁니다.　我要買很多花。

③ 저는 친구들하고 꽃을 삽니다.　我和朋友買花。

④ 저는 오늘 꽃을 받고 싶습니다.　我今天想拿到花。

14. (3分)

> 저는 케이크를 잘 못 만듭니다. 그래서 케이크를 만드는 연습을 자주 합니다. 맛있는 케이크를 만들 수 있을 겁니다.
>
> 我不太會做蛋糕。所以常常練習做蛋糕。（我）會做很好吃的蛋糕。

① 저는 케이크를 자주 먹습니다.　我常常吃蛋糕。

② 저는 케이크를 맛있게 만듭니다.　我會做蛋糕做得很好吃。

③ 저는 맛있는 케이크를 좋아합니다.　我喜歡好吃的蛋糕。

❹ 저는 케이크를 잘 만들고 싶습니다.　我希望很會做蛋糕。

15. （4分）

> 저는 약속 시간에 가끔 늦습니다. 오늘도 길이 막혀서 30분 늦었습니다. 다음부터는 일찍 출발하려고 합니다.
>
> 我偶爾（跟人家）約定時間遲到。今天也是，因為路上塞車，遲到30分鐘。下次打算要早一點出發。

① 저는 약속이 많이 있습니다.　我（跟人家）約會很多。

② 저는 약속 장소에 일찍 갑니다.　我提早去約好的地點。

❸ 저는 약속 시간에 늦지 않을 겁니다.　我（跟人家）約定好的時間不會遲到。

④ 저는 항상 약속 시간에 늦지 않습니다.　我（跟人家）約定的時間總是不遲到。

2012 (28)

16. （4分）

> 이동희 씨는 친절합니다. 그리고 사람들 이야기를 잘 들어 줍니다. 그래서 저는 이동희 씨를 자주 만납니다.
>
> 李東希先生很親切。還很會傾聽別人的話。所以我常常見李東希先生。

① 저는 이야기를 좋아합니다.　我喜歡聊天。

② 저는 사람들을 많이 만납니다.　我跟人家常常見面。

❸ 저는 이동희 씨를 좋아합니다.　我喜歡李東希先生。

④ 저는 이동희 씨를 자주 돕습니다.　我常常幫忙李東希先生。

☆ 本題目的主題是「李東希先生」，因此跟「李東希先生」有關的敘述是③或④，題目中都沒有提到我幫忙李東希先生的事，所以答案是③。

17. （3分）

> 저는 신문을 매일 읽습니다. 신문에는 제가 모르는 것이 많습니다. 그래서 신문을 읽으면 많이 배울 수 있습니다.
>
> 我天天看報紙。在報紙上有很多我不知道（不懂）的事。所以看報紙可以學到很多。

① 저는 매일 신문을 읽습니다.　我天天看報紙。

② 저는 많은 것을 배울 겁니다.　我要學很多。

③ 저는 모르는 것이 아주 많습니다.　我不知道（不懂）的事很多。

❹ 저는 신문에서 많은 것을 배웁니다.　我在報紙上學到很多。

18. (4分)

> 저는 멀지 않은 곳에 갈 때 보통 걸어갑니다. 차를 타면 편하지만 걷는 것이 건강에 좋습니다. 그리고 여러 가지를 구경할 수 있습니다.
>
> 我去不遠的地方通常走路去。雖然搭車很方便，但走路對身體健康很好。還有可以看到各式各樣（的事）。

① 저는 언제나 걸어 다닙니다.　我總是走路。

② 저는 자주 걸어서 건강합니다.　我常常走路很健康。

③ 저는 구경하는 것을 좋아합니다.　我喜歡看東西（觀光）。

❹ 저는 걸어 다니는 것이 좋습니다.　我喜歡走路。

2012 (26)

19. (4分)

> 토요일에는 일을 하지 않습니다. 그래서 금요일 밤은 즐겁습니다. 저는 금요일을 많이 기다립니다.
>
> 星期六不上班。所以週五晚上很愉快。我很期待星期五。

① 저는 토요일이 좋습니다.　我喜歡星期六。

② 저는 금요일에 일이 많습니다.　我在星期五有很多工作。

③ 저는 토요일에 쉴 수 있습니다.　我可以在星期六休息。

❹ 저는 금요일에 기분이 좋습니다.　我在星期五心情很好。

20. (3分)

> 수정 씨는 머리가 깁니다. 그런데 요즘 짧은 머리를 한 사람들이 많습니다. 수정 씨도 유행하는 머리를 할 겁니다.
>
> 水晶小姐的頭髮很長。不過最近有很多人剪短髮。水晶小姐也要做流行的髮型。

❶ 수정 씨는 머리를 자르고 싶어 합니다.　水晶小姐想剪頭髮。

② 수정 씨는 유행을 좋아하지 않습니다.　水晶小姐不喜歡流行。

③ 수정 씨는 짧은 머리를 하고 있습니다.　水晶小姐（現在）是短髮。

④ 수정 씨는 머리를 바꾸고 싶어하지 않습니다.　水晶小姐不想換髮型。

21. (4分)

> 저는 집에서 혼자 공부합니다. 집은 도서관보다 조용하고 편하게 책을 볼 수 있습니다. 그리고 공부할 수 있는 시간도 더 많습니다.
>
> 我在家一個人唸書。家比圖書館安靜可以很舒服地看書。還有更多可以唸書的時間。

① 저는 집에서 열심히 공부합니다.　我在家很認真唸書。

② 저는 도서관에서 공부하지 않습니다.　我不在圖書館唸書。

③ 저는 도서관에서 책을 보고 싶습니다.　我想在圖書館看書。

❹ 저는 집에서 공부하는 것을 좋아합니다.　我喜歡在家裡看書。

2011 (23)

22. (4分)

> 제 방에는 책상하고 침대가 있습니다. 그런데 저는 다음 달에 고향에 돌아갈 겁니다. 그래서 책상하고 침대를 팔고 싶습니다.
>
> 我房間有桌子和床。不過我下個月會回到故鄉。所以想賣桌子和床。

① 제 방은 큽니다.　我房間很大。

② 저는 다음 달에 바쁩니다.　我下個月很忙。

③ 저는 고향에 가고 싶습니다.　我想回故鄉。

❹ 저는 책상하고 침대를 팔 겁니다.　我要賣桌子和床。

23. (3分)

> 어제 어릴 때 친구들한테서 받은 편지를 봤습니다. 편지를 준 친구들이 생각났습니다. 그 친구들을 만나서 함께 이야기하고 싶습니다.
>
> 昨天看了小時候朋友寄給我的信。回想起（那時候）寫信給我的朋友們。想跟那些朋友見面聊天。

❶ 저는 어릴 때 친구들을 만나고 싶습니다.　我想跟小時候的朋友見面。

② 저는 어릴 때 친구들과 이야기를 했습니다.　我有跟小時候的朋友聊天。

③ 저는 어릴 때 친구들에게 편지를 보낼 겁니다.　我要寄信給小時候的朋友。

④ 저는 어제 어릴 때 친구들한테서 편지를 받았습니다.

我昨天收到從小時候的朋友（寄過來）的信。

24. (4分)

> 저는 매일 수영을 합니다. 수영을 시작한 후부터 감기에 걸린 적이 없고 피곤하지도 않습니다. 그래서 시간이 없지만 꼭 수영장에 갑니다.
>
> 我每天游泳。從游泳開始之後，沒有感冒過，也不會累。所以雖然沒有時間，但一定會去游泳池（游泳）。

❶ 저는 수영을 해서 건강합니다.　我因為游泳的關係，很健康。

② 피곤한 사람은 수영을 해야 합니다.　很累的人，得要游泳。

③ 저는 바쁠 때는 수영을 하지 않습니다.　我很忙的時候，不游泳。

④ 감기에 걸리면 수영을 하는 게 좋습니다.　感冒時，游泳很好。

2011 (21)

25. (4分)

> 저는 연필만 씁니다. 제 필통에는 여러 가지 연필이 있습니다. 친구들도 저에게 연필을 많이 줍니다.
>
> 我只用鉛筆。我的筆盒有各式各樣的鉛筆。有些朋友也給我很多鉛筆。

❶ 저는 연필을 좋아합니다.　我喜歡鉛筆。

② 저는 친구를 좋아합니다.　我喜歡朋友。

③ 저는 필통을 받고 싶습니다.　我想收到筆盒。

④ 저는 친구에게 연필을 줄 겁니다.　我要給朋友鉛筆。

26. (3分)

> 저는 외국어 공부를 할 때 외국 드라마를 봅니다. 드라마를 보고 배우가 하는 말을 따라합니다. 그러면 외국어를 빨리 배울 수 있습니다.
>
> 我唸外文的時候看外文連續劇。看連續劇，跟著演員說的話說。那麼，可以很快學好外文。

① 외국 배우를 좋아해서 드라마를 봅니다.　因為喜歡外國演員，所以看連續劇。

② 외국 드라마가 재미있어서 자주 봅니다.　因為外國連續劇很有趣，所以常常看。

❸ 외국어를 배우기 위해 외국 드라마를 봅니다.　為了學外文，看外文連續劇。

④ 외국 드라마를 보려고 외국어 공부를 합니다.　為了看外文連續劇，唸外文。

27. (4分)

> 12월에는 할 일이 많아서 무척 바빴습니다. 그래서 새해 계획을 세우지 못했습니다. 늦었지만 지금 새해 계획을 세워야겠습니다.
>
> 12月有很多事要做，非常忙。所以沒有訂定新年的計劃。雖然有一點晚了，但現在就要設立新年的計劃。

① 새해 계획을 잘 지킬 겁니다.　我會好好遵守新年的計劃。

❷ 새해 계획을 세우려고 합니다.　打算要訂定新年的計劃。

③ 12월에 계획을 세워야 합니다.　在12月要訂定新年的計劃。

④ 계획은 지키는 것이 중요합니다.　遵守計劃很重要。

2010 (20)

28. (4分)

> 우리 집 근처에 테니스장이 있습니다. 다음 주부터 테니스장에 다닐 겁니다. 열심히 배워서 테니스를 잘 치고 싶습니다.
>
> 我家附近有網球場。從下週起要去網球場（打網球）。要認真學，希望可以很會打網球。

① 저는 테니스를 잘 칩니다.　我很會打網球。

② 테니스장 근처에 살고 싶습니다.　我想住網球場附近。

❸ 저는 테니스를 열심히 배울 겁니다.　我要認真學網球。

④ 요즘 테니스장에 다니고 있습니다.　最近去網球場（打網球）。（＝最近學網球。）

29. (3分)

> 저는 월요일부터 목요일까지 아주 바쁩니다. 하지만 금요일에는 시간이 많아서 친구들을 만날 수 있습니다. 그래서 금요일에 약속이 많습니다.
>
> 我從星期一到星期四非常忙。但是星期五很有空的關係，可以跟朋友見面。所以星期五有很多約。

① 저는 항상 바쁩니다.　我總是很忙。

② 저는 친구들이 많습니다.　我有很多朋友。

③ 저는 날마다 친구를 만납니다.　我天天跟朋友見面。

❹ 저는 금요일에 약속을 많이 합니다.　我星期五有很多約。

30. (4分)

> 저는 시장에 가기 전에 먼저 냉장고를 열어 봅니다. 냉장고를 보고 사야 할 것을 메모합니다. 그러면 꼭 필요한 것만 살 수 있습니다.
>
> 　我去市場之前，先打開看冰箱。看冰箱，記錄要買的東西。那麼，可以只買必需要的東西。

① 요즘 필요한 것이 많습니다.　最近需要很多東西。

② 저는 자주 냉장고를 열어 봅니다.　我常常打開看冰箱。

③ 저는 시장에 가는 것을 좋아합니다.　我喜歡去市場。

❹ 시장에 가기 전에 필요한 것을 메모합니다.　我去市場以前會記錄需要的東西。

模擬考題練習

實戰模擬考題

※ [1~30] 다음을 읽고 중심 생각을 고르십시오.

1. (3점)

> 나는 주말마다 수영을 합니다. 이번 주말에도 친구와 함께 수영을 할 것입니다. 수영은 건강에 좋습니다.

① 나는 수영을 좋아합니다.

② 나는 수영을 배우려고 합니다.

③ 나는 주말에 친구를 만나고 싶습니다.

④ 나는 건강이 좋지 않아서 수영을 합니다.

2. (3점)

> 제 책상 위에는 책과 공책이 있습니다. 지금 공부를 하려고 합니다. 하지만 지우개는 있는데 연필이 없습니다.

① 저는 책상 위에서 공부하려고 합니다.

② 공부를 할 때 책상에서 합니다.

③ 다음 주에 시험이 있어서 공부해야 합니다.

④ 연필이 없어서 공부를 할 수 없습니다.

3. (2점)

> 오늘은 내 친구의 생일입니다. 나는 친구 생일에 초대를 받았습니다. 그래서 지금 선물을 사러 백화점에 가려고 합니다.

① 백화점에서 친구를 만납니다.

② 나는 오늘 친구의 생일 선물을 살 겁니다.

③ 많은 사람들이 친구 생일에 초대를 받았습니다.

④ 내일은 내 친구의 생일 파티가 있습니다.

4. (3점)

> 우리 어머니는 요리를 잘 하십니다. 고향에 갈 때마다 맛있는 음식을 많이 해 주십니다. 오늘도 어머니가 해 주신 음식을 먹고 싶습니다.

① 나는 요리 학원에 다니려고 합니다.

② 어머니와 나는 고향에 삽니다.

③ 어머니가 해 주신 음식은 맛있습니다.

④ 어머니는 요리하는 것을 좋아합니다.

5. (3점)

> 컴퓨터가 고장 나서 새로 샀습니다. 그런데 처음 사용하기 때문에 익숙하지 않습니다. 빨리 사용법을 배워야겠습니다.

① 컴퓨터가 고장이 났습니다.

② 컴퓨터는 정말 편리합니다.

③ 새 컴퓨터는 익숙하지 않습니다.

④ 컴퓨터는 사용하는 방법이 정말 어렵습니다.

6. (2점)

> 다음 주부터 휴가입니다. 휴가 때 친구들과 제주도에 가려고 합니다. 산과 바다를 보면서 스트레스를 풀고 싶습니다.

① 요즘 너무 바빠서 스트레스가 많습니다.

② 친구들하고 다음 주에 제주도에 갑니다.

③ 휴가 때 제주도에 가려고 비행기표를 삽니다.

④ 다음 주에 하루 동안 쉽니다.

7. (3점)

> 한국 드라마가 정말 재미있습니다. 어제도 밤 늦게까지 드라마를 봤습니다. 아침에 학교에 지각했습니다.

① 한국 드라마를 학교에서 봅니다.

② 밤 늦게까지 드라마를 보면 피곤합니다.

③ 한국 드라마가 재미있어서 어제도 봤습니다.

④ 학교에 지각하기 때문에 드라마를 볼 수 없습니다.

8. (3점)

여름에 선풍기를 틀면 시원합니다. 어제도 선풍기를 틀고 잤습니다. 그런데 아침에 목이 아프고 콧물이 났습니다.

① 선풍기는 감기에 좋습니다.
② 선풍기를 틀고 자면 건강에 안 좋습니다.
③ 선풍기는 여름에 꼭 필요합니다.
④ 목이 아파서 선풍기를 틀었습니다.

9. (2점)

한국에서 일년 동안 한국어를 배웠습니다. 내일은 고향으로 돌아갑니다. 학교 선생님과 친구들이 보고 싶을 겁니다.

① 한국에서 친구를 많이 사귀었습니다.
② 한국에서 한국어를 배우고 내일 고향으로 갑니다.
③ 내 고향은 한국입니다.
④ 고향으로 돌아가면 친구들을 만날 수 있습니다.

10. (3점)

요즘 회사 일이 너무 바쁩니다. 집에 돌아오면 너무 피곤해서 바로 잠을 잡니다. 아침에 늦게 일어나서 아침밥도 못 먹습니다.

① 밤에 늦게 자기 때문에 아침에 일찍 일어납니다.
② 아침에 늦게 일어나서 매일 지각합니다.
③ 요즘 너무 바쁘기 때문에 피곤합니다.
④ 피곤하면 아침밥을 먹을 수 없습니다.

11. (3점)

스트레스를 받으면 사람마다 다르게 행동합니다. 친구는 음식을 많이 먹습니다. 저는 친구와 만나서 이야기를 합니다.

① 스트레스는 꼭 풀어야 합니다.
② 저는 스트레스를 받으면 친구와 이야기를 합니다.
③ 친구는 스트레스 때문에 음식을 먹지 않습니다.
④ 사람들은 스트레스 때문에 잠을 많이 잡니다.

12. (2점)

> 예쁜 가방을 사고 싶습니다. 그런데 사고 싶은 가방은 너무 비쌉니다. 아르바이트를 해서 돈을 모으려고 합니다.

① 예쁜 가방을 사고 싶어서 돈을 모으려고 합니다.

② 예쁜 가방은 모두 비쌉니다.

③ 싼 가방은 예쁘지 않습니다.

④ 아르바이트를 하면 예쁜 가방을 살 수 있습니다.

13. (3점)

> 여름에는 비가 자주 내립니다. 어제도 비가 왔고 오늘도 비가 옵니다. 빨래가 잘 마르지 않습니다.

① 요즘 비가 많이 내려서 우산을 사야 합니다.

② 여름에는 비가 많이 와서 빨래가 잘 안 마릅니다.

③ 어제와 오늘은 빨래를 하지 않았습니다.

④ 여름에는 비가 자주 내려서 덥지 않습니다.

14. (3점)

> 운동을 하고 나면 땀이 나고 숨이 찹니다. 그럴 때 물을 마십니다. 물을 마시면 시원하고 기분도 좋습니다.

① 운동을 하고 나면 기분이 좋습니다.

② 땀이 많이 나면 꼭 물을 마셔야 합니다.

③ 물을 많이 마시면 땀이 많이 납니다.

④ 운동을 하면 숨이 차서 기분이 좋습니다.

15. (2점)

> 저는 봄을 좋아합니다. 봄에는 날씨도 좋고 햇빛도 따뜻합니다. 공원에서 책을 읽고 산책하는 것을 좋아합니다.

① 봄에는 책을 많이 읽어야 합니다.

② 저는 봄 날씨를 정말 좋아합니다.

③ 공원에서 산책을 하면 기분이 좋습니다.

④ 비가 오면 공원에 갈 수 없어서 봄을 좋아합니다.

16. (3점)

> 요즘 휴대 전화에는 편리한 기능이 많이 있습니다. 전화를 걸지 않아도 친구들과 연락할 수 있습니다. 또 건강을 관리할 수도 있습니다.

① 휴대 전화로 건강해질 수 있습니다.

② 요즘 휴대 전화는 비용이 들지 않습니다.

③ 요즘 휴대 전화에는 여러 가지 좋은 점이 있습니다.

④ 요즘 휴대 전화는 누구나 꼭 필요합니다.

17. (3점)

> 수요일부터 금요일까지 외국으로 출장을 갑니다. 외국으로 출장을 가면 일도 하고 구경도 할 수 있습니다. 주말까지 외국에서 유명한 곳으로 여행도 가려고 합니다.

① 출장을 가면 항상 여행을 할 수 있습니다.

② 여행을 가면 일을 하지 않아도 됩니다.

③ 수요일부터 일요일까지 외국에 있습니다.

④ 외국에서 일하면 재미있습니다.

18. (2점)

> 저는 올해 책을 많이 읽으려고 합니다. 일이 바쁘고 텔레비전을 보는 시간이 많아서 책을 잘 못 읽습니다. 특히 출퇴근 시간을 이용해서 책을 읽을 겁니다.

① 텔레비전을 많이 보면 책을 읽을 수 없습니다.

② 책을 읽으려고 텔레비전을 보지 않습니다.

③ 출퇴근 시간을 이용해서 책을 많이 읽으려고 합니다.

④ 일이 바쁘기 때문에 책을 읽지 못합니다.

19. (3점)

> 우리 오빠는 음악을 좋아합니다. 노래도 잘하고 피아노도 잘 칩니다. 시간이 있을 때마다 여러 가지 음악을 듣습니다.

① 우리 오빠는 피아노를 좋아합니다.

② 시간이 있으면 피아노 연습을 합니다.

③ 저도 오빠에게 피아노를 배우려고 합니다.

④ 오빠는 음악을 자주 듣고 피아노도 잘 칩니다.

20. (3점)

> 지하철은 정말 편리합니다. 차가 막히지 않아서 약속 시간에 잘 도착할 수 있습니다. 또 지하철에서 책을 읽거나 음악을 들어서 좋습니다.

① 지하철은 사람들이 많이 이용합니다.
② 지하철에서 책을 읽거나 음악을 들을 수 있습니다.
③ 지하철을 타면 약속 시간에 늦지 않습니다.
④ 지하철에서 항상 음악이 나옵니다.

21. (2점)

> 오늘은 한국 친구하고 점심을 먹었습니다. 밥을 먹으면서 영어로 이야기를 했습니다. 빨리 한국어를 배워서 저도 한국어로 이야기하고 싶습니다.

① 오늘 친구와 한국어를 공부했습니다.
② 한국어는 정말 어렵습니다.
③ 한국 친구하고 밥을 먹고 이야기를 했습니다.
④ 한국 친구는 영어를 아주 잘합니다.

22. (3점)

> 오늘 친구와 명동에서 만나기로 했습니다. 그런데 차가 너무 많이 막혀서 30분이나 늦었습니다. 친구는 30분 동안 지하철역 앞에서 저를 기다렸습니다.

① 오늘 약속에 늦어서 친구에게 미안했습니다.
② 친구는 30분 동안 지하철을 탔습니다.
③ 저는 차가 막혀서 친구에게 전화를 했습니다.
④ 친구는 화가 많이 났습니다.

23. (3점)

> 저는 책 읽는 것을 좋아합니다. 책을 읽으면 많은 것을 배울 수 있습니다. 또 책을 읽으면서 여러 가지를 생각할 수 있어서 좋습니다.

① 모르는 것이 많아서 책을 읽습니다.
② 여러 가지 책을 읽는 것이 중요합니다.
③ 책을 읽으면 좋은 점이 많습니다.
④ 올해 책을 많이 읽으려고 합니다.

24. (2점)

> 저는 주말마다 사진을 찍으러 갑니다. 산과 바다를 자주 찍습니다. 가끔 친구들과 같이 여행 가면서 사진을 찍습니다.

① 저는 사진 찍는 것을 좋아합니다.

② 저는 산과 바다에 가려고 사진을 찍습니다.

③ 친구들과 여행을 갈 때 혼자 사진을 찍습니다.

④ 저는 한 달에 한 번씩 여행을 갑니다.

25. (3점)

> 현대인들은 건강에 관심이 많습니다. 건강을 위해서 물을 많이 마셔야 합니다. 또 많이 걸어서다녀도 건강에 도움이 됩니다.

① 현대인들은 물을 잘 안 마십니다.

② 건강을 위해서 차를 타면 안 됩니다.

③ 현대인들은 건강을 위해서 노력합니다.

④ 많이 걷고 물을 많이 마시면 건강에 좋습니다.

26. (3점)

> 내년에 친구와 같이 일본으로 여행을 가려고 합니다. 그런데 일본어를 잘 못 합니다. 여행을 가기 전에 일본어를 공부해야겠습니다.

① 내년에 혼자 일본으로 여행갑니다.

② 일본어를 잘 못 해서 일본 여행을 못 갑니다.

③ 일본 여행을 위해서 일본어를 배우려고 합니다.

④ 내 친구는 일본 사람이라서 일본으로 여행갑니다.

27. (2점)

> 요즘 강아지나 고양이를 키우는 사람이 많습니다. 우리 집에도 강아지가 한 마리 있습니다. 동물을 키우면 같이 산책도 할 수 있습니다.

① 저는 강아지와 같이 산책을 합니다.

② 강아지와 고양이는 사람을 무서워합니다.

③ 강아지를 키우려면 집이 깨끗해야 합니다.

④ 동물은 한 마리만 키워야 합니다.

28. (3점)

> 오늘은 지하철을 탔습니다. 어떤 할머니가 큰 짐을 가지고 타셨습니다. 그래서 그 할머니께 자리를 양보했습니다.

① 할머니는 꼭 의자에 앉아야 합니다.
② 오늘 지하철에서 할머니께 자리를 양보했습니다.
③ 오늘 할머니가 저를 도와주었습니다.
④ 저는 큰 짐 때문에 불편합니다.

29. (3점)

> 오늘은 저의 생일입니다. 아침에 친구가 생일 축하 문자메시지를 보내주었습니다. 또 오후에 선물도 받았습니다.

① 오늘 친구들이 생일 축하를 해 주었습니다.
② 내일 친구 생일에 선물을 사야 합니다.
③ 친구는 문자메시지를 자주 사용합니다.
④ 오늘 선물을 받아서 기분이 좋습니다.

30. (2점)

> 오늘 백화점에서 예쁜 옷을 봤습니다. 너무 예뻐서 바로 옷을 샀습니다. 그런데 집에서 입어 보니까 너무 작습니다.

① 오늘 산 옷은 저에게 맞지 않습니다.
② 예쁜 옷을 사면 기분이 좋습니다.
③ 백화점에서 할인을 하면 옷을 삽니다.
④ 내일 옷을 바꾸러 백화점에 가려고 합니다.

答案

1. ①   2. ①   3. ②   4. ③   5. ③   6. ②   7. ③   8. ②   9. ②   10. ③

11. ②   12. ①   13. ②   14. ①   15. ②   16. ③   17. ③   18. ③   19. ④   20. ②

21. ③   22. ①   23. ③   24. ①   25. ④   26. ③   27. ①   28. ②   29. ①   30. ①

模擬考題解析

※ [1～30] 請在閱讀以下內容後,選出本文重點。

1. (3分)

> 나는 주말마다 수영을 합니다. 이번 주말에도 친구와 함께 수영을 할 것입니다.
> 수영은 건강에 좋습니다.
>> 我每個週末游泳。本週週末也要和朋友一起游泳。游泳對健康好。

❶ 나는 수영을 좋아합니다.　我喜歡游泳。

② 나는 수영을 배우려고 합니다.　我打算要學習游泳。

③ 나는 주말에 친구를 만나고 싶습니다.　我在週末想見朋友。

④ 나는 건강이 좋지 않아서 수영을 합니다.　因為我健康不好而游泳。

☆ 必背的單字:「마다」(每、平均)、「수영하다」(游泳)、「건강」(健康)。
「~에 좋다」(對~好)。
例句)운동은 건강에 좋습니다.　運動對健康好。

2. (3分)

> 제 책상 위에는 책과 공책이 있습니다. 지금 공부를 하려고 합니다. 하지만 지우
> 개는 있는데 연필이 없습니다.
>> 我的書桌上有書和筆記本。現在打算要唸書。不過有橡皮擦,卻沒有鉛筆。

❶ 저는 책상 위에서 공부하려고 합니다.　我要在書桌上唸書。

② 공부를 할 때 책상에서 합니다.　我唸書時,在書桌上唸。

③ 다음 주에 시험이 있어서 공부해야 합니다.　下週有考試,所以得要唸書。

④ 연필이 없어서 공부를 할 수 없습니다.　沒有鉛筆的關係,無法唸書。

☆ 必背的單字:「책상」(書桌)、「위」(上)、「책」(書)、「공책」(筆記本)、「지우
개」(橡皮擦)、「연필」(鉛筆)。

3. (2分)

> 　오늘은 내 친구의 생일입니다. 나는 친구 생일에 초대를 받았습니다. 그래서 지금 선물을 사러 백화점에 가려고 합니다.
>
> 　今天是我朋友的生日。我收到朋友的生日（派對）邀請。所以現在打算去百貨公司買禮物。

① 백화점에서 친구를 만납니다.　在百貨公司見朋友。

❷ 나는 오늘 친구의 생일 선물을 살 겁니다.　今天我會買朋友的生日禮物。

③ 많은 사람들이 친구 생일에 초대를 받았습니다.　許多人收到朋友的生日（派對）邀請。

④ 내일은 내 친구의 생일 파티가 있습니다.　明天有我朋友的生日派對。

☆ 必背的單字：「친절하다」（親切）、「재미있다」（有趣）、「초대받다」（被邀請）。

4. (3分)

> 　우리 어머니는 요리를 잘 하십니다. 고향에 갈 때마다 맛있는 음식을 많이 해 주십니다. 오늘도 어머니가 해 주신 음식을 먹고 싶습니다.
>
> 　我母親很會料理。每次（回）去故鄉時，煮給我很多好吃的料理。今天也想吃母親做的菜。

① 나는 요리 학원에 다니려고 합니다.　我打算去補習班（學料理）。

② 어머니와 나는 고향에 삽니다.　母親和我住故鄉。

❸ 어머니가 해 주신 음식은 맛있습니다.　母親做給我的菜很好吃。

④ 어머니는 요리하는 것을 좋아합니다.　母親喜歡做料理。

5. (3分)

> 　컴퓨터가 고장 나서 새로 샀습니다. 그런데 처음 사용하기 때문에 익숙하지 않습니다. 빨리 사용법을 배워야겠습니다.
>
> 　因為電腦壞掉，所以買了新的（一台）。但是第一次使用的關係，不太熟。要趕快學使用方法。

① 컴퓨터가 고장이 났습니다.　電腦壞掉了。

② 컴퓨터는 정말 편리합니다.　電腦真的方便。

❸ 새 컴퓨터는 익숙하지 않습니다.　不太熟悉新的電腦（使用方法）。

④ 컴퓨터는 사용하는 방법이 정말 어렵습니다.　電腦使用方法真難。

☆ 必背的單字：「컴퓨터」（電腦）、「고장 나다」（故障）、「새로」（新的）、「사용하다」（使用）、「익숙하다」（熟悉）、「빨리」（很快）、「사용법」（使用方法）

6. (2分)

> 다음 주부터 휴가입니다. 휴가 때 친구들과 제주도에 가려고 합니다. 산과 바다를 보면서 스트레스를 풀고 싶습니다.
>
> 下週開始休假。休假時打算和朋友去濟州島（玩）。想看著山和海，紓解壓力。

① 요즘 너무 바빠서 스트레스가 많습니다.　因為最近太忙，很多壓力。

❷ 친구들하고 다음 주에 제주도에 갑니다.　和朋友下週去濟州島。

③ 휴가 때 제주도에 가려고 비행기표를 삽니다.　休假時為了去濟州島，買機票。

④ 다음 주에 하루 동안 쉽니다.　下個星期休息一天。

☆ 必背的單字：「다음 주」（下個星期）、「휴가」（休假）、「제주도」（濟州島）、「산」（山）、「바다」（海）、「스트레스」（壓力）、「풀다」（解開、紓解）。

7. (3分)

> 한국 드라마가 정말 재미있습니다. 어제도 밤 늦게까지 드라마를 봤습니다. 아침에 학교에 지각했습니다.
>
> 韓國連續劇很好看。昨天也看連續劇到深夜。早上到學校遲到了。

① 한국 드라마를 학교에서 봅니다.　在學校看韓國連續劇。

② 밤 늦게까지 드라마를 보면 피곤합니다.　看連續劇到深夜的話，會很累。

❸ 한국 드라마가 재미있어서 어제도 봤습니다.　韓國連續劇很好看，所以昨天也看了。

④ 학교에 지각하기 때문에 드라마를 볼 수 없습니다.

　因為（去）學校（會）遲到，所以不能看連續劇。

☆ 必背的單字：「드라마」（連續劇）、「어제」（昨天）、「밤」（晚上）、「늦다」（晚）、「지각하다」（遲到）。

8. (3分)

> 여름에 선풍기를 틀면 시원합니다. 어제도 선풍기를 틀고 잤습니다. 그런데 아침에 목이 아프고 콧물이 났습니다.
>
> 夏天開電風扇的話很涼快。昨天也開著電風扇睡。不過早上喉嚨痛流鼻涕了。

① 선풍기는 감기에 좋습니다.　電風扇對感冒好。

❷ 선풍기를 틀고 자면 건강에 안 좋습니다.　開著電風扇睡的話，會對身體不好。

③ 선풍기는 여름에 꼭 필요합니다.　夏天必須要電風扇。

④ 목이 아파서 선풍기를 틀었습니다.　因為喉嚨很痛，開了電風扇。

☆ 必背的單字：「여름」（夏天）、「선풍기」（電風扇）、「틀다」（開）、「시원하다」（涼快）、「자다」（睡）、「목」（喉嚨）、「콧물」（鼻涕）、「나다」（出來；流）。

9.（2分）

> 한국에서 일년 동안 한국어를 배웠습니다. 내일은 고향으로 돌아갑니다. 학교 선생님과 친구들이 보고 싶을 겁니다.
>
> 在韓國學了一年的韓語。明天回故鄉。（我）會想念學校老師和朋友們。

① 한국에서 친구를 많이 사귀었습니다.　在韓國交了很多朋友。

❷ 한국에서 한국어를 배우고 내일 고향으로 갑니다.　在韓國學韓語，明天回到故鄉。

③ 내 고향은 한국입니다.　我的故鄉是韓國。

④ 고향으로 돌아가면 친구들을 만날 수 있습니다.　如果回到故鄉，可以見到朋友。

☆ 必背的單字：「고향」（故鄉）、「돌아가다」（回去）、「사귀다」（交（朋友））。

10.（3分）

> 요즘 회사 일이 너무 바쁩니다. 집에 돌아오면 너무 피곤해서 바로 잠을 잡니다. 아침에 늦게 일어나서 아침밥도 못 먹습니다.
>
> 最近公司的事太忙。回家因為太累馬上睡覺。早上因為晚起床，連早餐也無法吃。

① 밤에 늦게 자기 때문에 아침에 일찍 일어납니다.

因為很晚睡覺，所以早上很早起來。

② 아침에 늦게 일어나서 매일 지각합니다.　早上因為很晚起來，所以每天遲到。

❸ 요즘 너무 바쁘기 때문에 피곤합니다.　因為最近太忙，所以很累。

④ 피곤하면 아침밥을 먹을 수 없습니다.　很累的時候，無法吃早餐。

☆ 必背的單字：「회사」（公司）、「바쁘다」（忙）、「피곤하다」（累）、「바로」（馬上、就）、「늦다」（晚）、「일어나다」（起來）、「아침밥」（早餐）、「일찍」（早）、「지각하다」（遲到）。

11.（3分）

> 스트레스를 받으면 사람마다 다르게 행동합니다. 친구는 음식을 많이 먹습니다. 저는 친구와 만나서 이야기를 합니다.
>
> 如果受到壓力，每個人面對的方式不同。（我）朋友吃很多東西。我的話和朋友見面聊天。

① 스트레스는 꼭 풀어야 합니다.　壓力一定要紓解。

❷ 저는 스트레스를 받으면 친구와 이야기를 합니다.　我受到壓力時和朋友聊天。

③ 친구는 스트레스 때문에 음식을 먹지 않습니다. 　朋友因為有壓力不吃飯。

④ 사람들은 스트레스 때문에 잠을 많이 잡니다. 　很多人因為有壓力會睡很多覺。

☆ 必背的單字：「스트레스」（壓力）、「다르다」（不同）、「행동하다」（行動）、「음식」
（飲食、菜）、「이야기하다」（聊天）、「풀다」（解開、紓解）。

12.（2分）

> 예쁜 가방을 사고 싶습니다. 그런데 사고 싶은 가방은 너무 비쌉니다. 아르바이트를 해서 돈을 모으려고 합니다.
>
> （我）想買漂亮的包包。但是想買的包包太貴。（我）要打工存錢。

❶ 예쁜 가방을 사고 싶어서 돈을 모으려고 합니다.

　因為想買漂亮的包包，打算要存錢。

② 예쁜 가방은 모두 비쌉니다. 　漂亮的包包都很貴。

③ 싼 가방은 예쁘지 않습니다. 　便宜的包包不漂亮。

④ 아르바이트를 하면 예쁜 가방을 살 수 있습니다.

　如果打工，可以買漂亮的包包。

☆ 必背的單字：「예쁘다」（漂亮）、「가방」（包包）、「비싸다」（貴）、「아르바이트」
（打工）、「돈」（錢）、「모으다」（收集；存）、「싸다」（便宜）。

13.（3分）

> 여름에는 비가 자주 내립니다. 어제도 비가 왔고 오늘도 비가 옵니다. 빨래가 잘 마르지 않습니다.
>
> 夏天常下雨。昨天下雨，今天也下雨。洗好的衣服不容易乾。

① 요즘 비가 많이 내려서 우산을 사야 합니다. 　最近因為下很多雨，要買雨傘。

❷ 여름에는 비가 많이 와서 빨래가 잘 안 마릅니다.

　夏天因為下很多雨，洗好的衣服不容易乾。

③ 어제와 오늘은 빨래를 하지 않았습니다. 　昨天和今天沒有洗衣服。

④ 여름에는 비가 자주 내려서 덥지 않습니다. 　因為夏天常下雨，所以不太熱。

☆ 必背的單字：「비」（雨）、「자주」（常常）、「내리다」（下）、「오다」（來；下
（雨））、「빨래」（洗衣服）、「마르다」（乾）、「우산」（雨傘）、「덥다」（熱）。

14. （3分）

> 운동을 하고 나면 땀이 납니다. 그럴 때 물을 마십니다. 물을 마시면 시원하고
> 기분도 좋습니다.
>
> 做運動後會流很多汗。那時候喝水。如果喝水，很涼快，心情也很好。

❶ 운동을 하고 나면 기분이 좋습니다.　運動後心情很好。

② 땀이 많이 나면 꼭 물을 마셔야 합니다.　流很多汗的話，一定要喝水。

③ 물을 많이 마시면 땀이 많이 납니다.　喝很多水的話，流很多汗。

④ 땀이 많이 나면 기분이 좋습니다.　流很多汗的話，心情很好。

☆ 必背的單字：「운동」（運動）、「땀」（汗）、「나다」（出來；流）、「마시다」（喝）、
「시원하다」（涼快）。

15. （2分）

> 저는 봄을 좋아합니다. 봄에는 날씨도 좋고 햇빛도 따뜻합니다. 공원에서 책을
> 읽고 산책하는 것을 좋아합니다.
>
> 我喜歡春天。春天天氣很好，陽光也很溫暖。（我）喜歡在公園看書散步。

① 봄에는 책을 많이 읽어야 합니다.　春天需要多唸書。

❷ 저는 봄 날씨를 정말 좋아합니다.　我真的喜歡春天的天氣。

③ 공원에서 산책을 하면 기분이 좋습니다.　在公園散步的話，心情很好。

④ 비가 오면 공원에 갈 수 없어서 봄을 좋아합니다.

下雨時，因為無法去公園，所以喜歡春天。

☆ 必背的單字：「봄」（春天）、「날씨」（天氣）、「햇빛」（陽光）、「따뜻하다」（溫
暖）、「공원」（公園）、「산책」（散步）。

16. （3分）

> 요즘 휴대 전화에는 편리한 기능이 많이 있습니다. 전화를 걸지 않아도 친구들
> 과 연락할 수 있습니다. 또 건강을 관리할 수도 있습니다.
>
> 最近手機有很多方便的功能。即使不打電話，也可以跟朋友們聯絡。並且可以管理
> （紀錄）健康。

① 휴대 전화로 건강해질 수 있습니다.　用手機可以變健康。

② 요즘 휴대 전화는 비용이 들지 않습니다.　最近手機不花費用。

❸ 요즘 휴대 전화에는 여러 가지 좋은 점이 있습니다.　最近手機有各式各樣的好處。

④ 요즘 휴대 전화는 누구나 꼭 필요합니다.　最近手機是誰都需要的（東西）。

☆ 考生要多練習「形容詞ㄴ/은＋名詞」的表現方式。例句）「복잡한 거리」（複雜的路）、「어려운 책」（很難的書）。「-아/어/여도」後面接動詞或形容詞的連接詞，表示轉折：即使。

例句）잠을 많이 자도 계속 피곤합니다. 即使睡很多覺，還是一直很累。選擇題17題選項②也用此句型，請注意看。

必背的單字：「휴대 전화」（手機）、「기능」（功能）、「전화 걸다」（打電話）、「연락하다」（聯絡）、「관리하다」（管理）、「비용 들다」（花費用）、「좋은 점」（好處）、「누구나」（誰都）、「필요하다」（需要）。

17.（3分）

> 수요일부터 금요일까지 외국으로 출장을 갑니다. 외국으로 출장을 가면 일도 하고 구경도 할 수 있습니다. 주말까지 외국에서 유명한 곳으로 여행도 가려고 합니다.
>
> 從星期三至星期五去國外出差。去國外出差，可以工作，又可以觀光。到週末（人）在國外，打算去有名的地方旅遊。

① 출장을 가면 항상 여행을 할 수 있습니다. 去出差的話，經常可以旅遊。

② 여행을 가면 일을 하지 않아도 됩니다. 如果去旅遊，也可以不用工作。

❸ 수요일부터 일요일까지 외국에 있습니다. 從星期三至星期日在國外。

④ 외국에서 일하면 재미있습니다. 在國外工作，很有趣。

☆ 題目第2句「일도 하고 구경도 할 수 있습니다」的句型，是「動詞도＋動詞도」的用法，「도」本身是「也、又」的意思，使用時2個動詞後面都要加「도」，表示2個動作都可以做的意思，應該翻譯成「可以工作，又可以觀光」，答案是③。

必背的單字：「외국」（國外＝해외 海外）、「출장」（出差）、「관광」（觀光）、「주말」（週末）、「여행」（旅行）。

18.（2分）

> 저는 올해 책을 많이 읽으려고 합니다. 일이 바쁘고 텔레비전을 보는 시간이 많아서 책을 잘 못 읽습니다. 특히 출퇴근 시간을 이용해서 책을 읽을 겁니다.
>
> 我今年打算讀很多書。因為工作忙，還有看電視的時間很長，所以不太能讀書。尤其，打算利用上下班時間讀書。

① 텔레비전을 많이 보면 책을 읽을 수 없습니다. 看很多電視的話，無法讀書。

② 책을 읽으려고 텔레비전을 보지 않습니다. 為了讀書，不看電視。

❸ 출퇴근 시간을 이용해서 책을 많이 읽으려고 합니다.

利用上下班時間，打算讀很多書。

④ 일이 바쁘기 때문에 책을 읽지 못합니다. 因為工作忙，無法讀書。

☆ 本題目提到今年的計劃，就是今年想利用上下班時間多讀書。因此③的描述最符合本題目的主題。④的描述也對，但③更切中主題（重點），所以答案是③。

必背的單字：「올해」（今年）、「읽다」（讀）、「텔레비전」（電視）、「출퇴근 시간」（上下班時間）、「이용하다」（利用、使用）。

19. (3分)

> 우리 오빠는 음악을 좋아합니다. 노래도 잘하고 피아노도 잘 칩니다. 시간이 있을 때마다 여러 가지 음악을 듣습니다.
>
> 我哥哥喜歡音樂。很會唱歌也很會彈鋼琴。每次有空的時候。聽各種音樂。

① 우리 오빠는 피아노를 좋아합니다.　我哥哥喜歡鋼琴。

② 시간이 있으면 피아노 연습을 합니다.　有空的話，練習彈鋼琴。

③ 저도 오빠에게 피아노를 배우려고 합니다.　我也打算跟哥哥學鋼琴。

❹ 오빠는 음악을 자주 듣고 피아노도 잘 칩니다.　我哥哥常聽音樂也很會彈鋼琴。

☆ 本題目提到哥哥對音樂，包含唱歌、彈鋼琴、聽音樂有興趣。①鋼琴改為音樂才可以；②練琴改為聽音樂才對；③內文沒有提到；最適合的答案是④。

必背的單字：「음악」（音樂）、「노래하다」（唱歌）、「피아노 치다」（彈鋼琴）、「음악 듣다」（聽音樂）。

20. (3分)

> 지하철은 정말 편리합니다. 차가 막히지 않아서 약속 시간에 잘 도착할 수 있습니다. 또 지하철에서 책을 읽거나 음악을 들어서 좋습니다.
>
> 地下鐵真的方便。因為不會塞車，可以在約好的時間抵達。並且（我）可以在地下鐵上讀書或聽音樂，所以很好。

① 지하철은 사람들이 많이 이용합니다.　很多人利用地下鐵。

❷ 지하철에서 책을 읽거나 음악을 들을 수 있습니다.　在地下鐵上可以讀書或聽音樂。

③ 지하철을 타면 약속 시간에 늦지 않습니다.　如果搭地下鐵，約好的時間不會遲到。

④ 지하철에서 항상 음악이 나옵니다.　在地下鐵上總是播放音樂。

☆ 必背的單字：「지하철」（地下鐵）、「편리하다」（方便、便利）、「차 막히다」（塞車）、「도착하다」（到達）、「나오다」（出來；播放）。

21. (2分)

> 오늘은 한국 친구하고 점심을 먹었습니다. 밥을 먹으면서 영어로 이야기를 했습니다. 빨리 한국어를 배워서 저도 한국어로 이야기하고 싶습니다.
>
> 今天跟韓國朋友吃午餐。邊吃飯邊用英文聊天。很想趕快學韓語，我也可以用韓語聊天。

① 오늘 친구와 한국어를 공부했습니다.　今天跟朋友唸韓語。

② 한국어는 정말 어렵습니다.　韓語真的很難。

❸ 한국 친구하고 밥을 먹고 이야기를 했습니다.　和韓國朋友吃飯聊天。

④ 한국 친구는 영어를 아주 잘합니다.　韓國朋友英文說得很好。

☆ 必背的單字：「어렵다」（難）。

22. (3分)

> 오늘 친구와 명동에서 만나기로 했습니다. 그런데 차가 너무 많이 막혀서 30분이나 늦었습니다. 친구는 30분 동안 지하철역 앞에서 저를 기다렸습니다.
>
> 今天和朋友在明洞見面。不過因為很塞車，遲到了30分鐘。朋友在地下鐵站前面等了我30分鐘。

❶ 오늘 약속에 늦어서 친구에게 미안했습니다.　今天因為遲到，所以對不起朋友。

② 친구는 30분 동안 지하철을 탔습니다.　朋友搭地下鐵30分鐘。

③ 저는 차가 막혀서 친구에게 전화를 했습니다.　因為塞車，我有打電話給朋友。

④ 친구는 화가 많이 났습니다.　朋友很生氣。

☆ 本題目提到跟朋友見面，但是因為塞車遲到30分鐘的事。途中有沒有打電話給朋友、或朋友是否生氣，透過本題目看不出來。如果理解題目的內容，就可以選出答案①。要注意的句型是「-기로하다」後面接動詞，用在已經決定、決心的事情上。
　　例句）내일부터 한국어를 공부하기로 했습니다.　（我）決定從明天開始學韓語。

23. (3分)

> 저는 책 읽는 것을 좋아합니다. 책을 읽으면 많은 것을 배울 수 있습니다. 또 책을 읽으면서 여러 가지를 생각할 수 있어서 좋습니다.
>
> 我喜歡讀書。讀書的話，可以學到很多東西。並且讀書同時可以思考各式各樣的事，很好。

① 모르는 것이 많아서 책을 읽습니다.　因為有很多不懂的事，所以讀書。

② 여러 가지 책을 읽는 것이 중요합니다.　讀各式各樣的書很重要。

❸ 책을 읽으면 좋은 점이 많습니다.　如果讀書的話，有很多好處。

④ 올해 책을 많이 읽으려고 합니다.　今年打算讀很多書。

☆ 本題目提到讀書的好處，也就是可以學到東西，也可以思考，所以答案是③。另外，要注意的是句型「-(으)면」及「-(으)면서」的用法。這是很像的2個句型，第1個表示「如果～的話」也就是推測，另1個表示在身上「同時」發生2件事情（請參考24題使用的句型）。這2個句型在初級考試常常出現，考生要注意區別。另外，選項①中可以看到「모르는 것」是動詞「모르다」接「-는 것」的用法，指動作那件事，而在選項②中見到的「읽는 것」也是一樣的用法，請考生參考。

必背的單字：「모르다」（不知道）、「중요하다」（重要）、「좋은 점」（好處）、「올해」（今年）。

24. (2分)

> 저는 주말마다 사진을 찍으러 갑니다. 산과 바다를 자주 찍습니다. 가끔 친구들과 같이 여행 가면서 사진을 찍습니다.
>
> 我每個週末去拍照。常常拍山和海。偶爾和朋友一起去旅遊，同時拍照。

❶ 저는 사진 찍는 것을 좋아합니다.　我喜歡拍照。

② 저는 산과 바다에 가려고 사진을 찍습니다.　我為了去山或海，而拍照。

③ 친구들과 여행을 갈 때 혼자 사진을 찍습니다.　和朋友去旅行時一個人拍照。

④ 저는 한 달에 한 번씩 여행을 갑니다.　我每個月去旅行一次。

☆ 必背的單字：「산」（山）、「바다」（海）、「가끔」（偶爾）、「혼자」（一個人）。

25. (3分)

> 현대인들은 건강에 관심이 많습니다. 건강을 위해서 물을 많이 마셔야 합니다. 또 많이 걸어도 건강에 도움이 됩니다.
>
> 現代人對（自己的）健康很關心。為了健康，得要喝很多水。並且多走路對健康也有幫助。

① 현대인들은 물을 잘 안 마십니다.　現代人不太會喝水。

② 건강을 위해서 차를 타면 안 됩니다.　為了健康，不可搭車。

③ 현대인들은 건강을 위해서 노력합니다.　現代人為了健康而努力。

❹ 많이 걷고 물을 많이 마시면 건강에 좋습니다.　多走多喝水對健康好。

☆ 必背的單字：「현대인」（現代人）、「건강」（健康）、「관심」（關心、興趣）、「도움」（幫忙）、「노력」（努力）。

26. (3分)

> 내년에 친구와 같이 일본으로 여행을 가려고 합니다. 그런데 일본어를 잘 못 합니다. 여행을 가기 전에 일본어를 공부해야겠습니다.
>
> 明年打算和朋友去日本旅行。不過不太會説日文。去旅行之前，得要唸日文。

① 내년에 혼자 일본으로 여행갑니다.　明年一個人去日本旅行。

② 일본어를 잘 못 해서 일본 여행을 못 갑니다.　因為不太會説日文，不能去日本旅行。

❸ 일본 여행을 위해서 일본어를 배우려고 합니다.　為了（去）日本旅行，打算要學日文。

④ 내 친구는 일본 사람이라서 일본으로 여행갑니다.　我朋友是日本人，所以去日本旅行。

☆ 必背的單字：「내년」（明年）、「일본」（日本）、「일본어」（日文）、「혼자」（一個人）、「일본 사람」（日本人）。

27. (2分)

> 요즘 강아지나 고양이를 키우는 사람이 많습니다. 우리 집에도 강아지가 한 마리 있습니다. 동물을 키우면 같이 산책도 할 수 있습니다.
>
> 最近養小狗或貓的人很多。我家也有一隻小狗。如果養動物，也可以一起散步。

❶ 저는 강아지와 같이 산책을 합니다.　我和小狗一起散步。

② 강아지와 고양이는 사람을 무서워합니다.　小狗和貓怕人。

③ 강아지를 키우려면 집이 깨끗해야 합니다.　如果要養小狗，家裡得要乾淨。

④ 동물은 한 마리만 키워야 합니다.　動物只要養一隻。

☆ 本題目提到養狗或貓的人很多及該好處。其中，選項②動詞的部分，用了「무섭다 + 아/어/여하다」的用法。通常主語為説話者時可以用「나는~무섭다」（我怕～），但描述自己以外其他人的狀況，應該要加「-아/어/여하다」，因此可見選項②的主語為「狗和貓」，並且「무섭다」是屬於不規則變化，「ㅂ」省略母音改為「우」，變成「무서워」。③「키우려면」＝「키우다 + 려고 + 면」。

必背的單字：「강아지」（小狗（개 狗））、「고양이」（貓）、「키우다」（養）、「산책」（散步）、「무섭다」（怕）、「깨끗하다」（乾淨）、「동물」（動物）。

28. (3分)

> 오늘은 지하철을 탔습니다. 어떤 할머니가 큰 짐을 가지고 타셨습니다. 그래서 그 할머니께 자리를 양보했습니다.
>
> 今天（我）搭了地下鐵。有一位奶奶拿著很大的行李搭車。所以我讓座給那位奶奶。

① 할머니는 꼭 의자에 앉아야 합니다.　奶奶一定要坐在椅子上。

❷ 오늘 지하철에서 할머니께 자리를 양보했습니다.　今天在地下鐵上讓座給奶奶。

③ 오늘 할머니가 저를 도와주었습니다.　今天奶奶幫我的忙。

④ 저는 큰 짐 때문에 불편합니다.　我有很大的行李而不方便。

　☆ 必背的單字：「어떤」（某個）、「할머니」（奶奶）、「짐」（行李）、「가지다」（拿著、
　擁有）、「타다」（搭）、「자리」（座位）、「양보하다」（讓步、讓）、「의자」（椅
　子）、「돕다」（幫忙）、「불편하다」（不方便）。

29.（3分）

> 오늘은 저의 생일입니다. 아침에 친구가 생일 축하 문자메시지를 보내주었습니다. 또 오후에 선물도 받았습니다.
>
> 　今天是我的生日。早上朋友寄了生日快樂簡訊（給我）。並且下午還收到禮物。

❶ 오늘 친구들이 생일 축하를 해 주었습니다.　今天朋友們慶祝我的生日。

② 내일 친구 생일에 선물을 사야 합니다.　明天（我）要買朋友的生日禮物。

③ 친구는 문자메시지를 자주 사용합니다.　朋友常常利用簡訊。

④ 오늘 선물을 받아서 기분이 좋습니다.　今天拿到禮物心情很好。

　☆ 必背的單字：「생일」（生日）、「축하」（慶祝）、「문자메시지」（簡訊）、「보내다」
　（寄；送）、「오후」（下午）。

30.（2分）

> 오늘 백화점에서 예쁜 옷을 봤습니다. 너무 예뻐서 바로 옷을 샀습니다. 그런데 집에서 입어 보니까 너무 작습니다.
>
> 　今天在百貨公司看到很漂亮的衣服。因為太漂亮，就買了（那件）衣服。不過在家穿一下，（對我來説）太小。

❶ 오늘 산 옷은 저에게 맞지 않습니다.　今天買的衣服對我來説不合。

② 예쁜 옷을 사면 기분이 좋습니다.　買到漂亮的衣服心情很好。

③ 백화점에서 할인을 하면 옷을 삽니다.　在百貨公司折扣的時候買衣服。

④ 내일 옷을 바꾸러 백화점에 가려고 합니다.　明天去百貨公司換衣服。

　☆ 本題目提到今天在百貨公司買衣服，但回家發現試穿不合的狀況。選項③以外看起來都像答案。
　但②本文沒有提到心情好或不好；④也沒有提到明天要不要換衣服，因此答案是①。另外，要注
　意的句型是「動詞＋아/어/여 보다」的用法，接「-(으)세요」時，表示試試看的意思。
　例句）이 사과를 먹어 보세요. 吃看看這顆蘋果。
　必背的單字：「예쁘다」（漂亮）、「옷」（衣服）、「입다」（穿）、「작다」（小）、「맞
　다」（適合）、「할인」（折扣）、「바꾸다」（換）。

模擬考題單字

1. 和生活物品相關的字彙

□ 가방 名 包包

□ 강아지 名 小狗（개 狗）

□ 건강 名 健康

□ 고양이 名 貓

□ 공책 名 筆記本

□ 관광 名 觀光

□ 기능 名 功能

□ 깨끗하다 形 乾淨

□ 돈 名 錢

□ 동물 名 動物

□ 드라마 名 連續劇

□ 땀 名 汗

□ 마다 副 每、平均

□ 맞다 形 適合

□ 문자메시지 名 簡訊

□ 바다 名 海

□ 바로 副 馬上、就

□ 불편하다 形 不方便

□ 비싸다 形 貴

□ 사용법 名 使用方法

□ 산 名 山

□ 새로 副 新的；重新

□ 선풍기 名 電風扇

□ 스트레스 名 壓力

□ 싸다 形 便宜

□ 어떤 代 某個、什麼樣的

□ 연필 名 鉛筆

□ 예쁘다 形 漂亮

□ 옷 名 衣服

□ 외국 名 國外（＝해외 海外）

□ 우산 名 雨傘

□ 위 名 上

□ 의자 名 椅子

□ 익숙하다 形 熟悉

□ 일본어 名 日文

□ 일찍 副 早

□ 자리 名 座位

□ 작다 形 小

□ 장점 名 好處（＝좋은 점）

□ 중요하다 形 重要

□ 지우개 名 橡皮擦
□ 지하철 名 地下鐵
□ 짐 名 行李
□ 책 名 書
□ 책상 名 書桌
□ 출장 名 出差

□ 출퇴근 시간 名 上下班時間
□ 컴퓨터 名 電腦
□ 텔레비전 名 電視
□ 편리하다 形 方便、便利
□ 할인 名 折扣
□ 휴대 전화 名 手機

2. 和場所、地點相關的字彙

□ 공원 名 公園
□ 일본 名 日本

□ 제주도 名 濟州島（地名）
□ 회사 名 公司

3. 和人相關的字彙

□ 건강 名 健康
□ 고향 名 故鄉
□ 관심 名 關心；興趣
□ 노력 名 努力
□ 누구나 誰都、每個人
□ 도움 名 幫忙
□ 목 名 喉嚨
□ 무섭다 形 怕
□ 바쁘다 形 忙
□ 생일 名 生日
□ 아르바이트 名 打工
□ 어렵다 形 難

□ 예쁘다 形 漂亮
□ 재미있다 形 有趣
□ 초대 名 邀請
□ 축하 名 慶祝
□ 친절하다 形 親切
□ 콧물 名 鼻涕
□ 피곤하다 形 累
□ 할머니 名 奶奶
□ 현대인 名 現代人
□ 혼자 名 一個人
□ 휴가 名 休假

4. 和動作相關的字彙

□ (전화) 걸다 動 打（電話）

□ 가지다 動 拿著；擁有

□ 걸어 다니다 動 走路去（回來）

□ 고장 나다 動 故障

□ 관리하다 動 管理

□ 나다 動 出來；流

□ 나오다 動 出來；播放（音樂）

□ 내리다 動 下

□ 다르다 動 不同

□ 도착하다 動 到達

□ 돌아가다 動 回去

□ 돕다 動 幫忙

□ 마르다 動 乾

□ 마시다 動 喝

□ 모르다 動 不知道

□ 모으다 動 收集；存

□ 바꾸다 動 換

□ 보내다 動 寄、送

□ (비용) 들다 動 花（費用）

□ 빨래하다 動 洗衣服

□ 빨리 副 快

□ 사귀다 動 交（朋友）

□ 사용하다 動 使用

□ 산책 名 散步

□ 수영하다 動 游泳

□ 양보하다 動 讓步、讓

□ 여행 名 旅行

□ 연락하다 動 聯絡

□ 오다 動 來；下（雨）

□ 운동 名 運動

□ 이야기하다 動 聊天

□ 이용하다 動 利用

□ 일어나다 動 起來

□ 읽다 動 讀

□ 입다 動 穿

□ 자다 動 睡

□ 지각하다 動 遲到

□ (차) 막히다 動 塞（車）

□ 키우다 動 養

□ 타다 動 搭

□ 틀다 動 開

□ 풀다 動 解開

□ 필요하다 動 需要

□ 행동하다 動 行動

5. 和飲食相關的字彙

□ 아침밥 名 早餐 ┊ □ 음식 名 飲食、菜

6. 和時間相關的字彙

□ 가끔 副 偶爾 ┊ □ 어제 名 昨天

□ 내년 名 明年 ┊ □ 오후 名 下午

□ 늦다 形 晚 ┊ □ 올해 名 今年

□ 다음 주 名 下個星期 ┊ □ 자주 副 常常

□ 밤 名 晚上 ┊ □ 주말 名 週末

7. 和天氣相關的字彙

□ 날씨 名 天氣 ┊ □ 비 名 雨

□ 덥다 形 熱 ┊ □ 시원하다 形 涼快

□ 따뜻하다 形 溫暖 ┊ □ 여름 名 夏天

□ 봄 名 春天 ┊ □ 햇빛 名 陽光

순서대로 나열하기

題型6：順序排列

6-0 準備方向 6-2 模擬考題解析

6-1 模擬考題練習 6-3 模擬考題單字

「順序排列」是新韓檢初級閱讀考試中第一次出現的題型。過去在中級閱讀考試中曾考過。此題型每題會有4個句子，要依照內容描述重新排列，會出2題。最好先將題目的4個句子很快讀懂，同時照邏輯把它重新排列。或許也可以從4個選項中，先找出可以當開頭的句子。或重複出現過的關鍵字，如果接連出現在連續句子的開頭，當考生看到這樣的2句，可以先看選項中有沒有那2句是連在一起的組合，就可以從中找到接近的答案。

6-0
準備方向

題型說明

　　「順序排列」是新韓檢初級閱讀考試中第一次出現的題型。過去在中級閱讀考試中曾考過。此題型每題會有4個句子，要依照內容描述重新排列，會出2題。

　　面對這種題型，為了排出順序，最好先將題目的4個句子很快讀懂，同時照邏輯把它重新排列。但重點還是要先把單字和句型背好，再加上多練習，方能快速閱讀。如果真的沒有時間充分準備，考生看到不懂的單字或句型時也不用擔心或緊張，下面就告訴考生因應方式。

　　首先，先看4個句子的開頭，如果看到連接詞，很可能就不是擺在開頭的位置，因此考生可以先刪除裡面不符合的選項。或許也可以從4個選項中，先找出可以當開頭的句子，這也是找尋答案的方法之一。另外，句子中連續出現的主語或受詞也是要注意看的地方，因為曾出現過一次的主語或受詞，如果接連出現在連續句子的開頭，當考生看到這樣的2句，可以先看選項中有沒有那2句是連在一起的組合，就可以從中找到接近的答案。

　　通常文章的開頭或最後的句子比較容易比對，因此看題目的內容，同時對照選項，比較容易找到貼近的答案。和其他考題一樣，閱讀這一科的題目也是越後面難度越高，無論是單字或句型都比較有難度，因此不能只靠關鍵字來作答，考生在考前要多練習，才能快速理解整篇文章的意思。由於初級閱讀「順序排列」題型過去沒有考過，因此本單元直接用模擬考題來做練習！

問題範例

※ [57~58] 다음을 순서대로 나열한 것을 고르십시오.

57. (2점)

(가) 저는 등산을 좋아해서 주말마다 산에 갑니다.
(나) 하지만 겨울에는 눈이 많이 와서 산길이 위험합니다.
(다) 등산 지도도 볼 수 있어서 산에 올라갈 때 아주 편합니다.
(라) 그런데 요즘은 휴대전화로 안전한 산길을 안내 받을 수 있습니다.

① (가)-(나)-(다)-(라)　　② (가)-(나)-(라)-(다)
③ (가)-(다)-(라)-(나)　　④ (가)-(라)-(나)-(다)

58. (3점)

(가) 그래서 요즘 건강도 많이 좋아졌습니다.
(나) 제가 일하는 사무실은 우리 건물 8층에 있습니다.
(다) 항상 걸어서 올라가니까 운동을 할 수 있어서 좋습니다.
(라) 저는 8층까지 엘리베이터를 타지 않고 계단으로 걸어갑니다.

① (나)-(다)-(라)-(가)　　② (나)-(라)-(다)-(가)
③ (나)-(라)-(가)-(다)　　④ (나)-(가)-(라)-(다)

2014년 한국어능력시험Ⅰ 초급 읽기 샘플문항

※［57～58］請依照順序排列以下內容，並選出答案。

57.（2分）

(가) 저는 등산을 좋아해서 주말마다 산에 갑니다.

因為我喜歡登山，所以每個週末爬山。

(나) 하지만 겨울에는 눈이 많이 와서 산길이 위험합니다.

不過冬天下很大的雪，所以山路很危險。

(다) 등산 지도도 볼 수 있어서 산에 올라갈 때 아주 편합니다.

因為也能看登山地圖，所以爬山時很方便。

(라) 그런데 요즘은 휴대전화로 안전한 산길을 안내 받을 수 있습니다.

但是最近用手機可以引導安全的山路。

---

① (가)-(나)-(다)-(라)   ❷ (가)-(나)-(라)-(다)

③ (가)-(다)-(라)-(나)   ④ (가)-(라)-(나)-(다)

2014年公布韓國語文能力測驗Ⅰ初級閱讀示範題型

　　示範題型第57題，透過選項可知擺在最前面的句子是（가），然後擺在後面的句子是其他3句（나）、（다）、（라）。這樣的題目可能要透過理解整個內容後再排列。（나）描述「不過冬天下雪，路危險」的狀況；（다）描述「可以看地圖很方便」；（라）描述「用手機可以引導安全的路」。這3句中共同的單字是（나）「路況危險」及（라）「可以引導安全的路」，透過這樣關鍵字來可以推測（나）和（라）應該要排在一起，剩下（다）提到「也可以看地圖」及「方便」，透過這句中的「也」可知前面也是應該要擺（다）一樣「方便」的某件事，也就是（라）提到安全的路，而（다）適合擺在（라）的後面，因此可以依據（나）、（라）、（다）順序排列，答案是②。

58.（3分）

> (가) 그래서 요즘 건강도 많이 좋아졌습니다.
>
> 　　所以最近變健康。
>
> (나) 제가 일하는 사무실은 우리 건물 8층에 있습니다.
>
> 　　我上班的辦公室在我們大樓的8樓。
>
> (다) 항상 걸어서 올라가니까 운동을 할 수 있어서 좋습니다.
>
> 　　因為經常走路上去（辦公室），可以運動所以很好。
>
> (라) 저는 8층까지 엘리베이터를 타지 않고 계단으로 걸어갑니다.
>
> 　　我到8樓不搭電梯走樓梯上去。

① (나)-(다)-(라)-(가)　　　❷ (나)-(라)-(다)-(가)

③ (나)-(라)-(가)-(다)　　　④ (나)-(가)-(라)-(다)

2014年公布韓國語文能力測驗 I 初級閱讀示範題型

　　示範題型第58題透過選項可知擺在最前面的句子是（나），然後擺在最後的應該是（가）或（다）。由於其他3句意思分別為（가）所以變健康；（다）走樓梯可以運動；（라）我不坐電梯走樓梯，所以（가）應該要擺最後，而（가）前面要擺（다），這樣順序的選項，可選出答案②。本題目的內容是「我的辦公室在8樓，但我不坐電梯走路上去，這可以當運動，所以最近變健康。」

實戰模擬考題

※ [1~20] 다음을 순서대로 나열한 것을 고르십시오.

1. (2점)

> (가) 먼저 식사를 하고 영화를 보러 갔습니다.
>
> (나) 어제는 명동에서 친구를 만났습니다.
>
> (다) 영화관에는 사람이 아주 많았습니다.
>
> (라) 그래서 영화를 보지 못하고 집으로 돌아왔습니다.

① (나)-(가)-(다)-(라)   ② (가)-(나)-(라)-(다)
③ (나)-(다)-(가)-(라)   ④ (가)-(라)-(나)-(다)

2. (3점)

> (가) 그래서 오늘 부모님께 전화하고 고향 가는 기차표를 사러 가야 합니다.
>
> (나) 다음 주부터 여름휴가입니다.
>
> (다) 그리고 부모님 일을 도와 드리려고 합니다.
>
> (라) 휴가 때 고향에 가서 부모님을 만날 겁니다.

① (라)-(나)-(다)-(가)   ② (나)-(가)-(라)-(다)
③ (라)-(다)-(라)-(가)   ④ (나)-(라)-(다)-(가)

3. (2점)

> (가) 그래서 퇴근할 때 빵집에서 빵을 삽니다.
>
> (나) 아침에 시간이 많지 않기 때문에 간단하게 먹습니다.
>
> (다) 하지만 가끔 퇴근을 늦게 하면 빵집이 문을 닫아서 빵을 못 삽니다.
>
> (라) 저는 아침에 빵과 커피를 먹습니다.

① (다)-(나)-(가)-(라)   ② (라)-(나)-(가)-(다)
③ (다)-(가)-(라)-(나)   ④ (라)-(가)-(나)-(다)

4. (3점)

(가) 빨리 한국 친구를 사귀어서 한국어도 배우고 여행도 다니고 싶습니다.

(나) 한국에서 한국어를 배우면서 회사에 다닙니다.

(다) 저는 한국에 삼 개월 전에 왔습니다.

(라) 그래서 오전에 회사에 가고 저녁에 두 시간씩 한국어를 배웁니다.

① (다)-(나)-(라)-(가)   ② (나)-(가)-(라)-(다)

③ (다)-(가)-(라)-(나)   ④ (나)- (다)- (라)-(가)

5. (2점)

(가) 우리 집 근처에는 큰 공원이 하나 있습니다.

(나) 그런데 회사 일이 많아서 공원에 갈 시간이 없습니다.

(다) 저도 공원에서 책도 읽고 운동도 하고 싶습니다.

(라) 매일 아침 공원 앞을 지나서 회사에 갑니다.

① (가)-(나)-(다)-(라)   ② (가)-(나)-(라)-(다)

③ (가)-(다)-(라)-(나)   ④ (가)-(라)-(나)-(다)

6. (3점)

(가) 그래서 길을 건널 때는 항상 주의해야 합니다.

(나) 길을 건널 때 너무 빨리 건너가거나 달리면 더 위험해집니다.

(다) 요즘 교통사고가 많이 일어납니다.

(라) 특히 길을 건널 때 많이 발생합니다.

① (가)-(나)-(다)-(라)   ② (다)-(나)-(라)-(가)

③ (가)-(다)-(라)-(나)   ④ (다)-(라)-(나)-(가)

7. (2점)

(가) 그래서 백화점 4층 남성복 매장으로 갔습니다.

(나) 영수 씨는 양복을 사야 합니다.

(다) 오늘은 영수 씨하고 백화점에 갔습니다.

(라) 영수 씨는 거기에서 남색 양복을 한 벌 샀습니다.

① (가)-(나)-(다)-(라)   ② (다)-(나)-(가)-(라)

③ (가)-(다)-(라)-(나)   ④ (다)-(라)-(가)-(나)

8. (3점)

> (가) 그래서 저는 버스정류장까지 그 외국인과 같이 갔습니다.
>
> (나) 그런데 경복궁은 여기에서 조금 멉니다.
>
> (다) 그 외국인은 경복궁에 가려고 합니다.
>
> (라) 오늘은 길에서 한 외국인이 길을 물었습니다

① (라)-(나)-(다)-(가)　　　　② (다)-(나)-(라)-(가)

③ (라)-(다)-(나)-(가)　　　　④ (다)-(라)-(나)-(가)

9. (2점)

> (가) 하지만 영어도 잘 못하고 길도 잘 모릅니다.
>
> (나) 저는 유럽으로 배낭여행을 가고 싶습니다.
>
> (다) 제 친구 민호도 유럽에 가고 싶어 합니다.
>
> (라) 민호는 영어도 잘해서 같이 여름에 유럽에 가기로 했습니다.

① (가)-(나)-(다)-(라)　　　　② (가)-(나)-(라)-(다)

③ (나)-(가)-(다)-(라)　　　　④ (나)-(라)-(가)-(다)

10. (3점)

> (가) 저는 가을을 좋아합니다.
>
> (나) 또 여행지에서 맛있는 음식을 먹으면서 구경할 수 있습니다.
>
> (다) 가을이 되면 친구들과 같이 단풍 여행을 갑니다.
>
> (라) 가을에는 날씨가 좋고 단풍을 볼 수 있습니다.

① (가)-(나)-(다)-(라)　　　　② (가)-(나)-(라)-(다)

③ (가)-(다)-(라)-(나)　　　　④ (가)-(라)-(다)-(나)

11. (2점)

> (가) 제인 씨는 일 년 전에 미국에서 왔습니다.
>
> (나) 제인 씨는 한국 요리를 배우려고 한국에 왔습니다.
>
> (다) 미국으로 돌아가면 한국 식당을 열려고 합니다.
>
> (라) 한국에서 한국어를 배우면서 한국 요리를 공부합니다.

① (가)-(나)-(다)-(라)　　　　② (가)-(나)-(라)-(다)

③ (가)-(다)-(라)-(나)　　　　④ (가)-(라)-(나)-(다)

12. (3점)

(가) 그리고 민속놀이도 해 볼 수 있습니다.
(나) 그래서 저는 평일보다 설날이나 추석에 고궁에 놀러 갑니다.
(다) 여러분은 설날이나 추석에 고궁에 가 본 적이 있습니까?
(라) 설날이나 추석에 고궁에 가면 한복을 입은 사람들을 많이 볼 수 있습니다.

① (다)-(나)-(가)-(라)   ② (다)-(나)-(라)-(가)

③ (다)-(가)-(라)-(나)   ④ (다)-(라)-(가)-(나)

13. (2점)

(가) 사진 동아리 사람들과 같이 한 달에 한 번씩 여행가서 사진을 찍습니다.
(나) 저는 사진 찍는 것을 좋아합니다.
(다) 최근에는 사진 동아리에도 가입했습니다.
(라) 평소에는 집 주변이나 공원, 학교 등에 가서 사진을 찍습니다.

① (나)-(가)-(다)-(라)   ② (나)-(가)-(라)-(다)

③ (나)-(다)-(라)-(가)   ④ (나)-(라)-(다)-(가)

14. (3점)

(가) 그리고 민수 씨도 근처에 살고 있습니다.
(나) 새 집은 학교에서 가깝고 주변에 가게도 많이 있습니다.
(다) 앞으로 민수 씨와 자주 만나서 식사도 하고 이야기도 할 겁니다.
(라) 지난주에 새 집으로 이사를 했습니다.

① (라)-(나)-(다)-(가)   ② (라)-(나)-(가)-(다)

③ (라)-(다)-(가)-(나)   ④ (라)-(가)-(나)-(다)

15. (2점)

(가) 오늘 친구와 약속이 있어서 급하게 집에서 나갔습니다.
(나) 그런데 친구와 약속한 장소가 생각나지 않았습니다.
(다) 그래서 공중전화를 찾아 보았지만 공중전화도 근처에 없었습니다.
(라) 약속 장소를 물어보려고 휴대 전화를 찾았지만 없었습니다.

① (가)-(나)-(다)-(라)   ② (가)-(나)-(라)-(다)

③ (가)-(다)-(라)-(나)   ④ (가)-(라)-(나)-(다)

16. (3점)

> (가) 동생은 지금 북경에서 중국어를 공부하고 있습니다.
>
> (나) 내일은 내 동생의 생일입니다.
>
> (다) 지난주에 생일 선물을 보냈고, 내일 전화도 하려고 합니다.
>
> (라) 그래서 생일인데 만나서 축하해 줄 수 없습니다.

① (나)-(가)-(라)-(다) ② (가)-(다)-(라)-(나)

③ (나)-(다)-(라)-(가) ④ (가)-(라)-(다)-(나)

17. (2점)

> (가) 오늘은 아침부터 열이 나고 몹시 피곤합니다.
>
> (나) 그래서 매일 야근을 하고 잠도 많이 못 잤습니다.
>
> (다) 이번 주에 회사에 일이 많이 있었습니다.
>
> (라) 오후에 휴가를 내고 병원에 가려고 합니다.

① (가)-(나)-(다)-(라) ② (다)-(나)-(라)-(가)

③ (가)-(다)-(라)-(나) ④ (다)-(나)-(가)-(라)

18. (3점)

> (가) 한국 친구뿐만 아니라 다른 외국인 친구들도 토니 씨를 좋아합니다.
>
> (나) 우리 반 친구 토니 씨는 캐나다 사람입니다.
>
> (다) 한국어도 잘하고 성격도 좋아서 친구가 많습니다.
>
> (라) 캐나다에서 한국어를 2년 동안 공부하고 한국에 왔습니다.

① (가)-(나)-(다)-(라) ② (나)-(가)-(라)-(다)

③ (가)-(다)-(라)-(나) ④ (나)-(라)-(다)-(가)

19. (2점)

> (가) 내일은 새 신발을 신고 학교에 갑니다.
>
> (나) 엄마는 저에게 새 신발을 사 주셨습니다.
>
> (다) 새 신발이 너무 좋아서 빨리 내일이 왔으면 좋겠습니다.
>
> (라) 어제 엄마하고 백화점에 갔습니다.

① (라)-(나)-(가)-(다) ② (가)-(나)-(라)-(다)

③ (라)-(다)-(가)-(나) ④ (가)-(라)-(나)-(다)

20. (3점)

> (가) 한국 회사에 취직하고 싶어서 한국어를 배웠습니다.
>
> (나) 한국 회사에 취직하려면 한국어능력시험 중급 이상을 통과해야 합니다.
>
> (다) 다음 주에 한국어능력시험을 봅니다.
>
> (라) 그동안 열심히 준비했기 때문에 시험을 꼭 통과했으면 좋겠습니다.

① (가)-(나)-(라)-(다)　　　　　　② (다)-(가)-(나)-(라)

③ (가)-(다)-(라)-(나)　　　　　　④ (다)-(라)-(나)-(가)

答案

1.①	2.④	3.②	4.①	5.④	6.④	7.②	8.③	9.③	10.④
11.②	12.④	13.④	14.②	15.②	16.①	17.④	18.④	19.①	20.②

模擬考題解析

※ ［1~20］ 請依照順序排列以下內容，並選出答案。

1. (2分)

(가) 먼저 식사를 하고 영화를 보러 갔습니다.　先吃飯，再去看電影。
(나) 어제는 명동에서 친구를 만났습니다.　昨天在明洞見了朋友。
(다) 영화관에는 사람이 아주 많았습니다.　在電影院人非常多。
(라) 그래서 영화를 보지 못하고 집으로 돌아왔습니다.　所以無法看電影就回家了。

❶ (나)-(가)-(다)-(라)　　　② (가)-(나)-(라)-(다)
③ (나)-(다)-(가)-(라)　　　④ (가)-(라)-(나)-(다)

☆ 從選項來看，可知（나）或（가）是開頭句，但（가）的開頭是「首先」，因此不太適合成為開頭句。依據選項①和③的內容，可知（나）後面能接續的句子是（가）或（다），其中（가）提到「吃飯後去電影院」的事，再接著到電影院發現（다）人很多，（라）所以無法看電影就回家了，因此答案是①。

句型：-(으)러 가다　為了（目的）去（地方）

例句）점심 먹으러 식당에 갑니다.　為了吃午餐去餐廳。（= 去餐廳吃午餐。）

必背的單字：「먼저」（首先）、「식사」（用餐、吃飯）、「명동」（明洞）、「영화관」（電影院）、「돌아오다」（回來）。

2. (3分)

(가) 그래서 오늘 부모님께 전화하고 고향 가는 기차표를 사러 가야 합니다. 　　所以今天打電話給父母親，得去買往故鄉的火車票。
(나) 다음 주부터 여름휴가입니다.　從下星期開始放夏日假期。
(다) 그리고 부모님 일을 도와 드리려고 합니다.　還有打算要幫忙父母親的工作。
(라) 휴가 때 고향에 가서 부모님을 만날 겁니다.　暑假時，要回故鄉見父母親。

① (라)-(나)-(다)-(가)　　　② (나)-(가)-(라)-(다)
③ (라)-(다)-(라)-(가)　　　❹ (나)-(라)-(다)-(가)

☆ 本題目透過選項可知（라）或（나）是開頭句。看題目的內容，（나）提到「夏日假期」，然後（라）提到「夏日假期時」，因此可知這2個句子要從（나）開始，而且可以接（라），接著再看選項②或④，考生馬上知道答案是④。但考生不能從這裡就立刻決定選擇④，還必須從④的順序

繼續往下確認內容是否順暢。（다）的開頭看到「還有幫忙父母親」，（가）也提到「所以去買票」，這時才可以確定原本選的④是正確答案。另外，韓文的「여름휴가」通常指的是針對上班族的夏日假期；「여름방학」才是指學生學期結束後的暑假。

句型：-(으)려고 하다　接動詞表示說者的打算或意圖：要～、打算～

例句）도서관에 가려고 합니다.　打算要去圖書館。

必背的單字：「오늘」（今天）、「부모님」（父母親）、「고향」（故鄉）、「기차표」（火車票）、「여름휴가」（夏日假期）、「돕다」（幫忙）。

3. (2分)

(가) 그래서 퇴근할 때 빵집에서 빵을 삽니다.　所以下班的時候在麵包店買麵包。
(나) 아침에 시간이 많지 않기 때문에 간단하게 먹습니다. 　　早上時間不多的關係，（早餐）吃得簡單一點。
(다) 하지만 가끔 퇴근을 늦게 하면 빵집이 문을 닫아서 빵을 못 삽니다. 　　不過偶爾晚下班的話，麵包店已經打烊而不能買麵包。
(라) 저는 아침에 빵과 커피를 먹습니다.　我早上吃麵包和咖啡。

① (다)-(나)-(가)-(라)　　　　❷ (라)-(나)-(가)-(다)

③ (다)-(가)-(라)-(나)　　　　④ (라)-(가)-(나)-(다)

☆ 本題目透過選項可知開頭句為（다）或（라）。之前提過，文章開頭比較不會出現連接詞，因此考生可以先擺（라），然後再根據選項，看後面要擺（나）或（가）才對。此時，（라）後面如果擺（가），因為看到開頭的「所以」不太適合，因此也可以先找出答案是②。再來要確認後面接（가）和（다）是否正確。本題提到早上吃麵包和咖啡是因為早上沒時間的關係，所以前一天買麵包，但有時候因為晚下班無法買麵包，因此選②完全正確。

句型：「形容詞＋게＋動詞」　接形容詞的語幹加「게」可將形容詞副詞化，後面可以接動詞

例句）옷을 예쁘게 입습니다.　穿衣服穿得很漂亮。

必背的單字：「퇴근하다」（下班）、「빵집」（麵包店）、「빵」（麵包）、「간단하다」（簡單）、「가끔」（偶爾）、「늦다」（晚）、「문」（門）、「닫다」（關、打烊）、「커피」（咖啡）。

4. (3分)

(가) 빨리 한국 친구를 사귀어서 한국어도 배우고 여행도 다니고 싶습니다. 　　希望很快交到韓國人的朋友，學韓語也（一起）去旅行。
(나) 한국에서 한국어를 배우면서 회사에 다닙니다.　在韓國學韓語同時上班。
(다) 저는 한국에 삼 개월 전에 왔습니다.　我三個月前來到韓國。
(라) 그래서 오전에 회사에 가고 저녁에 두 시간씩 한국어를 배웁니다. 　　所以早上去公司，每天晚上學二個小時韓語。

❶ (다)-(나)-(라)-(가)　　　　　② (나)-(가)-(라)-(다)

③ (다)-(가)-(라)-(나)　　　　　④ (나)- (다)- (라)- (가)

☆ 本題目透過選項的順序，可知擺在最前面的句子應該是（나）或（다）。如果沒有把握，也許可以先推測擺在最後的句子，此時透過選項可知（라）以外的都可以擺最後。接著再看（라）的內容，前面應該可以擺（나），而（나）和（라）連在一起的只有①。最後透過選項①的順序來再一次確認內容，可知「我三個月前來韓國，一邊唸韓語一邊上班，所以上午上班、下午上課，希望可以交到韓國人的朋友」，所以答案是①。

句型：-아/어/여서　表示前後句的順序、前後關係

例句）어제 산에 가서 김밥을 먹었습니다.　昨天到山上，吃了海苔飯卷。

-(으)면서　同時接2個動詞之間，表示同時做2件事：著、邊～邊～、同時

例句）동생과 이야기를 하면서 과일을 먹었습니다.　跟弟弟（或妹妹）聊天，同時吃了水果。

必背的單字：「빨리」（快）、「사귀다」（交（朋友））、「회사」（公司）、「오전」（上午）、「저녁」（晚上）。

5. (2分)

(가) 우리 집 근처에는 큰 공원이 하나 있습니다.　我家附近有一個很大的公園。
(나) 그런데 회사 일이 많아서 공원에 갈 시간이 없습니다.
但是公司有很多事（＝工作忙）沒有時間去公園。
(다) 저도 공원에서 책도 읽고 운동도 하고 싶습니다.　我也想要在公園看書運動。
(라) 매일 아침 공원 앞을 지나서 회사에 갑니다.
每天早上去公司（的路上）經過公園。

① (가)-(나)-(다)-(라)　　　　② (가)-(나)-(라)-(다)

③ (가)-(다)-(라)-(나)　　　　**❹** (가)-(라)-(나)-(다)

☆ 本題目透過選項可知開頭句是（가），其他3句都要擺在後面，因此本題目不需要看開頭的連接詞，因為比較沒有關連。另外，依據過去的考試趨勢，表示未來的願望，如「希望～」或「想要～」等句型很可能出現在最後1句，本題目中（다）就是其中1個例子。（다）前面可以擺目前不能做的理由或原因，從選項中可以找出（나）「因為工作忙沒時間去公園」，還有（나）和（다）連在一起的是④。本題的內容就是「家附近很大的公園，天天都經過，但很忙沒有時間去，希望可以去看書運動」。另外，考生要注意看，（나）中使用的「-아/어/여서」表示原因，但（라）的「-아/어/여서」則是表示前後關係的連接詞。

句型：「動詞＋ㄹ/을＋名詞」　在動詞的語幹後面接「ㄹ/을」加「名詞或代名詞」成為名詞形，表示未來。

例句）다음 주에 여행 갈 장소가 어디입니까?　下星期要去旅行的地方在哪裡？

必背的單字：「근처」（附近）、「시간」（時間）、「지나다」（經過）、「매일」（每天）、「앞」（前）。

6. (3分)

> (가) 그래서 길을 건널 때는 항상 주의해야 합니다. 所以過馬路時要經常注意。
>
> (나) 길을 건널 때 너무 빨리 건너가거나 달리면 더 위험해집니다.
>
> 　　過馬路時，如果太快過去或奔跑（會）變得更危險。
>
> (다) 요즘 교통사고가 많이 일어납니다. 最近發生很多車禍。
>
> (라) 특히 길을 건널 때 많이 발생합니다. 尤其過馬路時常發生。

① (가)-(나)-(다)-(라)　　　　② (다)-(나)-(라)-(가)

③ (가)-(다)-(라)-(나)　　　　❹ (다)-(라)-(나)-(가)

☆ 本題目也是透過選項可知（가）或（다）是開頭句。但開頭馬上出現「所以」的連接詞，不太適
　 合，所以開頭可以先擺（다）。另外，其他3句都出現「過馬路時」，因此第1句（다）應該提到
　 最近的狀況，接著可以提其中1個例子，也就是（라）「過馬路時」，最後再提到（나）「過馬路
　 時」危險的狀況有哪些，（가）所以要注意安全。所以答案是④。

句型：

-아/어/여야 하다　必須、得

例句）날마다 한국어를 공부해야 합니다. 得要天天唸韓文。

-거나　接動詞和動詞的中間，表示：或

例句）주말에 수영을 하거나 테니스를 칩니다. 週末游泳或打網球。

-아/어/여지다　變得

例句）방이 깨끗해졌습니다. 房間變乾淨。

必背的單字：「길」（路、馬路）、「건너다」（過）、「항상」（總是、經常）、「주의하
다」（注意）、「빨리」（快）、「달리다」（跑）、「위험하다」（危險）、「교통사고」
（車禍）、「일어나다」（引起、發生）、「발생하다」（發生、產生）、「특히」（尤其）。

7. (2分)

> (가) 그래서 백화점 4층 남성복 매장으로 갔습니다. 所以去4樓男生服裝賣場。
>
> (나) 영수 씨는 양복을 사야 합니다. 永洙先生得要買西裝。
>
> (다) 오늘은 영수 씨하고 백화점에 갔습니다. 今天和永洙一起去百貨公司。
>
> (라) 영수 씨는 거기에서 남색 양복을 한 벌 샀습니다.
>
> 　　永洙先生在那裡買了一套深藍色西裝。

① (가)-(나)-(다)-(라)　　　　❷ (다)-(나)-(가)-(라)

③ (가)-(다)-(라)-(나)　　　　④ (다)-(라)-(가)-(나)

☆ 本題目透過選項可知開頭要擺（가）或（다）。（가）也是開頭出現連接詞，所以不太適合擺在
　 最前面。（다）後面可以接（나）表示到百貨公司的目的，接著（가）去4樓，（라）在4樓買西
　 裝，答案是②。

句型：-아/어/여야 하다　必須、得

例句）내일까지 숙제를 해야 합니다.　到明天要寫完作業。

必背的單字：「남성복」（男生服裝）、「매장」（賣場）、「양복」（西裝）、「거기」（那裡）、「남색」（深藍色）、「벌」（套）、「숙제하다」（寫作業）

8. (3分)

(가) 그래서 저는 버스정류장까지 그 외국인과 같이 갔습니다.

　　所以我和那個外國人一起去公車站。

(나) 그런데 경복궁은 여기에서 조금 멉니다.　但是景福宮離這裡有一點遠。

(다) 그 외국인은 경복궁에 가려고 합니다.　那個外國人打算要去景福宮。

(라) 오늘은 길에서 한 외국인이 길을 물었습니다.

　　今天在路上（遇到）一個外國人問路。

① (라)-(나)-(다)-(가)　　　　② (다)-(나)-(라)-(가)

❸ (라)-(다)-(나)-(가)　　　　④ (다)-(라)-(나)-(가)

☆ 本題目的開頭句為（다）或（라），（라）是「問路」，而（다）是「要去景福宮」。接著後面要擺（나）「景福宮比較遠」及（가）「所以帶他去公車站」，答案是③。本題目的敘述比較容易理解，或許可以從題目的解釋來接近答案。（라）「한 외국인」是「某個外國人」的意思，「한」也可以改為「어떤」，請考生參考。

必背的單字：「버스정류장」（公車站）、「외국인」（外國人）、「경복궁」（景福宮）、「여기」（這裡）、「멀다」（遠）、「길」（路）、「묻다」（問）。

9. (2分)

(가) 하지만 영어도 잘 못하고 길도 잘 모릅니다.　然而不太會英文，路也不熟。

(나) 저는 유럽으로 배낭여행을 가고 싶습니다.　我想要去歐洲背包旅行。

(다) 제 친구 민호도 유럽에 가고 싶어 합니다.　我的朋友敏鎬也想去歐洲（旅行）。

(라) 민호는 영어도 잘해서 같이 여름에 유럽에 가기로 했습니다.

　　敏鎬很會説英文，決定夏天一起去歐洲（旅行）。

① (가)-(나)-(다)-(라)　　　　② (가)-(나)-(라)-(다)

❸ (나)-(가)-(다)-(라)　　　　④ (나)-(라)-(가)-(다)

☆ 本題目透過選項可知最前面要擺（가）或（나），但開頭馬上出現「然而」不太適合，因此要擺（나）。（가）雖然沒有主語，但因為韓語通常省略「已經提過或自己」的主語，所以可推測（가）指的是自己。接下來（다）和（라）主語都為敏鎬，由於（다）「敏鎬也想去」，（라）「決定一起去」的順序很自然，所以答案是③。另外，考生要知道，（나）和（다）的語尾都是

「想要」，前面提過主語為自己要用「-고 싶다」，描述自己以外的人之願望應該要用「-고 싶어하다」，請小心。

必背的單字：「하지만」（然而）、「영어」（英文）、「못하다」（不會）、「길」（路）、「모르다」（不知道）、「유럽」（歐洲）、「배낭여행」（背包旅行）、「여름」（夏天）。

10. （3分）

(가) 저는 가을을 좋아합니다.　我喜歡秋天。
(나) 또 여행지에서 맛있는 음식을 먹으면서 구경할 수 있습니다.
並且在旅行的地方可以吃好吃的東西，同時可以觀光。
(다) 가을이 되면 친구들과 같이 단풍 여행을 갑니다.
到秋天，和朋友一起去（欣賞）楓葉旅遊。
(라) 가을에는 날씨가 좋고 단풍을 볼 수 있습니다.　秋天天氣很好，可以看到楓葉。

① (가)-(나)-(다)-(라)　　　② (가)-(나)-(라)-(다)

③ (가)-(다)-(라)-(나)　　　❹ (가)-(라)-(다)-(나)

☆ 本題目的開頭應該是（가），接著其他後面擺的內容，可能透過選項比較難接近答案，所以要看內容決定順序。照順序看，（나）的開頭看到「並且在旅行的地方」，因此可推測（나）前面要擺跟旅行有關的事，而剩下（다）的內容指「楓葉旅遊」，（라）的內容是秋天可以做的事。因此，可以判斷順序為（가）「喜歡秋天」、（라）「秋天天氣好，可欣賞楓葉」、接著是和楓葉有關（다）「去楓葉旅遊」、最後接（나）「在旅行地可以吃東西和觀光」，答案是④。

必背的單字：「가을」（秋天）、「여행지」（旅行地）、「구경하다」（觀光、走走）、「단풍」（楓葉）

11. （2分）

(가) 제인 씨는 일 년 전에 미국에서 왔습니다.
珍妮小姐一年前從美國來（到韓國）。
(나) 제인 씨는 한국 요리를 배우려고 한국에 왔습니다.
珍妮小姐為了學韓國料理而來到韓國。
(다) 미국으로 돌아가면 한국 식당을 열려고 합니다.
回美國的話，打算要開韓國餐廳。
(라) 한국에서 한국어를 배우면서 한국 요리를 공부합니다.
在韓國一邊學韓語一邊唸韓國料理。

① (가)-(나)-(다)-(라)　　　❷ (가)-(나)-(라)-(다)

③ (가)-(다)-(라)-(나)　　　④ (가)-(라)-(나)-(다)

☆ 本題目也應該要依題目的內容來排順序。（가）描述珍妮小姐是從美國來；（나）提到來韓國的目的；（다）描述回美國後的計劃；（라）是在韓國邊學韓語邊學料理。因此開頭應該要擺（가），之後再擺（나）來到韓國學料理的目的，接著再擺（라）現況，最後是（다）回去要做的計劃，因此答案是②。

句型：-(으)면　表示推測：如果～的話

例句）운동을 하면 기분이 좋습니다.　做運動的話，心情很好。

必背的單字：「전」（前）、「미국」（美國）、「요리」（料理）、「돌아가다」（回去）、「식당」（餐廳）。

12. (3分)

（가）그리고 민속놀이도 해 볼 수 있습니다.

　　還可以試玩韓國民俗遊戲。

（나）그래서 저는 평일보다 설날이나 추석에 고궁에 놀러 갑니다.

　　所以新年或中秋節，我比平日還常去故宮玩。

（다）여러분은 설날이나 추석에 고궁에 가 본 적이 있습니까?

　　大家新年或中秋節時去過故宮嗎？

（라）설날이나 추석에 고궁에 가면 한복을 입은 사람들을 많이 볼 수 있습니다.

　　如果新年或中秋節到故宮的話，可以看到很多穿韓服的人。

---

① (다)-(나)-(가)-(라)　　　　　② (다)-(나)-(라)-(가)

③ (다)-(가)-(라)-(나)　　　　　❹ (다)-(라)-(가)-(나)

☆ 本題目從（다）開始，其他內容可能要透過題目的理解來排順序。（다）提到「故宮」；（가）提到「也可以玩民俗遊戲」；（나）提到「所以節日常去故宮」；（라）「節日去的話，可以看到穿韓服的人」，因此先提（다）「節日」去故宮，再提（라）「節日」去「故宮」可以看什麼，然後（가）在「故宮」還可以玩什麼，最後（나）所以常常節日去「故宮」，答案是④。本題目單字有相當的難度，考生要注意看重複出現的關鍵字及連續敘述方式等，也許透過連接詞來排列也是一個可行的方法。

句型：

-아/어/여 보다　常跟「-(으)세요」連接，表示：試試看

例句）학교 도서관에서 책을 빌려 보세요.　在學校圖書館借書看看。

-(이)나　接在名詞和名詞中間，表示：或

例句）요즘 사과나 배가 맛있습니다.　最近蘋果或梨子很好吃。

-ㄴ/은 적이 있다　表示過去做過的經驗：曾經～過

例句）싱가폴에 간 적이 있습니다.　曾經去過新加坡。

必背的單字：「민속놀이」（民俗遊戲）、「평일」（平日）、「설날」（新年）、「추석」（中秋節）、「고궁」（故宮）、「여러분」（大家）、「한복」（韓服）、「입다」（穿）。

13. (2分)

> (가) 사진 동아리 사람들과 같이 한 달에 한 번씩 여행가서 사진을 찍습니다.
>
> 　　一個月一次和攝影社團團員一起去旅行拍照。
>
> (나) 저는 사진 찍는 것을 좋아합니다.　我喜歡拍照。
>
> (다) 최근에는 사진 동아리에도 가입했습니다.　最近也加入了攝影社團。
>
> (라) 평소에는 집 주변이나 공원, 학교 등에 가서 사진을 찍습니다.
>
> 　　平常在家附近或公園、學校等地方拍照。

① (나)-(가)-(다)-(라)　　　　② (나)-(가)-(라)-(다)

③ (나)-(다)-(라)-(가)　　　　❹ (나)-(라)-(다)-(가)

☆ 本題目透過選項可知最前面要擺（나），但其他都要透過題目的理解和邏輯來排列順序。（가）和「社團」團員一起去旅行拍照；（다）最近加入「社團」；（라）平常在家附近「拍照」。因此順序應該是（나）喜歡「拍照」，後面擺（라）平常在家附近「拍照」，接著擺（다）最近加入「社團」，最後再擺（가）和「社團」團員旅行拍照，答案是④。另外，考生要注意看（다）「최근에는」（最近）及（라）「평소에는」（平常），雖然翻譯成中文，沒有辦法表現出其中助詞的意思，但要了解「에」是接在時間詞的後面，再來多加的「는」是強調擺在前面的主語。

句型：-지만　雖然～但是

例句）매일 한국어를 공부하지만 한국 사람과 말하기가 어렵습니다.　雖然天天唸韓語，但跟韓國人講話很難。

必背的單字：「사진」（寫真）、「동아리」（社團）、「가입하다」（加入）、「평소」（平常）、「주변」（附近）。

14. (3分)

> (가) 그리고 민수 씨도 근처에 살고 있습니다.　還有閔洙先生也住附近。
>
> (나) 새 집은 학교에서 가깝고 주변에 가게도 많이 있습니다.
>
> 　　新家離學校近，附近也有很多商店。
>
> (다) 앞으로 민수 씨와 자주 만나서 식사도 하고 이야기도 할 겁니다.
>
> 　　日後和閔洙先生常常見面吃飯聊天。
>
> (라) 지난주에 새 집으로 이사를 했습니다.　上星期搬到新家。

① (라)-(나)-(다)-(가)　　　　❷ (라)-(나)-(가)-(다)

③ (라)-(다)-(가)-(나)　　　　④ (라)-(가)-(나)-(다)

☆ 本題目透過選項可知最前面要擺（라），後面要依照題目的內容來排順序。（가）「閔洙先生」也住附近；（나）「新家」離學校近有商店；（다）要跟「閔洙先生」常見面。考生可見到（라）和（나）共同出現「新家」，另外（가）和（다）又共同提到「閔洙先生」，因此（가）

後面要擺（다），到這裡也許考生對一下選項就可以找出答案是②。本題目的內容，上星期搬家、新家的好處、閔洙先生也住附近、以後常見面。

句型：-고 있다　表示現在進行：正在

例句）아침 식사를 하고 있어요.　正在吃早餐。

必背的單字：「근처」（附近）、「살다」（住）、「가깝다」（近）、「가게」（商店）、「지난주」（上週）、「이사하다」（搬家）、「앞으로」（日後）。

15. (2分)

(가) 오늘 친구와 약속이 있어서 급하게 집에서 나갔습니다. 　今天和朋友有約，所以趕著出門。 (나) 그런데 친구와 약속한 장소가 생각나지 않았습니다. 　但是和朋友約好的地點想不起來。 (다) 그래서 공중전화를 찾아 보았지만 공중전화도 근처에 없었습니다. 　所以找過公用電話，但附近也沒有公用電話。 (라) 약속 장소를 물어보려고 휴대 전화를 찾았지만 없었습니다. 　為了要問約好的地點，找了手機，但沒有找到。

① (가)-(나)-(다)-(라)　　❷ (가)-(나)-(라)-(다)

③ (가)-(다)-(라)-(나)　　④ (가)-(라)-(나)-(다)

☆ 本題目開頭句也是（가），後面要接的內容，要先了解選項後才能重新安排。（나）「想不出來地點」；（다）公用電話「也」沒有；（라）手機沒有找到。所以（가）後面要先擺（나），接著再擺（다）和（라），（다）和（라）各提到公用電話及手機，要注意到的地方就是（다）的「也」，因此（다）要擺在（라）的後面，答案是②。

句型：

-지 않다　不

例句）옷이 깨끗하지 않습니다.　衣服不乾淨。

-(으)려고　為了

例句）친구를 만나려고 준비합니다.　為了見朋友在準備。

必背的單字：「급하다」（趕）、「나가다」（出去）、「약속」（約）、「장소」（地點）、「생각나다」（想起來）、「공중전화」（公用電話）、「찾다」（找）、「묻다」（問）、「휴대 전화」（手機）。

16. (3分)

(가) 동생은 지금 북경에서 중국어를 공부하고 있습니다. 　　我弟弟（或妹妹）現在在北京唸華語。 (나) 내일은 내 동생의 생일입니다. 　　明天是我弟弟（或妹妹）的生日。 (다) 지난주에 생일 선물을 보냈고, 내일 전화도 하려고 합니다. 　　上星期寄了生日禮物，明天要打電話給他（她）。 (라) 그래서 생일인데 만나서 축하해 줄 수 없습니다. 　　所以（我弟弟或妹妹的）生日，還是無法見面慶祝。

❶ (나)-(가)-(라)-(다)　　　　　② (가)-(다)-(라)-(나)

③ (나)-(다)-(라)-(가)　　　　　④ (가)-(라)-(다)-(나)

☆ 本題目透過選項和內容，可知前面擺（가）或（나）好像都可以。（다）描述「寄生日禮物的
　事」；（라）描述「無法見面慶祝生日」，就內容上（라）的前面要擺（가），此時答案有可能
　是①或④。接下來關鍵在於（나）擺在（가）和（라）的前面還是後面的問題，但看起來前或後
　都行。剩下的（다），透過內容應該要擺最後，再跟選項對照一下，答案應該是①。整個內容再
　重新確認一次，開頭可排列出（나）描述我的弟弟（或妹妹）的生日、（가）他（她）在北京、
　（라）無法見面、（다）所以寄禮物這樣的順序。
　句型：-ㄴ/인데　接在名詞的後面表示提示、轉折或說明
　例句）아직 5월인데 여름처럼 덥습니다. 　還在5月份，但像夏天一樣熱。
　必背的單字：「동생」（弟弟或妹妹）、「지금」（現在）、「북경」（北京）、「중국어」
　（中文、華語）、「축하하다」（恭喜）。

17. (2分)

(가) 오늘은 아침부터 열이 나고 몹시 피곤합니다.　今天從早上發燒（身體）非常累。 (나) 그래서 매일 야근을 하고 잠도 많이 못 잤습니다.　所以天天加班睡眠不足。 (다) 이번 주에 회사에 일이 많이 있었습니다.　本週公司有很多事。 (라) 오후에 휴가를 내고 병원에 가려고 합니다.　下午打算請假，要去看醫生。

① (가)-(나)-(다)-(라)　　　　　② (다)-(나)-(라)-(가)

③ (가)-(다)-(라)-(나)　　　　　❹ (다)-(나)-(가)-(라)

☆ 本題目透過選項，可知開頭（가）或（다）好像都可以擺，因此必須理解內容，同時比較選項，
　才能選出答案。（나）描述天天「加班」；（라）描述打算「看醫生」。（라）是4句中唯一語
　尾表達未來的計劃，應該要擺在最後，所以可選出剩下①或④。（라）的「看醫生」跟（가）
　的「病狀」應該也要擺一起，因此（가）接（라），答案是④。往下確認，（다）公司很忙、

（나）天天加班，內容上很配合，因此答案④完全正確。另外，看醫生的韓文說法是「병원에 가다」（去醫院），也常出現在初級考題中，請考生參考。

必背的單字：「열」（發燒）、「나다」（出來；發）、「몹시」（非常）、「피곤하다」（累）、「매일」（每天）、「야근」（加班）、「휴가」（請假、放假）、「내다」（出；交）、「병원」（醫院）。

18. (3分)

（가）한국 친구뿐만 아니라 다른 외국인 친구들도 토니 씨를 좋아합니다.
不但韓國人的朋友，連其他外國人的朋友也喜歡東尼先生。
（나）우리 반 친구 토니 씨는 캐나다 사람입니다.
我們班同學東尼先生是加拿大人。
（다）한국어도 잘하고 성격도 좋아서 친구가 많습니다.
很會說韓語，個性也很好，所以有很多朋友。
（라）캐나다에서 한국어를 2년 동안 공부하고 한국에 왔습니다.
在加拿大唸2年韓文後來到韓國。

① (가)-(나)-(다)-(라)   ② (나)-(가)-(라)-(다)

③ (가)-(다)-(라)-(나)   ❹ (나)-(라)-(다)-(가)

☆ 本題目的開頭是（가）或（나），但（가）開頭提到「不但～而且」，不太清楚要說的內容，因此開頭句應該是（나），答案也許是②或④。（나）提到東尼先生是「加拿大人」，接著（라）提到東尼是在「加拿大」唸書之後再到韓國的事，可以自然連接上。而（다）個性好、（가）所以很多人喜歡他，這2句也可以連上，因此答案是④。

句型：「名詞＋뿐만 아니라~도」 不但～而且～

例句）한국 사람뿐만 아니라 인도 사람도 그 영화를 좋아합니다. 不但韓國人，連印度人也喜歡那部電影。

必背的單字：「다른」（其他）、「외국인」（外國人）、「캐나다」（加拿大）、「성격」（個性）、「동안」（期間）。

19. (2分)

（가）내일은 새 신발을 신고 학교에 갑니다.   明天要穿新鞋去學校。
（나）엄마는 저에게 새 신발을 사 주셨습니다.   媽媽買新鞋子給我。
（다）새 신발이 너무 좋아서 빨리 내일이 왔으면 좋겠습니다.
因為（我）好喜歡新的鞋子，希望很快到明天。
（라）어제 엄마하고 백화점에 갔습니다.   昨天和媽媽一起去百貨公司。

❶ (라)-(나)-(가)-(다)　　　　② (가)-(나)-(라)-(다)

③ (라)-(다)-(가)-(나)　　　　④ (가)-(라)-(나)-(다)

☆ 本題目開頭應該是（가）或（라），但只看這2句看不出哪個是前還是後。（나）描述媽媽買「新鞋」給我；（다）描述「希望快到明天」，因此應該（다）要擺最後，然後（라）去「百貨公司」和（나）媽媽買「新鞋」給我應該也是連續的動作，答案剩下①或④。關鍵在於（가）應該要擺哪裡，（가）和（다）都描述明天的事，所以也要連接，因此答案是①。

必背的單字：「새」（新）、「신발」（鞋）、「신다」（穿）、「빨리」（快）、「내일」（明天）、「어제」（昨天）、「백화점」（百貨公司）。

20.（3分）

(가) 한국 회사에 취직하고 싶어서 한국어를 배웠습니다.
因為想在韓國公司上班，所以學了韓語。
(나) 한국 회사에 취직하려면 한국어능력시험 중급 이상을 통과해야 합니다.
如果要在韓國公司上班，得要通過韓國語文能力測驗中級以上。
(다) 다음 주에 한국어능력시험을 봅니다.
下週要考韓國語文能力測驗。
(라) 그동안 열심히 준비했기 때문에 시험을 꼭 통과했으면 좋겠습니다.
這段時間很認真準備的緣故，希望可以通過考試。

① (가)-(나)-(라)-(다)　　　　**❷** (다)-(가)-(나)-(라)

③ (가)-(다)-(라)-(나)　　　　④ (다)-(라)-(나)-(가)

☆ 本題目開頭擺（가）或（다），看起來好像都可以。（가）描述學韓語的「理由」；（나）描述「為了」進韓國公司，要通過中級考試，到這裡看起來（가）和（나）要連在一起，因此也許答案是①或②。（다）描述「下週要考試」；（라）描述「希望通過考試」，看起來（라）應該要擺最後（表示願望），因此①先提到（라）願望再提到（다）考試不太對，答案是②。

句型：-(으)면 좋겠다　表示還沒發生的説者之意願：希望

例句）한국어능력시험을 통과하면 좋겠어요. 希望能通過韓國語文能力測驗。

必背的單字：「회사」（公司）、「취직하다」（就業）、「시험」（考試）、「중급」（中級）、「이상」（以上）、「시험 보다」（考試）、「그동안」（這段時間）、「열심히」（努力）、「준비하다」（準備）、「통과하다」（通過）、「꼭」（一定）。

模擬考題單字

1. 和生活物品相關的字彙

☐ 가끔 副 偶爾

☐ 간단하다 形 簡單

☐ 공중전화 名 公用電話

☐ 교통사고 名 車禍

☐ 기차표 名 火車票

☐ 꼭 副 一定

☐ 남색 名 深藍色

☐ 남성복 名 男生服裝

☐ 다른 冠 其他；別的

☐ 단풍 名 楓葉

☐ 먼저 副 首先

☐ 몹시 副 非常

☐ 문 名 門

☐ 민속놀이 名 民俗遊戲

☐ 배낭여행 名 背包旅行

☐ 벌 量 套

☐ 빨리 副 快

☐ 사진 名 照片；相片

☐ 새 副 新

☐ 설날 名 新年

☐ 시험 名 考試

☐ 신발 名 鞋

☐ 양복 名 西裝

☐ 여름휴가 名 夏日假期

☐ 영어 名 英文

☐ 위험하다 形 危險

☐ 이상 名 以上

☐ 중국어 名 中文、華語

☐ 중급 名 中級

☐ 추석 名 中秋節

☐ 하지만 名 不過、雖然那樣、然而

☐ 한복 名 韓服

☐ 항상 副 總是、經常

☐ 휴대 전화 名 手機

2. 和場所、地點相關的字彙

- [ ] 가게 名 商店
- [ ] 가깝다 形 近
- [ ] 거기 代 那裡
- [ ] 경복궁 名 景福宮
- [ ] 고궁 名 故宮
- [ ] 근처 名 附近
- [ ] 길 名 路、馬路
- [ ] 매장 名 賣場
- [ ] 멀다 形 遠
- [ ] 명동 名 明洞（地名）
- [ ] 미국 名 美國
- [ ] 백화점 名 百貨公司
- [ ] 버스정류장 名 公車站
- [ ] 병원 名 醫院

- [ ] 북경 名 北京
- [ ] 빵집 名 麵包店
- [ ] 식당 名 餐廳
- [ ] 앞 名 前
- [ ] 여기 代 這裡
- [ ] 여행지 名 旅行地
- [ ] 영화관 名 電影院
- [ ] 유럽 名 歐洲
- [ ] 장소 名 地點
- [ ] 전 名 前
- [ ] 주변 名 附近
- [ ] 캐나다 名 加拿大
- [ ] 회사 名 公司

3. 和人相關的字彙

- [ ] 동아리 名 社團
- [ ] 고향 名 故鄉
- [ ] 급하다 形 趕
- [ ] 동생 名 弟弟或妹妹
- [ ] 부모님 名 父母親
- [ ] 성격 名 個性
- [ ] 야근 名 加班

- [ ] 약속 名 約定、約會
- [ ] 여러분 名 大家
- [ ] 열 (나다) 名 （發）燒
- [ ] 외국인 名 外國人
- [ ] 피곤하다 形 累
- [ ] 휴가 名 請假、放假

4. 和動作相關的字彙

□ 가입하다 動 加入

□ 건너다 動 過

□ 구경하다 動 觀光

□ 나가다 動 出去

□ 나다 動 出來；發

□ 내다 動 出；交

□ 닫다 動 關、打烊

□ 달리다 動 跑

□ 돌아가다 動 回去

□ 돕다 動 幫忙

□ 못하다 動 不會

□ 묻다 動 問

□ 발생하다 動 發生、產生

□ 사귀다 動 交（朋友）

□ 살다 動 住

□ 생각나다 動 想起來

□ 시험 보다 動 考試

□ 신다 動 穿

□ 열심히 副 努力

□ 이사하다 動 搬家

□ 일어나다 動 引起、發生

□ 입다 動 穿

□ 주의하다 動 注意

□ 준비하다 動 準備

□ 지나다 動 經過

□ 찾다 動 找

□ 축하하다 動 恭喜、祝賀

□ 취직하다 動 就業

□ 통과 名 通過

□ 퇴근하다 動 下班

□ 팔다 動 賣

5. 和飲食相關的字彙

□ 빵 名 麵包

□ 식사 名 用餐、吃飯

□ 요리 名 料理

□ 커피 名 咖啡

6. 和時間相關的字彙

- [ ] 내일 名 明天
- [ ] 늦다 形 晚
- [ ] 동안 名 期間
- [ ] 매일 名 每天
- [ ] 시간 名 時間
- [ ] 어제 名 昨天
- [ ] 오늘 名 今天

- [ ] 오전 名 上午
- [ ] 저녁 名 晚上
- [ ] 지금 名 現在
- [ ] 지난주 名 上週
- [ ] 평소 名 平常
- [ ] 평일 名 平日

7. 和天氣相關的字彙

- [ ] 가을 名 秋天

- [ ] 여름 名 夏天

장문 읽고 답하기

題型題型7：長文閱讀──一題兩答

　　閱讀考試的最後關鍵就是「長文閱讀──一題兩答」，考生要讀一篇4～7個句子的長文，接著回答2個題目。「長文閱讀」考題，到了新制，是40題中有20題，佔50%，所以初級閱讀考試能不能合格，一題兩答絕對是重要關鍵。考試的內容，是先讀一篇4～7個句子的長文之後回答2個題目。其出題趨勢可分為3種：單字填空及內容一致；單句填空及內容一致；選主題或目的及內容一致。請考生透過本書多加練習。

7-0
準備方向

題型說明

　　新韓檢的初級考試名稱改為「韓國語文能力測驗Ⅰ」，考試的科目簡化為聽力（30題）和閱讀（40題）。閱讀考試過去有30題，新制增加10題。**閱讀考試的最後關鍵就是「長文閱讀──一題兩答」，考生要讀一篇4～7個句子的長文，接著回答2個題目。「長文閱讀」考題，在過去舊制時30題中有10題，佔33.3%。到了新制，則是40題中有20題，佔50%，所以初級閱讀考試能不能合格，一題兩答絕對是重要關鍵。**

　　新韓檢「長文閱讀──一題兩答」有20題，前8題出現在「排列順序」題型的前面，而剩下12題則出現在所有考題的最後。考試的內容，是先讀一篇4～7個句子的長文之後回答2個題目。其出題趨勢可分為3種：①填空（連接詞或副詞）及內容一致；②填空（一句）及內容一致；③選主題或目的及內容一致。至於「內容一致」的部分，在本書第4單元有練習過，但單字或一句短句的填空，對考生來說或許會感到陌生，可以透過本書以另一個模式或方法多加練習。

　　另外，考生也要注意作答時間。通常聽力考試都跟著聽題目來作答，比較不會有這個問題，但閱讀考試是要在一定時間內完成，如果同一個題目想很久，難免後面幾題就不夠時間。因此要達到時間內完全作答，考生需要了解考試的方式及內容。當然，自己也要先消化本書重複出現的單字和句型，因為這絕對有助於在一定的時間內發揮自己的韓語閱讀實力。

問題範例

※ [49~50] 다음을 읽고 물음에 답하십시오. (각 2점)

> 요즘 (㉠   ) 가게들이 인기가 많습니다. 그 가게에서는 옛날에 나온 장난
> 감을 살 수 있습니다. 또 옛날 만화책도 구경할 수 있습니다. 그리고 그 가게에 가
> 면 오래 전 음악도 들을 수 있습니다. 어른들은 그 가게에서 아이들과 함께 옛날
> 이야기를 합니다.

49. (㉠   )에 들어갈 알맞은 말을 고르십시오.

　① 장난감을 만드는　　　　　② 학교 근처에 있는

　③ 옛날 물건을 파는　　　　　④ 옛날이야기를 해 주는

50. 이 글의 내용과 같은 것을 고르십시오.

　① 어른들만 이 가게에 자주 갑니다.

　② 이 가게에는 옛날 음악이 나옵니다.

　③ 요즘 장난감 가게들이 많이 있습니다.

　④ 이 가게에 가면 요즘 만화책이 많습니다.

2014년 한국어능력시험 I 초급 읽기 샘플문항

範例翻譯

※ [49～50] 請在閱讀以下內容後，回答問題。（各2分）

> 요즘 (㉠) 가게들이 인기가 많습니다. 그 가게에서는 옛날에 나온 장난감을 살 수 있습니다. 또 옛날 만화책도 구경할 수 있습니다. 그리고 그 가게에 가면 오래 전 음악도 들을 수 있습니다. 어른들은 그 가게에서 아이들과 함께 옛날이야기를 합니다.
>
> 最近 (㉠) 些商店很受歡迎。那家店可以買到很久以前賣過的玩具。並且可以看看以前的漫畫書。還有如果去那家店，可以聽很久以前的音樂。長輩在那家店和小孩們一起說以前的故事。

49. (㉠)에 들어갈 알맞은 말을 고르십시오. 請選 (㉠) 適合的答案。

　① 장난감을 만드는　做玩具的

　② 학교 근처에 있는　學校附近的

　❸ 옛날 물건을 파는　賣很久以前東西的

　④ 옛날이야기를 해 주는　說很久以前故事的

50. 이 글의 내용과 같은 것을 고르십시오. 請選擇與本文內容一致的答案。

　① 어른들만 이 가게에 자주 갑니다.　只長輩常去這家店。

　❷ 이 가게에는 옛날 음악이 나옵니다.　這家店播放很久以前的音樂。

　③ 요즘 장난감 가게들이 많이 있습니다.　最近有很多玩具店。

　④ 이 가게에 가면 요즘 만화책이 많습니다.　如果去這家店，有很多最近的漫畫書。

2014公布韓國語文能力測驗 I 初級閱讀示範題型

必備句型

句型示範

❶ V+는 것
在動詞語幹後接「는」加「것」成為名詞（現在式），可以當作句子的主語或受詞，口語時可將「것」縮寫成「거」

例 사진 찍는 것이 제 취미입니다.　拍照是我的興趣。

❷ -(이)라고 하다　接名詞，表示引用文：叫做

例 여기는 제주도라고 합니다.　這裡叫做濟州島。

例 이 노래가 이번 주 '인기가요' 일위라고 합니다.
聽説這首歌是本週「人氣歌謠」的第一名。（表示引用別人的説法，或引用公布）

❸ -ㄴ/은 게　與形容詞連接，「게」為「것이」的縮寫

例 텔레비전은 큰 게 좋습니다.　電視大的（比較）好。

❹ -게 하다　使役動詞的作用，使另一對象做某個動作：使～、讓～

例 사진 찍을 때 배경이 나오게 했습니다.
拍照的時候，讓背景也拍出來。

> cf.「-게 하다」與「-도록 하다」
> 可以互相代換

例 학생들에게 아침을 꼭 먹게 하세요.
早上讓學生吃早餐。

❺ -게 되다　表示狀態的變化或發生新的件事：成為、使得

例 한국에서 매운 음식을 먹게 되었습니다.　在韓國（使得）吃辣的菜。

❻ -ㄹ/을 때　接在動詞的後面，表示做某個動作的時候

例 운전할 때 음악을 듣습니다.　開車時聽音樂。

❼ -지 말다 跟「(으)세요」連接，表示：別～

例 너무 많이 먹지 마세요. 別吃太多。

❽ -아/어/여 보다 常跟「(으)세요」連接，表示：試試看

例 마음에 들면 한번 입어 보세요. 如果喜歡，試穿看看。

❾ -ㅂ/읍시오 接在無尾音或「ㄹ」尾音動詞後面的語尾，表示尊重對方的規勸或命令

例 조심히 가십시오. 請慢走。
（가다 去 + 시 表示對主語的敬意 + ㅂ시오 請）

❿ -(으)시- 接在動詞或形容詞後面，表示對主語的敬意

例 아버지는 벌써 출근하셨어요. 父親已經去上班。
（하 + 시 + 었어요）

例 이수미 선생님이 한국어를 가르치세요. (=가르치셔요) 李秀美老師教韓語。
（가르치 + 시 + 어요）

⓫ -아/어/여지다 被動詞或狀態的變化：變得

例 이 연필은 글씨가 잘 써져요. 這支鉛筆寫得很順。（被動）

例 얼굴이 예뻐졌어요. 臉變得很漂亮。（狀態的變化）

⓬ -(으)니까 表示原因或根據，後面可接共同式或命令式：因為～的關係

例 많이 늦었으니까 택시를 탑시다. （時間）已經很晚的關係，搭計程車吧！

⓭ -아/어/여도 説者承認前句的敘述，但不會影響「아/어/여도」後面的內容時：即使

例 한국어 발음이 어려워도 계속 공부하세요.
即使韓語發音難，也請繼續學習（韓語）。

┌───┐
│ cf. 아/어/여도 되다　表示許可：也可以 │
└───┘

例 오늘은 집에 가서 쉬어도 됩니다. 今天回家休息也可以（也沒關係）。

⓮ A보다 B (을/를) 「보다」使用於比較二個東西時，表示：A比B更～

例 드라마보다 운동을 좋아합니다. 比起連續劇更喜歡運動。

⑮ **-기 때문이다** 　表示理由的語尾，通常前面加「왜냐하면」：因為～的關係

　㉇ 저는 한국 영화를 좋아합니다. 왜냐하면 한국어를 배웠기 때문입니다.
　　我喜歡韓國電影。因為我學過韓語的關係。

⑯ **-에 대해(대하여, 대해서, 대한)** 　關於～

　㉇ 좋아하는 사람에 대해서 이야기하세요. 　請說看看關於喜歡的人。

⑰ **-아/어/여야 하다** 　必須、得

　㉇ 감기에 걸렸으니까 쉬어야 합니다. 　感冒的關係，得要休息。

⑱ **-(으)면** 　如果～的話、假如

　㉇ 내일 비가 오면 우산을 가져가야 합니다. 　如果明天下雨要帶雨傘。

⑲ **-(으)면 되다** 　就可以、即可

　㉇ 오늘은 외식을 하면 됩니다. 　今天就可以外面吃飯。

⑳ **-느라고**
　表示原因或理由，主要是在為否定的結果做辯解或說明理由時，原因和結果的時間
　點要一致：因為～為了、因為～而

　㉇ 밥을 먹느라고 전화를 못 했습니다. 　因為在吃飯，而沒有辦法打電話（給你）。

　㉇ 밤에 드라마를 보느라고 늦게 잤습니다. 　因為深夜看連續劇，而很晚睡。

必背單字

1. 和生活物品相關的字彙

- ☐ 가구 名 家具
- ☐ 가볍다 形 輕
- ☐ 공기 名 空氣
- ☐ 광고 名 廣告
- ☐ 구두 名 皮鞋
- ☐ 구멍 名 氣孔
- ☐ 그러니까 副 因為如此
- ☐ 그림 名 畫作
- ☐ 기타 名 其他；吉他
- ☐ 길다 形 長
- ☐ 깨끗하다 形 乾淨
- ☐ 나타내다 使 表現
- ☐ 냉장고 名 冰箱
- ☐ 노란색 名 黃色
- ☐ 높다 形 高
- ☐ 다르다 形 不一樣
- ☐ 다시 副 再
- ☐ 대학 名 大學
- ☐ 도서 상품권 名 圖書商品券
- ☐ 동전 名 硬幣

- ☐ 따로 副 各自、另外
- ☐ 똑같다 形 一模一樣
- ☐ 똑바로 副 一直往前
- ☐ 문 名 門
- ☐ 밖 名 外；戶外
- ☐ 배 名 船
- ☐ 보통 名 通常
- ☐ 비누 名 肥皂
- ☐ 빛 名 光、光澤
- ☐ 빠르다 形 快
- ☐ 빨간색 名 紅色
- ☐ 빨갛다 形 紅
- ☐ 새 冠 新
- ☐ 새로 副 新；重新
- ☐ 새롭다 形 新
- ☐ 색깔 名 顏色
- ☐ 선물 名 禮物
- ☐ 세다 形 強
- ☐ 세일 名 大減價、促銷
- ☐ 세제 名 （通稱）洗碗精；洗衣精

□ 손잡이 名 把手

□ 즐겁다 形 愉快

□ 쉽다 名 容易

□ 쭉 副 一直

□ 싫다 形 討厭

□ 차갑다 形 冰

□ 안전하다 形 安全

□ 처럼 助 像〜一樣

□ 예보 名 預報

□ 천천히 副 慢慢

□ 예약 名 預約

□ 크다 形 大

□ 옛날 名 古時候、很久以前

□ 특히 副 特別

□ 오래 副 久

□ 파랗다 形 藍

□ 오랫동안 名 很久、長久以來

□ 편하다 形 方便

□ 음악 名 音樂

□ 하지만 名 然而

□ 의미 名 意思

□ 호수 名 湖

□ 이유 名 理由

□ 홈페이지 名 網頁

□ 자동차 名 汽車

□ 화장품 名 化妝品

□ 장난감 名 玩具

□ 효과 名 效果

□ 적다 形 少

□ 훨씬 副 更

□ 전자사전 名 電子字典

□ 휴일 名 假日

□ 조용하다 形 安靜

□ 흙 名 土

□ 주문 名 訂購

□ 흰색 名 白色

2. 和場所、地點相關的字彙

□ 가깝다 形 近

□ 넓다 形 寬

□ 공연장 名 演出場地、劇場、舞台場地

□ 농장 名 農場

□ 공원 名 公園

□ 도시 名 城市

□ 남쪽 名 南邊

□ 동쪽 名 東邊

□ 미술관 名 美術館	□ 속 名 內、裡面
□ 미용실 名 美容院	□ 시골 名 鄉下
□ 방 名 房間	□ 야외 名 戶外
□ 사무실 名 辦公室	□ 위치 名 位置；地位
□ 서울시 名 首爾市	□ 쪽 名 邊

3. 和人相關的字彙

□ 계획 名 計劃	□ 손님 名 客人
□ 관심 名 關心	□ 아이 名 孩子
□ 교수 名 教授	□ 알리다 使 讓～了解
□ 기침 名 咳嗽	□ 어렵다 形 難
□ 느끼다 形 感覺	□ 연락 名 聯絡
□ 땀 名 汗	□ 예쁘다 形 漂亮
□ 마음 名 心	□ 재미있다 形 有趣
□ 미용사 名 美容師	□ 직접 名 親自
□ 바쁘다 形 忙	□ 친절하다 形 親切
□ 발 名 腳	□ 친하다 形 熟悉
□ 보이다 動 看見	□ 필요하다 形 需要
□ 부부 名 夫妻	□ 행복하다 形 幸福
□ 생활 名 生活	□ 혼자 名 一個人
□ 서로 副 互相	□ 힘들다 形 累
□ 손 名 手	

4. 和動作相關的字彙

- ☐ (공기) 마시다 動 呼吸（空氣）
- ☐ (기타) 치다 動 彈（其他）
- ☐ (돈) 들다 動 花費（金錢）
- ☐ (땀) 나다 動 流（汗）
- ☐ (모자) 쓰다 動 戴（帽子）
- ☐ (손) 쓰다 動 使用（手）
- ☐ (시간) 가다 動 過（時間）
- ☐ 가져오다 動 帶來
- ☐ 걸리다 動 需要、花費（時間）
- ☐ 결혼하다 動 結婚
- ☐ 고치다 動 修
- ☐ 구경하다 動 觀光
- ☐ 그리다 動 畫畫
- ☐ 기다리다 動 等
- ☐ 기르다 動 培養、種植
- ☐ 나다 動 出；長；起
- ☐ 나오다 動 出來
- ☐ 남다 動 留
- ☐ 넣다 動 放
- ☐ 닦다 動 擦
- ☐ 달리기 名 跑步
- ☐ 두드리다 動 敲門
- ☐ 들리다 動 （被）聽到

- ☐ 마시다 動 喝
- ☐ 막다 動 塞
- ☐ 모으다 動 收集；召集
- ☐ 묻다 動 問；沾染；埋
- ☐ 바뀌다 動 被換
- ☐ 버리다 動 丟
- ☐ 변하다 動 變
- ☐ 사용하다 動 使用
- ☐ 생기다 動 產生；出
- ☐ 소리내다 動 出聲音
- ☐ 쇼핑하다 動 逛街
- ☐ 열다 動 開
- ☐ 올리다 動 放上
- ☐ 이용하다 動 利用
- ☐ 잃다 動 丟
- ☐ 잊다 動 忘記
- ☐ 자라다 動 長大
- ☐ 준비하다 動 準備
- ☐ 지내다 動 過（日子）
- ☐ 통하다 動 通
- ☐ 할인하다 動 折扣、打折
- ☐ 확인하다 動 確認
- ☐ 활용하다 動 活用、運用

5. 和飲食相關的字彙

□ 고추 名 辣椒

□ 그릇 名 碗

□ 김치 名 泡菜

□ 떡 名 年糕

□ 먹을거리 名 吃的、食物

□ 메뉴 名 菜單

□ 밥 名 飯

□ 상추 名 萵苣

□ 신선하다 形 新鮮

□ 쌀 名 米

□ 오미자차 名 五味子茶

□ 음료수 名 飲料

□ 채소 名 蔬菜

6. 和天氣相關的字彙

□ 계절 名 季節

□ 따뜻하다 形 溫暖

□ 맑다 形 晴朗

□ 시원하다 形 涼快

7. 和生物相關的字彙

□ 고양이 名 貓

□ 꽃 名 花

□ 나비 名 蝴蝶

□ 동물 名 動物

□ 모기 名 蚊子

□ 자연 名 自然

□ 호랑이 名 老虎

考古題練習

老師提醒

　　以下的40題考古題，是從2010年（第20回）至2014年（第34回）近5年共15回的內容中選出來的，為了讓考生可以多熟悉這些題目，特別依3種考題趨勢來分析整理，3種考題分別如下：①填空（連接詞或副詞）及內容一致（16題）②填空（一句）及內容一致（2題）；③選主題或目的及內容一致（2題）。

歷屆考古題

2014 (34)　※ [1~2] 다음을 읽고 물음에 답하십시오.

> 　한국의 옛날 그림에는 꽃과 나비가 함께 있는 그림이 많습니다. 그림 속에서 꽃은 여자를, 나비는 남자를 의미합니다. 꽃과 나비가 함께 있는 것은 행복한 부부의 모습을 보여주는 것입니다. (　　㉠　　) 옛날에는 결혼한 사람들에게 이런 그림을 많이 주었습니다.

1. ㉠에 들어갈 알맞은 말을 고르십시오. (4점)

　① 그러면　　　　　② 그런데　　　　　③ 그래서　　　　　④ 하지만

2. 이 글의 내용과 같은 것을 고르십시오. (3점)

　① 나비는 여자를 의미합니다.
　② 꽃은 행복한 부부를 나타냅니다.
　③ 한국 사람은 꽃과 나비를 많이 줍니다.
　④ 부부에게 꽃과 나비가 있는 그림을 주었습니다.

※ [3~4] 다음을 읽고 물음에 답하십시오.

> 한국의 도시 이름 중에는 도시의 위치를 알려주는 이름들이 있습니다. 정동진은 서울에서 동쪽으로 똑바로 가면 있는 곳이라서 정동진이라고 합니다. (㉠) 정남진은 서울에서 남쪽으로 가면 나오는 곳이라서 정남진이라고 합니다. 지금은 그 이름이 장흥으로 바뀌었습니다.

3. ㉠에 들어갈 알맞은 말을 고르십시오. (4점)

① 그러면   ② 그리고

③ 그래서   ④ 그래도

4. 이 글의 내용과 같은 것을 고르십시오. (3점)

① 장흥은 서울의 동쪽에 있습니다.

② 정동진은 지금 다른 이름으로 바뀌었습니다.

③ 도시 이름으로 도시 위치를 알 수 없습니다.

④ 정남진은 서울에서 남쪽으로 쭉 가면 있습니다.

※ [5~6] 다음을 읽고 물음에 답하십시오.

> 어머니들이 텔레비전을 많이 보는 오전에는 냉장고나 화장품 광고를 합니다. (㉠) 아버지들이 텔레비전을 보는 밤에는 자동차나 컴퓨터 광고를 많이 합니다. 이것은 그 물건을 살 사람들이 텔레비전을 보는 시간이 다르기 때문입니다.

5. ㉠에 들어갈 알맞은 말을 고르십시오. (4점)

① 그리고   ② 그러면

③ 그래서   ④ 그러니까

6. 이 글의 내용과 같은 것을 고르십시오. (3점)

① 광고는 많이 하는 것이 좋습니다.

② 저녁에는 자동차 광고를 많이 합니다.

③ 아버지들은 광고를 좋아하지 않습니다.

④ 어머니들은 보통 오후에 광고를 봅니다.

※ [7~8] 다음을 읽고 물음에 답하십시오.

> 백화점에서 세일을 할 때는 손님들에게 빠른 음악을 들려줍니다. 그러면 손님들이 빨리 많은 물건을 사기 때문입니다. (㉠) 세일을 안 할 때는 조용하고 가벼운 음악을 들려줍니다. 그런 음악은 손님들이 천천히 구경하면서 오랫동안 쇼핑을 하게 만듭니다.

7. ㉠에 들어갈 알맞은 말을 고르십시오. (4점)

① 그래서   ② 그러나

③ 그러면   ④ 그러니까

8. 이 글의 내용과 같은 것을 고르십시오. (3점)

① 세일할 때는 빠른 음악이 나옵니다.

② 세일할 때는 손님들이 오래 쇼핑을 합니다.

③ 가벼운 음악으로 물건을 많이 팔 수 있습니다.

④ 물건을 많이 사는 손님들은 조용한 음악을 좋아합니다.

※ [9~10] 다음을 읽고 물음에 답하십시오.

> 먹고 남은 우유가 있으면 버리지 말고 김치를 만들 때 조금 넣어 보십시오. 김치 색깔이 더 예뻐지고 오랫동안 신선한 김치를 먹을 수 있습니다. (㉠) 우유로 구두나 가구를 닦으면 깨끗하게 닦을 수 있고 가구와 구두가 빛이 납니다. 몸에 좋은 우유를 생활에도 활용해 보십시오.

9. ㉠에 들어갈 알맞은 말을 고르십시오. (4점)

① 그러면   ② 그리고

③ 그러나   ④ 그래서

10. 이 글의 내용과 같은 것을 고르십시오. (3점)

① 남은 우유는 빨리 버려야 합니다.

② 구두에 우유가 묻으면 색깔이 변합니다.

③ 우유를 넣은 김치는 오래 먹을 수 없습니다.

④ 김치에 우유를 넣으면 김치 색깔이 예뻐집니다.

※ [11~12] 다음을 읽고 물음에 답하십시오.

> 이 책에는 손잡이가 그려진 문이 두 개 있습니다. '똑똑' 문을 두드리면 파란 방이 나옵니다. 파란 방에는 '야옹' 소리를 내는 고양이가 있습니다. 그 옆에 있는 문을 두드리면 빨간 방에서 호랑이가 '어흥' 하고 나옵니다. 이 책은 동물도 만나고 동물의 (㉠   ) 수 있는 재미있는 장난감 책입니다.

11. ㉠에 들어갈 알맞은 말을 고르십시오. (3점)

① 방도 만들   ② 소리도 들을
③ 문을 두드릴   ④ 손잡이를 그릴

12. 이 글의 내용과 같은 것을 고르십시오. (4점)

① 파란 방에는 호랑이가 있습니다.
② 이 책에는 문이 두 개 있습니다.
③ 빨간 방에서는 '야옹' 소리가 납니다.
④ 이 책을 두드리면 손잡이가 나옵니다.

※ [13~14] 다음을 읽고 물음에 답하십시오.

> 요즘 새로운 미용실이 생겼습니다. 이 곳은 미용사도 한 명이고 손님도 한 명입니다. 그래서 혼자 편하게 이용할 수 있습니다. 다른 손님이 없으니까 미용사도 더 친절합니다. 그리고 (㉠   ) 사람에게만 머리를 해 줘서 기다리지 않아도 됩니다.

13. ㉠에 들어갈 알맞은 말을 고르십시오. (3점)

① 예약한   ② 주문한
③ 같이 오는   ④ 자주 이용하는

14. 이 글의 내용과 같은 것을 고르십시오. (4점)

① 이 미용실은 혼자 이용합니다.
② 이 미용실은 오래 기다려야 합니다.
③ 이 미용실은 일하는 사람이 많습니다.
④ 이 미용실은 오래 전부터 있었습니다.

※ [15~16] 다음을 읽고 물음에 답하십시오.

> 저는 밖에서 운동하는 것을 좋아합니다. 그런데 여름에는 더워서 힘듭니다. 여름에 운동을 할 때는 물을 많이 마십니다. 그리고 모자도 꼭 씁니다. 그러면 여름에도 조금 (　　㉠　　) 운동을 할 수 있습니다.

15. ㉠에 들어갈 알맞은 말을 고르십시오. (3점)

　　① 어렵게　　　　　　　　　② 바쁘게

　　③ 재미있게　　　　　　　　④ 시원하게

16. 이 글의 내용과 같은 것을 고르십시오. (4점)

　　① 여름에 밖에서 운동을 안 합니다.

　　② 여름에 모자보다 물이 필요합니다.

　　③ 여름에 운동을 할 때 항상 모자를 씁니다.

　　④ 여름에 운동을 할 때 물을 마시면 안 됩니다.

※ [17~18] 다음을 읽고 물음에 답하십시오.

> 사람의 손이나 발은 많이 사용하는 쪽이 더 크고 힘도 셉니다. 보통 운동할 때 오른발을 더 많이 쓰는 사람은 오른발이 더 큽니다. 그러나 (　　㉠　　) 사람은 왼손이 오른손보다 더 큽니다. 그때는 오른손보다 왼손을 더 많이 쓰기 때문입니다.

17. ㉠에 들어갈 알맞은 말을 고르십시오. (3점)

　　① 음악을 듣는　　　　　　　② 두 손을 쓰는

　　③ 기타를 치는　　　　　　　④ 달리기를 하는

18. 이 글의 내용과 같은 것을 고르십시오. (4점)

　　① 많이 쓰는 발이 더 큽니다.

　　② 사람의 두 손은 크기가 같습니다.

　　③ 많이 사용하는 손은 힘이 약합니다.

　　④ 사람들은 보통 오른발을 많이 씁니다.

※ [19~20] 다음을 읽고 물음에 답하십시오. (각 3점)

> 우리 가족은 휴일마다 주말 농장에 갑니다. 주말 농장은 서울과 가까운 시골에 있어서 자동차로 한 시간쯤 걸립니다. 주말 농장에 가면 (㉠   ) 아이들에게 자연에 대해 가르쳐 줄 수 있습니다. 그래서 우리는 주말 농장에서 채소도 키우고 맑은 공기도 마시면서 즐거운 시간을 보냅니다.

19. ㉠에 들어갈 알맞은 말을 고르십시오.

    ① 시골에서 사는   ② 주말에 만나는

    ③ 그곳에서 지내는   ④ 도시에서 자라는

20. 이 글의 내용과 같은 것을 고르십시오.

    ① 우리 가족은 시골에서 삽니다.

    ② 주말에는 아이들과 따로 지냅니다.

    ③ 주말 농장은 서울에서 멀지 않습니다.

    ④ 채소를 사러 주말마다 시골에 갑니다.

※ [21~22] 다음을 읽고 물음에 답하십시오. (각 3점)

> (   )
>
> 서울에 새 공원이 생깁니다. 공원 안에 호수가 있어서 배를 탈 수 있습니다. 공연을 볼 수 있는 야외 공연장도 있습니다. 일 년 후에는 미술관도 만들 계획입니다. 이 특별한 공원의 이름을 만들어서 서울시 홈페이지에 올려 주세요.

21. 이 글의 제목으로 알맞은 것을 고르십시오.

    ① 서울이 달라집니다!

    ② 서울에 공원을 만듭시다!

    ③ 서울의 공원이 새로워집니다!

    ④ 공원의 예쁜 이름을 찾습니다!

22. 이 글의 내용과 같은 것을 고르십시오.

　　① 이 공원은 오래된 곳입니다.

　　② 이 공원에 호수를 만들 겁니다.

　　③ 이 공원에서 공연을 볼 수 있습니다.

　　④ 지금 이 공원에서 그림을 볼 수 있습니다.

2014 (33) ※ [23~24] 다음을 읽고 물음에 답하십시오. (각 3점)

(　　　　　　　)

　올해 여름부터 서울시에서는 모기 예보를 시작합니다. 모기 예보는 서울시 홈페이지에서 확인하실 수 있습니다. 모기가 적은 날은 흰색, 조금 많은 날은 노란색, 아주 많은 날은 빨간색으로 알려 드립니다. 특히 빨간색 예보 때는 밤에 공원에 나가지 않는 것이 좋습니다.

---

23. 이 글의 제목으로 알맞은 것을 고르십시오.

　　① 모기 예보를 자주 해 주세요!

　　② 외출 전 모기 예보를 확인하세요!

　　③ 색깔로 모기 예보를 알려 주세요!

　　④ 홈페이지에 모기 예보를 올려 주세요!

24. 이 글의 내용과 같은 것을 고르십시오.

　　① 공원에 가면 모기 예보를 해 줍니다.

　　② 노란색 예보는 모기가 없는 날입니다.

　　③ 1년 전부터 모기 예보를 시작했습니다.

　　④ 빨간색 예보 때는 밖에 안 나가는 게 좋습니다.

※ [25~26] 다음을 읽고 물음에 답하십시오. (각 3점)

```
(                    )

   그동안 저희 '청기와' 식당을 잊지 않고 기다려 주신 손님 여러분께 감
사 드립니다. 이번 9월에 다시 문을 연 저희 식당은 훨씬 넓은 곳에서 더
많은 메뉴로 여러분을 만나려고 합니다. 부모님과 아이들이 편하게 드실
수 있는 방도 새로 만들었습니다. 9월 한 달 동안 음식 값을 20% 할인해
드립니다. 많이 이용해 주십시오.
```

25. 이 글의 제목으로 알맞은 것을 고르십시오.

　① '청기와' 식당이 문을 열었습니다!

　② '청기와' 식당의 여름 휴가를 알려 드립니다!

　③ '청기와' 식당이 달라진 모습으로 인사 드립니다!

　④ 그동안 '청기와' 식당을 이용해 주셔서 감사합니다!

26. 이 글의 내용과 같은 것을 고르십시오.

　① 이 식당은 팔월에 쉬지 않았습니다.

　② 이 식당은 전보다 많이 커졌습니다.

　③ 부모님과 함께 오면 할인해 드립니다.

　④ 이 식당에는 가족을 위한 방이 없습니다.

※ [27~28] 다음을 읽고 물음에 답하십시오. (각 3점)

```
(                    )

   집이나 사무실에 쓰지 않는 동전이 있습니까? 사용하지 않는 동전들을
모으면 새 동전을 만들지 않아도 됩니다. 안 쓰는 동전을 모아서 한사랑
은행으로 가져오세요. 새 지폐로 바꿔 드립니다. 그리고 동전을 300개
이상 가져오시는 분께는 4월 한 달 동안 도서 상품권을 드립니다.
```

27. 이 글의 제목으로 알맞은 것을 고르십시오.

　① 동전을 선물로 바꿔 드려요!

　② 집에 있는 동전을 사용하세요!

　③ 안 쓰는 동전을 가지고 오세요!

　④ 한사랑 은행이 새 동전을 준비했어요!

28. 이 글의 내용과 같은 것을 고르십시오.

　　① 동전은 한 달 동안 바꿀 수 있습니다.

　　② 오래된 동전을 새 동전으로 바꿔 줍니다.

　　③ 은행에 먼저 오는 300명에게 상품을 줍니다.

　　④ 은행에 동전이 모이면 새로 만들지 않아도 됩니다.

2010 (20) ※ [29~30] 다음을 읽고 물음에 답하십시오. (각 3점)

(　　　　　　　　　)

　전자사전이 필요하신 분을 찾습니다. 저는 지금 전자사전을 두 개 가지고 있습니다. 전자사전이 하나 있었는데 지난주에 똑같은 전자사전을 선물 받았습니다. 그래서 이번에 선물 받은 새 전자사전을 싸게 팔려고 합니다. 사고 싶으신 분은 연락 주세요.

☎ 010-1234-5678

---

29. 이 글의 제목으로 알맞은 것을 고르십시오.

　　① 전자사전을 팝니다!

　　② 전자사전을 삽니다!

　　③ 전자사전을 드립니다!

　　④ 전자사전을 고칩니다!

30. 이 글의 내용과 같은 것을 고르십시오.

　　① 전자사전을 잃어버렸습니다.

　　② 전자사전을 한 개 선물 받았습니다.

　　③ 지난주에 전자사전을 싸게 샀습니다.

　　④ 선물 받은 전자사전을 쓰고 있습니다.

※ [31~32] 다음을 읽고 물음에 답하십시오. (각 4점)

> 흙으로 만든 그릇은 공기구멍이 있어서 공기가 잘 통합니다. (㉠)
> 그래서 흙 그릇에 있는 음식은 오래되어도 맛이 잘 변하지 않습니다.
> (㉡) 그런데 흙 그릇은 세제로 닦으면 안 됩니다. (㉢)
> 그래서 흙 그릇은 물로 닦아야 합니다. (㉣)

31. 다음 문장이 들어갈 곳을 고르십시오.

> 세제가 그릇의 공기구멍을 막아서 음식의 맛이 변하기 때문입니다.

　① ㉠　　　　　② ㉡　　　　　③ ㉢　　　　　④ ㉣

32. 이 글의 내용과 같은 것을 고르십시오.
　① 흙 그릇은 세제로 닦아야 합니다.
　② 흙 그릇에는 공기구멍이 있습니다.
　③ 흙 그릇은 물로 닦기가 어렵습니다.
　④ 흙 그릇에 있는 음식은 빨리 먹어야 합니다.

※ [33~34] 다음을 읽고 물음에 답하십시오. (각 4점)

> (㉠) 오미자차를 차갑게 해서 마시면 땀이 많이 나는 사람에게
> 좋습니다. (㉡) 감기에 걸렸을 때는 오미자차를 따뜻하게 해서
> 마시는 것이 좋습니다. (㉢) 오미자차가 감기에 걸리지 않고 기
> 침도 하지 않게 해 줍니다. 이렇게 오미자차는 어느 계절에 마셔도 건강
> 에 좋은 차입니다. (㉣)

33. 다음 문장이 들어갈 곳을 고르십시오.

> 오미자차는 마시는 방법에 따라 효과가 달라집니다.

　① ㉠　　　　　② ㉡　　　　　③ ㉢　　　　　④ ㉣

34. 이 글의 내용과 같은 것을 고르십시오.
　① 이 차는 감기에 효과가 있습니다.
　② 이 차는 겨울에 마시는 것이 더 좋습니다.
　③ 땀이 많이 날 때 이 차를 마시면 안 됩니다.
　④ 이 차를 차갑게 해서 마시면 기침을 하지 않습니다.

※ [35~36] 다음을 읽고 물음에 답하십시오. (각 4점)

옛날부터 한국 사람들은 쌀로 밥이나 떡을 만들어 먹었습니다. (㉠) 요즘은 쌀로 빵이나 음료수를 만들기도 합니다. (㉡) 또 화장품이나 비누와 같은 물건을 만들 때도 쌀을 많이 이용합니다. (㉢) 이처럼 사람들은 쌀로 여러 가지를 만들고 있습니다. (㉣)

---

35. 다음 문장이 들어갈 곳을 고르십시오.

쌀은 사람의 피부에 좋기 때문입니다.

---

① ㉠   ② ㉡   ③ ㉢   ④ ㉣

36. 글의 내용과 같은 것을 고르십시오.

　　① 쌀로 많은 것을 만들 수 있습니다.

　　② 요즘에는 쌀로 떡을 만들지 않습니다.

　　③ 옛날에는 화장품을 만들 때 쌀을 이용했습니다.

　　④ 전에는 쌀로 빵이나 음료수를 많이 만들었습니다.

※ [37~38] 다음을 읽고 물음에 답하십시오. (각 4점)

왜 하고 싶은 일을 할 때는 시간이 빨리 가고, 하기 싫은 일을 할 때는 천천히 갈까요? (㉠) 그 이유는 사람의 마음에 따라 느끼는 시간이 다르기 때문입니다. (㉡) 그런데 고양이를 좋아하는 사람보다 싫어하는 사람이 고양이를 더 오래 본 것처럼 느꼈습니다. (㉢) 이처럼 똑같은 시간도 사람마다 다르게 느낄 수 있습니다. (㉣)

---

37. 다음 문장이 들어갈 곳을 고르십시오.

한 대학의 교수가 두 사람에게 고양이 사진을 같은 시간 동안 보여 주었습니다.

---

① ㉠   ② ㉡   ③ ㉢   ④ ㉣

38. 글의 내용과 같은 것을 고르십시오.

　　① 두 사람은 서로 다른 사진을 봤습니다.

　　② 한 사람은 고양이 사진을 더 오래 봤습니다.

　　③ 싫어하는 것을 본 사람은 시간을 더 길게 느꼈습니다.

　　④ 두 사람 모두 사진을 보고 고양이를 좋아하게 됐습니다.

2011 (23) ※ [39~40] 다음을 읽고 물음에 답하십시오. (각 4점)

요즘은 건강에 좋은 먹을거리에 대한 관심이 높습니다. (㉠) 집에서 채소를 직접 기르면 몸에 좋고 안전한 음식을 먹을 수 있습니다. (㉡) 그리고 아이와 함께 채소를 기르면 재미도 있고 아이들도 자연과 친해집니다. (㉢) 또 채소를 사먹지 않아도 되니까 돈이 많이 들지 않아서 좋습니다. (㉣)

---

39. 다음 문장이 들어갈 곳을 고르십시오.

상추나 고추처럼 기르기 쉬운 채소를 직접 길러서 먹는 집이 많아졌습니다.

---

① ㉠　　　　② ㉡　　　　③ ㉢　　　　④ ㉣

40. 글의 내용과 같은 것을 고르십시오.

① 채소를 길러서 파는 사람들이 많아졌습니다.
② 집에서 직접 채소를 기르는 것은 힘이 듭니다.
③ 채소를 기르는 것 보다 사 먹는 것이 더 쌉니다.
④ 아이들은 채소를 기르면서 자연과 가까워집니다.

答案

1.③	2.④	3.②	4.④	5.①	6.②	7.②	8.①	9.②	10.④
11.②	12.②	13.①	14.①	15.④	16.③	17.③	18.①	19.④	20.③
21.④	22.③	23.②	24.④	25.③	26.②	27.③	28.④	29.①	30.②
31.③	32.②	33.①	34.①	35.③	36.①	37.②	38.③	39.①	40.④

考古題解析

2014 (34)

※ [1~2] 請在閱讀以下內容後，回答問題。

> 한국의 옛날 그림에는 꽃과 나비가 함께 있는 그림이 많습니다. 그림 속에서 꽃은 여자를, 나비는 남자를 의미합니다. 꽃과 나비가 함께 있는 것은 행복한 부부의 모습을 보여주는 것입니다. (㉠) 옛날에는 결혼한 사람들에게 이런 그림을 많이 주었습니다.
>
> 在韓國很久以前的畫作中，有很多花與蝴蝶在一起的畫作。畫作中花表示女生，蝴蝶表示男生。花與蝴蝶在一起表示幸福夫妻的面貌。(㉠) 很久以前會送給結婚的人這種畫作。

1. ㉠에 들어갈 알맞은 말을 고르십시오. (4점) 請選㉠適合的答案。（4分）

　① 그러면　那麼　　　　　　　　② 그런데　不過

　❸ 그래서　所以　　　　　　　　④ 하지만　然而

2. 이 글의 내용과 같은 것을 고르십시오. (3점) 請選擇與本文內容一致的答案。（3分）

　① 나비는 여자를 의미합니다.　蝴蝶表示女生。

　② 꽃은 행복한 부부를 나타냅니다.　花表示幸福的夫妻。

　③ 한국 사람은 꽃과 나비를 많이 줍니다.　韓國人送給很多人畫與蝴蝶。

　❹ 부부에게 꽃과 나비가 있는 그림을 주었습니다.　送給夫妻有花與蝴蝶的畫作。

2014 (32)

※ [3~4] 請在閱讀以下內容後，回答問題。

> 한국의 도시 이름 중에는 도시의 위치를 알려주는 이름들이 있습니다. 정동진은 서울에서 동쪽으로 똑바로 가면 있는 곳이라서 정동진이라고 합니다. (㉠) 정남진은 서울에서 남쪽으로 가면 나오는 곳이라서 정남진이라고 합니다. 지금은 그 이름이 장흥으로 바뀌었습니다.

韓國的城市名稱中，有些名稱讓我們知道城市的位置。正東津是從首爾往東邊一直走會到的地方，所以叫做正東津。（　　㉠　　）正南津是從首爾往南走會來到的地方，所以叫做正南津。現在該名稱改為長興。

3. ㉠에 들어갈 알맞은 말을 고르십시오. (4점)　請選㉠適合的答案。（4分）

① 그러면　那麼　　　　　　　　❷ 그리고　還有

③ 그래서　所以　　　　　　　　④ 그래도　雖然如此

4. 이 글의 내용과 같은 것을 고르십시오. (3점)　請選擇與本文內容一致的答案。（3分）

① 장흥은 서울의 동쪽에 있습니다.　長興在首爾的東邊。

② 정동진은 지금 다른 이름으로 바뀌었습니다.　正東津現在改成其他的名稱。

③ 도시 이름으로 도시 위치를 알 수 없습니다.　城市的名稱無法知道城市的位置。

❹ 정남진은 서울에서 남쪽으로 쭉 가면 있습니다.

　　正南津在從首爾往南邊直走就會到。

2013 (30)

※ [5～6] 請在閱讀以下內容後，回答問題。

어머니들이 텔레비전을 많이 보는 오전에는 냉장고나 화장품 광고를 합니다. （　　㉠　　）아버지들이 텔레비전을 보는 밤에는 자동차나 컴퓨터 광고를 많이 합니다. 이것은 그 물건을 살 사람들이 텔레비전을 보는 시간이 다르기 때문입니다.

　　母親們常看電視的上午（時段），有冰箱或化妝品的廣告。（　　㉠　　）父親們看電視的夜間（時段），有很多汽車或電腦的廣告。這是因為會買那些東西的人，看電視的時間（各自）不同的緣故。

5. ㉠에 들어갈 알맞은 말을 고르십시오. (4점)　請選㉠適合的答案。（4分）

❶ 그리고　還有　　　　　　　　② 그러면　那麼

③ 그래서　所以　　　　　　　　④ 그러니까　因為如此

6. 이 글의 내용과 같은 것을 고르십시오. (3점)　請選擇與本文內容一致的答案。（3分）

① 광고는 많이 하는 것이 좋습니다.　播放很多廣告會很好。

❷ 저녁에는 자동차 광고를 많이 합니다.　晚上有很多汽車廣告。

③ 아버지들은 광고를 좋아하지 않습니다.　父親們不喜歡廣告。

④ 어머니들은 보통 오후에 광고를 봅니다.　母親們通常下午看廣告。

※ [7〜8] 請在閱讀以下內容後，回答問題。

> 백화점에서 세일을 할 때는 손님들에게 빠른 음악을 들려줍니다. 그러면 손님들이 빨리 많은 물건을 사기 때문입니다. (㉠   ) 세일을 안 할 때는 조용하고 가벼운 음악을 들려줍니다. 그런 음악은 손님들이 천천히 구경하면서 오랫동안 쇼핑을 하게 만듭니다.
>
> 在百貨公司促銷時，會播放快速的音樂給顧客聽。那麼做，是因為顧客會很快買很多東西。(㉠   ) 不促銷時，會給（顧客）聽安靜又輕鬆的音樂。那樣的音樂會讓來賓慢慢看東西，同時逛街可以逛很久。

7. ㉠에 들어갈 알맞은 말을 고르십시오. (4점)　請選㉠適合的答案。（4分）

　　① 그래서　所以　　　　　　　❷ 그러나　不過

　　③ 그러면　那麼　　　　　　　④ 그러니까　因為如此

8. 이 글의 내용과 같은 것을 고르십시오. (3점)　請選擇與本文內容一致的答案。（3分）

　　❶ 세일할 때는 빠른 음악이 나옵니다.　促銷的時候會播很快速的音樂。

　　② 세일할 때는 손님들이 오래 쇼핑을 합니다.　促銷時來賓逛街很久。

　　③ 가벼운 음악으로 물건을 많이 팔 수 있습니다.　播放輕鬆的音樂可以賣很多東西。

　　④ 물건을 많이 사는 손님들은 조용한 음악을 좋아합니다.

　　　　買很多東西的來賓，喜歡聽安靜的音樂。

※ [9〜10] 請在閱讀以下內容後，回答問題。

> 먹고 남은 우유가 있으면 버리지 말고 김치를 만들 때 조금 넣어 보십시오. 김치 색깔이 더 예뻐지고 오랫동안 신선한 김치를 먹을 수 있습니다. (㉠   ) 우유로 구두나 가구를 닦으면 깨끗하게 닦을 수 있고 가구와 구두가 빛이 납니다. 몸에 좋은 우유를 생활에도 활용해 보십시오.
>
> 如果有沒有喝完剩下的牛奶，不要丟掉，做泡菜時放一點看看。會使泡菜的顏色更漂亮，可以長時間吃到新鮮的泡菜。(㉠   ) 如果牛奶擦皮鞋或家具，可以擦得很乾淨，家具及皮鞋都會有光澤。對身體好的牛奶，在生活中也請運用看看。

9. ㉠에 들어갈 알맞은 말을 고르십시오. (4점)　請選㉠適合的答案。（4分）

　　① 그러면　那麼　　❷ 그리고　還有　　③ 그러나　但是　　④ 그래서　所以

10. 이 글의 내용과 같은 것을 고르십시오. (3점) 請選擇與本文內容一致的答案。(3分)

    ① 남은 우유는 빨리 버려야 합니다.   留下來的牛奶要很快丟掉。

    ② 구두에 우유가 묻으면 색깔이 변합니다.   在皮鞋沾到牛奶會變色。

    ③ 우유를 넣은 김치는 오래 먹을 수 없습니다.   放牛奶的泡菜不能吃很久。

    ❹ 김치에 우유를 넣으면 김치 색깔이 예뻐집니다.

        如果在泡菜中加牛奶，泡菜的顏色變漂亮。

2014 (34)

※ [11〜12] 請在閱讀以下內容後，回答問題。

    이 책에는 손잡이가 그려진 문이 두 개 있습니다. '똑똑' 문을 두드리면 파란 방이 나옵니다. 파란 방에는 '야옹' 소리를 내는 고양이가 있습니다. 그 옆에 있는 문을 두드리면 빨간 방에서 호랑이가 '어흥' 하고 나옵니다. 이 책은 동물도 만나고 동물의 (㉠   ) 수 있는 재미있는 장난감 책입니다.

    這本書有描繪把手的二個門。如果「咚咚」敲門，會出現藍色的房間。在藍色的房間裡有隻叫「喵喵」的貓。如果敲旁邊的門，在紅色的房間裡會出來有隻叫「嗚嗚」的老虎。這本書可以見到動物，並且將動物的 (㉠   ) 很有趣的玩具書。

---

11. ㉠에 들어갈 알맞은 말을 고르십시오. (3점) 請選㉠適合的答案。(3分)

    ① 방도 만들   也蓋房間   ❷ 소리도 들을   也聽到聲音

    ③ 문을 두드릴   敲門   ④ 손잡이를 그릴   畫把手

12. 이 글의 내용과 같은 것을 고르십시오. (4점) 請選擇與本文內容一致的答案。(4分)

    ① 파란 방에는 호랑이가 있습니다.   藍色的房間有老虎。

    ❷ 이 책에는 문이 두 개 있습니다.   這本書有二個們。

    ③ 빨간 방에서는 '야옹' 소리가 납니다.   紅色的房間有「喵喵」聲音。

    ④ 이 책을 두드리면 손잡이가 나옵니다.   敲這本書會出來把手。

2014 (33)

※ [13〜14] 請在閱讀以下內容後，回答問題。

    요즘 새로운 미용실이 생겼습니다. 이 곳은 미용사도 한 명이고 손님도 한 명입니다. 그래서 혼자 편하게 이용할 수 있습니다. 다른 손님이 없으니까 미용사도 더 친절합니다. 그리고 (㉠   ) 사람에게만 머리를 해 줘서 기다리지 않아도 됩니다.

最近有新開一家美容院。該地方有一位美容師，（所以）客人也是（只有）一位。所以一個（客）人可以舒服的享受服務。沒有其他客人的關係，美容師（對一個客人）更親切。還有只對（　○　）人做頭髮，所以可以不用等。

13. ○에 들어갈 알맞은 말을 고르십시오. (3점)　請選○適合的答案。（3分）

❶ 예약한　預約的　　　　　　　　② 주문한　訂購的

③ 같이 오는　一起來的　　　　　④ 자주 이용하는　常常使用的

14. 이 글의 내용과 같은 것을 고르십시오. (4점)　請選擇與本文內容一致的答案。（4分）

❶ 이 미용실은 혼자 이용합니다.　這家美容院一個人享受服務。

② 이 미용실은 오래 기다려야 합니다.　這家美容院要等很久。

③ 이 미용실은 일하는 사람이 많습니다.　這家美容院工作的人很多。

④ 이 미용실은 오래 전부터 있었습니다.　這家美容院很久以前就有了。

2013 (30)

※ [15~16] 請在閱讀以下內容後，回答問題。

저는 밖에서 운동하는 것을 좋아합니다. 그런데 여름에는 더워서 힘듭니다. 여름에 운동을 할 때는 물을 많이 마십니다. 그리고 모자도 꼭 씁니다. 그러면 여름에도 조금 (　○　) 운동을 할 수 있습니다.

我喜歡在戶外運動。不過夏天太熱會很辛苦。夏天運動的時候，喝很多水。還有一定會戴帽子。那樣做，夏天也可以（　○　）一點運動。

15. ○에 들어갈 알맞은 말을 고르십시오. (3점)　請選○適合的答案。（3分）

① 어렵게　難的　　　　　　　　② 바쁘게　忙的

③ 재미있게　有趣的　　　　　　❹ 시원하게　涼快的

16. 이 글의 내용과 같은 것을 고르십시오. (4점)　請選擇與本文內容一致的答案。（4分）

① 여름에 밖에서 운동을 안 합니다.　夏天不在戶外運動。

② 여름에 모자보다 물이 필요합니다.　夏天比帽子更需要水。

❸ 여름에 운동을 할 때 항상 모자를 씁니다.　夏天運動的時候，總是戴帽子。

④ 여름에 운동을 할 때 물을 마시면 안 됩니다.　夏天運動的時候，不可以喝水。

※ [17~18] 請在閱讀以下內容後，回答問題。

사람의 손이나 발은 많이 사용하는 쪽이 더 크고 힘도 셉니다. 보통 운동할 때 오른발을 더 많이 쓰는 사람은 오른발이 더 큽니다. 그러나 (⊙) 사람은 왼손이 오른손보다 더 큽니다. 그때는 오른손보다 왼손을 더 많이 쓰기 때문입니다.

人的手或腳常使用就會變得更大更強。通常運動的時候，常使用右腳的人，右腳會更大。不過（ ⊙ ）人，左手比右手大。那是因為左手比右手更常使用的關係。

17. ⊙에 들어갈 알맞은 말을 고르십시오. (3점)　請選⊙適合的答案。（3分）

　　① 음악을 듣는　聽音樂的　　　　　② 두 손을 쓰는　用兩首的

　　❸ 기타를 치는　彈吉他的　　　　　④ 달리기를 하는　跑步的

18. 이 글의 내용과 같은 것을 고르십시오. (4점)　請選擇與本文內容一致的答案。（4分）

　　❶ 많이 쓰는 발이 더 큽니다.　常使用的腳會更大。

　　② 사람의 두 손은 크기가 같습니다.　人的兩手是一樣大。

　　③ 많이 사용하는 손은 힘이 약합니다.　常使用的手力量會弱。

　　④ 사람들은 보통 오른발을 많이 씁니다.　人們通常常使用右腳。

※ [19~20] 請在閱讀以下內容後，回答問題。（各3分）

우리 가족은 휴일마다 주말 농장에 갑니다. 주말 농장은 서울과 가까운 시골에 있어서 자동차로 한 시간쯤 걸립니다. 주말 농장에 가면 (⊙) 아이들에게 자연에 대해 가르쳐 줄 수 있습니다. 그래서 우리는 주말 농장에서 채소도 키우고 맑은 공기도 마시면서 즐거운 시간을 보냅니다.

我家人每個假日都會去週末農場。週末農場在離首爾附近的鄉下，開車要一個小時左右。如果去週末農場，（ ⊙ ）可以教孩子關於自然。所以我們在週末農場一邊栽培蔬菜，一邊呼吸新鮮的空氣，過得很愉快。

19. ⊙에 들어갈 알맞은 말을 고르십시오.　請選⊙適合的答案。

　　① 시골에서 사는　住在鄉下的　　　② 주말에 만나는　週末見面的

　　③ 그곳에서 지내는　在那裡過日子的　❹ 도시에서 자라는　在大都市長大的

20. 이 글의 내용과 같은 것을 고르십시오.　請選擇與本文內容一致的答案。

　　① 우리 가족은 시골에서 삽니다.　我家人住在鄉下。

　　② 주말에는 아이들과 따로 지냅니다.　週末和孩子們分開過。

　　❸ 주말 농장은 서울에서 멀지 않습니다.　週末農場離首爾不遠。

　　④ 채소를 사러 주말마다 시골에 갑니다.　為了買蔬菜，每個週末去鄉下。

2014 (34)

※ [21~22] 請在閱讀以下內容後，回答問題。（各3分）

（　　　　　　　　　）

　　서울에 새 공원이 생깁니다. 공원 안에 호수가 있어서 배를 탈 수 있습니다. 공연을 볼 수 있는 야외 공연장도 있습니다. 일 년 후에는 미술관도 만들 계획입니다. 이 특별한 공원의 이름을 만들어서 서울시 홈페이지에 올려 주세요.

（　　　　　　　　　）

　　在首爾要蓋新的公園。因為公園裡面有湖，可以坐船。也有可以看公演的戶外舞台場地。預計一年後也要蓋美術館。請（大家為）這特別的公園取名並上傳到首爾市官方網頁上。

---

21. 이 글의 제목으로 알맞은 것을 고르십시오.　請選本文適合的標題。

　　① 서울이 달라집니다!　首爾會變不一樣！

　　② 서울에 공원을 만듭시다!　在首爾蓋公園吧！

　　③ 서울의 공원이 새로워집니다!　首爾的公園會變新！

　　❹ 공원의 예쁜 이름을 찾습니다!　尋找公園漂亮的名稱！

22. 이 글의 내용과 같은 것을 고르십시오.　請選擇與本文內容一致的答案。

　　① 이 공원은 오래된 곳입니다.　這公園蓋很久。

　　② 이 공원에 호수를 만들 겁니다.　要在這公園蓋湖。

　　❸ 이 공원에서 공연을 볼 수 있습니다.　在這公園可以看公演。

　　④ 지금 이 공원에서 그림을 볼 수 있습니다.　現在這個公園可以看畫作。

※［23〜24］請在閱讀以下內容後，回答問題。（各3分）

（　　　　　　　　　　　）

　올해 여름부터 서울시에서는 모기 예보를 시작합니다. 모기 예보는 서울시 홈페이지에서 확인하실 수 있습니다. 모기가 적은 날은 흰색, 조금 많은 날은 노란색, 아주 많은 날은 빨간색으로 알려 드립니다. 특히 빨간색 예보 때는 밤에 공원에 나가지 않는 것이 좋습니다.

（　　　　　　　　　　　）

　從今年夏天起，首爾市開始有防蚊預報。防蚊預報可在首爾市官方網頁確認。蚊子較少時是白色、較多時是黃色、非常多時用紅色來提醒（大家）。尤其，紅色預報時，最好不要在夜間去公園。

---

23. 이 글의 제목으로 알맞은 것을 고르십시오.　　請選本文適合的標題。

　　① 모기 예보를 자주 해 주세요!　請常發布防蚊預報！

　　❷ 외출 전 모기 예보를 확인하세요!　外出前請確認防蚊預報！

　　③ 색깔로 모기 예보를 알려 주세요!　請用顏色通知防蚊預報！

　　④ 홈페이지에 모기 예보를 올려 주세요!　請將防蚊預報放在網頁上！

24. 이 글의 내용과 같은 것을 고르십시오.　　請選擇與本文內容一致的答案。

　　① 공원에 가면 모기 예보를 해 줍니다.　如果去公園，會發布防蚊預報。

　　② 노란색 예보는 모기가 없는 날입니다.　黃色預報是沒有蚊子的日子。

　　③ 1년 전부터 모기 예보를 시작했습니다.　從1年前就開始防蚊預報。

　　❹ 빨간색 예보 때는 밖에 안 나가는 게 좋습니다.　紅色預報時最好不要出門。

※［25〜26］請在閱讀以下內容後，回答問題。（各3分）

（　　　　　　　　　　　）

　그동안 저희 '청기와' 식당을 잊지 않고 기다려 주신 손님 여러분께 감사 드립니다. 이번 9월에 다시 문을 연 저희 식당은 훨씬 넓은 곳에서 더 많은 메뉴로 여러분을 만나려고 합니다. 부모님과 아이들이 편하게 드실 수 있는 방도 새로 만들었습니다. 9월 한 달 동안 음식 값을 20% 할인해 드립니다. 많이 이용해 주십시오.

> （   ）
>
> 　　감사 각위顧客這段時間沒有忘記而等待我們「青瓦」餐廳。這次9月我們餐廳重新開幕，在更加寬敞的場地，以更多樣的菜單，來招待各位。（我們）重新打造父母和小孩舒適的用餐空間。並且9月整個月的時間，用餐費享有20%折扣。請多加利用。

25. 이 글의 제목으로 알맞은 것을 고르십시오. 　請選本文適合的標題。

　　① ‘청기와’ 식당이 문을 열었습니다!

　　　「青瓦」餐廳開幕了！

　　② ‘청기와’ 식당의 여름 휴가를 알려 드립니다!

　　　告知「青瓦」餐廳夏日假期（時間）！

　　❸ ‘청기와’ 식당이 달라진 모습으로 인사 드립니다!

　　　「青瓦」餐廳用不同的面貌跟各位打招呼！

　　④ 그동안 ‘청기와’ 식당을 이용해 주셔서 감사합니다!

　　　感謝這段時間利用「青瓦」餐廳！

26. 이 글의 내용과 같은 것을 고르십시오. 　請選擇與本文內容一致的答案。

　　① 이 식당은 팔월에 쉬지 않았습니다. 　這家餐廳八月份沒有休息。

　　❷ 이 식당은 전보다 많이 커졌습니다. 　這家餐廳比之前的規模變更大了。

　　③ 부모님과 함께 오면 할인해 드립니다. 　如果和父母親一起來，有折扣。

　　④ 이 식당에는 가족을 위한 방이 없습니다. 　這家餐廳沒有專為家庭的空間。

2012 (26)

※ [27〜28] 請在閱讀以下內容後，回答問題。（各3分）

> （   ）
>
> 　　집이나 사무실에 쓰지 않는 동전이 있습니까? 사용하지 않는 동전들을 모으면 새 동전을 만들지 않아도 됩니다. 안 쓰는 동전을 모아서 한사랑 은행으로 가져오세요. 새 지폐로 바꿔 드립니다. 그리고 동전을 300개 이상 가져오시는 분께는 4월 한 달 동안 도서 상품권을 드립니다.
>
> （   ）
>
> 　　家裡或辦公室有不使用的硬幣嗎？如果收集不使用的硬幣，就不用做新的硬幣。請帶不使用的硬幣來到HanSaRang銀行。會換成新紙鈔給您。還有，凡4月期間一次帶300個以上（硬幣）來的人，將送您圖書商品券。

27. 이 글의 제목으로 알맞은 것을 고르십시오.　請選本文適合的標題。

① 동전을 선물로 바꿔 드려요!　把硬幣換成禮物給您！

② 집에 있는 동전을 사용하세요!　請使用在家裡的硬幣！

❸ 안 쓰는 동전을 가지고 오세요!　請帶來不使用的硬幣！

④ 한사랑 은행이 새 동전을 준비했어요!　HanSaRang銀行準備了新硬幣！

28. 이 글의 내용과 같은 것을 고르십시오.　請選擇與本文內容一致的答案。

① 동전은 한 달 동안 바꿀 수 있습니다.　硬幣有一個月的時間可以換。

② 오래된 동전을 새 동전으로 바꿔 줍니다.　舊硬幣換成新硬幣給您。

③ 은행에 먼저 오는 300명에게 상품을 줍니다.　先到銀行的前300位，會給商品。

❹ 은행에 동전이 모이면 새로 만들지 않아도 됩니다.

　　　如果銀行裡有收集到硬幣，就不用做新的（硬幣）。

2010 (20)

※ [29～30] 請在閱讀以下內容後，回答問題。（各3分）

<table>
<tr><td colspan="2" align="center">（　　　　　　　　）</td></tr>
<tr><td colspan="2">　전자사전이 필요하신 분을 찾습니다. 저는 지금 전자사전을 두 개 가지고 있습니다. 전자사전이 하나 있었는데 지난주에 똑같은 전자사전을 선물 받았습니다. 그래서 이번에 선물 받은 새 전자사전을 싸게 팔려고 합니다. 사고 싶으신 분은 연락 주세요.</td></tr>
<tr><td colspan="2" align="right">☎ 010-1234-5678</td></tr>
<tr><td colspan="2" align="center">（　　　　　　　　）</td></tr>
<tr><td colspan="2">　在找需要電子字典的人。我現在有二台電子字典。（原本）有一台電子字典，上星期又收到一模一樣的電子字典當禮物。所以要把這次收到禮物的新電子字典便宜賣（掉）。如果有想買的人請跟我聯絡。</td></tr>
<tr><td colspan="2" align="right">☎ 010-1234-5678</td></tr>
</table>

29. 이 글의 제목으로 알맞은 것을 고르십시오.　請選本文適合的標題。

❶ 전자사전을 팝니다!　賣電子字典！

② 전자사전을 삽니다!　買電子字典！

③ 전자사전을 드립니다!　送給電子字典！

④ 전자사전을 고칩니다!　修電子字典！

30. 이 글의 내용과 같은 것을 고르십시오.　請選擇與本文內容一致的答案。

　　① 전자사전을 잃어버렸습니다.　搞丟了電子字典。

　　❷ 전자사전을 한 개 선물 받았습니다.　收到一台電子字典當禮物。

　　③ 지난주에 전자사전을 싸게 샀습니다.　上星期便宜地買了電子字典。

　　④ 선물 받은 전자사전을 쓰고 있습니다.　在使用收到禮物的電子字典。

2014 (34)

※ [31～32] 請在閱讀以下內容後，回答問題。（各4分）

> 　흙으로 만든 그릇은 공기구멍이 있어서 공기가 잘 통합니다. (　　㉠　　)
> 그래서 흙 그릇에 있는 음식은 오래되어도 맛이 잘 변하지 않습니다.
> (　　㉡　　) 그런데 흙 그릇은 세제로 닦으면 안 됩니다. (　　㉢　　) 그래서 흙
> 그릇은 물로 닦아야 합니다. (　　㉣　　)
> 　因為用泥土做的碗具有空氣氣孔的關係，空氣能有很好的流通。(　　㉠　　) 所以
> 放在土碗的食物，放久了味道也不太會變。(　　㉡　　) 不過土碗不可以用洗碗精洗。
> (　　㉢　　) 所以土碗要用水洗。(　　㉣　　)

31. 다음 문장이 들어갈 곳을 고르십시오.　請選擇可以放入以下句子的答案。

> 세제가 그릇의 공기구멍을 막아서 음식의 맛이 변하기 때문입니다.
> 因為洗碗精會塞住碗的空氣氣孔，食物的味道會變的緣故。

　　① ㉠　　　　　② ㉡　　　　　❸ ㉢　　　　　④ ㉣

32. 이 글의 내용과 같은 것을 고르십시오.　請選擇與本文內容一致的答案。

　　① 흙 그릇은 세제로 닦아야 합니다.　土碗得用洗碗精洗。

　　❷ 흙 그릇에는 공기구멍이 있습니다.　土碗有空氣氣孔。

　　③ 흙 그릇은 물로 닦기가 어렵습니다.　土碗用水很難洗乾淨。

　　④ 흙 그릇에 있는 음식은 빨리 먹어야 합니다.　放在土碗的食物要趕快吃（完）。

2013 (32)

※ [33～34] 請在閱讀以下內容後，回答問題。（各4分）

> (　　㉠　　) 오미자차를 차갑게 해서 마시면 땀이 많이 나는 사람에게 좋습니다.
> (　　㉡　　) 감기에 걸렸을 때는 오미자차를 따뜻하게 해서 마시는 것이 좋습니
> 다. (　　㉢　　) 오미자차가 감기에 걸리지 않고 기침도 하지 않게 해 줍니다. 이
> 렇게 오미자차는 어느 계절에 마셔도 건강에 좋은 차입니다. (　　㉣　　)

（　㋀　　）如果喝冰的五味子茶，對流很多汗的人很好。（　　㋁　　）感冒時喝溫的五味子茶很好。（　　㋒　　）（喝）五味子茶使（我們）不感冒也不咳嗽。如此，五味子茶是不管在哪個季節喝都對身體很好的茶。（　㋓　　）

33. 다음 문장이 들어갈 곳을 고르십시오.　請選擇可以放入以下句子的答案。

> 오미자차는 마시는 방법에 따라 효과가 달라집니다.
> 五味子茶照（不同）喝的方法，效果會不一樣。

❶ ㋀　　　② ㋁　　　③ ㋒　　　④ ㋓

34. 이 글의 내용과 같은 것을 고르십시오.　請選擇與本文內容一致的答案。

❶ 이 차는 감기에 효과가 있습니다.　這茶對感冒有效。

② 이 차는 겨울에 마시는 것이 더 좋습니다.　這茶冬天喝會更好。

③ 땀이 많이 날 때 이 차를 마시면 안 됩니다.　如果流很多汗時，不可以喝這茶。

④ 이 차를 차갑게 해서 마시면 기침을 하지 않습니다.
　這茶如果喝冰的，不會咳嗽。

2012 (28)

※ [35～36] 請在閱讀以下內容後，回答問題。（各4分）

> 옛날부터 한국 사람들은 쌀로 밥이나 떡을 만들어 먹었습니다. (　㋀　　) 요즘은 쌀로 빵이나 음료수를 만들기도 합니다. (　㋁　　) 또 화장품이나 비누와 같은 물건을 만들 때도 쌀을 많이 이용합니다. (　㋒　　) 이처럼 사람들은 쌀로 여러 가지를 만들고 있습니다. (　㋓　　)
>
> 從很久以前開始，韓國人用米做飯或年糕吃。(　㋀　　) 最近也會用米做麵包或飲料。(　㋁　　) 並且製作像是化妝品或肥皂的東西時，也常使用米。(　㋒　　) 如此，人們用米做各式各樣（的東西）。(　㋓　　)

35. 다음 문장이 들어갈 곳을 고르십시오.　請選擇可以放入以下句子的答案。

> 쌀은 사람의 피부에 좋기 때문입니다.　因為米對人的皮膚很好。

① ㋀　　　② ㋁　　　**❸** ㋒　　　④ ㋓

36. 글의 내용과 같은 것을 고르십시오.　請選擇與本文內容一致的答案。

❶ 쌀로 많은 것을 만들 수 있습니다.　用米可以做很多東西。

② 요즘에는 쌀로 떡을 만들지 않습니다.　最近不用米做年糕。

③ 옛날에는 화장품을 만들 때 쌀을 이용했습니다.　很久以前使用米做化妝品。

④ 전에는 쌀로 빵이나 음료수를 많이 만들었습니다.　以前用米做麵包或飲料。

2012 (26)

※ [37～38] 請在閱讀以下內容後，回答問題。（各4分）

> 왜 하고 싶은 일을 할 때는 시간이 빨리 가고, 하기 싫은 일을 할 때는 천천히 갈까요? (　㉠　) 그 이유는 사람의 마음에 따라 느끼는 시간이 다르기 때문입니다. (　㉡　) 그런데 고양이를 좋아하는 사람보다 싫어하는 사람이 고양이를 더 오래 본 것처럼 느꼈습니다. (　㉢　) 이처럼 똑같은 시간도 사람마다 다르게 느낄 수 있습니다. (　㉣　)
>
> 為什麼做想做的事時間過得很快，做不想做的事（時間）過得很慢呢？（　㉠　）其理由就是，隨著人的心情，所感覺的時間也會有所不同的緣故。（　㉡　）不過就像比起喜歡貓的人，不喜歡貓的人，會有看到貓的時間更漫長的感覺。（　㉢　）如此，即使相同的時間，也會因每個人而會有不同的感覺。（　㉣　）

37. 다음 문장이 들어갈 곳을 고르십시오.　請選擇可以放入以下句子的答案。

> 한 대학의 교수가 두 사람에게 고양이 사진을 같은 시간 동안 보여 주었습니다.
> 某個大學的教授用一樣的時間，給二個人看貓的照片。

　① ㉠　　　　　　❷ ㉡　　　　　　③ ㉢　　　　　　④ ㉣

38. 글의 내용과 같은 것을 고르십시오.　請選擇與本文內容一致的答案。

① 두 사람은 서로 다른 사진을 봤습니다.　二個人互相看了不同的照片。

② 한 사람은 고양이 사진을 더 오래 봤습니다.　一個人看貓的照片更久。

❸ 싫어하는 것을 본 사람은 시간을 더 길게 느꼈습니다.

　看到討厭東西的人，會有時間更漫長的感覺。

④ 두 사람 모두 사진을 보고 고양이를 좋아하게 됐습니다.

　二個人都看照片，變成喜歡貓。

2011 (23)

※ [39～40] 請在閱讀以下內容後，回答問題。（各4分）

> 요즘은 건강에 좋은 먹을거리에 대한 관심이 높습니다. (　㉠　) 집에서 채소를 직접 기르면 몸에 좋고 안전한 음식을 먹을 수 있습니다. (　㉡　) 그리고 아

이와 함께 채소를 기르면 재미도 있고 아이들도 자연과 친해집니다. (㉢   )
또 채소를 사먹지 않아도 되니까 돈이 많이 들지 않아서 좋습니다. (㉣   )

　　最近針對身體好的食物關心度提高。(㉠   ) 在家親自種植蔬菜的話，可以吃
到對身體好又安全的菜。(㉡   ) 還有與孩子一起種植蔬菜，既有趣，孩子也更親
近自然。(㉢   ) 並且不用買蔬菜吃，花的錢不多所以很好。(㉣   )

39. 다음 문장이 들어갈 곳을 고르십시오. 　請選擇可以放入以下句子的答案。

> 상추나 고추처럼 기르기 쉬운 채소를 직접 길러서 먹는 집이 많아졌습니다.
> 像萵苣或辣椒是很好種植的蔬菜，親自種植來吃的家庭變多。

❶ ㉠　　　　　② ㉡　　　　　③ ㉢　　　　　④ ㉣

40. 글의 내용과 같은 것을 고르십시오. 　請選擇與本文內容一致的答案。

① 채소를 길러서 파는 사람들이 많아졌습니다. 　種植蔬菜賣的人變多。

② 집에서 직접 채소를 기르는 것은 힘이 듭니다. 　在家親自種植蔬菜相當累。

③ 채소를 기르는 것 보다 사 먹는 것이 더 쌉니다. 　買來吃比種植蔬菜更便宜。

❹ 아이들은 채소를 기르면서 자연과 가까워집니다. 　孩子種植蔬菜更親近自然。

7-5

模擬考題練習

實戰模擬考題

※ [1~2] 다음을 읽고 물음에 답하십시오.

> 한국에서 공부하는 외국 학생들은 한국어를 배울 뿐만 아니라 한국 문화도 배우게 됩니다. 한국 사람들의 특징은 외국인에게 친절합니다. (㉠   ) 대체로 성격이 급해서 모든 일을 빨리 하려고 합니다. 또 인간관계를 중요하게 생각해서 술을 너무 많이 마시기도 합니다.

1. ㉠에 들어갈 알맞은 말을 고르십시오. (2점)

　① 하지만　　　　② 그리고　　　　③ 그래서　　　　④ 그러면

2. 이 글의 내용과 같은 것을 고르십시오. (3점)

　① 한국에는 외국인이 많지 않습니다.

　② 한국인들은 성격이 급합니다.

　③ 외국인 친구를 사귀고 싶으면 술을 마셔야 합니다.

　④ 한국 사람들은 외국 문화를 잘 배웁니다.

※ [3~4] 다음을 읽고 물음에 답하십시오.

> 한국에서 단기간 머무르면서 한국어를 배우려면 집이 중요합니다. 기숙사는 학교 안에 있어서 가장 편리하고 안전한 곳입니다. (㉠   ) 여러 가지 규칙이 있기 때문에 제한이 많습니다. 기숙사를 제외하고 하숙을 하거나 자취방에서 살 수도 있습니다. 또 고시원은 단기간 시험을 준비하는 곳인데 방은 작지만 가격이 싼 장점이 있습니다.

3. ㉠에 들어갈 알맞은 말을 고르십시오. (2점)

　① 따라서　　　　② 그런데　　　　③ 그래서　　　　④ 그러면

4. 이 글의 내용과 같은 것을 고르십시오. (3점)

　① 기숙사는 학교 안에 있고 가격이 쌉니다.
　② 고시원은 시험을 준비하는 곳입니다.
　③ 기숙사는 제한이 많아서 좋습니다.
　④ 한국에 살 때 자취방에서 살면 좋습니다.

※ [5~6] 다음을 읽고 물음에 답하십시오.

> 한국에서는 새 집으로 이사를 가면 친구들을 불러서 '집들이'를 합니다. 새 집을 잘 정리하고 맛있는 음식을 준비해서 친구들과 나누어 먹습니다. (㉠   ) 집들이에 초대된 친구들은 집에서 자주 쓰는 물건을 사가지고 갑니다. 예를 들면, 비누나 휴지, 세제 같은 것을 삽니다.

5. ㉠에 들어갈 알맞은 말을 고르십시오. (2점)

　① 그리고　　　　② 그런데　　　　③ 그래서　　　　④ 그러면

6. 이 글의 내용과 같은 것을 고르십시오. (3점)

　① '집들이'를 할 때 가족들만 초대합니다.
　② '집들이' 선물은 특별한 것이 좋습니다.
　③ '집들이'에 갈 때 음식을 사가지고 갑니다.
　④ '집들이'에 갈 때 휴지와 세제 같은 물건을 사가지고 갑니다.

※ [7~8] 다음을 읽고 물음에 답하십시오.

한국 사람들은 커피를 자주 마십니다. 그래서 커피 자판기를 어디에서나 볼 수 있습니다. 학교와 회사뿐만 아니라 길이나 지하철역에서도 커피 자판기를 쉽게 찾을 수 있습니다. 식당에서 식사를 마쳐도 커피를 줍니다. (㉠   ) 커피는 하루에 한 두 잔 정도만 마셔야 합니다. 많이 마시면 건강에 좋지 않습니다.

7. ㉠에 들어갈 알맞은 말을 고르십시오. (2점)

　① 또　　　　　　　② 그런데　　　　　③ 그래서　　　　　④ 그러면

8. 이 글의 내용과 같은 것을 고르십시오. (3점)

　① 한국에는 커피가 많이 있습니다.

　② 식당에서 식사할 때 커피를 줍니다.

　③ 지하철역에서는 커피를 마시면 안 됩니다.

　④ 커피 자판기는 어디에서나 쉽게 찾을 수 있습니다.

※ [9~10] 다음을 읽고 물음에 답하십시오.

시장에 가면 신선하고 싼 재료를 살 수 있습니다. 매일 매일 신선한 재료로 음식을 만들어 먹으면 건강에 유익합니다. (㉠   ) 현대인들은 너무 바빠서 매일 시장에 갈 시간이 없습니다. 식사도 집에서 해 먹지 않고 밖에서 사 먹는 경우가 많습니다. 시간이 있을 때 집에서 음식을 만들어서 냉동실에 넣고 식사 때 꺼내서 먹으면 시간이 절약됩니다.

9. ㉠에 들어갈 알맞은 말을 고르십시오. (2점)

　① 그리고　　　　　② 그러면　　　　　③ 그래서　　　　　④ 그렇지만

10. 이 글의 내용과 같은 것을 고르십시오. (3점)

　① 현대인들은 매일 시장에서 재료를 삽니다.

　② 시장에서 파는 물건은 신선하고 가격이 비쌉니다.

　③ 건강을 위해서 음식을 냉동실에 넣어야 합니다.

　④ 현대인들은 음식을 밖에서 자주 사 먹습니다.

저는 매주 화요일 저녁에 고등학교 친구들과 농구를 합니다. 친구들 모두 결혼을 해서 아내와 아이들이 있습니다. (㉠) 일주일에 한 번 꼭 만나서 운동을 합니다. 가끔 온 가족이 같이 모여서 1박 2일로 여행도 갑니다. 그래서 친구들뿐만 아니라 친구들 가족과도 모두 친합니다.

11. (㉠) 에 들어갈 알맞은 말을 고르십시오.

① 모두들 바쁘지만   ② 모두들 바쁘면서

③ 모두들 바쁘기 때문에   ④ 모두들 바쁜 것처럼

12. 이 글의 내용과 같은 것을 고르십시오.

① 매주 화요일에 친구들과 가족들이 함께 만납니다.

② 농구를 하면 가족들과 모두 친해질 수 있습니다.

③ 가족들과 함께 1박 2일로 여행 가서 농구를 합니다.

④ 고등학교 친구들과 일주일에 한 번씩 농구를 합니다.

'이웃사촌' 이라는 말이 있습니다. 멀리 사는 친척보다 가까이에서 자주 보는 이웃이 더 친근하다는 뜻입니다. 우리 아파트에는 좋은 이웃이 많이 있습니다. (㉠) 자주 만나서 이야기를 합니다. 또 이웃과 함께 맛있는 음식을 나누어 먹고 어려운 일을 도와줍니다.

13. (㉠) 에 들어갈 알맞은 말을 고르십시오.

① 이웃에 살기 때문에   ② 이웃에 살고 싶어서

③ 이웃에 살 때까지   ④ 이웃에 살 때

14. 이 글의 내용과 같은 것을 고르십시오.

① 이웃에 사촌이 살면 서로 도와줄 수 있습니다.

② 친척은 멀리에 살아야 합니다.

③ 이웃과 함께 좋은 일과 슬픈 일을 함께 나눕니다.

④ 현대인들은 이웃과 인사도 하지 않습니다.

※ [15~16] 다음을 읽고 물음에 답하십시오. (각 2점)

> 저는 학교 도서관에 매일 갑니다. 학교 도서관은 학생증만 있으면 들어갈 수 있습니다. 1층에서는 컴퓨터를 (㉠), 2층부터 5층까지는 각종 책이 있습니다. 그리고 6층부터 7층까지는 공부할 수 있는 개인 자리가 있어서 편리합니다. 지하에는 식당도 있습니다.

15. (㉠) 에 들어갈 알맞은 말을 고르십시오.

① 이용하면서   ② 이용하고 싶고

③ 이용할 수 있고   ④ 이용하려고

16. 무엇에 대한 이야기입니까? 알맞은 것을 고르십시오.

① 학교 도서관의 위치   ② 학교 도서관 소개

③ 도서관에서 식사하는 장소   ④ 학교 도서관이 좋은 이유

※ [17~18] 다음을 읽고 물음에 답하십시오. (각 2점)

> 사람들마다 스트레스를 푸는 방법이 다릅니다. 어떤 사람은 스트레스를 받으면 잠을 잡니다. 또 어떤 사람들은 음식을 많이 먹거나 친구들과 오랫동안 (㉠) 풉니다. 그 밖에도 좋은 음악을 듣는 사람들도 있고 소리를 지르는 사람들도 있습니다.

17. (㉠) 에 들어갈 알맞은 말을 고르십시오.

① 이야기를 하니까   ② 이야기를 하면서

③ 이야기를 할 수 있어서   ④ 이야기를 하지만

18. 무엇에 대한 이야기입니까? 알맞은 것을 고르십시오.

① 스트레스가 생기는 이유   ② 스트레스가 계속되는 이유

③ 스트레스를 푸는 방법   ④ 스트레스의 영향

※ [19~20] 다음을 읽고 물음에 답하십시오. (각 2점)

요즘 사람들은 다양한 방법으로 물건을 삽니다. (㉠) 먼저 인터넷으로 찾아 봅니다. 물건과 종류를 확인하고 비슷한 다른 물건과 비교도 해 봅니다. 그리고 파는 곳에 가서 실제 물건을 보고 가격을 확인합니다. 대체로 인터넷으로 물건을 사면 가격이 더 싸고 집에까지 배달해 주기 때문에 매우 편리합니다.

19. (㉠) 에 들어갈 알맞은 말을 고르십시오.

    ① 사고 싶은 물건이 없을 때   ② 사고 싶은 물건과 방법 때문에

    ③ 사고 싶은 물건이 생기면   ④ 사고 싶은 물건까지도

20. 무엇에 대한 이야기입니까? 알맞은 것을 고르십시오.

    ① 쇼핑하는 사람   ② 쇼핑하는 장소

    ③ 쇼핑하는 방법   ④ 쇼핑하는 이유

※ [21~22] 다음을 읽고 물음에 답하십시오.

규칙적인 생활은 건강에 매우 중요합니다. (㉠) 요즘 많은 사람들은 밤에 인터넷을 하거나 텔레비전을 보느라고 늦게 잡니다. (㉡) 자는 시간을 일정하게 정해 놓고 그 시간에 맞춰서 잠을 자야 합니다. (㉢) 전문가들은 10시 이전에 잠을 자도록 권하고 있습니다. (㉣)

21. 다음 문장이 들어갈 곳을 고르십시오. (2점)

밤에 늦게 자면 아침에 늦게 일어나게 됩니다.

    ① ㉠   ② ㉡   ③ ㉢   ④ ㉣

22. 이 글의 내용과 같은 것을 고르십시오. (3점)

    ① 잠은 일찍 자고 일찍 일어나는 것이 좋습니다.

    ② 잠을 늦게 자도 일찍 일어나야 합니다.

    ③ 전문가들은 10시간 정도 자야 한다고 합니다.

    ④ 인터넷이나 텔레비전 보기는 주말에 해야 합니다.

※ [23~24] 다음을 읽고 물음에 답하십시오.

> 한국 음식 중에는 맵고 짠 음식이 많이 있습니다. (㉠) 너무 매운 음식을 많이 먹으면 소화가 잘 안되거나 배가 아플 수 있습니다. (㉡) 그래서 매운 음식을 먹으면서 쌀밥이나 국물을 함께 먹으면 좋습니다. (㉢) 건강을 위해서 음식도 알맞게 먹을 필요가 있습니다. (㉣)

23. 다음 문장이 들어갈 곳을 고르십시오. (2점)

> 많은 외국 사람들은 김치나 비빔밥 등 한국 음식을 잘못 먹습니다.

① ㉠   ② ㉡   ③ ㉢   ④ ㉣

24. 이 글의 내용과 같은 것을 고르십시오. (3점)

① 한국 음식을 많이 먹으면 배가 아플 수 있습니다.

② 매운 음식을 먹을 때 밥이나 국을 함께 먹으면 좋습니다.

③ 맵고 짠 음식은 건강에 좋고 맛있습니다.

④ 건강을 위해서 맵고 짠 음식을 자주 먹어야 합니다.

※ [25~26] 다음을 읽고 물음에 답하십시오.

> 요즘 사람들에게 꼭 필요한 물건은 무엇일까요? (㉠) 휴대 전화로 전화 통화 이외에도 여러 가지 일을 많이 할 수 있습니다. (㉡) 휴대 전화로 인터넷을 하거나 사진을 찍을 수도 있습니다. (㉢) 뿐만 아니라 노래도 듣고 드라마도 볼 수 있습니다. (㉣) 인터넷을 통해서 물건을 사거나 은행 일도 할 수 있어서 정말 편리합니다.

25. 다음 문장이 들어갈 곳을 고르십시오. (2점)

> 이 질문에 많은 사람들이 휴대 전화라고 대답했습니다.

① ㉠   ② ㉡   ③ ㉢   ④ ㉣

26. 이 글의 내용과 같은 것을 고르십시오. (3점)

① 휴대 전화로 못 하는 일이 없습니다.

② 휴대 전화로 노래를 들을 수 없습니다.

③ 휴대 전화를 사용할 때 예의를 잘 지켜야 합니다.

④ 휴대 전화로 은행 일을 처리할 수 있습니다.

※ [27~28] 다음을 읽고 물음에 답하십시오.

> 우리 은행에서 새 가족을 찾습니다. 중국에 있는 은행에서 일해야 하기 때문에 한국어와 중국어를 잘해야 합니다. 외국인도 한국어능력시험 4급 이상이면 지원할 수 있습니다. 대학교 졸업 증명서와 이력서 그리고 언어 시험 성적표를 준비해 주시기 바랍니다. 더 자세한 내용은 김수현 과장에게 연락해 주십시오. 감사합니다.
>
> 김수현 과장 ☎ 02-2345-6789

27. 김수현 씨는 왜 이 글을 썼습니까? (2점)

　　① 은행에 지원을 하려고

　　② 중국 은행에서 일을 하려고

　　③ 은행에서 새 직원을 찾으려고

　　④ 한국어능력시험을 준비하려고

28. 이 글의 내용과 같은 것을 고르십시오. (3점)

　　① 가족들이 함께 은행에서 일할 수 있습니다.

　　② 외국인은 이 은행에 지원을 할 수 없습니다.

　　③ 이 은행에 관심이 있으면 김수현 과장님께 연락하면 됩니다.

　　④ 영어와 한국어 중에 하나만 잘하면 됩니다.

※ [29~30] 다음을 읽고 물음에 답하십시오.

> 등산 동아리 회원 여러분, 안녕하세요. 저는 등산 동아리 회장 이민호입니다. 다음 주에 우리는 설악산에 가기로 했습니다. 하지만 오늘 일기예보를 보니까 다음 주부터 비가 많이 오고 바람도 많이 불 것 같습니다. 그래서 설악산 등산 여행을 2주 후로 연기하려고 합니다. 다음 모임에서 더 자세히 이야기하겠습니다. 감사합니다.

29. 이민호 씨는 왜 이 글을 썼습니까? (2점)

　　① 다음 주에 설악산에 가기 위해서

　　② 설악산 여행을 연기하기 위해서

　　③ 다음 모임 날짜를 정하기 위해서

　　④ 일기예보 내용을 전달하기 위해서

30. 이 글의 내용과 같은 것을 고르십시오. (3점)

① 이민호 씨는 등산 동아리 회원입니다.

② 이번 주에 설악산에 가기로 했습니다.

③ 등산 동아리 여행을 2주 후에 갑니다.

④ 다음 주에는 날씨가 좋을 것 같습니다.

答案

1. ① 2. ② 3. ② 4. ② 5. ① 6. ④ 7. ② 8. ④ 9. ④ 10. ④

11. ① 12. ④ 13. ① 14. ③ 15. ③ 16. ② 17. ② 18. ③ 19. ③ 20. ③

21. ② 22. ① 23. ① 24. ② 25. ① 26. ④ 27. ③ 28. ③ 29. ② 30. ③

模擬考題解析

※ [1~2] 讀在閱讀以下內容後，回答問題。

> 한국에서 공부하는 외국 학생들은 한국어를 배울 뿐만 아니라 한국 문화도 배우게 됩니다. 한국 사람들의 특징은 외국인에게 친절합니다. (　　㉠　　) 대체로 성격이 급해서 모든 일을 빨리 하려고 합니다. 또 인간관계를 중요하게 생각해서 술을 너무 많이 마시기도 합니다.
>
> 　在韓國唸書的外國學生，不但學韓語，也學到韓國文化。韓國人的特徵是對外國人親切。（　　㉠　　）大致上，因為（韓國人）個性很急，所以任何的事情都急得要做。並且重視人際關係，所以也會喝太多酒。

1. ㉠에 들어갈 알맞은 말을 고르십시오. (2점)　請選㉠適合的答案。（2分）

　❶ 하지만　然而　　　　　　　② 그리고　還有

　③ 그래서　所以　　　　　　　④ 그러면　那樣的話

2. 이 글의 내용과 같은 것을 고르십시오. (3점)　請選擇與本文內容一致的答案。（3分）

　① 한국에는 외국인이 많지 않습니다.　在韓國外國人不多。

　❷ 한국인들은 성격이 급합니다.　韓國人的個性很急。

　③ 외국인 친구를 사귀고 싶으면 술을 마셔야 합니다.

　　　如果想交外國人的朋友，得要喝酒。

　④ 한국 사람들은 외국 문화를 잘 배웁니다.　韓國人很會學外國文化。

☆ 本題目主要描述外國人說韓國人的特徵。第2句描述韓國人對外國人親切，但後面接著列舉負面的特徵，所以括號裡面要加表示轉換的連接詞。本題必須記起來的句型有以下2個：

　-ㄹ/을 뿐(만) 아니라~도　不但～而且

　例句）영수는 테니스를 잘 칠 뿐만 아니라 탁구도 잘 칩니다.

　　　　永洙不但很會打網球，也很會打桌球。

　如果接名詞的時候不用加「-ㄹ/을」

　例句）수미는 사과뿐만 아니라 배도 좋아합니다.　修美不但喜歡蘋果，也喜歡梨子。

　-기도 하다　使用於偶爾發生的事：也會

　例句）선생님도 가끔 지각하기도 합니다.　老師偶爾也會遲到。

另外，要記住的單字為：「외국」（外國）、「문화」（文化）、「특징」（特徵）、「친절하다」（親切）、「대체로」（大致上）、「성격」（個性）、「급하다」（急）、「인간관계」（人際關係）、「중요하다」（重要）、「생각하다」（思考；認為）。

※ [3～4] 請在閱讀以下內容後，回答問題。

<blockquote>
한국에서 단기간 머무르면서 한국어를 배우려면 집이 중요합니다. 기숙사는 학교 안에 있어서 가장 편리하고 안전한 곳입니다. (　　㉠　　) 여러 가지 규칙이 있기 때문에 제한이 많습니다. 기숙사를 제외하고 하숙을 하거나 자취방에서 살 수도 있습니다. 또 고시원은 단기간 시험을 준비하는 곳인데 방은 작지만 가격이 싼 장점이 있습니다.

如果打算留在韓國短期學韓語，家（住的地方）很重要。宿舍是因為在學校裡，所以是最方便又安全的地方。(　　㉠　　) 因為有很多規則，所以有很多限制。除了宿舍以外，也可以住在寄宿或套房。並且，考試院是短期準備考試的地方，雖然房間很小，但價格便宜有這個好處。
</blockquote>

3. ㉠에 들어갈 알맞은 말을 고르십시오. (2점)　請選㉠適合的答案。（2分）

①　따라서　所以　　❷　그런데　不過　　③　그래서　所以　　④　그러면　如果那樣

4. 이 글의 내용과 같은 것을 고르십시오. (3점)　請選擇與本文內容一致的答案。（3分）

①　기숙사는 학교 안에 있고 가격이 쌉니다.　宿舍在學校裡，價格便宜。

❷　고시원은 시험을 준비하는 곳입니다.　考試院是準備考試的地方。

③　기숙사는 제한이 많아서 좋습니다.　宿舍有很多限制，所以很好。

④　한국에 살 때 자취방에서 살면 좋습니다.　在韓國住的時候，住套房會很好。

☆ 回答本題目應該要知道的單字為「기숙사」（宿舍）、「하숙」（寄宿）、「자취방」（套房、一個人住的地方）及「고시원」（考試院）等。外國人在韓國短期學韓語時，可以住學校的宿舍，但有限制並不方便。另外可以住的地方是寄宿，也就是住在多出來的房間或有獨立空間的韓國人家裡。至於叫做「자취방」也就是臺灣「套房」的概念。還有考試院是準備考試的地方，有些需要省錢的人會短期住。本題要注意的句型是：

-(으)면서　同時

例句）한국에서 일하면서 한국어를 배웁니다.　在韓國工作同時唸韓語。

-을/를 제외하고　之外

例句）수미 씨를 제외하고 우리 반 학생은 모두 남자입니다.　秀美之外，我們班上同學都是男生。

-ㄴ/인데　接在名詞的後面表示提示或說明

例句）지금 커피숍인데 빨리 여기로 오세요.　（我）現在在咖啡廳，請趕快來這裡。

另外，請記起來以下的單字：「단기간」（短期）、「머무르다」（停留）、「집」（家）、「중요하다」（重要）、「기숙사」（宿舍）、「편리하다」（方便、便利）、「안전하다」（安全）、「규칙」（規則）、「제한」（限制）、「하숙」（寄宿）、「자취방」（套房）、「고시원」（考試院）、「준비하다」（準備）、「가격」（價格）、「장점」（好處、長處）。

※ [5～6] 請在閱讀以下內容後，回答問題。

한국에서는 새 집으로 이사를 가면 친구들을 불러서 '집들이'를 합니다. 새 집을 잘 정리하고 맛있는 음식을 준비해서 친구들과 나누어 먹습니다. （　　㉠　　）집들이에 초대된 친구들은 집에서 자주 쓰는 물건을 사가지고 갑니다. 예를 들면, 비누나 휴지, 세제 같은 것을 삽니다.

在韓國如果搬到新家的話，會請朋友們來（新家）「喬遷宴」。整理好新家，準備好吃的東西，和朋友們一起分享（吃）。（　　㉠　　）被邀請到搬家請客的朋友，會買些在家裡常用的東西帶過去。例如，肥皂或衛生紙、洗衣精等類似的東西。

---

5. ㉠에 들어갈 알맞은 말을 고르십시오. (2점)　請選㉠適合的答案。（2分）

❶ 그리고　還有　　　　　　　　　　② 그런데　不過

③ 그래서　所以　　　　　　　　　　④ 그러면　如果那樣

6. 이 글의 내용과 같은 것을 고르십시오. (3점)　請選擇與本文內容一致的答案。（3分）

① '집들이'를 할 때 가족들만 초대합니다.

　　「喬遷宴」時，只邀請家人。

② '집들이' 선물은 특별한 것이 좋습니다.

　　「喬遷宴」禮物（買）特別的東西（比較）好。

③ '집들이'에 갈 때 음식을 사가지고 갑니다.

　　去「喬遷宴」時，買食物帶過去。

❹ '집들이'에 갈 때 휴지와 세제 같은 물건을 사가지고 갑니다.

　　去「喬遷宴」時，買衛生紙及洗衣精等類似的東西帶過去。

☆ 本題目是韓國生活面貌中描述「喬遷宴」的文化。「喬遷宴」就是搬到新家後，請親朋好友來一起吃飯的活動。通常被邀請的朋友會買生活用品給主人。尤其本文中「사가지고 가다」是「사다」（買）＋「가지다」（帶）＋「가다」（去）而成的複合動詞。

　要注意的單字：「이사하다(가다)」（搬家）、「부르다」（叫）、「집들이」（喬遷宴）、「정리하다」（整理）、「나누다」（分享）、「초대되다」（被邀請）、「예를 들면」（例如）。

※ [7～8] 請在閱讀以下內容後，回答問題。

　　한국 사람들은 커피를 자주 마십니다. 그래서 커피 자판기를 어디에서나 볼 수 있습니다. 학교와 회사뿐만 아니라 길이나 지하철역에서도 커피 자판기를 쉽게 찾을 수 있습니다. 식당에서 식사를 마쳐도 커피를 줍니다. (　　㉠　　) 커피는 하루에 한 두 잔 정도만 마셔야 합니다. 많이 마시면 건강에 좋지 않습니다.

　　韓國人常常喝咖啡。所以到處可以看到「咖啡自動販賣機」。不但在學校及公司，而且在路上或地下鐵站也很容易找到「咖啡自動販賣機」。在餐廳吃完東西也提供咖啡。(　　㉠　　) 咖啡一天只要喝一～二杯。如果喝太多，對健康不好。

---

7. ㉠에 들어갈 알맞은 말을 고르십시오. (2점)　請選㉠適合的答案。（2分）

　　① 또　　又、並且　　❷ 그런데　不過　　③ 그래서　所以　　④ 그러면　如過那樣

8. 이 글의 내용과 같은 것을 고르십시오. (3점)　請選擇與本文內容一致的答案。（3分）

　　① 한국에는 커피가 많이 있습니다.　　在韓國有很多咖啡。

　　② 식당에서 식사할 때 커피를 줍니다.　　在餐廳吃飯的時候提供咖啡喝。

　　③ 지하철역에서는 커피를 마시면 안 됩니다.　　在地下鐵站不可以喝咖啡。

　　❹ 커피 자판기는 어디에서나 쉽게 찾을 수 있습니다.

　　　咖啡自動販賣機到處都可以容易找到。

☆ 本題目描述韓國人喜歡喝咖啡而到處可以看到「咖啡自動販賣機」的現象。(　　㉠　　) 前面提到很多地方可以看到「咖啡自動販賣機」，但後面又提到多喝對身體不好，因此要加轉折或轉換的連接詞，所以第7題答案是②。第8題的①本文提到在韓國多得是「咖啡自動販賣機」；②在餐廳用餐後提供咖啡；③臺灣在捷運上不能吃東西，但韓國沒有，而且本文沒有提到那些，因此答案是④。

　　要記起來的單字：「커피」（咖啡）、「커피 자판기」（咖啡自動販賣機）、「어디(에)서나」（哪裡都、到處）、「길」（路）、「쉽다」（容易）、「찾다」（找）、「식사」（用餐）、「마치다」（結束）、「하루」（一天）。

※ [9～10] 請在閱讀以下內容後，回答問題。

　　시장에 가면 신선하고 싼 재료를 살 수 있습니다. 매일 매일 신선한 재료로 음식을 만들어 먹으면 건강에 유익합니다. (　　㉠　　) 현대인들은 너무 바빠서 매일 시장에 갈 시간이 없습니다. 식사도 집에서 해 먹지 않고 밖에서 사 먹는 경우가 많습니다. 시간이 있을 때 집에서 음식을 만들어서 냉동실에 넣고 식사 때 꺼내서 먹으면 시간이 절약됩니다.

如果去市場可以買到又新鮮又便宜的材料。如果天天用新鮮的材料煮菜吃，對身體有幫助。（　　㉠　　）現代人太忙，所以沒有時間天天去市場。用餐也不在家裡煮來吃，在外面吃的情況很多。有時間的時候，在家裡煮東西，放在冷凍庫，吃飯時拿出來吃，可以節省時間。

9. ㉠에 들어갈 알맞은 말을 고르십시오. (2점)　請選㉠適合的答案。（2分）

① 그리고　還有

② 그러면　如果那樣

③ 그래서　所以

❹ 그렇지만　雖然如此

10. 이 글의 내용과 같은 것을 고르십시오. (3점)　請選擇與本文內容一致的答案。（3分）

① 현대인들은 매일 시장에서 재료를 삽니다.

現代人每天在市場買材料。

② 시장에서 파는 물건은 신선하고 가격이 비쌉니다.

在市場買的東西新鮮、價格貴。

③ 건강을 위해서 음식을 냉동실에 넣어야 합니다.

為了健康把東西得放在冷凍庫。

❹ 현대인들은 음식을 밖에서 자주 사 먹습니다.

現代人，常常在外面買東西吃。

☆ 本題目討論在市場買東西新鮮又便宜，但現代人很忙沒時間去市場。第9題答案是轉折的④：
第10題有錯的地方應該要改成，①現代人「沒有」時間天天去市場；②市場買的東西價格
「便宜」；③為了「節省時間」可以先煮東西放冷凍，所以答案是④。

必背的單字：「신선하다」（新鮮）、「재료」（材料）、「유익하다」（有益）、「경
우」（情況）、「냉동실」（冷凍庫）、「넣다」（放）、「절약되다」（可節約）。

※ [11〜12] 請在閱讀以下內容後，回答問題。（各2分）

　　저는 매주 화요일 저녁에 고등학교 친구들과 농구를 합니다. 친구들 모두 결혼을 해서 아내와 아이들이 있습니다. （　　㉠　　）일주일에 한 번 꼭 만나서 운동을 합니다. 가끔 온 가족이 같이 모여서 1박 2일로 여행도 갑니다. 그래서 친구들뿐만 아니라 친구들 가족과도 모두 친합니다.

　　我每週二晚上和高中朋友（一起）打籃球。因為朋友們都結婚（各自）有太太和孩子們。（　　㉠　　）每星期一定見面一次做運動。偶爾全家人一起聚在一起，去旅行2天1夜。所以不但朋友們，連朋友的家人都很熟。

11. (　　㉠　　) 에 들어갈 알맞은 말을 고르십시오.　請選㉠適合的答案。

　　❶ 모두들 바쁘지만　雖然大家都很忙

　　② 모두들 바쁘면서　大家忙碌的同時

　　③ 모두들 바쁘기 때문에　因為大家都忙的關係

　　④ 모두들 바쁜 것처럼　大家好像很忙

12. 이 글의 내용과 같은 것을 고르십시오.　請選擇與本文內容一致的答案。

　　① 매주 화요일에 친구들과 가족들이 함께 만납니다.

　　　　每個星期二朋友們和家人一起見面。

　　② 농구를 하면 가족들과 모두 친해질 수 있습니다.

　　　　如果打籃球，和家人都可以變熟。

　　③ 가족들과 함께 1박 2일로 여행 가서 농구를 합니다.

　　　　和家人一起2天1夜旅遊打籃球。

　　❹ 고등학교 친구들과 일주일에 한 번씩 농구를 합니다.

　　　　和高中朋友（一起）每星期打籃球一次。

　　☆ 本題目描述每個星期和高中朋友打籃球一次，偶爾去旅行。大家都忙，但透過運動會一起見
　　　面，第11題選項④「-ㄴ/는 것처럼」接形容詞或動詞表示「像～一樣」，適合的答案是①。
　　　必背的單字：「매주」（每週）、「고등학교」（高中）、「농구」（籃球）、「결혼」
　　　（結婚）、「아내」（太太）、「아이」（孩子）、「꼭」（一定）、「가끔」（偶爾）、
　　　「온」（全部）、「모이다」（聚一起）、「친하다」（熟悉）。

※ [13～14] 讀以下內容後，請回答問題。（各2分）

> 　‘이웃사촌’ 이라는 말이 있습니다. 멀리 사는 친척보다 가까이에서 자주 보는
> 이웃이 더 친근하다는 뜻입니다. 우리 아파트에는 좋은 이웃이 많이 있습니다.
> (　　㉠　　) 자주 만나서 이야기를 합니다. 또 이웃과 함께 맛있는 음식을 나누
> 어 먹고 어려운 일을 도와줍니다.
>
> 　　有句話叫「遠親不如近鄰」。也就是比起住較遠的親戚，在附近常見的鄰居更親近的
> 意思。我住的公寓有很多好的鄰居。（　　㉠　　）常常見面聊天。並且和鄰居一起分享
> 吃東西，也（一起）幫忙處理困難的事。

13. (　　㉠　　) 에 들어갈 알맞은 말을 고르십시오.　請選㉠適合的答案。

　　❶ 이웃에 사니까　因為住附近　　　　② 이웃에 살고 싶어서　因為想住附近

　　③ 이웃에 살 때까지　到住附近為止　　　④ 이웃에 살 때　住附近的時候

14. 이 글의 내용과 같은 것을 고르십시오.　請選擇與本文內容一致的答案。

　　① 이웃에 사촌이 살면 서로 도와줄 수 있습니다.　如果親戚住附近可以互相幫忙。

　　② 친척은 멀리에 살아야 합니다.　親戚要住遠一點。

　　❸ 이웃과 함께 좋은 일과 슬픈 일을 함께 나눕니다.　和鄰居一起分享好事及難過的事。

　　④ 현대인들은 이웃과 인사도 하지 않습니다.　現代人跟鄰居連打招呼都沒有。

　　☆ 本題目討論「遠親不如近鄰」的意思。本文第2句有2個「보다」，其中第1個是「比
　　（起）」、第2個是「看」的意思。由於句中通常不會用原型，因此考生要分出這2個不同意
　　思。本題要注意的句型是：
　　-ㄴ/는다라는 뜻이다　接在動詞或形容詞後面的語幹，表示引用或説明意思
　　例句）하트는 사랑한다라는 뜻입니다.　愛心表示愛的意思。
　　-(으)니까　表示原因或根據，後面可接包含共同式或命令式等：因為～所以
　　例句）배고프니까 밥을 먹읍시다!　因為肚子餓了，去吃飯吧！
　　必背的單字：「이웃」（鄰居；住附近的人）、「사촌」（親戚）、「가깝다」（近）、
　　「멀다」（遠）、「친근하다」（親近）、「서로」（互相）、「뜻」（意思）、「아파
　　트」（公寓）、「어렵다」（難）、「나누다」（分享）。

※ [15～16] 讀以下內容後，請回答問題。（各2分）

　　저는 학교 도서관에 매일 갑니다. 학교 도서관은 학생증만 있으면 들어갈 수 있
습니다. 1층에서는 컴퓨터를 (　　㉠　　), 2층부터 5층까지는 각종 책이 있습니
다. 그리고 6층부터 7층까지는 공부할 수 있는 개인 자리가 있어서 편리합니다.
지하에는 식당도 있습니다.

　　我天天去學校圖書館。學校圖書館只要有學生證就可以進去。在1樓（　　㉠　　）電
腦，從2樓至5樓有各種書籍。還有從6樓至7樓有可以唸書的個人座位，所以很方便。地下
室也有餐廳。

15. (　　㉠　　) 에 들어갈 알맞은 말을 고르십시오.　請選㉠適合的答案。

　　① 이용하면서　利用同時　　　　　　② 이용하고 싶고　想利用

　　❸ 이용할 수 있고　可以利用　　　　④ 이용하려고　為了利用

16. 무엇에 대한 이야기입니까? 알맞은 것을 고르십시오.

　　關於什麼的內容？請選適合的答案。

　　① 학교 도서관의 위치　學校圖書館的位置

　　❷ 학교 도서관 소개　介紹學校圖書館

　　③ 도서관에서 식사하는 장소　在圖書館吃飯的地方

　　④ 학교 도서관이 좋은 이유　學校圖書館好的理由

☆ 本題目介紹學校的圖書館如何進去、在幾樓有哪些地方等，所以第16題答案是②。而第15題因為有提到1樓可以利用電腦，因此答案是③。

必背的單字：「학생증」（學生證）、「들어가다」（進去）、「각종」（各種）、「개인」（個人）、「자리」（座位）、「편리하다」（方便）、「지하」（地下）、「이용하다」（利用）、「위치」（位置）、「소개」（介紹）、「이유」（理由）。

※ [17～18] 請在閱讀以下內容後，回答問題。（各2分）

사람들마다 스트레스를 푸는 방법이 다릅니다. 어떤 사람은 스트레스를 받으면 잠을 잡니다. 또 어떤 사람들은 음식을 많이 먹거나 친구들과 오랫동안 （　　㉠　　） 풉니다. 그 밖에도 좋은 음악을 듣는 사람들도 있고 소리를 지르는 사람들도 있습니다.

每個人對紓解壓力的方法不同。有些人是受到壓力的話就睡覺。還有些人是吃很多東西或和朋友長時間（　　㉠　　）紓解壓力。除此之外，也有人是聽好聽的音樂，大叫的人也有。

---

17. （　　㉠　　） 에 들어갈 알맞은 말을 고르십시오.　請選㉠適合的答案。

① 이야기를 하니까　因為聊天的關係

❷ 이야기를 하면서　聊天，同時

③ 이야기를 할 수 있어서　可以聊天的關係

④ 이야기를 하지만　雖然聊天

18. 무엇에 대한 이야기입니까? 알맞은 것을 고르십시오.

關於什麼的內容？請選適合的答案。

① 스트레스가 생기는 이유　有壓力的理由

② 스트레스가 계속되는 이유　持續有壓力的理由

❸ 스트레스를 푸는 방법　紓解壓力的方法

④ 스트레스의 영향　壓力的影響

☆ 本題目討論紓解壓力的方式，如睡覺、吃東西、聊天、聽音樂及大聲叫，因此第18題的答案是③。第17題（　　㉠　　）可見「풉니다」（解開、紓解），因此應該用「聊天同時紓解壓力」，答案是②。紓解壓力的韓語表現，除了本題的「스트레스 풀다」以外，還可以用「스트레스 해소하다」。「풀다」的語幹屬於「ㄹ不規則變化」，後面接「ㄴ，ㅂ，ㅅ」時可省略「ㄹ」尾音。因此，題目第1句提到的「풀다＋ㄴ/는名詞」、第2句的「풀다＋습니다」、以及第18題都可見到「ㄹ」脫落的現象。如同模擬題13「살다」，請參考。

必背的單字：「스트레스」（壓力）、「풀다」（解開、紓解）、「방법」（方法）、「다르다」（不同）、「어떤＋名詞」（有些～）、「그 밖에」（除此之外）、「소리」（聲音）、「지르다」（大叫）、「생기다」（有、產生）、「계속」（繼續）、「영향」（影響）。

※ [19～20] 讀以下內容後，請回答問題。（各2分）

요즘 사람들은 다양한 방법으로 물건을 삽니다. (　　㉠　　) 먼저 인터넷으로 찾아 봅니다. 물건과 종류를 확인하고 비슷한 다른 물건과 비교도 해 봅니다. 그리고 파는 곳에 가서 실제 물건을 보고 가격을 확인합니다. 대체로 인터넷으로 물건을 사면 가격이 더 싸고 집에까지 배달해 주기 때문에 매우 편리합니다.

最近很多人用多樣的方式買東西。（　　㉠　　）首先，用網路找看看。確認東西和種類，也跟其他東西做比較。還去賣東西的地方實際（的）看東西並確認價格。大致上，用網路買東西價錢比較便宜，也會配送到家，非常方便。

---

19. (　　㉠　　) 에 들어갈 알맞은 말을 고르십시오.　請選㉠適合的答案。

① 사고 싶은 물건이 없을 때　沒有想買的東西時

② 사고 싶은 물건과 방법 때문에　因為想買的東西和方法

❸ 사고 싶은 물건이 생기면　如果有想買的東西

④ 사고 싶은 물건까지도　連想買的東西也

20. 무엇에 대한 이야기입니까? 알맞은 것을 고르십시오.

關於什麼的內容？請選出適合的答案。

① 쇼핑하는 사람　逛街的人　　　② 쇼핑하는 장소　逛街的地方

❸ 쇼핑하는 방법　逛街的方法　　④ 쇼핑하는 이유　逛街的理由

☆ 本題目描述買東西很多方法中的其中一個例子，也就是用網路查詢及現場做比較的方式買東西，所以第20題的答案是③。第19題的答案是③，句型有一點複雜「사다 + 고 싶다 + ㄴ/은 名詞 + 이 생기다 + (으)면」（如果有想要買的東西）。韓語中級以後常常會出現這種句型，考生要一步一步學習。另外，題目中2次看到「-아/어/여 보다」的句型，表示「試試看」。
例句）가끔 아침에 늦게 일어나서 브런치를 먹어 보세요.　偶爾晚一點起來吃早午餐看看。
必背的單字：「다양하다」（多樣）、「인터넷」（網路）、「종류」（種類）、「확인」（確認）、「비슷하다」（類似）、「비교하다」（比較）、「팔다」（賣）、「실제」（實際）、「가격」（價格）、「확인하다」（確認）、「대체로」（大致上）、「배달하다」（配送）、「편리하다」（方便）。

규칙적인 생활은 건강에 매우 중요합니다. (　　㉠　　) 요즘 많은 사람들은 밤에 인터넷을 하거나 텔레비전를 보느라고 늦게 잡니다. (　　㉡　　) 자는 시간을 일정하게 정해 놓고 그 시간에 맞춰서 잠을 자야 합니다. (　　㉢　　) 전문가들은 10시 이전에 잠을 자도록 권하고 있습니다. (　　㉣　　)

有規律的生活對健康很重要。(　　㉠　　) 最近很多人因在深夜用網路或看電視而晚睡。(　　㉡　　) 必須要定下固定睡覺的時間，且必須按照那個時間睡覺。(　　㉢　　) 專家建議10點以前要睡覺。(　　㉣　　)

21. 다음 문장이 들어갈 곳을 고르십시오. (2점)　請選擇可以放入以下句子的答案。（2分）

밤에 늦게 자면 아침에 늦게 일어나게 됩니다.
如果晚上很晚睡，早上會晚一點起床。

① ㉠　　　　　　❷ ㉡　　　　　　③ ㉢　　　　　　④ ㉣

22. 이 글의 내용과 같은 것을 고르십시오. (3점)　請選擇與本文內容一致的答案。（3分）

❶ 잠은 일찍 자고 일찍 일어나는 것이 좋습니다.

　　早一點睡早一點起來（的習慣）很好。

② 잠을 늦게 자도 일찍 일어나야 합니다.

　　即使晚一點睡，也要早一點起床。

③ 전문가들은 10시간 정도 자야 한다고 합니다.

　　專家們說睡覺必須要10個小時左右。

④ 인터넷이나 텔레비전 보기는 주말에 해야 합니다.

　　得要在週末使用網路或看電視。

☆ 本題目描述的是有規律的生活，關於睡覺的習慣。第21題應該要擺第2句「很多人晚一點睡」的後面，「會晚一點起床」。第22題③專家的建議是晚上10點前要睡，所以答案是①。要注意的句型是「-도록」的用法，它接在動詞或形容詞後面，用來表示①目的或②某個時間或程度。

例句）내일 학교에 늦지 않도록 일찍 잘게요.

　　　明天為了不遲到（我會）早一點睡。（表示目的：為了）

例句）내일 열 시까지 회사에 오도록 하세요.　明天十點到公司。（時間或程度）

另外，本題的單字和句型比新韓檢初級的難度高一些，考生請一起記起來吧。

必背的單字：「규칙적이다」（有規律的）、「생활」（生活）、「중요하다」（重要）、「일정하다」（固定）、「정하다」（決定、定）、「놓다」（放、加）、「맞추다」（照；對照）、「권하다」（勸）。

> 한국 음식 중에는 맵고 짠 음식이 많이 있습니다. (　㉠　) 너무 매운 음식을 많이 먹으면 소화가 잘 안되거나 배가 아플 수 있습니다. (　㉡　) 그래서 매운 음식을 먹으면서 쌀밥이나 국물을 함께 먹으면 좋습니다. (　㉢　) 건강을 위해서 음식도 알맞게 먹을 필요가 있습니다. (　㉣　)
>
> 韓國飲食中有很多辣鹹的菜。(　㉠　) 如果吃太辣的東西，會消化不好或肚子痛。(　㉡　) 所以吃辣的東西同時吃米飯或湯會很好。(　㉢　) 為了健康，需要吃適當的飲食。(　㉣　)

23. 다음 문장이 들어갈 곳을 고르십시오. (2점)　請選擇可以放入以下句子的答案。(2分)

> 많은 외국 사람들은 김치나 비빔밥 등 한국 음식을 잘 못 먹습니다.
>
> 很多外國人不太會吃泡菜或拌飯等韓國料理。

❶ ㉠　　　　　② ㉡　　　　　③ ㉢　　　　　④ ㉣

24. 이 글의 내용과 같은 것을 고르십시오. (3점)　請選擇與本文內容一致的答案。(3分)

① 한국 음식을 많이 먹으면 배가 아플 수 있습니다.

　　如果吃很多韓國食物會肚子痛。

❷ 매운 음식을 먹을 때 밥이나 국을 함께 먹으면 좋습니다.

　　吃辣的食物時，一起吃飯或湯會很好。

③ 맵고 짠 음식은 건강에 좋고 맛있습니다.

　　辣鹹的飲食對身體好又好吃。

④ 건강을 위해서 맵고 짠 음식을 자주 먹어야 합니다.

　　為了健康，辣鹹的菜要常常吃。

☆ 本題目討論韓國飲食中辣或鹹的菜，第2句開始討論太辣的東西時，也許會不舒服，因此建議搭配其他料理等。第2句開始談太辣的東西，因此第23題比較適合擺的地方，是描述一般事情的第1句後面，所以答案是①。另外，第2句以後都是討論如果吃太辣的東西，透過比較，可知第24題的答案是②。

必背的單字：「맵다」（辣）、「짜다」（鹹）、「소화」（消化）、「배」（肚子）、「아프다」（痛）、「쌀밥」（米飯）、「국물」（湯）、「알맞다」（適合）、「필요」（需要、必要）。

※ [25～26] 請在閱讀以下內容後，回答問題。

요즘 사람들에게 꼭 필요한 물건은 무엇일까요? (㉠) 휴대 전화로 전화 통화 이외에도 여러 가지 일을 많이 할 수 있습니다. (㉡) 휴대 전화로 인터넷을 하거나 사진을 찍을 수도 있습니다. (㉢) 뿐만 아니라 노래도 듣고 드라마도 볼 수 있습니다. (㉣) 인터넷을 통해서 물건을 사거나 은행 일도 할 수 있어서 정말 편리합니다.

最近人必須要的東西是什麼？(㉠) 用手機除了講電話以外，還可以做各種事情。(㉡) 用手機可以使用網路或也可以拍照。(㉢) 不只如此，還可以聽音樂也可以看連續劇。(㉣) 透過網路可以買東西或處理銀行的事，真方便。

25. 다음 문장이 들어갈 곳을 고르십시오. (2점)　請選擇可以放入以下句子的答案。（2分）

이 질문에 많은 사람들이 휴대 전화라고 대답했습니다.
對於這個問題，很多人回答，是手機。

❶ ㉠　　　　② ㉡　　　　③ ㉢　　　　④ ㉣

26. 이 글의 내용과 같은 것을 고르십시오. (3점)　請選擇與本文內容一致的答案。（3分）

① 휴대 전화로 못 하는 일이 없습니다.　用手機沒有不能做的事。

② 휴대 전화로 노래를 들을 수 없습니다.　用手機，無法聽音樂（歌）。

③ 휴대 전화를 사용할 때 예의를 잘 지켜야 합니다.　使用手機時得要遵守禮貌。

❹ 휴대 전화로 은행 일을 처리할 수 있습니다.　用手機可以處理銀行的事。

☆ 本題目主要描述手機的功能。第1句是疑問句，在第25題的開頭可見「對這個問題～」因此要擺在第1句疑問句的後面，答案是①。第26題看來①和④都是適合的答案，本題描述手機的很多功能，卻沒有提到「沒有不能做的事」，因此答案是有具體內容的④。另外，本題必須要知道的句型如下：

-(이)라고 하다　接名詞，表示叫做；表示引用

例句）저는 이수미라고 합니다.　我叫做李秀美。

例句）내일 눈이 많이 와서 휴일이라고 합니다.
　　　明天將下很多雪，所以聽說會放假。（表示引用別人的說法或引用公布）

-뿐만 아니라　擺在句子開頭表示：不只如此；接在句中表示：不但～而且（請參考368頁）

例句）저는 학생입니다. 뿐만 아니라 회사원입니다.　我是學生。不只如此，是上班族。

例句）저는 학생일 뿐만 아니라 회사원입니다.　我不只是學生，也是上班族。

-을/를 통해서　接名詞，表示透過

例句）영화를 통해서 스트레스를 해소하십시오.　請透過電影紓解壓力。

必背的單字：「꼭」（一定）、「필요하다」（需要）、「이외」（以外）、「편리하다」（方便）、「통화」（通話）。

우리 은행에서 새 가족을 찾습니다. 중국에 있는 은행에서 일해야 하기 때문에 한국어와 중국어를 잘해야 합니다. 외국인도 한국어능력시험 4급 이상이면 지원할 수 있습니다. 대학교 졸업 증명서와 이력서 그리고 언어 시험 성적표를 준비해 주시기 바랍니다. 더 자세한 내용은 김수현 과장에게 연락해 주십시오. 감사합니다.

김수현 과장 ☎ 02-2345-6789

我們銀行找新家人。因為要在中國的銀行（分行）上班的關係，要很會說韓文及中文。外國人也是，如果通過韓國語文能力測驗4級以上的話，可以應徵。（要應徵的人）請準備大學畢業證書、履歷表及語言考試成績單。更詳細內容，請跟金秀賢課長聯絡。謝謝。

金秀賢課長 ☎ 02-2345-6789

27. 김수현 씨는 왜 이 글을 썼습니까? (2점)　金秀賢先生為什麼寫這篇文章？（2分）

① 은행에 지원을 하려고　為了應徵銀行

② 중국 은행에서 일을 하려고　為了在中國銀行上班

❸ 은행에서 새 직원을 찾으려고　為了找新的銀行職員

④ 한국어능력시험을 준비하려고　為了準備韓國語文能力測驗

28. 이 글의 내용과 같은 것을 고르십시오. (3점)　請選擇與本文內容一致的答案。（3分）

① 가족들이 함께 은행에서 일할 수 있습니다.　家人可以在銀行上班。

② 외국인은 이 은행에 지원을 할 수 없습니다.　外國人不能應徵這家銀行。

❸ 이 은행에 관심이 있으면 김수현 과장님께 연락하면 됩니다.

　如果對這家銀行（的應徵）有興趣的話，可以跟金秀賢課長聯絡。

④ 영어와 한국어 중에 하나만 잘하면 됩니다.

　英語或韓語中只要一種語言精通就可以。

☆ 本題目透過「새 가족」（新家人、新職員）、「지원할 수 있습니다」（可應徵）、「이력서, 성적표, 졸업 증명서」（履歷表、成績單、畢業證書）可知是關於徵人的廣告。題目中最後看到聯絡人，第27題答案是③，同時第28題答案也是③。

必背的單字：「외국인」（外國人）、「한국어능력시험」（韓國語文能力測驗）、「이상」（以上）、「지원하다」（應徵）、「졸업」（畢業）、「증명서」（證書）、「이력서」（履歷表）、「언어」（語言）、「시험」（考試）、「성적표」（成績單）、「준비하다」（準備）、「연락하다」（聯絡）。

※ [29~30] 讀以下內容後，請回答問題。

등산 동아리 회원 여러분, 안녕하세요. 저는 등산 동아리 회장 이민호입니다. 다음 주에 우리는 설악산에 가기로 했습니다. 하지만 오늘 일기예보를 보니까 다음 주부터 비가 많이 오고 바람도 많이 불 것 같습니다. 그래서 설악산 등산 여행을 2주 후로 연기하려고 합니다. 다음 모임에서 더 자세히 이야기하겠습니다. 감사합니다.

登山社團員你好。我是登山社團會長李敏鎬。下星期我們決定要去雪嶽山。不過今天看到氣象預報，下週開始好像會下很多雨，風也很大。所以雪嶽山登山旅遊延期為2個星期後。下次聚會時會更仔細討論。謝謝。

---

29. 이민호 씨는 왜 이 글을 썼습니까? (2점)　李敏鎬先生為什麼寫這篇文章？（2分）

① 다음 주에 설악산에 가기 위해서　為了下週去雪嶽山

❷ 설악산 여행을 연기하기 위해서　為了延期雪嶽山旅遊

③ 다음 모임 날짜를 정하기 위해서　為了決定下次聚會的日期

④ 일기예보 내용을 전달하기 위해서　為了轉達氣象預報內容

30. 이 글의 내용과 같은 것을 고르십시오. (3점)　請選擇與本文內容一致的答案。（3分）

① 이민호 씨는 등산 동아리 회원입니다.　李敏鎬先生是登山社團的會員。

② 이번 주에 설악산에 가기로 했습니다.　本週決定要去雪嶽山。

❸ 등산 동아리 여행을 2주 후에 갑니다.　登山社團的旅遊2個星期後去。

④ 다음 주에는 날씨가 좋을 것 같습니다.　下週天氣會很好。

☆ 本題目是登山社會長給會員的公告，也就是原本下週要出發的旅遊改為2個星期後，原因是天氣的關係。其中，「-ㄹ/을 것 같다」用在説者的推測時，表示「好像、會」。

例句）버스가 안 와서 오늘 지각할 것 같습니다.　因為公車不來，今天可能會遲到。

必背的單字：「등산」（登山）、「동아리」（社團）、「회원」（會員）、「회장」（會長）、「설악산」（雪嶽山）、「일기예보」（氣象預報）、「바람」（風）、「불다」（吹）、「연기하다」（延期）、「모임」（聚會）、「자세하다」（仔細）。

模擬考題單字

1. 和生活物品相關的字彙

☐ 가격 名 價格

☐ 가끔 副 偶爾

☐ 각종 名 各種

☐ 경우 名 情況

☐ 계속 名 繼續

☐ 고등학교 名 高中

☐ 규칙 名 規律、規則

☐ 꼭 副 一定

☐ 농구 名 籃球

☐ 다르다 形 不同

☐ 다양하다 形 多樣

☐ 단기간 名 短期

☐ 대체로 副 大致上

☐ 뜻 名 意思

☐ 방법 名 方法

☐ 비슷하다 形 類似

☐ 쉽다 形 容易

☐ 실제 名 實際

☐ 아파트 名 公寓

☐ 안전하다 形 安全

☐ 알맞다 形 適合

☐ 언어 名 語言

☐ 영향 名 影響

☐ 온 冠 全部

☐ 유익하다 形 有益

☐ 이상 名 以上

☐ 이외 名 以外

☐ 이유 名 理由

☐ 인터넷 名 網路

☐ 일정하다 形 固定

☐ 자취방 名 套房

☐ 재료 名 材料

☐ 제한 名 限制

☐ 종류 名 種類

☐ 중요하다 形 重要

☐ 특징 名 特徵

☐ 필요 名 需要、必要

☐ 한국어능력시험 名 韓國語文能力測驗

☐ 확인 名 確認

2. 和場所、地點相關的字彙

☐ 가깝다 形 近	☐ 외국 名 外國
☐ 고시원 名 考試院	☐ 위치 名 位置、地位
☐ 길 名 路	☐ 자리 名 位置、座位、席
☐ 멀다 形 遠	☐ 지하 名 地下
☐ 설악산 名 雪嶽山	☐ 편리하다 形 方便、便利

3. 和人相關的字彙

☐ 개인 名 個人	☐ 아이 名 孩子
☐ 급하다 形 急	☐ 아프다 形 痛
☐ 동아리 名 社團	☐ 어렵다 形 難
☐ 모임 名 聚會	☐ 외국인 名 外國人
☐ 문화 名 文化	☐ 이력서 名 履歷表
☐ 배 名 肚子；船；梨子	☐ 이웃 名 鄰居；住附近的人
☐ 사촌 名 親戚	☐ 인간관계 名 人際關係
☐ 생활 名 生活	☐ 자세하다 形 仔細
☐ 성격 名 個性	☐ 장점 名 好處、長處
☐ 성적표 名 成績單	☐ 졸업 名 畢業
☐ 소개 名 介紹	☐ 증명서 名 證明書
☐ 소리 名 聲音	☐ 집 名 家
☐ 소화 名 消化	☐ 집들이 名 喬遷宴
☐ 스트레스 名 壓力	☐ 친근하다 形 親近
☐ 시험 名 考試	☐ 친절하다 形 親切
☐ 아내 名 太太、妻子	☐ 친하다 形 熟悉

□ 하숙 名 寄宿   □ 회원 名 會員

□ 학생증 名 學生證   □ 회장 名 會長

動作相關的字彙

□ 　다 動 勸、勸說、建議   □ 생기다 動 有;產生

□ 　　動 分享   □ 연기하다 動 延期

□ 넣다 動 放進、存、加   □ 연락하다 動 聯絡

□ 놓다 動 放置   □ 이사하다(가다) 動 搬家

□ 들어가다 動 進去   □ 이용하다 動 利用

□ 등산 名 登山   □ 절약되다 動 (被)節約

□ 마치다 動 結束   □ 정리하다 動 整理

□ 맞추다 動 對照   □ 정하다 動 決定、定

□ 머무르다 動 停留   □ 준비하다 動 準備

□ 모이다 動 聚一起   □ 지르다 動 大叫

□ 배달하다 動 配送   □ 지원하다 動 應聘

□ 부르다 動 叫   □ 초대되다 動 被邀請

□ 불다 動 吹   □ 풀다 動 解開、紓解

□ 비교하다 動 比較   □ 확인하다 動 確認

□ 생각하다 動 思考;認為

5. 和飲食相關的字彙

□ 국물 名 湯   □ 쌀밥 名 米飯

□ 냉동실 名 冷凍庫   □ 짜다 形 鹹

□ 맵다 形 辣   □ 커피 자판기 名 咖啡自動販賣機

□ 신선하다 名 新鮮   (＝커피 자동판매기)

6. 和時間相關的字彙

　　□ 매주 名 每週　　　　　　□ 하루 名 一天

7. 和天氣相關的字彙

　　□ 바람 名 風　　　　　　　□ 일기예보 名 氣象預報

문형 색인

句型索引

國家圖書館出版品預行編目資料

新韓檢初級閱讀全攻略 新版 / 裴英姬（배영희）著
-- 修訂二版 -- 臺北市：瑞蘭國際, 2024.04
392面；19×26公分 --（外語學習系列；131）
ISBN：978-626-7473-00-9（平裝）
1. CST：韓語 2. CST：能力測驗

803.289　　　　　　　　　　　　　113004130

外語學習系列 131

新韓檢初級閱讀全攻略 新版

作者｜裴英姬（배영희）
責任編輯｜潘治婷、王愿琦
校對｜裴英姬、潘治婷、王愿琦

封面設計｜劉麗雪
版型設計、內文排版｜余佳憓
美術插畫｜余佳憓

瑞蘭國際出版

董事長｜張暖彗・社長兼總編輯｜王愿琦
編輯部
副總編輯｜葉仲芸・主編｜潘治婷・主編｜林昀彤
設計部主任｜陳如琪
業務部
經理｜楊米琪・主任｜林湲洵・組長｜張毓庭

出版社｜瑞蘭國際有限公司・地址｜台北市大安區安和路一段104號7樓之1
電話｜(02)2700-4625・傳真｜(02)2700-4622・訂購專線｜(02)2700-4625
劃撥帳號｜19914152 瑞蘭國際有限公司
瑞蘭國際網路書城｜www.genki-japan.com.tw

法律顧問｜海灣國際法律事務所　呂錦峯律師

總經銷｜聯合發行股份有限公司・電話｜(02)2917-8022、2917-8042
傳真｜(02)2915-6275、2915-7212・印刷｜科億印刷股份有限公司
出版日期｜2024年04月二版1刷・定價｜550元・ISBN｜978-626-7473-00-9